W0377532

GAGNER N'EST PAS JOUER

DU MÊME AUTEUR

Ne le dis à personne…, Belfond, 2002 et 2006 ; Pocket, 2003
Disparu à jamais, Belfond, 2003 et 2021 ; Pocket, 2004
Innocent, Belfond, 2006 et 2021 ; Pocket, 2007
Promets-moi, Belfond, 2007 ; Pocket, 2008
Dans les bois, Belfond, 2008 et 2020 ; Pocket, 2009
Sans un mot, Belfond, 2009 ; Pocket, 2010
Sans laisser d'adresse, Belfond, 2010 ; Pocket, 2011
Sans un adieu, Belfond, 2010 ; Pocket, 2011
Faute de preuves, Belfond, 2011 ; Pocket, 2012
Remède mortel, Belfond, 2011 ; Pocket, 2012
Sous haute tension, Belfond, 2012 ; Pocket, 2013
Ne t'éloigne pas, Belfond, 2013 ; Pocket, 2014
Six ans déjà, Belfond, 2014 ; Pocket, 2015
Tu me manques, Belfond, 2015 ; Pocket, 2016
Une chance de trop, Belfond, 2004 et 2015 ; Pocket, 2005
Intimidation, Belfond, 2016 et 2020 ; Pocket, 2017
Juste un regard, Belfond, 2005 et 2017 ; Pocket, 2006
Double piège, Belfond, 2017 ; Pocket, 2018
Sans défense, Belfond, 2018 ; Pocket, 2019
Par accident, Belfond, 2018 ; Pocket, 2019
Ne t'enfuis plus, Belfond, 2019 ; Pocket, 2020
L'Inconnu de la forêt, Belfond, 2020 ; Pocket, 2021

Vous pouvez consulter le site de l'auteur à l'adresse suivante :
www.harlancoben.com

HARLAN COBEN

GAGNER N'EST PAS JOUER

Traduit de l'anglais (États-Unis)
par Roxane Azimi

belfond

Titre original :
WIN
publié par Grand Central Publishing,
une division de Hachette Book Group, Inc., New York

Ce livre est une œuvre de fiction. Les noms, les personnages, les lieux et les événements sont le fruit de l'imagination de l'auteur ou utilisés fictivement. Toute ressemblance avec des personnes réelles, vivantes ou mortes, des événements ou des lieux serait pure coïncidence.

Retrouvez-nous sur www.belfond.fr
ou www.facebook.com/belfond

Éditions Belfond,
92, avenue de France, 75013 Paris.
Pour le Canada,
Interforum Canada, Inc.,
1055, bd René-Lévesque-Est,
Bureau 1100,
Montréal, Québec, H2L 4S5

ISBN : 978-2-7144-8087-3
Dépôt légal : octobre 2021

© Harlan Coben, 2021. Tous droits réservés.
© Belfond, 2021, pour la traduction française.

Belfond | un département **place des éditeurs**

place
des
éditeurs

À Diane et Michael Discepolo,
avec toute mon affection et ma reconnaissance

1

Le ballon dont la trajectoire va déterminer l'issue du championnat décrit un lent arc de cercle en direction du panier.

Personnellement, je m'en fiche.

Le public du stade Lucas Oil d'Indianapolis le suit du regard, bouche bée.

Pas moi.

Je le regarde, lui. Dans les gradins d'en face.

J'ai l'une des meilleures places, bien sûr, au bord du terrain près de la ligne médiane. À ma gauche, un acteur célèbre qui joue un super-héros Marvel – vous le connaissez bien –, moulé dans un tee-shirt noir, histoire d'exhiber ses biceps. À ma droite, lunettes noires de sa propre marque sur le nez, le rappeur star Swagg Daddy qui m'a vendu son jet privé il y a trois ans. J'aime bien Sheldon (c'est son vrai nom), à la fois l'homme et sa musique, mais il manifeste son enthousiasme si bruyamment que ça me crispe.

Pour ma part, je porte un costume rayé bleu azur taillé sur mesure à Savile Row, une paire de chaussures bordeaux créées spécialement pour moi par Basil, maître artisan chez George Cleverley, une cravate en soie vert et rose édition limitée de chez Lilly Pulitzer et une pochette Hermès personnalisée qui dépasse de ma poche de poitrine gauche avec une précision céleste.

Je suis un hédoniste.

Et aussi, pour ceux qui ne savent pas lire entre les lignes, immensément riche.

Le ballon qui vole va sceller le sort du tournoi universitaire de basket connu sous le nom de la Folie de mars. Bizarre, quand on y pense. Tant de sang, de sueur, de larmes, les stratagèmes, le recrutement, l'entraînement, les innombrables heures passées à s'exercer au tir, seul, dans sa cour, à faire des séries de dribbles, des mouvements à trois, à soulever des poids, à travailler son sprint jusqu'au lancer, toutes ces années dans les gymnases confinés étape après étape – basket de pépé, tournois de la Jeunesse catholique, championnats amateurs, matchs interlycées, vous voyez le tableau –, tout cela se résume à la physique rudimentaire d'une simple sphère orange propulsée vers un anneau métallique en cet instant même.

Si le coup rate, c'est Duke qui gagne, si le ballon tombe dans le panier, les supporters de South State se rueront sur le terrain pour acclamer leur équipe. Le célèbre héros Marvel est un ancien de South State. Swagg Daddy, tout comme votre serviteur, a fait ses études à Duke. Tous deux se raidissent. La foule retient son souffle. Le temps est comme suspendu.

Encore une fois, même s'il s'agit de mon ancienne université, je m'en moque. Je ne suis pas un supporter, ce n'est pas mon truc. Je ne me passionne pas pour les compétitions auxquelles je (ou quelqu'un qui m'est cher) ne participe pas activement. J'ai du mal à comprendre l'intérêt de la chose.

Mon attention est entièrement focalisée sur lui.

Il s'appelle Teddy Lyons. C'est l'un des trop nombreux coachs adjoints de l'équipe de South State. Deux mètres et des poussières, massif, le type même du garçon de ferme mal dégrossi. À 33 ans, Big T – c'est ainsi qu'il veut qu'on l'appelle – en est à son quatrième poste de coach universitaire. À ce qu'il paraît, il est moyen côté tactique, mais très doué pour dénicher les talents.

Le buzzer retentit, même si l'issue du match est encore très incertaine.

Le stade est si silencieux que j'entends le ballon heurter la planche.

Swagg empoigne ma jambe. M. Marvel écarte les bras en un geste d'anticipation, me balançant un triceps musclé en travers de la poitrine. Le ballon touche le cercle une première fois, une deuxième, puis une troisième, comme si cet objet inanimé narguait le public avant de se décider à exercer son droit de vie et de mort.

J'observe toujours Big T.

Quand le ballon retombe à terre – un tir définitivement raté –, la section des Blue Devils de Duke explose. Du coin de l'œil, je vois les supporters de South State s'effondrer. Je n'aime pas trop le mot « anéantis » – je le trouve bizarre –, mais c'est bien le terme qui convient. Ils s'effondrent, anéantis. Certains craquent et s'écroulent en larmes en réalisant l'énormité de la défaite.

Mais pas Big T.

Le super-héros Marvel cache son beau visage dans ses mains. Swagg Daddy me serre dans ses bras.

— On a gagné, Win ! crie-t-il.

Je l'entends à peine. Le vacarme est assourdissant. Il se penche vers moi.

— On va fêter ça !

Et il se précipite dans la cohue. La foule exubérante envahit le terrain, l'entraînant hors de ma vue. En passant, quelques-uns des spectateurs me tapent dans le dos pour m'inviter à me joindre aux réjouissances. Je ne bronche pas.

Je cherche Teddy Lyons des yeux, mais il a déjà disparu.

Pas pour longtemps.

Deux heures plus tard, il se dirige vers moi en roulant des mécaniques.

Et voici mon dilemme.

J'ai l'intention de le « défoncer », comme on dit. Ça, c'est certain. Jusqu'à quel point, je ne le sais pas encore, mais son intégrité physique va en prendre un sacré coup.

Mon dilemme n'est pas là.

Mon dilemme, c'est plutôt comment faire.

Non, je n'ai pas peur qu'on me surprenne. Tout a été prévu. Big T a reçu une invitation à la soirée de Swagg Daddy. Il est arrivé par ce qu'il croit être une entrée VIP. Sauf que la fête a lieu ailleurs. Et la musique qui beugle dans le couloir, c'est juste pour faire semblant.

Il n'y a que Big T et moi dans cet entrepôt.

Je porte des gants. Et je suis armé – comme toujours –, même si ça ne sera pas nécessaire.

Big T se rapproche… Revenons donc à mon dilemme.

Dois-je cogner direct ou lui laisser une chance ?

Il ne s'agit pas de morale ni de fair-play. Peu me chaut ce qu'en penserait l'homme de la rue. Les bagarres, ça me connaît. Quand on se bat pour de vrai, les règles ne sont plus de mise. On mord, on donne des coups de pied, on jette du sable dans les yeux, on utilise une arme… Tous les moyens sont bons. C'est une question de survie. Il n'y a pas de récompense à la clé ni d'éloges pour bonne conduite. Il y a un gagnant. Et un perdant. Point final. Et qu'on « triche » ou pas n'a aucune espèce d'importance.

Bref, je n'ai pas de scrupules à prendre cet odieux personnage par surprise. Ça ne me gêne pas de lui porter ce qu'on peut appeler un coup bas. C'est même mon plan depuis le début : l'attaquer au moment où il ne s'y attendra pas. Avec une batte de base-ball, un couteau, la crosse de mon pistolet. En finir.

Alors pourquoi ce dilemme soudain ?

Parce que lui briser les os ne suffira pas. Je veux aussi le briser moralement. Si un dur à cuire comme Big T perdait un combat supposément loyal contre ma petite personne – je suis plus âgé, plus fin, plus joli (ça, c'est vrai), l'illustration vivante du mot « mauviette » –, ce serait extrêmement humiliant.

Voilà ce que je veux.

Big T n'est plus qu'à quelques pas de moi. Ma décision est prise. Je lui barre le passage. Il s'arrête, se renfrogne. Me dévisage. Je lui souris. Il me sourit en retour.

— Je vous connais.

— Vous m'en direz tant.

— Vous étiez au match ce soir. Au premier rang.

— J'aurais pu être plus discret, c'est sûr.

Il me tend son énorme paluche.

— Teddy Lyons. Mais tout le monde m'appelle Big T.

Je ne lui serre pas la main. Je la regarde comme on regarde une déjection canine. Big T se fige un instant, puis retire sa main comme un petit enfant contrarié.

Je lui souris à nouveau. Il s'éclaircit la voix :

— Si vous voulez bien m'excuser.

— Non, Teddy.

— Comment ?

— Tu as le cerveau un peu lent, hein ?

Je pousse un soupir.

— Non, je ne t'excuse pas. Tu n'as aucune excuse. Tu vois où je veux en venir ?

La mine renfrognée, à nouveau.
— Vous avez un problème ?
— Hmm. Comment te dire ?
— Hein ?
— Je pourrais répondre « Non, c'est toi qui as un problème », ou bien « Moi ? Non, ça roule », mais, franchement, aucune de ces formules, pourtant cinglantes, ne me convient.

Big T semble perplexe. Je sens qu'il aimerait bien me pousser purement et simplement hors de son chemin, mais il se souvient que j'étais assis au rang VIP et donc que je pourrais être quelqu'un d'important.

— Euh… je dois aller à la soirée.
— Certainement pas.
— Pardon ?
— Il n'y a pas de soirée ici.
— Comment ça, pas de soirée ?
— La fête, c'est deux rues plus loin.

Il pose ses grosses mains sur ses hanches. Une posture de coach.

— C'est quoi, ce cirque ?
— J'ai demandé qu'on t'envoie ici. La musique, c'est pour t'attirer dans le piège. Le vigile qui t'a laissé entrer travaille pour moi et s'est éclipsé dès que tu as franchi cette porte.

Big T cille à deux reprises et fait un pas vers moi. Je ne recule pas d'un centimètre.

— Qu'est-ce que vous me voulez ?
— Te flanquer une raclée, Teddy.

Son sourire s'élargit.

— Vous ?

Son torse est aussi large que le mur frontal d'un court de squash. Il se rapproche, me dominant de sa haute taille, avec l'assurance de l'homme fort et puissant qui, en raison de son gabarit, n'a jamais eu à se battre ni même à faire face à un défi. Une tactique d'amateur : impressionner l'adversaire de toute sa masse pour qu'il se ratatine.

Bien entendu, ça ne marche pas avec moi. Je tends le cou et croise son regard. Pour la première fois, l'ombre d'un doute traverse son visage.

Je n'attends pas.

S'approcher autant de moi était une erreur. Ça me facilite la tâche. Je joins le bout de mes doigts à la manière d'une pointe de flèche et le frappe à la gorge. Il laisse échapper un gargouillis. Au même moment, je lui balance un coup de pied dans le genou droit, lequel, d'après les renseignements pris, a subi deux reconstructions du ligament croisé.

J'entends un craquement.

Big T s'abat comme un chêne.

Je lève le pied et lui assène un bon coup de talon.

Il hurle.

Je frappe à nouveau.

Il hurle.

Je frappe encore.

Silence.

Je vous épargne le reste.

Vingt minutes plus tard, j'arrive à la fête de Swagg Daddy. Un agent de sécurité m'escorte dans l'arrière-salle réservée à trois sortes de convives : jolies femmes, visages connus et gros portefeuilles.

La fête bat son plein jusqu'à 5 heures du matin, heure à laquelle une limousine noire conduit Swagg et votre serviteur à l'aéroport où nous attend le jet privé.

Swagg dort pendant toute la durée du vol. Je me douche – oui, mon jet est équipé d'une douche – et enfile un costume Kiton K-50 pied-de-poule gris.

À notre arrivée à New York, deux autres limousines noires patientent déjà sur le tarmac. Swagg me gratifie d'une accolade-poignée de main tarabiscotée en guise d'au revoir. Sa limousine l'emmène dans sa propriété à Alpine. La mienne me dépose directement à mon bureau dans un gratte-ciel de quarante-huit étages dans Park Avenue. Ma famille possède la tour Lock-Horne depuis sa construction en 1967.

L'ascenseur me dépose au troisième. Jadis, cet espace était occupé par une agence sportive dirigée par mon meilleur ami, mais il l'a fermée il y a plusieurs années. Longtemps, j'ai laissé les locaux vides parce que l'espoir fait vivre. J'étais sûr que mon ami reviendrait sur sa décision.

Il ne l'a pas fait. Et j'ai tourné la page.

Les nouveaux locataires sont Fisher et Friedman, un cabinet d'avocats spécialisé dans le « droit des victimes ». Leur site internet, qui m'a tapé dans l'œil, est beaucoup plus explicite :

Notre mission : mettre un bon coup de genou dans les parties génitales des violeurs, harceleurs, salopards, trolls, pervers et psychopathes en tout genre.

Irrésistible. Comme pour l'agence sportive, j'ai investi discrètement quelques dollars dans ce cabinet.

Je frappe à la porte. Sadie Fisher répond :

— Entrez.

J'ouvre et passe la tête à l'intérieur :

— Je te dérange ?

— Les sociopathes ne me laissent aucun répit, dit Sadie sans lever les yeux de son écran.

C'est bien la raison pour laquelle j'ai misé sur eux. J'approuve leur action en faveur des victimes de maltraitance, mais je considère également que les hommes psychologiquement instables et violents (ce sont presque toujours des hommes qui s'adonnent à ce type de comportement déviant) constituent un secteur d'activité en pleine expansion.

Sadie finit par jeter un œil dans ma direction.

— Je croyais que tu étais parti voir un match à Indianapolis.

— J'en viens.

— Ah oui, c'est vrai, le jet privé… Quelquefois, j'oublie à quel point tu es riche.

— Ça m'étonnerait.

— Exact. Alors, quoi de neuf ?

Sadie porte des lunettes de bibliothécaire sexy et une combinaison rose moulante qui met ses courbes en valeur. Elle m'a expliqué que c'était fait exprès. Au début, lorsqu'elle a commencé à défendre des victimes de violences sexuelles, on lui a conseillé de s'habiller de manière classique, avec des tenues informes, ternes, et par conséquent d'une « neutralité » absolue, ce qui, à ses yeux, représentait un outrage supplémentaire pour les victimes.

Elle a donc fait le contraire.

Ne sachant trop comment aborder le sujet, je hasarde :

— Il paraît qu'une de tes clientes a été hospitalisée.

Voilà, j'ai réussi à éveiller son attention.

— Tu crois qu'il serait approprié de lui envoyer quelque chose ?

— Comme quoi, Win ?

— Des fleurs, des chocolats.

— Elle est en soins intensifs.

— Une peluche. Des ballons.

— Des ballons ?

— Juste pour qu'elle sache qu'on pense à elle.

Sadie se tourne vers l'écran de l'ordinateur.

— La seule chose que veulent nos clientes, c'est ce que la société semble incapable de leur offrir : la justice.

J'ouvre la bouche pour parler, puis, finalement, je choisis de me taire, préférant la discrétion et la sagesse au réconfort et à la forfanterie. Je m'apprête à m'en aller quand je vois deux personnes – un homme et une femme – se diriger résolument vers moi.

— Windsor Horne Lockwood ? s'enquiert la femme.

Avant même qu'ils ne brandissent leurs plaques, je devine qu'ils sont policiers.

Sadie s'en rend compte, elle aussi. Elle se lève machinalement et fait un pas vers moi. J'ai une flopée d'avocats, bien sûr, mais je les utilise à des fins professionnelles. Pour mes affaires personnelles, je faisais appel à mon meilleur ami, juriste et agent sportif qui, autrefois, occupait ce bureau, et à qui j'ai toujours accordé mon entière confiance. Mais maintenant qu'il est sur le banc de touche, Sadie semble avoir instinctivement pris le relais.

— Windsor Horne Lockwood ? répète la femme.

Tel est mon nom. Pour être tout à fait exact, je m'appelle Windsor Horne Lockwood III. Un nom qui fleure bon la vieille fortune et qui va comme un gant à mon teint rubicond, ma blondeur grisonnante, mes traits délicats et mon allure aristocratique. Je ne cache pas ce que je suis. Je ne sais même pas si j'en serais capable.

Quel faux pas aurais-je commis avec Big T ? Je suis un virtuose. Un quasi-génie. Mais je ne suis pas infaillible.

Alors où est l'erreur ?

Je laisse Sadie répondre à ma place :

— Qui le demande ?

— Je suis l'agent spécial Brynn du FBI, dit la femme.

Brynn est noire. Elle porte un chemisier bleu oxford et un blouson ajusté en cuir de couleur fauve. Très chic pour un agent fédéral.

— Et voici mon coéquipier, l'agent spécial Lopez.

Lopez est plus dans la norme. Son costume est gris comme du bitume mouillé, et sa cravate tristement rouge.

Ils exhibent leurs plaques.

— De quoi s'agit-il ? demande Sadie.

— Nous aimerions parler à M. Lockwood.

— Ça, je l'ai bien compris, rétorque Sadie un peu sèchement. Mais à quel sujet ?

Brynn sourit et range sa plaque dans sa poche.

— Au sujet d'un meurtre.

2

Là, nous nous retrouvons face à un mur. Brynn et Lopez veulent que je les suive. Sadie s'y oppose catégoriquement. Je finis par m'en mêler, et nous parvenons à un semblant d'accord. Je vais obtempérer mais je ne répondrai à leurs questions qu'en présence d'un avocat.

Sadie, qui est une jeune personne de 30 ans exceptionnellement sagace, n'aime pas ça. Elle me prend à part :

— Tu vas subir un interrogatoire.

— Je sais. Ce n'est pas la première fois que j'ai affaire aux autorités.

Ni la deuxième, ni la troisième, ni… mais Sadie n'a pas à le savoir. Je ne vais pas tergiverser ni me faire représenter pour trois raisons : primo, Sadie est attendue au tribunal et je ne veux pas la retarder ; secundo, s'il s'agit de « Big T » Lyons, je ne veux pas qu'elle l'apprenne de manière aussi brutale pour des motifs évidents ; tertio, je suis extraordinairement sûr de moi et curieux d'en savoir plus sur ce meurtre. C'est comme ça.

Une fois dans la voiture, nous remontons vers le nord. Lopez conduit. Brynn est assise à côté de lui. Moi, je suis sur la banquette arrière. Curieusement, leur anxiété est presque palpable. Tous deux essaient de se montrer professionnels – et ils le sont –, toutefois je sens comme un décalage. Ce meurtre-là est différent des autres. Ils cherchent à le cacher mais leur agitation est une phéromone dont je capte facilement l'odeur.

Lopez et Brynn commencent par m'infliger le traitement d'usage en ne disant rien. Le principe en est simple : la plupart des gens détestent le silence et sont prêts à tout pour le briser, y compris à se trahir.

Qu'ils tentent cette tactique avec moi, c'en est presque insultant.

Je ne réagis pas, bien sûr. Je me cale dans mon siège et regarde par la vitre les gens aller et venir dans la grande ville.

Brynn finit par déclarer :

— Nous sommes au courant pour vous.

Je plonge la main dans la poche de mon veston et appuie sur la touche de mon téléphone. Notre conversation sera enregistrée. Elle sera expédiée directement sur un cloud au cas où mes nouveaux amis du FBI s'en apercevraient et m'obligeraient à l'effacer.

Je suis tout sauf mal préparé.

Brynn pivote vers moi. Toujours aucune réaction de ma part.

— Vous avez déjà travaillé pour le Bureau.

Qu'ils soient informés de mes relations avec le FBI me surprend, même si je ne le montre pas. J'ai travaillé pour cette institution dès ma sortie de la fac, mais notre collaboration était classée top secret. Que quelqu'un leur en ait parlé – quelqu'un de haut placé, forcément – me conforte dans l'idée qu'il ne s'agit pas d'un meurtre ordinaire.

— Il paraît que vous étiez doué, dit Lopez, croisant mon regard dans le rétroviseur.

Après le silence, la flatterie. Je ne bronche toujours pas.

Nous longeons Central Park West, la rue où j'habite. Il y a peu de chances maintenant que ce meurtre soit lié à Big T. D'une part, je sais que Big T a survécu, même s'il ne doit pas être très en forme. D'autre part, si les agents fédéraux avaient voulu m'interroger à son sujet, ils m'auraient conduit au siège, au 26, Federal Plaza. Or nous roulons dans la direction opposée, vers mon domicile au Dakota, à l'angle de Central Park West et de la 72e Rue.

J'examine la situation. Comme je vis seul, la victime ne saurait être l'un de mes proches. Un juge aurait pu émettre un mandat de perquisition pour fouiller mon appartement, et ils auraient découvert quelque chose de compromettant... mais cela aussi me paraît peu probable. L'un des portiers du Dakota m'aurait averti d'une pareille intrusion. Une de mes alarmes cachées aurait émis une notification vers mon téléphone. De plus, je ne suis pas inconscient au point de laisser traîner des choses susceptibles de m'exposer à des poursuites.

Lopez me surprend en passant devant le Dakota sans lever le pied de l'accélérateur. Six rues plus loin, tandis que nous arrivons à hauteur du musée d'Histoire naturelle, j'aperçois deux véhicules du NYPD garés devant le Beresford, autre immeuble d'avant-guerre réputé dans la 81e Rue.

Lopez me scrute dans le rétroviseur. Je le regarde et fronce les sourcils.

Les portiers du Beresford arborent des uniformes inspirés par les généraux soviétiques de la fin des années 1970. Brynn se retourne vers moi :

— Vous connaissez quelqu'un dans cet immeuble ?

Je lui souris.

Elle secoue la tête. Lopez gare la voiture.

— Très bien, allons-y.

Flanqué de Lopez à ma droite et de Brynn à ma gauche, je pénètre dans le hall de marbre, puis nous nous dirigeons vers l'ascenseur recouvert de boiseries. Lorsque Brynn presse le bouton du dernier étage, je comprends que nous montons dans la zone d'air raréfié au sens propre, figuré et surtout pécuniaire. Un de mes collaborateurs, vice-président de la SAS Lock-Horne, possède un six-pièces à l'ancienne au troisième étage du Beresford avec une vue limitée sur le parc. Il l'a payé plus de cinq millions de dollars.

Brynn se tourne vers moi.

— Savez-vous où nous allons ?

— En haut ?

— Très drôle.

Je bats modestement des cils.

— Vous êtes déjà allé au dernier étage ?

— Je ne crois pas.

— Savez-vous qui habite là-haut ?

— Je ne crois pas.

— Je pensais que vous vous connaissiez tous, les gens riches.

— Gare aux clichés, répliqué-je.

— Mais vous êtes déjà venu ici, n'est-ce pas ?

Les portes de l'ascenseur s'ouvrent avec un tintement avant que j'aie pu lui répondre. Je m'attendais à arriver directement dans un appartement de luxe, au lieu de quoi on se retrouve dans un couloir sombre. Les murs sont tapissés d'une épaisse toile bordeaux. La porte ouverte à notre droite donne sur un escalier en colimaçon en fer forgé. Lopez monte le premier. Brynn me fait signe de le suivre. J'obtempère.

C'est un vrai capharnaüm.

Des piles de vieux journaux, livres et magazines hautes de presque deux mètres jonchent les marches de part et d'autre. Nous avançons en file indienne – j'aperçois un *Time Magazine* de 1998 –, mais nous sommes tout de même contraints de marcher en crabe pour pouvoir progresser à travers le passage étroit.

La puanteur est suffocante.

C'est un lieu commun, mais réel : rien n'est plus insoutenable que l'odeur d'un corps humain en décomposition. Brynn et Lopez se couvrent le nez et la bouche. Pas moi.

Le Beresford possède quatre tours, une à chaque angle de l'édifice. Nous atteignons le palier de la tour nord-est. L'homme qui vit ici (ou vivait, plus vraisemblablement), au sommet de l'un des immeubles les plus prestigieux de Manhattan, est un accumulateur compulsif. Nous pouvons à peine bouger. Quatre techniciens de la police scientifique, en combinaison, charlotte sur la tête et surchaussures aux pieds, s'efforcent de se frayer un chemin dans tout ce fatras.

Le cadavre a été enfermé dans un sac. Je trouve bizarre qu'ils ne l'aient pas encore emporté, mais tout semble bizarre dans cette histoire.

Et je ne comprends toujours pas ce que je fais ici.

Brynn me montre une photo de ce qui doit être le visage du défunt : yeux clos, drap blanc tiré jusqu'au menton. C'est un homme âgé au teint blafard. Un peu plus de 70 ans sans doute. Le crâne dégarni, avec une couronne de cheveux gris trop longs sur les oreilles. Et une épaisse barbe bouclée d'un blanc sale, comme s'il était en train de manger un plat en sauce au moment où la photo a été prise.

— Vous le connaissiez ? demande Brynn.

— Non, dis-je en lui rendant la photo. Qui est-ce ?

— La victime.

— Ça, je m'en doute, merci. Je veux dire, comment s'appelait-il ?

Les deux agents échangent un coup d'œil.

— On l'ignore.

— Vous avez interrogé le propriétaire de cet appartement ?

— Nous pensons que c'est lui, le propriétaire, répond Brynn.

J'attends.

— Cet appartement a été acheté il y a presque trente ans par une SARL qui se dissimule derrière une société écran intraçable.

Intraçable. Je connais la chanson. J'utilise souvent ce type de montage financier, pas tant pour fuir le fisc, même si c'est un des bénéfices collatéraux qu'on peut en tirer. Dans mon cas – comme apparemment dans celui de la victime –, c'est plus une affaire de discrétion.

— Pas de papiers d'identité ? m'enquiers-je.

— On n'a encore rien trouvé.

— Le personnel de l'immeuble… ?

— Il vivait seul. Les livraisons étaient déposées au pied de l'escalier. Apparemment, le bâtiment ne dispose d'aucune caméra de surveillance dans les étages supérieurs. Les charges étaient réglées en temps et en heure par la SARL. D'après les portiers, l'Ermite – c'est comme ça qu'ils l'ont surnommé – vivait en reclus. Il sortait rarement, et quand il le faisait il cachait son visage derrière une écharpe et passait par une porte dérobée au sous-sol. Le syndic a trouvé son cadavre ce matin, après que le voisin de l'étage de dessous a commencé à se plaindre de l'odeur qui s'infiltrait dans son appartement.

— Et personne ne connaît son identité ?

— Non, répond Brynn, mais nous n'avons pas interrogé tous les résidents de l'immeuble.

— Il y a quelque chose que je ne m'explique pas encore, dis-je.

— Oui ?

— Qu'est-ce que je fais ici ?

— La chambre.

Brynn semble attendre de ma part une réaction qui ne vient pas.

— Suivez-nous.

À ma droite, j'aperçois la coupole géante du planétarium du musée d'Histoire naturelle, et à ma gauche Central Park dans toute sa splendeur. Mon appartement aussi jouit d'une vue enviable sur le parc, même si le Dakota ne compte que huit étages, alors qu'ici on a dépassé le vingtième.

Je ne suis pas facilement décontenancé mais, lorsque j'entre dans la chambre, je me fige comme une statue de sel. J'ai l'impression de replonger dans le passé, comme si je venais de traverser un portail temporel. J'ai 8 ans et je me glisse subrepticement dans le salon de grand-père au manoir Lockwood. Le reste de ma famille élargie est encore au jardin. Je porte un costume noir et m'arrête sur le parquet ouvragé. C'est avant l'implosion de la famille ou peut-être, avec le recul, c'est le moment de la première fêlure. En tout cas, c'est le jour des obsèques de grand-père. Le salon, sa pièce préférée, a été aspergé avec une sorte de désinfectant écœurant, mais l'odeur familière, réconfortante de la pipe de grand-père flotte toujours entre ces murs. Je la savoure. J'effleure d'une main timide le cuir de son fauteuil favori, comme si mon grand-père allait apparaître avec son cardigan, ses pantoufles et sa pipe. Finalement, le garçon de 8 ans que je suis s'enhardit suffisamment pour se hisser dans le fauteuil à oreilles. Puis je regarde le mur au-dessus de la cheminée, comme grand-père avait l'habitude de le faire.

Je sais que Brynn et Lopez m'observent.

— Au début, dit Brynn, nous avons cru que c'était un faux.

Je regarde devant moi sans ciller.

— Du coup, nous avons fait venir une conservatrice du Met, de l'autre côté du parc.

Le Met étant une abréviation pour le Metropolitan Museum of Art.

— Elle aimerait procéder à des analyses, histoire d'en avoir le cœur net, mais elle est pratiquement certaine qu'il est authentique.

Contrairement aux autres pièces de la tour, la chambre de l'homme est propre, rangée, spartiate. Le lit, posé contre le mur, est fait. Il n'y a pas de tête de lit. La table de chevet est nue, excepté une paire de lunettes de lecture et un livre relié de cuir. Je comprends enfin pourquoi on m'a amené ici : ils voulaient me montrer l'unique tableau de la pièce.

La peinture à l'huile appelée *Jeune Femme jouant du virginal* de Johannes Vermeer.

Oui, le Vermeer. La fameuse toile.

Ce chef-d'œuvre, comme la plupart des trente-sept tableaux peints par Vermeer au cours de sa vie, est plutôt petit – 51,5 centimètres sur 45,5 –, même s'il vous frappe indéniablement par sa simplicité et sa beauté. Cette *Jeune Femme*, acquise il y a près d'un siècle par mon arrière-grand-père, ornait dans le temps le salon du manoir Lockwood. Il y a une vingtaine d'années, ma famille a prêté cette toile, d'une valeur de plus de deux cents millions de dollars d'après les normes actuelles, avec le seul autre chef-d'œuvre que nous possédions, *La Lectrice*, de Picasso, à la galerie Lockwood située dans le hall des Fondateurs à Haverford College. Vous avez peut-être entendu parler de ce cambriolage nocturne.

Au fil des ans, il y a eu quantité de faux signalements des deux tableaux : le plus récent, le Vermeer aperçu sur un yacht appartenant à un prince du Moyen-Orient. Aucune de ces pistes (et j'en ai vérifié quelques-unes personnellement) n'a abouti. Certains soupçonnaient que c'était l'œuvre du syndicat du crime qui s'était déjà rendu responsable du vol de treize tableaux de Rembrandt, Manet, Degas et, oui, d'un Vermeer au musée Isabella Stewart Gardner de Boston.

Aucune de ces toiles n'a été retrouvée.

Jusqu'à aujourd'hui.

— Une idée ? demande Brynn.

J'ai accroché les deux cadres vides dans le salon de grand-père, comme un hommage et aussi la promesse qu'un jour ces chefs-d'œuvre retourneraient à leur place.

Promesse à moitié tenue désormais, semble-t-il.

— Le Picasso ? dis-je.

— Aucun signe de lui, répond Brynn, mais, comme vous le voyez, nous avons encore du pain sur la planche.

Le Picasso est beaucoup plus grand : un mètre cinquante de haut sur un mètre vingt de large. S'il était dans cette pièce, on l'aurait trouvé.

— D'autres idées ? questionne Brynn.

Je désigne le mur.

— Quand pourrai-je le récupérer ?

— Vous connaissez la procédure... ?

— Je connais surtout une conservatrice et restauratrice de renom à l'université de New York, Shan Liu. J'aimerais qu'on lui confie ce tableau.

— Nous avons nos propres experts.

— Non, agent Brynn. Comme vous l'avez admis vous-même, vous avez convoqué quelqu'un du Met au hasard...

— Certainement pas au hasard...

— Je ne vous demande pas la lune. Shan Liu a été formée pour authentifier, manipuler et, s'il le faut, restaurer une œuvre d'art comme peu de spécialistes en sont capables.

— On verra, acquiesce Brynn, pressée de passer à autre chose. Et à part ça ?

— Il a été étranglé ou on lui a tranché la gorge ?

Ils se regardent à nouveau.

Lopez s'éclaircit la voix.

— Comment avez-vous... ?

— Le drap lui recouvre le cou, dis-je. Sur la photo que vous m'avez montrée. Pour cacher la plaie, j'imagine.

— On va éviter d'en parler, répond Brynn.

— Et l'heure du décès ?

— On n'en parlera pas non plus.

En clair, je fais partie des suspects.

Je ne vois pas très bien pourquoi. Si j'étais l'assassin, j'aurais emporté le tableau. Ou pas. Je suis peut-être assez malin pour le tuer et laisser le tableau sur place, afin qu'il soit rendu à la famille.

— Autre chose qui pourrait nous aider ? demande Brynn.

Je leur fais grâce de l'explication évidente : l'Ermite était un voleur d'œuvres d'art. Il a liquidé la majeure partie du butin et utilisé l'argent pour changer d'identité, créer une société anonyme et acheter cet appartement. Pour une raison quelconque – soit ce type y tenait vraiment, soit il était trop compliqué à fourguer –, il avait gardé le Vermeer.

— Donc, reprend Brynn, si j'ai bien compris, vous n'avez jamais mis les pieds ici ?

Le ton était trop nonchalant.

— Monsieur Lockwood ?

Intéressant. Ils sont clairement persuadés que je suis déjà venu ici. Il est tout aussi clair que, contrairement à l'habitude, ils m'ont conduit sur la scène de crime pour me déstabiliser. S'ils avaient respecté la procédure et m'avaient amené dans une salle d'interrogatoire, je me serais montré méfiant et j'aurais pu exiger d'être assisté par un avocat pénaliste.

Qu'est-ce qu'ils ont contre moi ?

— Au nom de ma famille, je vous suis reconnaissant d'avoir retrouvé le Vermeer. J'espère que le Picasso ne tardera pas à réapparaître, lui aussi. Maintenant, je dois retourner travailler.

Brynn et Lopez n'ont pas apprécié mon petit numéro. Brynn regarde Lopez et hoche la tête. Il s'éclipse.

— Un instant, dit Brynn.

Elle sort une autre photo de son classeur. Une fois de plus, je suis déconcerté.

— Reconnaissez-vous ceci, monsieur Lockwood ?

Pour gagner du temps, je réplique :

— Appelez-moi Win.

— Reconnaissez-vous ceci, Win ?

— Vous savez bien que oui.

— Ce sont bien vos armoiries familiales, n'est-ce pas ?

— Tout à fait.

— Il nous faudra un moment pour fouiller le logement de la victime, continue Brynn.

— Vous l'avez dit, oui.

— Mais nous avons trouvé un objet dans le placard de cette chambre. Un seul.

Brynn sourit. Je note qu'elle a un joli sourire.

J'attends la suite.

Lopez revient, flanqué d'un technicien de la police scientifique qui porte une valise en cuir d'alligator avec des fermoirs en métal vieilli. Je la reconnais, mais je suis abasourdi. Ça n'a aucun sens.

— Elle vous dit quelque chose, cette valise ? demande Brynn.

— Elle devrait ?

La réponse est évidemment oui. Il y a longtemps, tante Plum en a fait fabriquer pour tous les hommes de la famille. Ornées des armoiries familiales et de nos initiales. Quand elle m'a offert la mienne – j'avais 14 ans à l'époque –, j'ai eu du mal à ne pas froncer les sourcils. Le luxe ne me dérange pas. Ce qui me dérange, c'est la vulgarité et le gaspillage.

— Ce bagage porte vos initiales.

Le technicien incline la valise pour que je puisse voir l'horrible monogramme baroque WHL III.

— C'est bien vous, non ? WHL III… Windsor Horne Lockwood III ?

Je ne laisse rien paraître mais, sans verser dans le pathos, je viens de subir un sacré choc.

— Eh bien, monsieur Lockwood, pouvez-vous nous dire ce que votre valise fait ici ?

3

Brynn et Lopez veulent une explication. Je commence par la stricte vérité : je n'ai pas vu cette valise depuis de longues années. Combien ? Là, ma mémoire vacille. Beaucoup, dis-je. Plus de dix ? Oui. Plus de vingt ? Je hausse les épaules. Puis-je au moins confirmer que cette valise m'a appartenu ? Non, il faudrait que je l'ouvre et que je jette un œil sur son contenu. Brynn n'est pas emballée. Le contraire m'aurait étonné. Ne puis-je pas tout simplement confirmer que cette valise m'appartient ? Pas avec certitude, désolé. Mais ce sont vos initiales et vos armoiries, me rappelle Lopez. Certes, mais cela ne veut pas dire que ce n'est pas une copie. Pourquoi aurait-on fait ça ? Je n'en ai pas la moindre idée.

Et ainsi de suite.

Je redescends seul l'escalier en colimaçon et me glisse dans un coin. J'écris un texto à Kabir, mon assistant, pour qu'il envoie une voiture directement au Beresford : inutile de me faire raccompagner par mon escorte fédérale. Je le charge également de préparer un hélicoptère pour un voyage éclair à Lockwood, notre propriété familiale à Philadelphie. À ce moment-ci de la journée, il faudrait compter deux heures et demie si je voulais m'y rendre en voiture, et le temps presse.

La voiture noire m'attend dans la 81e Rue. Sur le trajet vers l'héliport entre la 30e Rue et l'Hudson, j'appelle ma cousine Patricia sur son portable.

— Articule, répond-elle.

Je ne peux pas m'empêcher de sourire.

— C'est malin.

— Pardon, cousin. Tu vas bien ?

— Ça va.

— Ça fait longtemps que je n'ai pas eu de tes nouvelles.

— Et moi des tiennes.

— Qu'est-ce qui me vaut le plaisir ?

— Je prends un hélico pour me rendre à Lockwood. Tu peux me retrouver là-bas ?

— À Lockwood ?

— Oui.

— Quand ?

— Dans une heure.

Elle hésite, ce qui est compréhensible.

— Je n'ai pas remis les pieds à Lockwood depuis…

— Je sais, dis-je.

— J'ai une réunion importante.

— Annule.

— Carrément ?

Je ne réponds pas instantanément.

— Qu'est-ce qui se passe, Win ?

Je ne dis toujours rien.

— Très bien. Tu ne veux pas en parler au téléphone.

— À tout à l'heure, dis-je avant de raccrocher.

Nous survolons le pont Benjamin-Franklin qui enjambe le fleuve Delaware séparant le New Jersey de la Pennsylvanie. Trois minutes plus tard, le manoir se profile devant nous. Il ne manque plus que la bande-son.

L'hélico, un AgustaWestland AW169, passe au-dessus des vieilles murailles de pierre, s'immobilise dans l'espace dégagé et se pose à côté de ce que nous continuons d'appeler la « nouvelle écurie ». Ça va faire un quart de siècle que j'ai rasé le bâtiment d'origine, une bâtisse qui datait du XIXe siècle. Cette opération symbolique témoignait d'un sentimentalisme inhabituel de ma part. Je m'étais convaincu que le fait de détruire et de reconstruire expédierait les souvenirs aux oubliettes.

Que nenni.

Quand j'ai amené mon ami Myron à Lockwood la première fois pendant les vacances scolaires – nous venions de nous rencontrer à l'université –, il avait secoué la tête en disant : « On se croirait au manoir Wayne. »

Il faisait allusion, bien sûr, à *Batman*... la série télévisée originale avec Adam West et Burt Ward, le seul vrai Batman à nos yeux. Là-dessus, je ne pouvais lui donner tort. Le manoir possède une aura, une magnificence, son architecture est audacieuse, mais le « majestueux manoir Wayne » est en briques rougeâtres, tandis que Lockwood a été bâti en pierres grises. Il y a eu des extensions au fil du temps, vastes mais élégantes, de part et d'autre. Ces ailes neuves sont confortables et climatisées, plus spacieuses, plus lumineuses, sauf qu'elles en font trop. Ce sont des reproductions à l'identique. Moi, j'ai besoin de sentir les pierres d'origine. L'humidité, les moisissures, les courants d'air.

D'un autre côté, aujourd'hui, je ne fais que passer.

Nigel Duncan, le vieux majordome-avocat de la famille – oui, c'est un curieux mélange –, vient à ma rencontre. Il est chauve, à part trois mèches clairsemées plaquées sur le crâne, et affublé d'un double menton. Il porte un pantalon de jogging gris avec le logo Villanova resserré sur son ventre proéminent et un sweat à capuche, gris également, avec l'inscription « Penn ».

Je fronce les sourcils.

— C'est quoi, cette tenue de zonard ?

Nigel s'incline cérémonieusement.

— Jeune maître Win m'aurait préféré en queue-de-pie ?

Nigel se croit drôle.

— Ce sont des Converse Chuck Taylor ? dis-je en désignant ses sneakers.

— Je les trouve très chic.

— Sauf que tu n'as plus 13 ans depuis un moment.

— Aïe.

Et il ajoute :

— On ne vous attendait pas, maître Win.

— Je ne m'attendais pas à venir.

— Tout va bien ?

— Au poil.

L'accent quelquefois british de Nigel est bidon. Il est né au domaine. Son père travaillait pour mon grand-père, tout comme Nigel travaille pour le mien. Son parcours a été légèrement différent. Mon père lui a payé des études à l'université de Pennsylvanie pour lui offrir « autre chose » qu'une existence de majordome, mais en même temps il était lié par l'obligation de rester à Lockwood en vertu de sa tradition familiale.

Les riches savent très bien user de générosité pour parvenir à leurs fins.

— Tu restes dormir ? demande Nigel.

— Non.

— Ton père fait la sieste.

— Ne le réveille pas.

Nous nous dirigeons vers la grande maison. Nigel aimerait connaître la raison de ma visite, mais jamais il ne me poserait la question.

— Tu sais que ta tenue est assortie à la pierre du manoir ?

— Justement. C'est du camouflage.

Mon regard effleure brièvement l'écurie. Nigel s'en aperçoit, mais fait mine de ne pas l'avoir remarqué.

— Patricia ne va pas tarder à arriver, lui dis-je.

Il s'arrête, se tourne vers moi.

— Patricia ? Ta cousine Patricia ?

— Celle-là même.

— Bonté gracieuse.

— Tu voudras bien la conduire au salon ?

Je monte les marches du perron et pénètre au salon. Une imperceptible odeur de pipe semble flotter dans l'air. Je sais que c'est impossible, que personne n'a fumé la pipe ici depuis quatre décennies, mais je sais aussi que le cerveau fabrique des souvenirs olfactifs. Pourtant, cette odeur, je jurerais qu'elle est réelle. Peut-être que les senteurs ne disparaissent pas totalement, allez savoir... surtout les plus réconfortantes.

Je m'approche de la cheminée et contemple l'emplacement vide du Vermeer. Le Picasso trônait sur le mur d'en face. C'était là toute la « collection Lockwood » : trois cents millions de dollars résumés à deux œuvres d'art. Derrière moi, j'entends un cliquetis de talons sur le sol en marbre. Les Chuck Taylor ne font pas ce bruit-là.

Nigel se racle la gorge.

— Je n'ai pas vraiment besoin de l'annoncer, n'est-ce pas ?

Je fais volte-face. Elle est là... ma cousine Patricia.

Ses yeux balaient la pièce avant de se poser sur moi.

— Ça me fait un effet bizarre de me retrouver ici, dit-elle.

— Depuis tout ce temps.

— Je suis du même avis, renchérit Nigel.

Nous le regardons tous les deux. Le message passe.

— Je serai là-haut si quelqu'un a besoin de moi.

Il pousse les portes massives en sortant. Elles se referment avec un bruit sépulcral. Patricia et moi nous taisons. Elle est quadragénaire comme votre serviteur. Nous sommes cousins germains ; nos pères étaient frères. Tous deux, Windsor II et Aldrich, étaient blonds et avaient le teint clair, encore une fois comme votre serviteur. Patricia, elle, tient de sa mère Aline, une Brésilienne originaire de Fortaleza. Au grand dam de la famille, oncle Aldrich avait ramené cette beauté de 20 ans à Lockwood après sa longue série de missions humanitaires en Amérique du Sud. Patricia a les cheveux bruns et courts, une coiffure stylée. Elle porte une robe bleue à la fois élégante et décontractée. Elle a les yeux en amande. L'expression par défaut de son beau visage est d'une mélancolie poignante. Ma cousine est aussi séduisante que télégénique.

— Alors, qu'est-ce qui t'arrive ? me demande-t-elle.

— On a retrouvé le Vermeer.

Elle reste sans voix.

— Sérieusement ?

Je lui décris l'accumulateur compulsif, la tourelle du Beresford, le meurtre. N'étant réputé ni pour ma subtilité ni pour mon tact, je fais cependant de mon mieux pour soigner mon récit. Face au regard inquisiteur de ma cousine, je franchis un nouveau portail temporel. Enfants, nous avons exploré le domaine des heures durant. Nous jouions à cache-cache. Nous montions à cheval. Nous nous baignions dans la piscine et dans le lac. Nous disputions des parties d'échecs et de backgammon, travaillions notre golf et notre tennis. Quand l'atmosphère devenait trop sinistre ou trop empesée, comme il seyait aux Lockwood, Patricia me regardait en levant les yeux au ciel et me faisait sourire.

J'ai dit une seule fois dans ma vie à quelqu'un que je l'aimais. Une seule.

Non point à une femme qui m'aurait, au final, brisé le cœur – je n'ai jamais eu le cœur brisé ni même fissuré –, mais à mon ami platonique Myron Bolitar. Je n'ai pas connu le grand amour, seulement une grande amitié. C'est pareil pour les membres de ma famille. Nous sommes liés par le sang. J'entretiens des rapports cordiaux, voire étroits, avec mon père, mes oncles et tantes, mes cousins. Je n'ai eu pratiquement aucune relation avec ma mère : je ne l'ai pas vue ni ne lui ai parlé depuis l'âge de 8 ans jusqu'à sa mort il y a une dizaine d'années.

Tout cela pour vous dire que, parmi ma parentèle, j'ai toujours eu une préférence pour Patricia. Même après la rupture brutale entre nos pères, ce qui explique pourquoi elle n'a pas remis les pieds à Lockwood depuis son adolescence. Même après le terrible drame qui a rendu cette rupture irréparable et définitive.

Mon récit terminé, Patricia me fait remarquer :

— Tout ça, tu aurais pu me le dire au téléphone.

— C'est vrai.

— Donc, il y a autre chose.

J'hésite.

— Oh zut, fait-elle.

— Pardon ?

— Tu tournes autour du pot, Win, ça ne te ressemble pas… C'est si grave que ça ?

Ma cousine fait un pas vers moi.

— Qu'est-ce que c'est ?

Je lâche de but en blanc :

— La valise de tante Plum.

— Quoi, la valise de tante Plum ?

— Ce type-là n'avait pas seulement le Vermeer. Il avait aussi la valise que m'avait offerte tante Plum.

— Et on ne sait pas qui c'est ?
— Il n'a pas encore été identifié.
— Tu as vu le corps ?
— Juste une photo de son visage.
— Décris-le-moi.
Je m'exécute.
— Ça pourrait être n'importe qui, commente-t-elle.
— Je sais.
— Il portait toujours une cagoule. Ou... Ou il me bandait les yeux.
— Je sais, dis-je à nouveau, plus sombrement cette fois.
L'horloge de parquet se met à carillonner. Nous nous taisons jusqu'à ce qu'elle s'arrête.
— Mais il y a une chance, voire une probabilité...
Patricia se rapproche de moi. Nous nous trouvions aux deux extrémités de la pièce. À présent, deux mètres à peine nous séparent.
— L'homme qui a volé les peintures a aussi... ?
Je réponds :
— Ne tirons pas de conclusions hâtives.
— Le FBI, que savent-ils au sujet de la valise ?
— Rien. Au vu du monogramme et des armoiries, ils ont conclu qu'elle m'appartenait.
— Tu ne leur as pas dit... ?
J'esquisse une moue.
— Bien sûr que non.
— Du coup, tu fais partie des suspects ?
Je hausse les épaules.
— Quand ils découvriront d'où vient cette valise... commence Patricia.
— Ils nous suspecteront tous les deux, oui.

Ma cousine, pour ceux qui ne l'ont pas encore deviné, est la fameuse Patricia Lockwood.

Vous avez sans doute entendu parler de son histoire dans *60 Minutes* ou une autre émission du même genre, mais, pour ceux qui l'ignoreraient, Patricia dirige les foyers Abeona pour adolescentes, jeunes filles ou femmes victimes de violences et qui se retrouvent à la rue. Elle est le cœur, l'âme, le moteur et le visage charismatique d'une organisation caritative en pleine expansion. Elle a remporté des dizaines de prix humanitaires bien mérités.

Alors, par où commencer ?

Je n'entrerai pas dans nos histoires de famille, la dispute entre son père Aldrich et le mien, la guerre entre les deux frères, guerre remportée par mon père, Windsor II, car je pense que mon père et mon oncle auraient fini par se réconcilier. Comme tout un tas de familles riches ou pauvres, la nôtre a connu son lot de ruptures et de réparations.

Il n'y a pas d'autre lien comme le sang, mais il n'y a pas de composé aussi volatil non plus.

Ce qui a empêché la réparation éventuelle, c'est le grand démolisseur : la mort.

Je vais relater les faits d'une manière aussi neutre que possible.

Il y a vingt-quatre ans, deux hommes cagoulés ont assassiné mon oncle Aldrich Powers Lockwood et kidnappé ma cousine Patricia âgée de 18 ans. Pendant quelque temps, on a signalé sa présence ici ou là – un peu comme les tableaux, maintenant que j'y pense –, mais aucune piste n'a abouti. Il y a eu une demande de rançon, vite démasquée comme étant une escroquerie.

À croire que la terre s'était ouverte pour engloutir ma cousine.

Cinq mois après l'enlèvement, des gens qui campaient près des chutes de Glen Onoko ont entendu les cris hystériques d'une jeune femme. Quelques minutes plus tard, Patricia surgissait de la forêt et se précipitait vers leur tente.

Elle était nue et couverte de crasse.

Cinq… mois.

La police a mis une semaine pour localiser l'abri de jardin en résine, un de ceux qu'on achète dans un magasin de bricolage, où Patricia avait été retenue prisonnière. Les menottes qu'elle avait réussi à briser avec une pierre étaient toujours sur le sol en terre battue. Ainsi qu'un seau pour ses besoins. C'était tout. L'abri mesurait deux mètres sur deux ; la porte était fermée par un cadenas. L'extérieur était vert sapin et donc pratiquement impossible à repérer : c'est un chien de la brigade canine du FBI qui l'a trouvé.

L'abri de jardin a été baptisé la « Cabane des horreurs » par la presse, surtout après la découverte de l'ADN de neuf autres jeunes filles entre 16 et 20 ans. Seuls six corps ont été retrouvés jusqu'ici, tous enterrés à proximité.

Les auteurs de ces crimes n'ont jamais été arrêtés. Ni même identifiés. Ils ont disparu dans la nature.

Physiquement, Patricia paraissait en forme. Son nez et ses côtes portaient des traces de fractures – l'enlèvement ne s'était pas fait en douceur –, mais ils s'étaient bien consolidés. Cependant, il lui avait fallu du temps pour se refaire une santé morale. Et quand elle avait repris le cours de sa vie, c'était dans un esprit de revanche. Elle avait transformé la cause de son traumatisme en une sorte de croisade. Désormais, elle ne vivait et ne respirait que pour et par ses sœurs maltraitées et abandonnées sans aucune lueur d'espoir.

Ma cousine et moi n'avons jamais parlé de ces cinq mois.

Elle n'a jamais abordé le sujet, et je ne suis pas du genre à susciter des confidences.

Patricia se met à arpenter le salon.

— Revenons en arrière et réfléchissons calmement.

Je lui laisse le temps de reprendre son souffle.

— Quand le tableau a été volé, exactement ?

— Le 18 septembre, lui dis-je, en précisant l'année.

— C'était quoi... sept mois avant... ?

Elle continue à arpenter la pièce de long en large.

— Avant l'assassinat de papa.

— Plutôt huit.

J'ai fait le calcul dans l'hélicoptère.

Elle s'arrête, lève les mains.

— Bon sang, Win !

Je hausse les épaules.

— Tu es en train de dire que les types qui ont volé les tableaux sont revenus tuer papa et me kidnapper ?

Nouveau haussement d'épaules. Je hausse souvent les épaules, mais avec une certaine élégance.

— Win ?

— Reprenons depuis le début, dis-je.

— Tu es sérieux ?

— On ne peut plus sérieux.

— Je n'ai pas envie, répond Patricia d'une petite voix qui ne lui ressemble guère. J'ai passé ces vingt-quatre dernières années à éviter d'y penser.

Je ne dis rien.

— Tu comprends ?

Je ne bronche toujours pas.

— Ne me fais pas le coup de l'homme silencieux et énigmatique, s'il te plaît.

— Le FBI voudra savoir si tu es capable d'identifier le type qui a été assassiné.

— Je ne peux pas. Je te l'ai déjà dit. Et d'ailleurs, qu'est-ce que ça changerait ? Il est mort, non ? Admettons que ce soit ce vieux bonhomme. Il n'est plus là. C'est fini.

— Ils étaient combien le soir de ton enlèvement ?

Elle ferme les yeux.

— Deux.

Quand Patricia rouvre les yeux, je la gratifie d'un énième haussement d'épaules.

— Merde, dit-elle.

4

Nous décidons pour le moment de ne rien faire. Enfin, c'est Patricia qui le décide – c'est sa vie qui va être chamboulée, pas la mienne –, mais cette solution me convient. Elle veut réfléchir et recueillir davantage d'informations. Car, une fois que nous aurons ouvert la boîte de Pandore, il n'y aura plus moyen de la refermer.

Je vais jeter un œil à mon père qui dort toujours. Je ne le dérange pas. La plupart du temps, il est lucide. Mais il a des jours sans. Je remonte dans l'hélico et quitte Lockwood. Je donne rendez-vous à une femme sur mon appli. Nous convenons de nous retrouver à 9 heures du soir. Elle utilise le pseudo Amanda. Le mien, c'est Myron, car il déteste cette appli. Un jour, je lui ai demandé de m'expliquer pourquoi. Il avait commencé par me parler du sens profond de l'amour, de la connexion, de ne faire qu'un avec celle ou celui qu'on fait entrer dans sa vie.

Je l'avais regardé avec des yeux de merlan frit.

Myron avait secoué la tête : « T'expliquer l'amour romantique, c'est comme essayer d'apprendre à lire à un lion. Ça ne va pas le faire, et il risque d'y avoir des dégâts. »

Ça m'avait bien plu.

Soit dit en passant, vous n'avez pas cette appli. Vous ne pouvez pas l'avoir.

Une heure plus tard, j'arrive au bureau. Kabir, mon assistant, est là. C'est un sikh américain de 28 ans. Il arbore une longue barbe et un turban. Je ne devrais sans doute pas le mentionner car il est né dans ce pays, c'est donc un Américain pur jus, mais comme il le dit lui-même : « Le turban. Il faut toujours expliquer le turban. »

— Des messages ?

— Des tonnes.

— Une urgence ?

— Oui.

— Laisse-moi une heure, alors.

Kabir acquiesce et me tend une bouteille. C'est une boisson fraîche avec les dernières molécules NAD qui aident à ralentir le vieillissement. La composition m'a été fournie par un spécialiste de la longévité à Harvard. L'ascenseur me conduit dans une salle de fitness privée au sous-sol. On y trouve des haltères, un sac de frappe, une poire de vitesse, un mannequin de grappling, des sabres d'entraînement en bois (bokkens), des pistolets en caoutchouc, un mannequin wing chun avec bras et jambes en bois… Bref, vous voyez le tableau.

Je m'entraîne tous les jours.

J'ai pratiqué avec les meilleurs professeurs d'arts martiaux du monde. Je me suis initié à toutes les techniques de combat possibles et imaginables : karaté, kung-fu, taekwondo, krav maga, jiu-jitsu sous toutes ses formes… plus d'autres que vous ne connaissez pas. J'ai passé un an à Siem Reap à étudier l'art du combat khmer connu sous le nom de bokator, ce qui signifie grosso modo « cogner sur un lion ». Quand j'étais à la fac, j'ai séjourné deux étés de suite à Jinhae en Corée du Sud pour rejoindre dans son ermitage un maître de soo bahk do. J'étudie les coups, les projections, les immobilisations, les clés articulaires (bien que je n'aime pas ça), les points de pression (pas vraiment utiles dans un vrai combat), le corps-à-corps, les attaques groupées, les armes de toutes sortes. Je manie à la perfection les armes de poing (et je m'y connais en fusils, même si je m'en sers rarement). J'ai travaillé avec des couteaux, des sabres, des lames en tout genre, et bien que grand admirateur du kali eskrima philippin, j'ai appris davantage du mélange des styles de notre Delta Force.

Comme je suis seul dans la salle, je me déshabille et reste en sous-vêtements – un slip boxer, si vous voulez tout savoir –, avant d'attaquer une série de katas. Mes mouvements sont rapides. Entre les enchaînements, je m'exerce pendant trois minutes au punching-ball, le meilleur exercice cardio du monde. Dans ma jeunesse, je m'entraînais cinq heures par jour. Maintenant, c'est au minimum une heure. La plupart du temps, je travaille avec un coach car j'ai toujours soif d'apprendre. Sauf aujourd'hui.

C'est l'argent, bien sûr, qui rend tout cela possible. Je peux voyager n'importe où… ou faire venir n'importe quel expert pour une durée indéterminée. L'argent vous offre le temps, l'accès, la technologie et l'équipement dernier cri.

On dirait Batman, non ?

Quand on y pense, le seul superpouvoir de Bruce Wayne est son immense fortune.

J'ai le même. Eh oui, je suis content d'être moi.

La sueur perle sur ma peau. Je sens l'adrénaline monter et je redouble d'efforts. Je me suis toujours donné à fond. Sans recourir au moindre stimulus extérieur. Le seul partenaire avec lequel j'aie jamais pratiqué, c'était Myron, et encore, parce qu'il avait besoin d'apprendre, et non parce que j'avais besoin de me motiver.

Je fais cela pour garder la forme et parce que j'aime ça. Pas tout, remarquez. Surtout le côté physique. Je ne suis pas fan des obséquiosités du genre : « Oui, sensei » que certains arts martiaux imposent à leurs disciples car je ne m'incline devant personne. Le respect, ça oui. Les courbettes, non. Je n'utilise pas non plus ces techniques pour l'« autodéfense uniquement », une formule aussi mensongère que celle du chèque qui vient de partir par courrier ou : « Ne t'inquiète pas, je me débrouillerai. » J'utilise mon savoir pour vaincre mes ennemis, quel que soit l'agresseur (le plus souvent, c'est moi qui frappe le premier).

J'aime la violence.

J'adore ça. Je ne me bats pas en dernier recours. Je me bats chaque fois que j'en ai l'occasion. Je ne cherche pas à éviter les ennuis. J'aurais plutôt tendance à les provoquer.

Après en avoir terminé avec le punching-ball, je passe aux développés couchés, aux squats et aux soulevés de terre. Plus jeune, j'avais des jours dédiés à un certain type d'exercices de musculation : les bras, les jambes, les pectoraux. Arrivé à la quarantaine, je me suis aperçu qu'il valait mieux travailler moins intensément, mais de manière plus variée.

Un passage par le hammam, puis le sauna et, une fois ma température corporelle remontée, je saute sous une douche glacée. Soumettre le corps à un certain stress contrôlé active les hormones endormies. C'est bon pour la santé. Quand je sors de la douche, trois costumes m'attendent. Je choisis le bleu inusable et retourne au bureau.

Kabir brandit son téléphone.

— C'est sur Twitter maintenant.

— Et qu'est-ce que ça dit ?

— Juste que le Vermeer a été retrouvé sur une scène de crime. Je reçois aussi des tas d'appels de journalistes.

— Il y a des revues porno ?

Kabir fronce les sourcils.

— C'est quoi, une revue porno ?

Ah, la jeunesse d'aujourd'hui.

Je ferme la porte. Mon bureau tout en boiseries jouit d'une vue imprenable. Il y a là un antique globe terrestre en bois et une peinture représentant une chasse au renard. Je regarde le tableau en essayant d'imaginer le Vermeer à sa place. Mon portable sonne. Je jette un œil au numéro.

Je devrais être surpris – je n'ai pas eu de ses nouvelles depuis une dizaine d'années, lorsqu'il m'a annoncé qu'il prenait sa retraite –, pourtant je ne le suis pas.

Je colle le téléphone à mon oreille.

— Articulez.

— Je n'arrive pas à croire que tu répondes toujours au téléphone de cette façon-là.

— Les temps changent, dis-je, pas moi.

— Tu changes aussi, répond-il. Je parie que tu as arrêté tes « tournées nocturnes », je me trompe ?

Les tournées nocturnes… Jadis, j'enfilais mon costume le plus élégant et partais faire un tour dans les rues les plus malfamées en pleine nuit. Je sifflotais. Je faisais en sorte que tout le monde puisse voir mes boucles blondes et mon teint entre albâtre et sanguin. J'ai une ossature plutôt fine et de loin je parais frêle… un irrésistible morceau de choix pour une brute. C'est seulement de près qu'on sent la puissance contenue sous mes habits. En général, à ce moment-là, il est déjà trop tard. On repère une proie facile, on en rigole avec ses amis, on ne peut plus faire machine arrière.

Et même si on le voulait, je ne le permets pas.

— Non, dis-je.

— Tu vois ? C'est déjà un changement.

J'ai mis fin à mes tournées nocturnes il y a des années. Bizarrement, c'était trop arbitraire et beaucoup trop aléatoire. Aujourd'hui, je choisis mes cibles avec plus de soin.

— Comment vas-tu, Win ?

— Bien, merci, PP.

PP doit avoir dans les 75 ans maintenant. C'est lui qui m'a recruté lors de mon bref passage au FBI. C'est aussi lui qui m'a formé. Très peu d'agents connaissent son existence mais tous les directeurs et responsables du FBI l'ont rencontré le jour de leur prise de fonction. Il y a des hommes de l'ombre dans notre gouvernement. PP est tellement dans l'ombre qu'il en est devenu inexistant. Il n'émet pratiquement aucun signal radar. Il habite quelque part du côté de Quantico, mais je ne sais même pas où. Je ne connais pas non plus son vrai nom. Je pourrais le trouver, certes, mais j'ai beau aimer la violence, je ne tiens pas à jouer avec le feu.

— C'était comment, le match hier soir ? questionne PP.

Je me tais.

— La finale du championnat universitaire, ajoute-t-il.

Je ne dis toujours rien.

— Oh, détends-toi, s'esclaffe-t-il. J'ai regardé le match à la télé. C'est tout. Je t'ai vu assis aux premières loges à côté de Swagg Daddy.

Je me demande si c'est vrai.

— J'aime bien ce qu'il fait, d'ailleurs.

— Qui ça ?

— Swagg Daddy. De qui parle-t-on ? Cette chanson où il oppose les garces qui brisent le cœur des hommes aux garces qui leur cassent les burnes. Ça résonne. Je trouve ça poétique.

— Je le lui transmettrai, dis-je.

— Excellent.

— La dernière fois que j'ai eu de vos nouvelles, vous m'avez dit que vous preniez votre retraite.

— C'est exact, acquiesce PP.

— Et pourtant.

— Et pourtant, répète-t-il. Dis-moi, Win, ta ligne est sécurisée ?

— Comment en être tout à fait sûr ?

— Avec les nouvelles technologies, on ne peut pas. Le FBI a retrouvé ton bien aujourd'hui, paraît-il.

— Il a toute ma reconnaissance.

— Il y a autre chose, cependant.

— Comme d'habitude, n'est-ce pas ?

— C'est vrai, soupire-t-il.

— Au point que vous devez sortir de votre retraite ?

— C'est te dire, hein ? Je suppose que tu as tes raisons pour ne pas coopérer pleinement.

— Je suis prudent, voilà tout.

— Peux-tu oublier la prudence d'ici demain matin ?

Son ton n'a pas changé – rien de perceptible, en tout cas – et cependant...

— Oublie la prudence d'ici demain matin.

Je ne réponds pas.

— Un avion t'attendra à Teterboro à 8 heures.

— PP ?

— Oui ?

— Avez-vous identifié la victime ?

J'entends une voix féminine étouffée à l'arrière-plan. PP me prie de ne pas quitter et crie à la femme qu'il en a encore pour une minute. Son épouse peut-être ? C'est invraisemblable d'en savoir aussi peu sur cet homme. Lorsqu'il reprend la communication, il demande :

— Tu connais l'expression « J'en fais une affaire personnelle » ?

— Pendant notre formation, vous avez souligné qu'il ne fallait jamais en faire une affaire personnelle.

— J'avais tort, Win. Définitivement tort. Demain 8 heures.

Il raccroche.

Je me laisse aller en arrière, pose les pieds sur le bureau et repasse cette conversation dans ma tête. Je cherche des indices, un sens caché. Mais je ne vois rien de particulier. On frappe à la porte. Une pause, puis on frappe à nouveau. Kabir passe la tête à l'intérieur.

— Sadie veut vous voir. Elle… n'a pas l'air contente.

— Houla ! dis-je.

Je prends l'ascenseur pour redescendre au cabinet de Sadie, où je suis accueilli par le réceptionniste alias assistant juridique fraîchement diplômé du nom de Taft Buckington III. Le père de Taft – connu sous le nom de Taffy – est un membre du Merion Golf Club. Nous jouons beaucoup au golf, Taffy et moi. Le jeune Taft croise mon regard et secoue la tête en signe d'avertissement. Il y a quatre avocats chez Fisher et Friedman, rien que des femmes. Une fois, j'ai dit à Sadie qu'elle devrait peut-être embaucher un homme, histoire d'éviter d'éventuelles accusations de discrimination. Sa réponse, qui m'avait plu, avait été lapidaire : « Et puis quoi encore ? » Du coup, le seul homme, c'est le réceptionniste alias assistant juridique. Pensez-en ce que vous voulez.

Quand Sadie m'aperçoit à la réception, elle me fait signe d'entrer dans son bureau et referme la porte derrière moi. Je m'assieds. Elle reste debout. C'était là que travaillait Myron. Elle a gardé son bureau. Quand elle avait repris le bail, elle avait proposé de le racheter. J'avais appelé Myron pour qu'il me donne son prix mais, comme je m'y attendais, il avait répondu qu'il le lui offrait. N'empêche, cela me fait bizarre car tout le reste a changé. Le petit frigo où Myron gardait sa réserve de Yoohoo a été remplacé par un support d'imprimante. Les affiches colorées des spectacles de Broadway – je ne connais aucun hétéro dans toute l'Amérique du Nord, à l'exception possible de Lin-Manuel Miranda, qui aime les comédies musicales autant que Myron – ont également disparu. Du temps de Myron, le décor était hétéroclite, nostalgique et chamarré. Aujourd'hui il est blanc, minimaliste et impersonnel. Sadie ne veut pas de distractions. « L'important, c'est le client, m'a-t-elle expliqué, pas l'avocat. »

— Pour que les choses soient claires, j'ai l'autorisation de t'en parler, commence Sadie. Le secret professionnel n'est pas de mise parce que… Bref, tu verras.

Je ne dis rien.

— Tu es au courant pour ma cliente hospitalisée ?

— Juste ça.

— Juste quoi ?

— Que tu as une cliente qui a été hospitalisée.

Ce n'est pas vrai. J'en sais bien davantage.

— Comment as-tu su ? demande Sadie.

— J'ai entendu quelqu'un en parler au cabinet.

Cela aussi est un mensonge.

— Elle s'appelle Sharyn, poursuit Sadie. Pas de nom de famille pour l'instant. Les noms n'ont pas d'importance. Sharyn est un cas d'école. Elle fait ses études dans une grande université. Là elle rencontre un homme qui occupe un poste prestigieux. Au départ, tout baigne. C'est souvent comme ça. L'homme est charmant. Il la couvre de compliments. Il est attentionné. Il lui parle de leur avenir merveilleux.

— Ils le font tous, non ? dis-je.

— Pour la plupart, oui. Il serait injuste de voir un psychopathe dans chaque homme qui t'envoie des fleurs ou te couvre d'attentions… mais il y a un peu de ça.

Je hoche la tête.

— Tous les amoureux super-attentionnés ne sont pas des psychopathes mais tous les psychopathes sont des amoureux super-attentionnés.

— Bien dit, Win.

Je m'efforce de prendre un air modeste.

— Bref, leur histoire démarre sur les chapeaux de roues. Comme souvent dans ces cas-là. Mais au bout d'un moment, ça commence à partir en vrille. Sharyn fait partie d'un groupe d'étudiants composé de garçons et de filles. Son petit copain – appelons-le Teddy car c'est le prénom de ce connard – n'aime pas ça.

— Il est jaloux ?

— Tu n'as pas idée. Il se met à questionner Sharyn sur ses amis garçons. De vrais interrogatoires. Un jour, elle consulte l'historique des recherches sur son ordinateur portable. Quelqu'un – Teddy, en fait – a googlé ses amis. Teddy débarque à la bibliothèque à l'improviste. Pour lui faire une surprise, dit-il. Une fois, il apporte une bouteille de vin et deux verres.

— Comme couverture, dis-je. Un geste pseudo-romantique.

— Tout à fait. Et bien sûr, ça s'aggrave. Teddy supporte mal qu'elle puisse travailler tard. Sharyn est étudiante. Elle aimerait aller à des soirées avec ses copains. Teddy, qui bosse comme coach assistant, insiste pour l'accompagner. Sharyn commence à manquer d'air. Teddy est partout. Si elle ne répond pas assez rapidement à ses textos, il pique une crise. Il l'accuse de le tromper. Un soir, il lui serre le bras si violemment qu'elle en garde des bleus.

C'est après cette agression qu'elle rompt avec lui et que le harcèlement commence.

Ce n'est pas mon genre de prêter une oreille compatissante, mais je fais de mon mieux. J'acquiesce quand il le faut. J'essaie d'avoir l'air inquiet et mortifié. Mon expression par défaut, si vous me permettez d'employer cet exaspérant langage familier encore une fois, est soit distante, soit arrogante. Cela me demande un certain effort de paraître attentif et intéressé, mais je crois que je ne m'en sors pas trop mal.

— Teddy se pointe à l'improviste et la supplie de revenir. À trois reprises, Sharyn est obligée d'appeler le 911 parce qu'il cogne à sa porte à minuit passé. Il l'implore de lui parler, l'accuse d'être injuste et cruelle de ne pas vouloir l'écouter. Il pleure même, tant elle lui manque, et finit par la convaincre qu'elle lui… – Sadie esquisse des guillemets avec ses doigts –… « doit » une chance de s'expliquer.

— Et elle accepte de le revoir ?

Je pose la question surtout parce que j'ai conscience d'être resté silencieux trop longtemps.

— Oui.

— Ça, dis-je, c'est quelque chose que je ne comprendrai jamais.

Sadie se penche en avant et incline la tête sur le côté.

— Tu auras beau essayer, Win, tu resteras un homme avant tout. Les femmes ont été conditionnées pour faire plaisir. Nous sommes responsables non seulement de nous-mêmes, mais aussi de tous ceux qui gravitent autour de nous. Nous pensons que notre rôle est de réconforter l'homme. Que nous pouvons améliorer les choses en sacrifiant une part de nous-mêmes. Mais tu as raison de le mentionner. La première chose que je dis à mes clientes, c'est : « Si vous êtes prête à y mettre fin, allez-y.

Coupez les ponts et ne regardez pas en arrière. Vous ne lui devez rien. »

— Est-ce que Sharyn s'est remise avec lui ?

— Pendant quelque temps, oui. Ne secoue pas la tête, Win. Contente-toi d'écouter, OK ? C'est comme ça qu'ils opèrent, ces pervers. Ils te manipulent, te font douter de ta santé mentale. Ils te culpabilisent, comme si c'était ta faute, et te roulent dans la farine.

Je ne comprends toujours pas, mais peu importe.

— De toute façon, ça n'a pas duré. Sharyn s'est vite ressaisie et a rompu à nouveau. Elle n'a plus répondu à ses textos ni à ses appels. Et là, la connerie de Teddy a viré à la psychose. À l'insu de Sharyn, il a truffé son appartement de micros. Il a mis des enregistreurs de frappe sur ses ordinateurs et un traceur sur son téléphone. Puis il a commencé à lui envoyer des menaces anonymes. Il a piraté tous ses contacts pour inonder leurs messageries de mensonges malveillants à son sujet... les amis, la famille. Il leur a écrit en se faisant passer pour elle et en proférant des horreurs sur ses professeurs et ses camarades. Une fois, il a contacté le fiancé de sa meilleure amie – en tant que Sharyn – pour l'informer qu'elle l'avait trompé. Il a monté de toutes pièces une histoire d'incident dans un bar qui n'a jamais eu lieu.

— Créatif, le gars, dis-je.

— Et tu ne sais pas tout. Il s'est mis à envoyer des messages à Sharyn, soi-disant de la part de ses amis, pour lui expliquer à quel point elle avait été bête d'avoir laissé partir un garçon adorable comme Teddy.

Je fronce les sourcils.

— Créatif mais pathétique.

— Plus que pathétique. Ces hommes-là – désolée, sans vouloir paraître sexiste, ce sont presque toujours des hommes – sont des losers angoissés puissance mille.

— Sharyn a-t-elle prévenu la police ?

— Oui.

— Mais ça n'a rien donné, n'est-ce pas ?

Son regard s'illumine. Sadie est dans son élément maintenant.

— C'est pour ça que nous sommes là. La loi sous sa forme actuelle ne peut pas aider Sharyn et ses semblables. Déjà, elle ne s'est pas mise au niveau des nouvelles technologies. Teddy se planque en utilisant des VPN, des téléphones jetables et de fausses adresses mail. Impossible de prouver qui la harcèle. Voilà pourquoi notre travail est si important.

Je hoche la tête pour l'encourager à poursuivre.

— Depuis son second largage, Teddy ne lâche pas l'affaire. Il a envoyé une photo de Sharyn nue à sa grand-mère âgée de 91 ans. Il a fabriqué une vidéo remplie de calomnies à propos de Sharyn : elle hait les Juifs, elle se livre à des pratiques sexuelles tordues, c'est une adepte du suprémacisme blanc… tu n'imagines même pas. Et tiens-toi bien, quand on lui met le nez dedans, Teddy affirme que c'est un coup monté. Qu'il a plaqué Sharyn et que, comme elle n'arrive pas à tourner la page, elle cherche à se venger de lui.

Je secoue la tête.

— Et puis Sharyn a découvert notre existence.

— Quand ça ?

— En février.

J'attends.

Sadie déglutit.

— Oui, je sais. C'est long.

— Et ?

— Nous avons fait notre possible, Win. Au cours de nos recherches, nous avons appris que Teddy avait déjà fait le coup à trois autres femmes au moins… c'est l'une des raisons pour lesquelles il change d'établissement en permanence.

— Et les universités sont au courant ?

— Chaque institution protège ses membres. Il accepte donc de démissionner sans faire de vagues, et elles acceptent de se taire. Dans l'un des cas à notre connaissance, de l'argent a été versé, et la victime a signé un accord de non-divulgation.

Je fronce les sourcils de plus belle.

— Quoi qu'il en soit, nous nous mettons en quatre pour Sharyn. Nous obtenons un mandat provisoire de protection contre Teddy. Je lui ai conseillé de noter par écrit tout ce dont elle se souvient – tous les faits et gestes de Teddy – et de tenir un journal de bord à partir de maintenant. C'est ça, la clé : consigner les faits depuis le début. Nous alertons les autorités, histoire d'être en règle, mais, je le répète, la police n'est pas formée à l'investigation numérique.

Je me cale dans mon siège, croise les jambes.

— Jusqu'ici, ça m'a l'air d'être un cas classique pour votre cabinet.

— Tu as raison.

Elle sourit tristement.

— Teddy est un stéréotype. Il me fait penser à mon ex.

Le persécuteur de Sadie était allé beaucoup plus loin, mais ce n'est pas le moment de remettre le sujet sur le tapis. Je reste assis et j'attends. Je connais déjà les grandes lignes de l'histoire qu'elle me raconte, mais là elle s'est mis en tête de me fournir les détails. Je ne vois pas bien où elle veut en venir.

— Pour finir, Sharyn laisse tomber ses études parce que Teddy continue à la harceler. Elle déménage dans le Nord, s'inscrit dans une autre fac. Mais Teddy la retrouve et, cette fois, il s'adonne au harcèlement par procuration.

Elle me regarde, comme si elle attendait une réaction de ma part. Je répète :

— Harcèlement par procuration ?

— Tu sais ce que c'est ?

Je sais, oui, mais je fais non de la tête.

— Teddy a créé des profils sur Tinder, Whiplr et d'autres sites plus gore genre BDSM en se faisant passer pour Sharyn. Il a posté des photos d'elle, engage des conversations, fixe des rencards. Des types bizarres débarquent chez Sharyn à toute heure du jour et de la nuit pour le sexe, un jeu de rôles, que sais-je. Un jour…

Sadie marque une pause. J'attends.

— Un jour, Teddy commence à flirter avec un gars sur un site clandestin. En tant que Sharyn. Ça dure six semaines. Six semaines, Win. Si ce n'est pas de l'abnégation… – à nouveau, elle esquisse des guillemets dans l'air –, « Sharyn » raconte à ce type ses fantasmes de viol avec violence. « Elle » dit qu'elle veut être agressée, menottée et bâillonnée. Teddy fournit même l'adresse où acheter tout le matériel, puis il fixe un rendez-vous pour jouer la scène du viol.

Je retiens mon souffle.

— Le gars croit parler à Sharyn. Ça fait des semaines qu'on lui demande d'être violent, de la frapper, de la ligoter, de se servir d'un couteau. On lui a même donné un *safe word*. « Pourpre ». « Ne t'arrête pas, lui explique "Sharyn", sauf si tu m'entends dire "pourpre". »

Sadie détourne les yeux et cille. Je serre des poings rageurs.

— Et voilà, c'est comme ça que Sharyn a fini à l'hôpital. Son état n'est pas… très bon.

Tout cela, je le sais déjà. Alors pourquoi s'affoler ? Je hasarde :

— J'imagine que Teddy avait caché son identité.

Sadie acquiesce.
— Donc la police n'a pas pu l'atteindre.
— C'est ça.
— Il s'en est tiré ?
— Jusqu'ici.
— Jusqu'ici ?
— Le nom complet de Teddy est Teddy Lyons. Ça te dit quelque chose ?
Je tapote mon menton du bout de l'index.
— Oui, vaguement.
— Il est coach assistant de basket à l'université de South State.
— Ah bon ? dis-je en essayant de ne pas en faire trop.
— Nous venons juste de l'apprendre. Hier soir, après le match, Teddy a été agressé. On l'a littéralement massacré... les dommages physiques qu'il a subis sont considérables.
On. Elle a dit « On ». Conclusion : je n'ai pas à m'inquiéter.
— Multiples fractures, continue-t-elle. Hémorragie interne. Une grave lésion au foie. Il ne s'en remettra jamais complètement, semble-t-il.
J'ai un mal fou à ne pas laisser paraître mon sourire.
— C'est bien malheureux.
— Visiblement, ça ne te fait ni chaud ni froid.
— Ça devrait ?
— Nous le tenions, Win.
Ses yeux lancent des éclairs derrière ses lunettes. La passion, voilà ce qui m'a séduit chez elle et m'a rallié à sa cause. Sadie préfère les actes aux paroles. Là-dessus, on est pareils.
— Comment ça, vous le teniez ? Tu viens de me dire qu'il s'en est toujours tiré.

— Après ce qui est arrivé à Sharyn, j'ai repris contact avec les autres victimes de Teddy. Elles ont finalement accepté de témoigner. Sharyn était prête à parler, elle aussi. Ce serait traumatisant, bien sûr. Elles ont déjà tellement souffert par la faute de Teddy.

— Hmm.

Je décroise les jambes. Je n'avais pas vraiment songé aux répercussions. Ce n'est pas dans mes habitudes. Mais bon… tout compte fait, elle se trompe.

— Alors, dis-je, la raclée que Teddy a prise les a aidées.

— Non, Win. Une fois qu'on change d'avis… c'est cathartique au final de se battre, d'affronter son tortionnaire. Mieux que ça, nous avions prévu une grande conférence de presse le jour où Sharyn sortirait de l'hôpital. Imagine, quatre victimes sur les marches du capitole de l'État, révélant leur histoire au grand jour. Nous avions deux représentants de l'État prêts à se joindre à nous. Cela aurait ruiné la réputation de Teddy, mais, le plus important, c'est que ces témoignages nous auraient permis de faire passer un projet de loi…

Sadie tambourine sur son bureau.

— … projet de loi élaboré ici même. Les deux représentants allaient le présenter au gouverneur.

J'attends.

— Et maintenant, dit Sadie, tout a volé en éclats.

— Pourquoi ?

— Pourquoi quoi ?

— Pourquoi ne pas divulguer ces histoires ?

— Ça n'aura pas le même impact.

— Pfff… bien sûr que si.

— Teddy s'est fait agresser hier soir.

— Et alors ?

— Du coup, il est la victime d'un justicier autoproclamé.

— Tu n'en sais rien. Il a peut-être récidivé avec une autre femme, sauf qu'il est tombé sur un os.

— Une femme qui l'aurait réduit en bouillie ?

— Ou sa famille, va savoir.

Je fais claquer mes doigts.

— Si ça se trouve, c'était une tentative de vol qui a mal tourné.

— Ben voyons.

— Quoi ?

— C'est fini, Win. Le combat continue mais nous avons perdu cette bataille. Nous avions besoin du soutien du public. Sauf que notre monstre est dans le coma. Quelqu'un va twitter que ses victimes se sont vengées. La mère de Teddy dira que ces femmes délaissées ont menti à propos de son petit garçon... qu'elles l'ont pris pour cible. Il ne s'agit pas seulement de faits, Win. Nous devons avoir le mot de la fin.

Je réfléchis. Et je réponds sans grand enthousiasme :

— Désolé.

Soyons clairs : je ne regrette pas ce que j'ai fait à Teddy. Je regrette de ne pas avoir attendu la conférence de presse. Sadie est optimiste par nature. Moi pas. La justice n'aurait jamais rattrapé Teddy. Il aurait été gêné, aurait peut-être perdu son poste, mais il aurait riposté de la pire façon qui soit. Il aurait démoli Sharyn et les autres femmes. Il aurait prétendu être victime de leur harcèlement, et non l'inverse. Malheureusement, beaucoup de gens l'auraient cru. C'est contre ça que Sadie se bat.

Je crois en Sadie Fisher. Un jour, elle pourrait bien faire triompher sa cause. Mais pas aujourd'hui.

Il est 20 h 30. J'ai rendez-vous dans une demi-heure, mais je peux l'annuler sans problème.

— On pourrait tous aller boire un verre, lui dis-je.

— Tu es sérieux ?

— Pour manifester notre compassion.

Sadie secoue la tête.

— Je sais que tu veux bien faire, Win.

— Mais ?

— Mais tu es à côté de la plaque.

— Ça ne se fait pas d'aller boire un verre entre collègues ?

— Pas ce soir, Win. Ce soir, il faut que j'aille à l'hôpital pour informer Sharyn de ce qui s'est passé.

— Peut-être qu'elle sera soulagée, dis-je. Teddy ne pourra plus lui faire de mal. Ça devrait la réconforter, non ?

Sadie ouvre la bouche, puis se ravise. Je vois bien que je la déçois. Elle sort en me gratifiant au passage d'une petite tape sur l'épaule.

Je consulte mon appli. Mon site de rencontre pour gens riches est tellement loin sur le Dark Web que personne ne pourrait créer un faux profil à la Teddy. Et même si quelqu'un y parvenait, jamais il ne franchirait l'autre barrière de sécurité. Le message m'informe : *Nom d'utilisateur Amanda vous attend.*

Ma partenaire de la soirée est donc déjà arrivée dans la suite.

Inutile de la faire attendre.

5

L'appli propose plusieurs entrées secrètes.

Ce soir, nous emprunterons celle du grand magasin Saks Fifth Avenue. Le vénérable Saks, situé entre la 49e et la 50e Rue dans la Cinquième Avenue, possède un rayon bijouterie de luxe appelé « La Chambre forte ». Il est situé au sous-sol. Au-delà, on trouve une porte qui, jadis, donnait sur un vestiaire. La porte est fermée mais, grâce à l'appli, on peut l'ouvrir avec une clé électronique. On passe la porte et on descend les marches qui mènent à un passage souterrain. Ce passage conduit jusqu'à un ascenseur sous un gratte-ciel de la 49e Rue côté Madison Avenue. L'ascenseur s'arrête uniquement au septième étage. À ce stade, il faut se soumettre à la reconnaissance oculaire. Si vos yeux ne passent pas le test, les portes de l'ascenseur ne s'ouvrent pas, vous interdisant l'accès à la suite privée.

C'est bon d'être riche.

Pour accéder à cette appli, vous devez peser plus de cent millions de dollars. Son coût mensuel est exorbitant, surtout pour moi qui utilise ce service fréquemment. Le principe est simple : permettre des rencontres sexuelles entre gens riches. Aucun engagement. C'est du haut de gamme. Du sur-mesure. Mais, surtout, c'est du sexe.

L'appli n'a pas de nom. La plupart des clients sont mariés et tiennent par-dessus tout à préserver leur anonymat. Certains sont des personnages publics. D'autres sont gays ou dans la sphère LGBT et craignent d'être démasqués. D'autres encore, comme moi, sont tout simplement fortunés et veulent du sexe sans attachement ni suite. Pendant des années, j'ai ramassé des femmes dans des bars, des boîtes de nuit ou des soirées de gala. Ça m'arrive encore quelquefois mais, passé 35 ans, ce type de comportement a quelque chose de pathétique. Dans mon passé plus ou moins douteux, je faisais appel à des prostituées. À une époque, chaque mardi, je commandais un menu vapeur et une femme dans un endroit appelé « La Noble Maison » dans le Lower East Side… ma propre version des nuits de Chine. Je croyais alors que la prostitution était le plus vieux et (comme la Maison) le plus noble métier du monde. Je me trompais. Lors d'une enquête à l'étranger, j'ai découvert les dessous du trafic d'êtres humains. Et j'ai arrêté de recourir à ce genre de service.

Comme avec les arts martiaux, on apprend, on évolue, on s'améliore.

Ayant renoncé à cette option, j'ai essayé l'approche autrefois en vogue des *sex friends*, mais qui dit amitié dit attachement. Or je n'en veux pas.

Aujourd'hui, j'utilise essentiellement cette application.

Nom d'utilisateur Amanda est assise sur le lit, vêtue seulement du peignoir-éponge turc bordé de satin, fourni par la maison. Le champagne, La Grande Dame Veuve Clicquot rosé, est déjà servi. Il y a des fraises au chocolat dans un bol en argent. La chaîne hi-fi dernier cri peut diffuser n'importe quel style de musique. En général, je laisse la femme choisir, bien que, personnellement, je préfère me passer de la bande-son.

J'aime mieux écouter ma partenaire.

Nom d'utilisateur Amanda se lève, sourit et s'approche nonchalamment de moi, une flûte de champagne à la main. Chaque fois qu'on en discute, Myron me soutient qu'une femme atteint le paroxysme du sex-appeal quand elle est en peignoir-éponge avec les cheveux mouillés. Chaque fois je me moque de lui, mes préférences allant à la guêpière noire agrémentée d'un porte-jarretelles assorti, mais, aujourd'hui, je dois reconnaître qu'il n'a peut-être pas tort.

On apprend, on évolue, on s'améliore.

Ce soir, le sexe est fabuleux. Comme presque toujours. Et quand il ne l'est pas, ça reste du sexe. Il y a une vieille blague au sujet d'un homme qui porte une moumoute : elle peut être belle ou laide, mais ça reste une moumoute. Le sexe, c'est pareil. On dit que le pratiquer avec une inconnue vous met mal à l'aise. Je ne suis pas d'accord. Sans doute grâce à mon expertise en la matière – les techniques que j'ai apprises lors de mes voyages autour du monde ne se limitaient pas à l'art du combat –, mais au fond le secret est simple : il faut être présent. Avec moi, chaque femme a l'impression d'être la seule et l'unique. Il ne s'agit pas d'un faux-semblant. Si vous n'êtes pas authentique, votre partenaire le sentira. Tant que nous sommes ensemble, elle et moi, rien d'autre n'a d'importance. Le monde cesse d'exister. Ma concentration est totale.

J'aime le sexe. Et je ne m'en prive pas.

Myron peut disserter aussi longtemps qu'il le veut sur le fait que le sexe ne doit pas se résumer à des rapports physiques, que l'amour et la fusion entre deux êtres magnifient cette expérience. Je l'écoute en me demandant s'il cherche à me convaincre moi ou à se convaincre lui.

Je n'aime pas l'amour ni la fusion entre deux êtres. J'aime partager certains actes charnels avec une autre personne consentante. Le reste ne « magnifie » pas le sexe pour moi. Ça le souille. L'acte est pur en soi. Pourquoi le ternir avec toutes ces considérations inopportunes ? Le sexe peut être la meilleure expérience partagée du monde. Certes, j'apprécie les repas gastronomiques, les bons spectacles, les soirées entre amis. J'aime le golf, la musique et l'art.

Mais rien de tout cela n'est comparable à une nuit de sexe.

À mon humble avis, du moins.

Cela explique pourquoi la prostitution me convenait parfaitement. C'était une transaction claire et nette, un échange de services. Personne ne devait rien à personne. C'est ce qui me manque encore : quitter la chambre en sachant que ma partenaire en a profité autant que moi. D'où mon côté performant. Plus je la satisfais, moins je me sentirai redevable. J'ai aussi un ego surdimensionné. Je ne fais que ce qui me réussit. Je suis un très bon golfeur, un très bon conseiller financier, un très bon lutteur et un très bon amant. Quand j'entreprends quelque chose, c'est pour y exceller.

Une fois que c'est terminé – les dames d'abord –, nous retombons sur les draps en soie crème et les oreillers en duvet d'oie. Nous prenons de grandes inspirations. Je ferme brièvement les yeux. Elle ressert du champagne rosé et me tend une flûte. Je la laisse me glisser une fraise au chocolat dans la bouche.

— On s'est déjà rencontrés, me dit-elle.

— Je sais.

Cela arrive parfois. Son véritable nom est Bitsy Cabot. Les ultrariches évoluent dans des cercles fermés. Il est normal que je connaisse la plupart des femmes qui les fréquentent. Bitsy doit avoir quelques années de plus que moi. Je sais qu'elle partage son temps entre New York, les Hamptons et Palm Beach. Je sais qu'elle est mariée à un riche gestionnaire de fonds, dont j'ai oublié le prénom. J'ignore pourquoi elle fait ça. Cela ne m'intéresse pas.

— Chez les Radcliffe, dis-je.

— Oui. Leur gala de l'été dernier était sublime.

— C'est pour la bonne cause.

— Oui, c'est vrai.

— Cordelia est douée pour organiser des fêtes, dis-je.

Vous pensez peut-être que j'ai hâte de m'habiller et de partir... que je ne passe jamais la nuit sur place pour éviter tout attachement. Et vous avez tort. Si elle veut que je reste, je reste. Sinon je m'en vais. Peu m'importe. Je dors aussi bien, qu'elle soit là ou pas. Le lit est confortable, c'est tout ce qui compte.

Elle ne me retiendra pas en restant. Mais elle ne m'éloignera pas non plus.

Un argument de taille en faveur de la nuit sur place : si nous restons, j'ai souvent droit à un réveil spectaculaire. Un joli bonus, en quelque sorte.

— Tu y vas tous les ans, à ce gala ? demande-t-elle.

— Si je suis dans les Hamptons. Tu fais partie d'un comité ?

— Alimentaire, oui.

— Et qui s'occupe de la restauration ?

— Rashida. Tu connais ?

Je secoue la tête.

— Elle est divine. Je peux t'envoyer ses coordonnées.

— Merci.

Bitsy se penche pour m'embrasser. Je souris et soutiens son regard. Elle se glisse hors du lit. Je suis des yeux le moindre de ses mouvements. Elle aime bien ça.

— J'ai passé un très bon moment, dit-elle.

— Moi aussi.

Un autre détail qui pourrait vous surprendre : ça ne me gêne pas de retrouver les mêmes partenaires car, en vérité, il n'y a pas plus de poisson que ça dans cette mer-là. Je suis honnête sur mes intentions. Si je sens qu'elles en veulent davantage, j'arrête. Est-ce toujours aussi fluide que cela en a l'air ? Bien sûr que non. Mais ça a le mérite d'être clair et de répondre à mes exigences.

Je reste immobile quelques instants, savourant la sensation de bien-être. Il est 2 heures du matin. J'ai beau avoir passé une excellente soirée, j'ai beau caresser l'idée de remettre ça avec elle, et pas qu'une fois, j'essaie de m'imaginer faisant l'amour uniquement avec Bitsy Cabot jusqu'à la fin de mes jours. Elle ou n'importe qui d'autre. Cette idée me donne des frissons. Désolé, mais je n'arrive pas à comprendre. Myron est marié à une femme magnifique, lumineuse, qui s'appelle Terese. Ils sont amoureux. Si ça marche comme Myron l'espère, il ne connaîtra plus d'autres bras que les siens.

Je n'arrive pas à comprendre.

Bitsy s'éclipse dans la salle de bains. Lorsqu'elle en ressort habillée, je suis toujours au lit, les mains derrière la nuque.

— Il faut que j'y retourne, dit-elle, comme si je savais d'où elle venait.

Je me redresse.

— Au revoir, Win.

— Au revoir, Bitsy.

Et voilà, toutes les bonnes choses ont une fin.

Le lendemain matin, je loue une voiture avec chauffeur pour me rendre à l'aéroport où m'attend mon ancien patron du FBI.

J'ai toujours adoré conduire. Grand amateur de Jaguar, j'en ai gardé deux à Lockwood : une XKR-S GT de 2014 que j'utilise quand je vais là-bas et une XK 120 Alloy Roadster de 1954 que mon père m'a offerte pour mes 30 ans. Mais, quand on habite Manhattan, conduire est hors de question. Cet arrondissement de New York n'est qu'un parking géant qui avance par soubresauts. Le grand avantage de l'argent, c'est qu'il peut acheter du temps. Je ne me déplace pas en jet privé ou en voiture avec chauffeur pour une question de confort. Je m'offre ce luxe parce que, à la fin de sa vie, on aspire à ce que les experts pontifiants appellent le « temps de qualité ». J'ai les moyens d'acheter du temps, ce qui, à la réflexion, équivaut à acheter du bonheur et de la longévité.

Aujourd'hui, mon chauffeur est une Polonaise prénommée Magda, originaire de la ville de Wrocław. Nous bavardons pendant les premières minutes du trajet. Au début, Magda n'est pas très loquace – les chauffeurs de maître ont pour consigne de ne pas importuner leur clientèle haut de gamme –, mais pour moi chaque être humain est une histoire, à condition de poser les bonnes questions. Du coup, je tâte le terrain. Je vois ses yeux dans le rétroviseur. Ils sont d'un bleu profond. Des mèches blondes s'échappent de sa casquette de chauffeur. Je me demande comment est le reste car je suis un homme, et dans chaque homme il y a un cochon qui sommeille. Ce n'est pas pour autant que j'ai l'intention de passer à l'acte.

Mon carrosse d'aujourd'hui est une Mercedes-Maybach S 650. Ce modèle présente un empattement de vingt centimètres, si bien qu'on peut incliner son siège à quarante-trois degrés. La banquette en velours est équipée d'un repose-pieds réglable, d'un système de massage aux pierres chaudes et d'accoudoirs chauffants. Il y a aussi une tablette rabattable pour ceux qui veulent travailler, un petit frigo et des porte-gobelets chauffants ou réfrigérants, selon les goûts de chacun.

Réflexion faite, peut-être que j'aime le confort.

Teterboro est l'aéroport le plus proche de Manhattan pour l'aviation privée. C'est là que j'ai atterri avec Swagg Daddy après notre nuit de quasi-débauche à Indianapolis. Quand nous arrivons au portail bien gardé côté sud, on fait signe à Magda de continuer sur le tarmac. Nous nous arrêtons à côté d'un Gulfstream G700, un appareil qui n'est pas encore commercialisé. Cela me surprend. Le G700 est cher – dans les quatre-vingts millions de dollars –, or les hauts fonctionnaires, même des clandestins comme PP, ne sont généralement pas aussi extravagants. C'est un avion pour émirs du Moyen-Orient, pas pour des agents du FBI.

Je n'ai pas la moindre idée de notre destination ni de l'heure de mon retour. Je suppose qu'on va m'emmener à Washington ou à Quantico pour mon rendez-vous avec PP. Magda a reçu l'ordre de m'attendre. Elle descend de voiture pour m'ouvrir la portière. Je pourrais le faire moi-même, mais ce serait lui manquer de respect. Je la remercie, gravis la passerelle et m'engouffre dans l'avion.

— Salut, Win.

PP est assis à l'avant, un grand sourire aux lèvres. Je ne l'ai pas revu depuis une vingtaine d'années. Il a l'air vieux mais, en même temps, il l'est. Il ne se lève pas pour m'accueillir, et je remarque une canne à côté de son siège. Il est grand, chauve, avec de grosses mains noueuses. Je me penche et lui tends la main. Sa poigne est ferme, son regard limpide. Il m'invite à m'asseoir face à lui. Le G700 peut transporter 19 passagers. Je le sais parce que quelqu'un cherche à m'en vendre un. Les sièges, comme vous l'imaginez, sont larges et confortables. Nous sommes assis l'un en face de l'autre.

Je demande :

— On va quelque part ?

PP secoue la tête.

— J'ai pensé que ce serait un bon plan pour un entretien privé.

— J'ignorais que le G700 était déjà en circulation.

— Il ne l'est pas, répond PP. Je ne suis pas venu avec ça.

— Ah bon ?

— J'utilise un Hawker 400 officiel.

Le Hawker 400 est un appareil beaucoup plus petit et plus ancien.

— J'ai emprunté celui-ci pour notre entrevue parce qu'on y est bien mieux que dans le Hawker.

— C'est vrai.

— Et parce qu'il y a sûrement un système d'écoute à bord du Hawker.

— Je comprends, dis-je.

Il m'examine des pieds à la tête.

— Ça me fait très plaisir de te voir, Win.

— Pareil pour moi, PP.

— Il paraît que Myron s'est marié.

— Vous étiez invité au mariage.

— Oui, je sais.

PP ne s'attarde pas sur le sujet, et je n'insiste pas. J'essaie plutôt de prendre les choses en main.

— Connaissez-vous l'identité de l'accumulateur compulsif assassiné, PP ?

— Pas toi ?

— Non.

— Tu en es sûr, Win ?

Je n'aime pas cette lueur dans son œil.

— Je n'ai vu que la photo de son visage, dis-je. Une photo de cet homme mort, qui plus est. Si vous en avez de lui vivant…

— Pas la peine.

PP est un homme de haute taille. Ça se voit même quand il est assis.

— Parle-moi de cette valise.

— Vous ne voulez pas me dire le nom de la victime ou vous l'ignorez ?

— Win ?

Je ne bronche pas.

— Parle-moi de la valise.

Sa voix cassante intimiderait un interlocuteur lambda mais, à moi, elle donne plutôt l'impression de refléter de l'inquiétude.

De refléter de la peur.

— Pourquoi refuses-tu de nous parler de ta valise ?

— Pour protéger quelqu'un.

— C'est très noble de ta part, rétorque PP, mais je dois savoir qui tu protèges.

J'hésite, même si je me doutais bien qu'on en arriverait là.

— Quoi que tu me dises, ça restera entre nous, ajoute-t-il. Tu le sais.

Il se cale dans son siège et m'invite d'un geste à parler.

— Ma tante m'a offert cette valise quand j'avais 14 ans. C'était un cadeau de Noël. Elle en a fait fabriquer pour tous les hommes de la famille Lockwood. Juste les hommes. Les femmes ont eu droit à une petite trousse de maquillage.

— C'est du sexisme, fait remarquer PP.

— Nous l'avons pensé aussi.

— Nous ?

Je ne relève pas.

— De toute façon, je détestais cette valise, le cuir monogrammé et tout le tralala. À quoi ça sert, franchement ? Comme je n'en voulais pas, on a fait un échange avec une parente à moi. J'ai pris la trousse avec ses initiales, et elle la valise avec les miennes. Bizarrement, j'utilise toujours cette trousse à maquillage comme trousse de toilette quand je pars en voyage. Un clin d'œil en quelque sorte.

— Ma parole, dit PP.

— Quoi ?

— Tu noies le poisson, là, Win.

— Pardon ?

— Je ne t'ai jamais entendu te perdre dans tes explications. Tu ne veux vraiment pas me révéler de quelle parente il s'agit ?

Il a raison, à quoi bon tourner autour du pot ?

— C'est ma cousine Patricia.

Il semble perplexe. Puis :

— Patricia Lockwood ?

— Oui.

— Seigneur Dieu.

— Comme vous dites.

Il tente de digérer l'information.

— Alors que faisait sa valise dans ce placard au Beresford ?

Le FBI aurait fini par établir la provenance de la valise. C'est dans leurs fichiers. Il y a trois raisons pour lesquelles j'ai décidé de me mettre à table. Raison numéro un : je fais confiance à PP comme on peut faire confiance à quelqu'un dans ces circonstances. Raison numéro deux : si je lui donne cette information, il partagera probablement ce qu'il sait avec moi. Raison numéro trois : tôt ou tard, le FBI aurait reconstitué les faits sans mon aide, et là, ma cousine et moi aurions l'air d'avoir quelque chose à cacher.

— Win ?

— Après avoir tué mon oncle, les deux assassins ont forcé Patricia à faire sa valise.

Le sens de mes paroles ne lui parvient pas tout de suite. Lorsqu'il comprend enfin, PP ouvre de grands yeux.

— Tu veux dire... Seigneur, tu parles de la Cabane des horreurs ?

— Oui.

Il se frotte le visage.

— Je me souviens... La valise, c'était une manœuvre de diversion, hein ?

Je ne réponds pas.

— Et qu'en ont-ils fait ?

— Patricia l'ignore.

— Elle n'a jamais revu cette valise ?

— Jamais.

Je me racle la gorge et continue d'une voix neutre, comme si je parlais de matériel de bureau ou de carrelage pour salle de bains :

— Ils l'ont bâillonnée et lui ont bandé les yeux. Ils lui ont lié les mains dans le dos. Puis ils l'ont jetée dans le coffre de la voiture avec la valise et ils sont partis. Arrivés à destination, ils l'ont fait marcher dans la forêt. Elle ne sait pas combien de temps, mais elle pense que ça a duré au moins une journée. Ils ne lui ont pas adressé la parole tout ce temps, pas une fois. Ils l'ont finalement enfermée dans la cabane. Elle a réussi à retirer le bandeau. Il faisait noir. Une autre journée a passé. Ou deux. Elle n'en est pas sûre. Quelqu'un lui a laissé des barres de céréales et de l'eau. Puis l'un des deux hommes est revenu. Il a découpé ses vêtements avec un cutter, l'a violée, a pris ses habits, lui a jeté des barres de céréales et l'a enfermée à nouveau.

PP se borne à secouer la tête.

— Et comme ça, tous les jours, pendant cinq mois.

— Ta cousine n'était pas la seule victime.

— En effet.

— J'ai oublié combien il y en a eu.

— Neuf, à ma connaissance. Mais il y en a eu peut-être plus.

Ses joues s'affaissent légèrement.

— La Cabane des horreurs, répète-t-il.

— Oui.

— Et l'auteur des faits n'a jamais été retrouvé.

J'ignore si c'est une question ou s'il énonce simplement ce que nous savons déjà. Quelle que soit la réponse, ses paroles restent en suspens pendant un long moment.

— Ou les auteurs, au pluriel, ajoute PP. C'est ça qui est bizarre. Elle est kidnappée par deux hommes, mais un seul la garde en captivité.

Je le corrige :

— Un seul l'a violée. C'est ce qu'elle pense du moins.

À distance, on entend un avion décoller.

— Donc, très probablement… commence PP.

Sa voix se met à chevroter. Il fixe le plafond de la cabine ; j'ai l'impression que ses yeux brillent de larmes retenues.

— Très probablement, reprend-il, l'homme du Beresford était l'un de ces deux-là.

— Oui, très probablement.

PP ferme les yeux et se frotte à nouveau le visage, cette fois des deux mains.

Je demande :

— C'est plus clair comme ça ?

Il continue à se frotter le visage.

— PP ?

— Non, Win, ce n'est pas clair du tout.

— Mais vous savez qui est cet homme, n'est-ce pas ?

— Oui. C'est pour ça que je suis sorti de ma retraite. Je n'ai jamais pu lâcher cette affaire.

— Vous ne parlez pas de la Cabane des horreurs, n'est-ce pas ?

— Non.

PP se penche en avant.

— Mais ça fait presque cinquante ans que je le cherche, ce gars-là.

6

PP se frotte le menton.

— Ce que je vais te dire est strictement confidentiel.

Cette entrée en matière me hérisse : PP sait très bien que ce genre de mise en garde est à la fois superflu et insultant.

J'acquiesce.

— Tu n'en parles à personne.

— Mais oui…

Je ne cache pas mon agacement :

— C'est ce que recouvre l'expression « strictement confidentiel ».

— À personne, répète-t-il.

Et il ajoute :

— Même pas à Myron.

— Non.

— Quoi non ?

— Je dis tout à Myron.

Il me dévisage un instant. Normalement, l'éventail émotionnel de PP est aussi large qu'un bâtonnet de crème glacée. Demandez « Siri, montre-moi l'impassible », et la photo de PP s'affichera à l'écran. Aujourd'hui pourtant, à bord de ce Gulfstream G700, sa nervosité est presque palpable.

Je m'enfonce dans mon siège, croise les jambes et, d'un geste des deux mains, l'invite à continuer. PP se penche vers la mallette posée à côté de lui, en sort une chemise cartonnée et me la tend. Pendant que je l'ouvre, il regarde par le hublot.

— Tu reconnais cette photo, je présume.

En effet. Qui ne la connaît pas ? C'est l'une des images iconiques de la contre-culture hippie, antimilitariste, féministe et pro-droits civiques des années 1960 ou peut-être (je ne m'en souviens plus très bien) du début des années 1970. Au même titre que le procès des 7 de Chicago, Mary Ann Vecchio agenouillée près du cadavre de Jeffrey Miller à l'université de Kent, les Merry Pranksters à bord de leur bus psychédélique, une manifestante offrant une fleur à un membre de la Garde nationale, la foule dense à Woodstock, le sit-in d'étudiants noirs au comptoir de restauration de Woolworth, il s'agit de la célèbre photo de six jeunes étudiants qui avait fait la une de toute la presse et était entrée dans les annales de l'inoubliable.

— Elle a été prise la veille de l'attentat, dit PP.

Je m'en souviens.

— Combien de morts, déjà ?

— Sept… et une douzaine de blessés.

La photo a été prise au sous-sol d'une maison de ville de Jane Street dans Greenwich Village. On y voit six personnages hirsutes, quatre hommes et deux femmes, tous portant des cheveux longs et une tenue hippie. Tous ont l'air béat, un sourire immense et les yeux exorbités. Si on agrandissait l'image, je suis sûr qu'on verrait des pupilles dilatées sous l'effet de quelque psychotrope. Tous les six brandissent des bouteilles de vin comme pour fêter une victoire. Des mèches pointent hors des goulots. Les bouteilles, comme le monde n'allait pas tarder à l'apprendre, sont remplies de kérosène. Le lendemain soir, ces mèches seraient allumées, les bouteilles lancées, et il y aurait des morts.

— Tu te souviens de leurs noms ? me demande PP.

Je montre les deux hommes au milieu.

— Ry Strauss, bien sûr. Et Arlo Sugarman.

Ces deux noms sont passés à la postérité. Comme sur toutes les images célèbres, on a tendance à chercher un sens caché dans le placement des personnages, à l'instar d'un tableau de maître, pour rester dans le sujet. Et ça se voit ici. Les deux meneurs au centre paraissent plus grands, baignés d'une clarté plus distincte. Comme dans *La Ronde de nuit* de Rembrandt, par exemple, il se passe quantité de choses sur cette photo-là. Elle se présente d'abord comme un tout avant qu'on ne remarque les détails. Strauss a une longue chevelure blonde, façon Thor ou Fabio, tandis que Sugarman arbore une ample tignasse afro genre Art Garfunkel. Strauss serre le cocktail Molotov dans la main droite, Sugarman dans la main gauche, et, de l'autre bras, ils se tiennent par le cou. Tous deux fixent l'objectif, prêts à en découdre, ce qu'ils ne tarderont pas à faire… pour échouer lamentablement.

— Et celle-là ? questionne PP en se penchant et tapotant la jeune femme à la droite de Ry Strauss.

La femme est menue et semble moins sûre d'elle. Ses yeux sont rivés sur Strauss, comme dans l'attente d'un signal. Sa bouteille est levée à moitié, en un geste plus hésitant.

— Lark quelque chose ?

— Lake, rectifie PP. Lake Davies.

— C'est la seule qui a été arrêtée ?

— Au bout de deux ans, oui. Elle s'est livrée à la police.

— Il y a eu une controverse autour de la sentence.

— Elle n'a purgé qu'une peine de dix-huit mois. Son avocat a invoqué son rôle relativement mineur – supposément, les hommes n'ont pas laissé les femmes lancer les explosifs –, plus le fait qu'elle était jeune et donc naïve, et sous l'emprise de son petit ami Ry Strauss. Ry était le chef charismatique, le Charles Manson du groupe pour ainsi dire. Arlo Sugarman était plus un homme à tout faire. Et puis Lake Davies a coopéré avec nous.

— Coopéré de quelle manière ?

— OK, revenons en arrière.

Tout en parlant, PP pointe du doigt un visage après l'autre.

— Ry Strauss et Arlo Sugarman étaient les chefs. Tous deux avaient 21 ans. Lake Davies en avait 19 et était étudiante en première année à l'université Columbia. L'autre fille, la rouquine, c'est Edie Parker, du New Jersey. Les deux derniers sont Billy Rowan, étudiant en deuxième année à Holyoke, Massachusetts – et petit copain d'Edie Parker –, et Lionel Underwood, le Noir, en deuxième année à l'université de New York. Tu me suis ?

— Oui.

— Cette photo a été prise la veille de leur attentat contre le Freedom Hall dans le Lower East Side. Un bal était organisé en l'honneur des soldats. Leur plan était de faire sauter la salle avant le bal.

Je fronce les sourcils.

— Un attentat contre un bal.

— C'est ça. De vrais héros.

— Ou alors ils étaient défoncés.

— Ces groupes-là pensaient que les États-Unis étaient au bord d'un véritable changement politique, et que la violence allait accélérer le processus.

— Ou alors ils étaient défoncés.

— Tu te souviens de ce qui s'est passé ce soir-là ?

— Je l'ai lu, mais je n'étais pas né à l'époque.

— Ils ont affirmé qu'ils ne voulaient tuer personne. Il ne devait y avoir que des dégâts matériels. C'est pourquoi ils ont lancé les cocktails Molotov à un moment où ils savaient que le Freedom Hall serait vide. Mais l'une des bouteilles a raté sa cible et touché un poteau télégraphique. Les câbles ont dégringolé, des étincelles ont jailli… et tout ça a surpris le chauffeur d'un autocar qui roulait sur la bretelle d'accès au pont de Williamsburg. Par réflexe, il a donné un coup de volant à droite. Le car a heurté un mur de pierre, basculé par-dessus le parapet et plongé dans l'East River. Tous les morts l'ont été par noyade.

Sa voix se perd dans un murmure.

— Deux ans plus tard, Lake Davies a débarqué dans l'immeuble du FBI à Detroit pour se livrer aux autorités. Mais le sort des cinq autres – Strauss, Sugarman, Rowan, Parker, Underwood – reste un mystère.

Tout cela, je le sais. Ils ont fait l'objet d'innombrables documentaires, podcasts, films et romans. De temps en temps, on entend encore à la radio une ballade folk intitulée « La Disparition des 6 de Jane Street ».

— Et pourquoi s'est-elle livrée aux policiers ?

— Elle était en cavale avec Ry Strauss. Du moins, c'est ce qu'elle nous a raconté. Un réseau clandestin d'extrémistes aidait les activistes recherchés à échapper à la police. Ce n'était pas un scoop. Des membres du Weather Underground, des Panthères noires, de l'Armée de libération symbionaise, des FALN[1]… Tous ces gens les ont aidés d'une manière ou d'une autre. À un moment donné, selon

1. Forces armées de libération nationale *(Toutes les notes sont de la traductrice)*.

Davies, Ry Strauss a eu recours à la chirurgie esthétique pour modifier son apparence : il a fait appel au médecin qui, plus tard, a opéré Abbie Hoffman. Le couple changeait de planque régulièrement pour conserver une longueur d'avance sur la police. Ils ont fini sur un bateau de pêche dans la péninsule supérieure du Michigan. Le bateau a chaviré et Strauss s'est noyé. C'est à ce moment-là qu'elle a décidé de se rendre.

Je répète :

— Strauss s'est noyé.

— Oui.

— Comme ses victimes.

Je désigne Arlo Sugarman, l'étudiant à la tignasse afro.

— On a failli mettre la main sur lui, non ?

Le visage de PP s'assombrit. Je le vois serrer et desserrer les doigts.

— Quatre jours après l'attentat, le FBI a été prévenu que Sugarman se cachait dans un immeuble délabré du Bronx. Comme tu peux l'imaginer, on était à court d'effectifs. On avait beaucoup d'agents sur le terrain, mais avec six suspects et une avalanche de signalements…

Il s'interrompt, inspire profondément. Et recommence à se frotter le visage.

— On n'a envoyé que deux agents dans le Bronx.

— Vous auriez dû attendre, dis-je.

Je me souviens de cet épisode.

— Sugarman a abattu l'un d'eux, c'est ça ?

— Un agent émérite nommé Patrick O'Malley. Son coéquipier qui débutait dans le métier s'est planté : il l'a laissé entrer seul par la porte de derrière. O'Malley est tombé dans un guet-apens. Il est mort pendant son transfert à l'hôpital.

— Et Sugarman s'est échappé, dis-je.

PP hoche la tête.

— Et vous n'avez eu aucune info sur lui depuis.
— Sur aucun d'eux.
— Oui, le grand mystère.
— Vous aviez une hypothèse ?
— J'en ai eu une, oui.
— Laquelle ?
— Je pensais qu'ils étaient tous morts.
— Pourquoi ?
— Parce que, malgré tout mon amour pour le folklore du Far West américain, il est difficile de rester caché pendant un demi-siècle. Tous ces activistes qui sont entrés dans la clandestinité ? Soit ils se sont rendus ; soit ils ont été arrêtés au début des années 1980. L'idée que les 6 de Jane Street pouvaient être encore en vie… ça ne tenait pas debout.

Je contemple la photo.

— Je suppose que l'homme du Beresford était l'un des 6.

PP acquiesce.

— Lequel ?
— Ry Strauss.

Je hausse un sourcil.

— Lake Davies aurait donc menti.
— Il semblerait que oui.

Je réfléchis un moment à ce que je viens d'entendre.

— Ry Strauss, le leader charismatique des 6 de Jane Street, finit ses jours en accumulateur compulsif retranché au sommet d'un immeuble de Central Park West.
— Avec un Vermeer d'une valeur inestimable au-dessus de son lit, complète PP.
— Qu'il a volé à ma famille.
— Avant d'enlever et d'agresser ta cousine. Sans mentionner le meurtre de ton oncle.

Nous digérons l'information en silence.

Puis je demande :

— Vous ne comptez pas garder le secret sur l'identité de Strauss, quand même ?

— Non, ce serait impossible. On a vingt-quatre, quarante-huit heures maxi avant que cette histoire ne soit ébruitée.

— Et qu'attendez-vous de moi ?

— C'est évident, non ? Je veux que tu enquêtes.

— Et le Bureau ?

— Cette révélation fera remonter à la surface beaucoup de souvenirs embarrassants pour le FBI. Tu ne te souviens probablement pas de la commission Church en 1975, mais elle a dévoilé tout un tas de pratiques illégales de notre part... vis-à-vis de groupes de droits civiques, de féministes, de pacifistes, tout ce qu'on appelait la « nouvelle gauche ».

— Je ne vois pas le rapport avec ma personne.

— Le FBI devra agir dans le strict respect des règles, répond-il, me gratifiant d'un regard entendu. Dois-je ajouter « pas toi » ?

— J'avais parfaitement compris.

— Si tu veux bien excuser le jeu de mots, c'est du gagnant-gagnant, Win.

— Certainement pas.

— Certainement pas quoi ?

— Je ne cautionne pas le jeu de mots.

Cela le fait sourire.

— OK, d'accord, même si c'est la vérité. De ton côté, tu restes impliqué pour protéger les intérêts de ta famille et plus particulièrement de ta cousine.

— Et de votre côté ?

— C'est une grosse affaire à élucider.

Je réfléchis avant de répliquer :

— Je ne marche pas.

Il ne dit rien.

— Vous n'avez sûrement pas besoin d'un trophée supplémentaire dans votre long parcours sans faute.

Les questions ne manquent pas, mais une seule me taraude. Du coup, je la pose :

— Pourquoi est-ce aussi important pour vous ?

PP répond en deux mots :

— Patrick O'Malley.

— L'agent abattu par Sugarman ?

— Le coéquipier novice qui s'est planté, c'était moi.

7

Pendant qu'on remplit les réservoirs de mon avion, PP me tend un dossier épais comme un annuaire téléphonique. Ça me fait beaucoup de choses à intégrer, mais le temps presse. Nous convenons tous deux que la première personne à interroger serait Lake Davies.

— Elle a changé d'identité à sa sortie de prison, dit PP.

— C'est courant.

— Courant, mais, dans le cas présent, louche. Tout d'abord, elle a changé officiellement de nom. Très bien, soit. Mais deux ans plus tard, quand elle s'est dit qu'on ne la surveillait plus, elle a carrément pris une fausse identité.

Bien entendu, PP n'a jamais cessé de la surveiller.

— Aujourd'hui, elle s'appelle Jane Dorchester. Elle tient une pension pour chiens du côté de Lewisburg, en Virginie-Occidentale, avec son mari, un promoteur immobilier du nom de Ross Dorchester. Ils n'ont pas d'enfants mais, quand ils se sont mariés, il y a vingt ans, elle devait avoir dans les 45 ans. Ross a deux grandes filles de son premier mariage.

— Est-ce que le mari connaît sa véritable identité ?

— Aucune idée.

Nous sommes déjà à Teterboro. Kabir s'arrange pour que mon avion puisse atterrir à l'aéroport de Greenbrier Valley. Moins de deux heures après que j'ai pris congé de PP, mon jet se pose sur le sol de la Virginie-Occidentale. Comme je garde des habits de rechange à bord, j'enfile ce qui ferait le plus couleur locale : un jean slim délavé Adriano Goldschmied, une chemise écossaise en flanelle Saint Laurent et des chaussures de randonnée Moncler Berenice.

Histoire de me fondre dans la masse.

Un véhicule m'attend sur le tarmac : un pick-up Dodge Ram avec chauffeur. Toujours dans le but de passer inaperçu.

Un quart d'heure après l'arrêt complet de l'avion, le Dodge Ram freine devant une longue bâtisse de plain-pied située au fond d'une impasse. Dans la cour, un panneau piteusement exubérant – chaque lettre est d'une couleur différente – proclame :

BIENVENUE À L'HÔTEL RITZ CROC-FUN

Je pousse un soupir.

Et dessous, en plus petits caractères :

Spa canin haut de gamme, un spa qui a du chien !

Je soupire de plus belle, me demandant si la loi m'autorise à vider le chargeur de mon arme à feu.

Leur site web, que j'ai consulté pendant le vol, vante les mérites de leur hôtel cinq étoiles pour animaux de compagnie. La structure – qui ne comporte pas de cages – se prête aussi bien à l'« accueil de jour » qu'aux « nuitées sur place » pour « toutous exigeants ». Tous les clichés à la mode y sont proposés : dorlotage, toilettage, renforcement positif et, je n'invente rien, bien-être zen.

Pour des chiens…

L'« hôtel » (pour ainsi dire) est une sorte de longère avec une toiture à faible pente et à larges avancées. Posée sur une dalle de béton, elle a été construite en brique. Tout cela sent le début des années 1970 à plein nez. La porte étant ouverte, j'entre dans le hall, accompagné par un concert d'aboiements. La jeune femme à la réception m'accueille avec un sourire Ultra Brite et un enthousiasme que je juge un tantinet excessif.

— Bienvenue au Ritz Croc-Fun !

— Vous dites ça combien de fois par jour ?

— Pardon ?

— Une parcelle de votre âme ne quitte-t-elle pas votre corps chaque fois ?

Les lèvres de la jeune femme sont toujours étirées en sourire Ultra Brite mais, derrière, il n'y a plus rien.

— Euh… je peux vous aider ?

Penchée par-dessus le comptoir, elle regarde mes pieds.

— Où est votre chien ?

— Je viens voir Jane Dorchester.

— Je peux m'occuper de vous.

Elle me tend un clipboard.

— Si vous voulez bien remplir le…

— Non, non, il faut que je voie Jane d'abord. Mon pote Billy Bob…

Encore une fois, histoire de faire couleur locale.

— … m'a conseillé de demander à parler à Jane avant de remplir le formulaire.

Elle pose le clipboard sur le comptoir.

— Euh… OK. Je vais voir si elle est libre. Votre nom ?

— On m'appelle Win.

Elle me regarde. Je lui adresse un sourire rassurant. Elle s'en va.

Mon portable sonne. C'est ma cousine Patricia. Je lui envoie un texto : *Je te raconterai plus tard.*

Je ne sais pas encore ce que je peux lui révéler de mon entretien avec PP, mais cela peut attendre. Une chose à la fois, comme dit mon père qui ne peut pas s'empêcher d'en faire plus. Je préfère la version de la mère de Myron qui n'a pas sa pareille dans toute la diaspora d'Europe centrale : « On ne court pas deux lièvres à la fois. » À l'époque, elle parlait de mon rapport aux femmes ; je n'en ai donc pas tenu compte, mais je n'en aime pas moins Ellen Bolitar et sa sagacité.

À ma droite, j'aperçois une salle de jeux multicolore : tunnels, toboggans, rampes, jouets à mâcher. Il y a des arcs-en-ciel peints sur les murs. Le sol est tapissé de grandes dalles en caoutchouc qui forment des motifs verts, jaunes, rouges et orange. Pareille orgie de couleurs, on n'en trouve même pas dans une maternelle.

Un homme corpulent apparaît, précédé de sa grosse bedaine. Il me regarde en fronçant les sourcils.

— Je peux vous aider ?

Je montre la salle de jeux.

— Je croyais que les chiens étaient daltoniens.

D'abord décontenancé, il répète avec un peu plus de force :

— Puis-je vous aider ?

— Vous êtes Jane Dorchester ?

Gros-Bide n'apprécie pas mon humour.

— Est-ce que j'ai l'air de m'appeler Jane Dorchester ?

— Côté nichons peut-être.

Décidément, mon humour ne passe pas.

— Si vous souhaitez mettre votre chien en pension…

— Non, dis-je.

— Dans ce cas, allez-vous-en.

— Non, merci. Je suis venu voir Jane Dorchester.

— Elle n'est pas disponible.

— Dites-lui que je viens de la part de Mlle Davies. Mlle Lake Davies.

Instantanément, il fait la tête d'un type à qui j'aurais expédié un coup de pied dans les parties intimes. Pas de doute, il connaît la véritable identité de Jane Dorchester. C'est sûrement son mari, Ross.

— Debbie, dit-il à la jeune femme de la réception, va aider au bain.

— Mais, papa…

— Vas-y, chérie.

Après avoir entendu cet échange, j'en conclus que la réceptionniste s'appelle Debbie et qu'elle doit être la fille de Ross. Ne soyez pas trop impressionné. Sans vouloir me vanter, j'ai un excellent esprit de déduction. Mon portable sonne. Trois bips brefs. Étonnant. Trois bips brefs signalent un message sur mon appli sans nom. Je suis tenté de la consulter. Une demande de rendez-vous de la part d'une femme, ce n'est pas monnaie courante. Ça m'intrigue.

Mais je repense aussitôt à la sagesse d'Ellen Bolitar : un seul lièvre à la fois.

— Vous feriez mieux de partir, déclare Gros-Bide une fois que Debbie s'est éloignée.

— Non, Ross, il n'en est pas question.

— Nous ne connaissons personne du nom de Lake Davies.

Je le gratifie de mon froncement de sourcils breveté. Exécuté correctement, il rend inutile l'expression « Ben voyons ».

— Personne, insiste Ross.

— Parfait, vous ne verriez donc pas d'inconvénient à ce que j'informe les médias que Lake Davies, l'une des six terroristes de l'attentat de Jane Street, se cache en Virginie-Occidentale sous le pseudonyme de Jane Dorchester ?

Il fait un pas vers moi. Son énorme bide tremblote.

— Écoutez, dit-il à voix basse, façon gros dur de cinéma, elle a payé sa dette à la société.

— C'est vrai.

— Et les États-Unis d'Amérique sont encore un pays de droit.

— C'est vrai aussi.

— On n'est pas obligés de vous parler.

— Vous non, Ross. Mais votre femme, si.

— Je connais la loi. Ma femme n'a rien à vous dire. Ni à vous ni à personne. Elle a des droits, y compris celui de se taire. Et ce droit, nous allons l'exercer.

Son ventre est si proche que j'ai envie de le tapoter.

— Et l'exercice, ça vous connaît, hein, Ross ?

Il n'est pas content mais, pour être franc, je peux faire beaucoup mieux. Il raccourcit encore plus la distance qui nous sépare. Son ventre va finir par me frôler. Il me regarde de haut en bas. Les hommes de grande taille commettent souvent cette erreur.

— Vous avez un mandat ? demande-t-il.

— Non.

— Dans ce cas, vous êtes dans une propriété privée. Nous avons des droits.

— Vous l'avez déjà dit.

— Dit quoi ?

— Que vous avez des droits. Allons droit au but, voulez-vous ? Je ne suis pas de la police. Les policiers respectent des règles déontologiques. Pas moi.

— Vous ne...

Il secoue la tête, abasourdi.

— Vous êtes sérieux, là ?

— Laissez-moi vous expliquer ce qui va arriver si Jane refuse de me parler. Je révélerai sa véritable identité à la presse. Cela ne me pose aucun problème moral. Mais ça ne s'arrêtera pas là. J'engagerai des gens qui viendront traîner dans les parages, autour de votre maison, de votre auberge pour chiens de luxe, qui la bombarderont de questions où qu'elle aille…

— C'est du harcèlement !

— Ne m'interrompez pas. J'ai repéré un avis marqué d'une seule étoile sur Yelp, d'une femme qui prétend que son caniche a été mordu par un bichon frisé pendant son séjour ici. Je vais l'encourager à vous poursuivre en justice, lui offrirai gracieusement les services d'un de mes avocats… Je trouverai peut-être d'autres clients mécontents pour entamer un recours collectif contre vous. J'embaucherai des enquêteurs pour fouiller dans votre vie privée et professionnelle. Tout le monde a quelque chose à cacher, et si je ne découvre rien je l'inventerai. Je ne lâcherai pas le morceau tant que je ne vous aurai pas détruits. Au final, après bien des souffrances inutiles, vous vous rendrez compte que le seul moyen de stopper l'hémorragie aurait été d'accepter de me parler.

Le visage de Ross Dorchester vire à l'écarlate.

— C'est… C'est du chantage.

Je m'éclaircis la voix.

— Chantage est un très vilain mot.

Un instant, je crois qu'il va essayer de me frapper. Mon sang bouillonne. J'ai envie, bien sûr, qu'il passe à l'acte. Je sais depuis longtemps que je ne dompterai jamais cette partie de moi qui s'exprime par la violence, même si, en l'occurrence, ce serait contre-productif.

Lorsqu'il reprend la parole, il y a une note douloureuse dans sa voix.

— Vous ne savez pas ce qu'elle a enduré.

Je ne bronche pas. C'est ça, me dis-je. Voilà pourquoi PP m'a confié cette mission, plutôt que de s'en remettre à ses collègues.

— Vous débarquez ici sans crier gare, après tous les efforts qu'elle a faits pour oublier le passé, pour fonder une famille…

J'hésite à mimer un de mes gestes préférés : jouer du plus petit violon du monde. Mais cela aussi serait contre-productif. Je lui affirme que je n'ai pas l'intention de nuire à qui que ce soit.

— Je dois parler à votre femme. Après quoi, je vous suggérerai sans doute de faire vos valises et de partir quelque temps en voyage.

— Pourquoi ?

— Parce que, que vous le vouliez ou non, le passé est en train de nous rattraper.

Il cille à plusieurs reprises, détourne les yeux.

— Allez-vous-en.

— Non.

— J'ai dit…

Une voix l'interrompt :

— Ross ?

Je me retourne. Elle a les cheveux blancs et courts. Elle porte un jean, une ample chemise de travail marron roulée aux coudes, des baskets d'un gris passé. Elle a des gants en latex et tient un seau à la main. Son regard cherche le mien, en quête peut-être de pitié ou de compréhension. Face à ma mine impassible, je vois la résignation se peindre sur son visage. Ses yeux se posent sur son mari.

— Tu n'es pas obligée… commence Ross.

Jane-Lake secoue la tête.

— On a toujours su que ce jour viendrait.

Lui aussi semble capituler.
— Quel est votre nom ? me demande-t-elle.
— Appelez-moi Win.
— Allons faire un tour dehors, Win.

8

— Comment m'avez-vous trouvée ?

Nous sommes dans la cour de sa propriété. Les chiens sont enfermés dans deux grands enclos : l'un réservé aux petits chiens et l'autre aux plus gros. Un bearded collie se fait toiletter sur une table. Un bullmastiff est en train de prendre un bain. Le soleil est haut dans le ciel.

Elle attend ma réponse.

— J'ai mes entrées, dis-je simplement.

— C'est une vieille histoire. Je ne dis pas ça comme une excuse. J'avais un rôle tout à fait mineur. Ce n'est pas une excuse non plus. Mais il ne se passe pas un jour sans que je repense à cette soirée.

Je fais mine de bâiller. Elle laisse échapper un petit rire.

— OK, d'accord, je l'ai cherché. J'arrête de vous baratiner.

Je réponds :

— Voilà, faisons comme ça.

Elle retire ses gants, se lave soigneusement les mains, les essuie avec une serviette. Puis elle me fait signe de la suivre jusqu'à un sentier forestier.

— Pourquoi êtes-vous venu chez moi, Win ?

Je fais comme si je n'avais pas entendu.

— Parlez-moi du jour où Ry Strauss s'est noyé dans le Michigan.

Elle marche la tête baissée. Et elle fourre ses mains dans les poches arrière de son jean… Je trouve ça touchant, allez savoir pourquoi.

— Ry ne s'est pas noyé, dit-elle.

— Pourtant, c'est ce que vous avez raconté à la police.

— C'est vrai.

— Donc vous avez menti.

— Oui.

Nous nous enfonçons dans la forêt.

— Je suppose, dit-elle, que Ry a refait surface.

Je me tais.

— Est-il mort ou vivant ?

Une fois de plus, j'ignore sa question.

— Quand l'avez-vous vu pour la dernière fois ?

— Vous n'êtes pas un agent du FBI, n'est-ce pas ?

— Non.

— Mais cela vous concerne personnellement.

Je m'arrête.

— Madame Dorchester ?

— Appelez-moi Lake. Après tout…

J'aime bien son sourire. Un sourire communicatif. Il se dégage une sorte de force paisible de cette femme.

Je répète :

— Il ne s'agit pas de moi, Lake. S'il vous plaît, concentrez-vous. Répondez à mes questions et vous n'entendrez plus jamais parler de moi.

— Vous êtes un drôle de type.

— En effet. Quand avez-vous vu Ry Strauss pour la dernière fois ?

— Il y a plus de quarante ans.

— C'est-à-dire…

— Trois semaines avant de me livrer à la police.

— Et depuis, vous n'avez eu aucun contact avec lui ?

— Aucun.

— Vous avez une idée de l'endroit où il pouvait être ?

Sa voix s'adoucit.

— Aucune.

Puis :

— Est-ce qu'il est encore en vie ?

— Où l'avez-vous vu pour la dernière fois ?

— Quelle importance maintenant ?

Je lui souris. Mon sourire signifie « répondez ».

— À New York. Au Malachy's, un pub de la 72e Rue, du côté de Columbus Avenue.

Je connais le Malachy's. C'est un troquet miteux avec des serveuses harassées aux cheveux jaune paille qui vous appellent « mon chou » et des menus plastifiés qui vous font sortir votre gel désinfectant. Le Malachy's n'est pas une création artificielle, la version Disney de ce que doit être un rade pour offrir aux hipsters une impression d'authenticité dans un cadre confortable et rassurant. Il m'arrive d'y aller – c'est à deux pas de chez moi – mais, quand j'y vais, je ne fais pas semblant d'être dans mon élément.

— Après l'attentat, poursuit Lake, on a été pris en charge par un réseau clandestin de militants. Ry et moi, on devait changer de planque régulièrement. Ces gens-là nous en fournissaient.

Elle croise mon regard. Ses yeux d'un gris chaleureux vont bien avec ses cheveux.

— Je ne vous donnerai aucun nom.

— Je ne suis pas venu faire la chasse aux vieux hippies.

— Vous êtes là pour quoi, alors ?

Elle soupire.

— Bon, très bien… Bref, on bougeait tout le temps. Communautés, sous-sols, terrains de camping, motels anonymes. Pendant plus de deux ans. Je n'avais que 19 ans au moment des faits. Nous avions prévu de faire sauter un bâtiment vide. C'est tout. Il ne devait pas y avoir de victimes. Et je n'ai pas lancé un seul cocktail Molotov ce soir-là.

Elle s'écarte du sujet. Je lui souffle :

— Vous êtes donc au Malachy's à New York.

— Oui. Coincés dans la réserve au sous-sol. L'odeur était épouvantable. Bière rance et vomi. Ça me poursuit toujours, je vous le jure. Mais le pire, c'est que Ry n'est pas quelqu'un d'équilibré. Je pense qu'il ne l'a jamais été. Je m'en rends compte maintenant. J'ignore ce qui en moi était si cassé que lui seul, à mes yeux, pouvait le réparer. J'ai eu une enfance difficile, mais j'imagine que ça ne vous intéresse pas.

Elle a raison.

— Enfermés dans ce sous-sol immonde, Ry a pété les plombs. Je ne pouvais plus rester avec lui. Ça devenait trop violent, même s'il n'a jamais levé la main sur moi. La femme qui nous avait trouvé cette planque au Malachy's s'en est aperçue, elle aussi. Sheila – ce n'est pas son vrai prénom – a compris que j'avais besoin d'aide. Elle m'a prêté une oreille compatissante. Il fallait que je le quitte. Je n'avais pas le choix. Mais pour aller où ? J'ai pensé rester dans la clandestinité. Sheila connaissait quelqu'un qui pouvait me faire passer au Canada, puis en Europe. Sauf que j'étais en cavale depuis deux ans déjà. Je ne voulais pas passer le reste de ma vie comme ça. Le stress, la crasse, l'épuisement, mais, par-dessus tout, l'ennui. Ne sortir d'une planque que pour entrer dans une autre, rester cachée toute la journée. C'est pour ça que les personnes recherchées finissent par se rendre. J'aspirais à la normalité, si vous voyez ce que je veux dire.

Je répète :

— La normalité.

Pour l'encourager à poursuivre.

— Sheila m'a présenté un avocat qui enseignait à Columbia. Il m'a dit que, vu mon jeune âge au moment des faits, l'influence de Ry et tout le reste, si je me livrais à la police, je n'écoperais pas d'une peine trop lourde. On a donc échafaudé un plan. Je me suis débrouillée pour me rendre à Detroit. Là, je me suis cachée pendant plusieurs semaines. Puis, je me suis constituée prisonnière.

— Avez-vous parlé de votre projet à Ry Strauss ?

Elle secoue lentement la tête, le visage levé vers le ciel.

— J'ai fait tout ça dans son dos. Et j'ai laissé un mot à Sheila pour qu'elle le lui explique.

— Comment a-t-il réagi à votre départ ?

— Je ne sais pas. Quand on met à exécution un plan comme celui-ci, on ne peut pas regarder en arrière. C'est trop dangereux.

— Vous n'avez pas essayé de savoir ce qu'il avait fait par la suite ?

— Non, jamais. Toujours pour la même raison. Je ne voulais mettre personne en danger.

— Vous deviez être curieuse ?

— Disons plutôt que je me sentais coupable, réplique-t-elle. L'état de Ry empirait… et moi, je l'ai abandonné. Il n'avait plus aucune emprise sur moi, mais… Mon Dieu, vous n'imaginez pas comment je le voyais à l'époque. Je pensais que le soleil se levait et se couchait pour lui, Ry Strauss. J'aurais littéralement donné ma vie pour lui.

Ce qui appelle une question que je décide de ne pas poser pour le moment : « Auriez-vous aussi tué pour lui ? »

— Vous avez dit au FBI qu'il s'était noyé dans la péninsule supérieure du Michigan.

— Je l'ai inventé.

— Pourquoi ?

— À votre avis ? Je lui étais redevable, non ?

— C'était une manœuvre de diversion ?

— Évidemment. Pour que les flics lui lâchent la grappe. Il fallait aussi que j'explique pourquoi j'avais choisi de me livrer au moment où je l'ai fait. Je ne pouvais pas dire que c'était parce que le grand Ry Strauss était en train de dérailler au sous-sol d'un bar dans l'Upper West Side. Aujourd'hui, il serait diagnostiqué comme bipolaire ou obsessionnel compulsif, mais à l'époque ?

— Avait-il de l'argent ?

— Ry ?

— Vous vous cachiez au sous-sol d'un troquet miteux. Il n'avait pas d'argent pour un logement plus décent ?

— Non.

— Est-ce qu'il s'intéressait à l'art ?

— L'art ?

— La peinture, la sculpture… l'art.

— Je ne… Pourquoi cette question ?

— Vous n'avez commis aucun cambriolage avec lui ?

— Bien sûr que non.

— Vous vous en remettiez donc à la générosité de votre réseau d'activistes ?

— Je ne…

— Savez-vous que certains extrémistes ont braqué des banques ? L'Armée de libération symbionaise. L'attaque de la Brink's. Vous et Strauss n'avez rien fait de tel ? Je n'ai pas l'intention de vous faire arrêter pour ça. De toute façon, je pense que le délai de prescription est passé. Mais il faut que je sache.

Un adolescent nous dépasse avec trois chiens en laisse. Lake Davies lui sourit et hoche la tête. Il la salue à son tour.

— Je voulais me livrer à la police depuis le début. Il m'en a empêchée.

— Empêchée ?

— Dans toute vénération, il y a de la maltraitance. C'est ce que j'ai appris. Ceux qui aiment Dieu le craignent également. Les plus dévots, ceux qui vous bassinent avec l'amour de Dieu, sont aussi ceux qui vous parlent sans cesse de flammes, de soufre et de damnation éternelle. Alors étais-je amoureuse de Ry ou avais-je peur de lui ? La frontière est mince entre ces deux états.

Je ne suis pas venu pour me laisser entraîner dans un débat philosophique. Je change donc de sujet :

— Avez-vous vu à la télé qu'on avait retrouvé un Vermeer volé ?

— Hier, n'est-ce pas ?

Elle comprend tout à coup.

— Il n'y avait pas un cadavre à côté du tableau ?

J'acquiesce.

— C'était Ry Strauss.

Je lui laisse le temps de digérer cette information.

— C'était devenu un ermite et un accumulateur compulsif.

Je lui raconte le Beresford, la tour, le bric-à-brac, le désordre, le tableau au mur. Pour l'instant, je préfère ne rien lui révéler du calvaire de ma cousine. Il y a un banc un peu plus loin. Lake Davies se laisse tomber dessus comme si ses jambes ne la portaient plus. Je reste debout.

— Ry a été assassiné.

— Oui.

— Après toutes ces années.

Le regard voilé, elle secoue la tête.

— Je ne comprends toujours pas ce que vous faites ici.

— Le Vermeer appartient à ma famille.

— Et vous êtes venu… parce que vous pensez qu'il aurait pu vous voler d'autres tableaux ?

Je ne réponds pas.
— Quand ces tableaux ont-ils été volés ?
Je lui donne la date.
— C'était bien après que je me suis rendue.
— Avez-vous jamais revu quelqu'un des 6 de Jane Street après la tuerie ?
Le mot « tuerie » la fait tiquer. Je l'ai employé délibérément.
— La clandestinité nous a séparés. On ne peut pas se déplacer à six.
— Ce n'est pas ce que je vous ai demandé.
— Juste un.
Je porte ma main à mon oreille.
— Je vous écoute.
— On a dormi deux nuits chez Arlo.
— Arlo Sugarman ?
Elle hoche la tête.
— À Tulsa. Il se faisait passer pour un étudiant de l'université évangélique Oral Roberts, ce que je trouvais plutôt amusant.
— Comment ça ?
— Arlo a été élevé dans le judaïsme mais il se proclamait athée.
Je me souviens de quelque chose que j'ai vu dans le dossier.
— Sugarman affirme qu'il était absent le soir de l'attentat…
— Comme nous tous, et alors ?
Soit.
— Il n'étudiait pas les beaux-arts à Columbia ?
— Peut-être bien… Vous pensez que Ry et Arlo… ?
— Pas vous ?
— Non. Enfin, je n'en sais rien, mais…

Je songe à ma cousine Patricia et au supplice qu'elle a enduré.

— Vous avez parlé de maltraitance de la part de Ry Strauss.

Elle déglutit.

— Oui, pourquoi ?

— Vous avez changé d'identité. On peut dire que vous vous êtes évanouie dans la nature.

— Pourtant, vous m'avez trouvée.

Je m'efforce de prendre un air modeste.

— Vous aviez peur que Ry ne vous retrouve ?

— Pas seulement Ry.

— Qui d'autre ?

Elle secoue la tête ; je la sens qui se ferme.

— Il est possible, dis-je, que Ry Strauss ait été impliqué dans une affaire plus macabre qu'un vol de tableaux.

— Macabre à quel point ?

Je ne juge pas utile de prendre des gants.

— Enlèvement, viol et, pour finir, assassinat de jeunes filles.

Son visage perd toutes ses couleurs.

J'ajoute :

— Avec un complice peut-être.

Puis :

— Le croyez-vous capable d'une chose pareille ?

— Non, répond-elle tout bas. Et je pense que vous devriez partir maintenant.

9

Une fois dans l'avion, je me replonge dans le dossier du FBI, un classeur de sept centimètres d'épaisseur avec des pages photocopiées. Je sors mon Montblanc et griffonne les noms des 6 de Jane Street :

Ry Strauss
Arlo Sugarman
Lake Davies (Jane Dorchester)
Billy Rowan
Edie Parker
Lionel Underwood

Je scrute cette liste pendant un moment. Finalement, quand on pense qu'une seule personne sur les six (deux si on compte Ry Strauss) a été localisée en quarante ans, on se dit que PP a vu juste.

Il y a de fortes chances que la plupart, sinon toutes les autres, soient mortes.

Ou pas. Après tout, Ry Strauss a réussi à survivre toutes ces années avant d'être sauvagement assassiné. S'il avait pu se cacher au cœur de la plus grande ville du pays, pourquoi les autres n'en auraient-ils pas fait autant ?

Bizarrement, ma théorie ne me convainc guère.

Passe encore pour l'un d'entre eux. Ou deux. Mais quatre ?

C'est peu probable.

Je commence par le commencement en rédigeant la question suivante :

Qui a été vu depuis le soir des cocktails Molotov ?

Jour 1, 2 et 3 après l'attentat, il n'y a eu aucun signalement crédible des 6 de Jane Street. C'est assez extraordinaire, quand on songe à l'ampleur de la chasse à l'homme. Jour 4, finalement, il y a eu du nouveau. Un informateur anonyme a prévenu le FBI qu'Arlo Sugarman se terrait dans un immeuble du Bronx. Hélas, nous savons comment ça s'est terminé : l'agent spécial Patrick O'Malley a été abattu sur le pas de la porte. Je note cet incident à côté du nom de Sugarman car c'est son tout premier signalement avéré. Le second, à en croire Lake Davies, situe Arlo Sugarman à Tulsa, Oklahoma, en qualité d'étudiant à l'université Oral Roberts en 1975. Je le note également.

C'est tout pour Sugarman. Personne ne l'a revu depuis.

Je passe à Billy Rowan. D'après le dossier, Rowan a été vu une seule fois après l'attentat – quinze jours plus tard – par Vanessa Hogan, la mère de l'une des victimes, Frederick Hogan, 17 ans, résidant à Great Neck, New York. Vanessa Hogan, une femme profondément croyante, s'est exprimée à la télévision très peu de temps après la mort de son fils pour annoncer qu'elle pardonnait aux assassins du jeune Frederick.

« Dieu a eu besoin de mon Frederick dans un but plus élevé », a-t-elle déclaré en conférence de presse.

J'ai horreur de ce genre de raisonnement. Et plus encore quand il est inversé... quand le survivant d'une catastrophe proclame que Dieu l'a épargné « parce qu'Il tient à moi »... sous-entendu les autres, ceux qui ont péri, comptent pour du beurre. Cependant, dans le cas présent, Vanessa Hogan était une jeune veuve qui venait de perdre son fils unique ; on pouvait donc lui accorder des circonstances atténuantes.

Mais je m'éparpille.

D'après le FBI, quinze jours après la conférence de presse, quand les mailles du filet se sont légèrement desserrées, Billy Rowan, lui aussi élevé dans la religion, a frappé à la porte de Mme Hogan vers 21 heures. Vanessa Hogan était seule dans sa cuisine. Billy l'avait vue à la télévision et il venait lui demander pardon avant de disparaître dans la nature.

OK, parfait. Je le note à côté du nom de Billy. Le seul et unique signalement.

Edie Parker, rien. Lionel Underwood, rien. Et bien sûr, au moment où on m'a remis le dossier : Ry Strauss, rien.

Je tapote ma lèvre avec le Montblanc. Admettons qu'ils aient réussi à se cacher pendant tout ce temps. Peut-on imaginer qu'ils n'ont jamais tenté d'entrer en contact avec leurs familles ?

Personnellement, je n'y crois pas une seconde.

Je parcours le dossier et note les noms des parents proches que je pourrais éventuellement interroger. Ry Strauss avait un frère relativement connu, Saul, un avocat progressiste défenseur des petites gens. On l'invite souvent à la télévision mais, d'un autre côté, qui n'invite-t-on pas de nos jours ? Jamais Ry n'aurait contacté son frère Saul, alors qu'ils habitaient la même ville ? Ça vaut le coup de poser la question. Saul Strauss a participé à l'émission de Hester Crimstein au nom ridicule : *Le Crime selon Crimstein*. Je pourrais demander à Hester de me le présenter.

Les parents Strauss sont décédés. En fait, sur les douze parents potentiels des 6 de Jane Street, seuls deux sont encore en vie : le père de Billy Rowan et la mère d'Edie Parker. Je note leurs noms. Je passe ensuite aux frères et sœurs survivants en dehors de Saul Strauss. Ils sont neuf au total, même si deux d'entre eux sont de la famille de Lake Davies ; je n'ai donc pas besoin d'eux. J'ajoute ces noms à ma liste. Si j'ai plus de temps ou quelqu'un pour m'aider, je pourrai étendre mes recherches à la famille élargie – oncles, tantes, cousins –, mais je doute d'en arriver là.

La liste est si longue que je vais devoir solliciter l'aide de quelqu'un.

Naturellement, je pense à Myron.

Il est actuellement en Floride où il s'occupe de ses parents et aide sa femme à s'installer dans son nouveau job. Je n'ai pas envie de le déranger. Ceux qui nous connaissent bien savent que j'accours chaque fois que Myron entreprend une de ses quêtes donquichottesques et qu'il fait appel à moi. Au fond, après m'être si souvent battu à ses côtés sans la moindre question ni hésitation, Myron pourrait être considéré comme mon « débiteur ».

Ceux qui pensent ça ont tort.

Laissez-moi vous dévoiler le conseil que le père de Myron, l'un des hommes les plus sages que je connaisse, a donné à son fils et à son témoin – votre serviteur donc – le jour de son mariage. « Les relations ne sont jamais équilibrées à 50-50. Parfois elles penchent jusqu'à 40-60, parfois 20-80. Certains jours tu seras, toi, à 80, et d'autres, à 20. Le tout c'est de l'admettre et de l'accepter. »

Je pense que ce principe de sagesse est valable pour tout type de relation, pas seulement pour les couples. Donc, l'un dans l'autre, si on considère à quel point mon amitié avec Myron a amélioré et embelli mon existence, non, Myron ne me doit rien.

Mon téléphone bipe pour me rappeler que je n'ai toujours pas répondu à mon appli de rendez-vous. Je doute de pouvoir me rendre disponible ce soir, mais il serait grossier de ne pas répondre. Je clique sur la notification et écarquille les yeux. Je change aussitôt d'avis et fixe un rendez-vous pour 20 heures.

Cette appli de rendez-vous a une page « présentation » assez inhabituelle. Rien à voir avec les sites de rencontre où on raconte tout et n'importe quoi : qu'on aime la piña colada ou les balades sous la pluie. Cette page-là ressemble aux notes qu'on pourrait donner sur Uber, mais, comme la plupart des membres utilisent l'application rarement (contrairement à votre serviteur), les développeurs ont introduit un système de notation personnalisée équivalent à un classement fondé sur votre physique. C'est un algorithme complexe qui tient compte d'un grand nombre de données à tous les niveaux. Le règlement stipule que si vous interrogez un autre client sur votre place au classement – ou si ce client vous la révèle –, vous serez immédiatement rayé de l'application. Moi, par exemple, j'ignore tout de mes notes.

Mais je suis sûr qu'elles sont élevées. Inutile de jouer les modestes, n'est-ce pas ?

Pour vous donner une idée, la note totale de Bitsy Cabot était très exactement de 7,8 sur 10. Le minimum que j'accepterais serait 6,5. Bon, d'accord, une fois j'ai dû me contenter d'un 6, mais il n'y avait rien d'autre à se mettre sous la dent. Le système de notation est particulièrement sévère sur l'appli. Ici, un 6 équivaudrait à un 8, voire plus, n'importe où ailleurs.

Le meilleur classement que j'y ai vu ? J'ai déjà passé une nuit avec une 9,1. Un célèbre top model qui avait épousé une grande star de rock. Vous la connaissez tous. C'est la seule femme avec une note supérieure à 9 que j'aie jamais rencontrée.

La femme qui m'a demandé un rendez-vous aujourd'hui ?

Sa note est de 9,85.

Je ne vais certainement pas rater ça.

PP m'appelle :

— Comment ça s'est passé avec Lake Davies ?

Je commence par le plus flagrant :

— Elle a menti au sujet de la mort de Strauss.

Je lui relate le reste de notre conversation.

— Alors, quelle est ta prochaine étape ?

— Faire un saut au Malachy's.

— Quarante ans après ?

— Oui.

— Bonne chance.

Je rétorque :

— Vous avez une autre idée ?

— Et sinon ?

— J'ai dressé la liste des gens que je pourrais interroger. Il faudrait que vos hommes me trouvent leurs adresses actuelles.

— Envoie-moi ta liste par mail.

Je connais sa façon de travailler. PP ne vous donne des informations qu'en échange des vôtres. Maintenant que j'ai rempli ma part, je lui demande :

— Et de votre côté ?

— Nous avons récupéré une vidéo de surveillance du Beresford vieille d'une semaine. Elle doit dater du jour du meurtre, mais…

J'attends.

— Je ne sais pas si elle nous sera d'une grande utilité, dit-il.

— On y aperçoit l'assassin ?

— Probablement, oui. Mais en fait, on ne voit pas grand-chose.

— J'aimerais la visionner.

— Je pourrai t'envoyer le lien d'ici une heure.

Je réfléchis un instant.

— Je préfère que le portier du Beresford me la montre.

— Je vais t'arranger ça.

— Je passerai d'abord au Malachy's.

— Une dernière chose, Win.

Je sens que ça ne va pas me plaire.

— Nous ne pouvons pas garder le silence plus longtemps. Demain matin, le directeur va annoncer que le cadavre est celui de Ry Strauss.

— Mais vous êtes plutôt beau gosse, dites donc !

J'acquiesce :

— N'est-ce pas ?

Kathleen, l'inoxydable barmaid du Malachy's, laisse échapper un rire enroué qui ressemble à une quinte de toux. Elle a un sourire de guingois et des cheveux jaunes (pas blonds, jaunes). Kathy a allègrement dépassé la soixantaine, mais elle l'affiche avec assurance et une sensualité à l'ancienne qu'on pourrait qualifier de burlesque. Elle est pulpeuse, plantureuse et douce. Je tombe aussitôt sous son charme, mais j'ai bien conscience que ça fait partie de son boulot.

— Si j'avais quelques années de moins… commence-t-elle.

— Ou si j'avais plus de chance, dis-je.

— Allons, allons.

Je hausse un sourcil, l'une de mes mimiques préférées.

— Ne sous-estimez pas votre pouvoir de séduction, Kathleen. La nuit est à nous.

— Vous êtes un coquin.

Elle me donne une tape enjouée avec un torchon qui n'a pas dû être lavé depuis la première élection d'Eisenhower.

— Charmant. Beau comme tout. Mais coquin.

À ma droite, Frankie Boy, qui doit frôler les 80 ans, porte une casquette plate en tweed. Des poils aussi épais et hérissés que la chevelure des poupées Trolls lui sortent des oreilles et, si son nez avait été plus bulbeux, il aurait fallu intervenir au bistouri. J'ai peut-être dû mettre les pieds cinq fois au Malachy's avant ce soir. Chaque fois Frankie Boy était assis sur ce même tabouret.

— Je vous paie un verre ? lui dis-je.

— OK, répond-il d'une voix pâteuse, mais, entre nous, je ne vous trouve pas si beau que ça.

— Mais bien sûr que si, voyons.

— Ouais, bon… mais je ne coucherais pas avec vous pour autant.

Je pousse un soupir.

— Adieu, mes rêves.

Il a l'air flatté.

Comme je l'ai déjà dit, le Malachy's est un rade dans toute sa splendeur : éclairage défaillant, boiseries maculées de taches, mouches mortes sur les luminaires, clients tellement fidèles qu'il est parfois difficile de dire où finit le tabouret et où commence leur postérieur. Une pancarte au-dessus du bar proclame : « J'aime la vie. Et la bière aussi. » Un autre genre de sagesse. Ici on accepte tout le monde, sauf les snobs. Il y a un écran de télévision à chaque extrémité du comptoir. Les Yankees de New York sont en train de se faire laminer sur l'un, les Rangers de New York sur l'autre. Personne au Malachy's ne semble y prêter attention.

La restauration est typique d'un pub. Frankie Boy insiste pour commander des ailes de poulet. On nous apporte une assiette de graisse avec quelques os éparpillés çà et là. Je la pousse vers lui. Nous bavardons à bâtons rompus. Frankie m'annonce qu'il en est à sa quatrième femme.

— Je l'aime si fort.

— Félicitations.

— Les trois autres, je les ai aimées très fort aussi. Et je les aime toujours.

Une larme perle au coin de sa paupière.

— C'est ça, l'ennui. Je tombe amoureux. Puis je viens ici pour oublier. Vous voyez ce que je veux dire ?

Je hoche solidairement la tête, même si je ne vois absolument pas. La chanson « True » de Spandau Ballet se déverse des haut-parleurs. Frankie Boy se met à chanter :

— *This is the sound of my soul, this is...*

Il s'interrompt, se tourne vers moi.

— Tu as déjà été marié, Win ?

— Non.

— Futé. Euh... tu es gay ?

— Non.

— Remarque, je m'en fiche. Pour tout te dire, j'aimerais qu'il y en ait plus par ici. On aurait moins de concurrence, tu comprends ? Avec les dames.

Je lui demande depuis combien de temps il vient au Malachy's.

— La première fois, c'était le 12 janvier 1966.

— Voilà qui est précis.

— Le plus beau jour de ma vie.

— Ah bon, pourquoi ? demandé-je, sincèrement curieux.

Frankie Boy lève trois doigts boudinés.

— Trois raisons.

— J'écoute.

Il replie l'annulaire.

— Un, c'est le jour où j'ai découvert cet endroit.

— Logique.

— Deux...

Frankie Boy replie le majeur.

— J'ai épousé ma première femme, Esmeralda.

— Vous êtes allé au Malachy's pour la première fois le jour de votre mariage ?

— J'allais me marier, réplique-t-il en mettant l'accent sur « marier ». Qui pourrait reprocher à un homme de prendre un petit remontant juste avant ?

— Pas moi.

— Elle était si belle, mon Esmeralda. Grosse comme une baleine. Elle portait une robe de mariée jaune vif. Sur nos photos de mariage, j'ai l'air d'une minuscule planète qui tourne autour d'un soleil géant. Mais elle était belle.

— Et la troisième raison ?

— Tu dois être trop jeune, mais as-tu déjà vu la série *Batman* à la télé ?

— Oh oui.

C'est un signe, me dis-je. Myron et moi avons visionné chaque épisode au moins un million de fois. Je hoche la tête.

— Adam West, Burt Ward…

— Exact. Le Sphinx, le Pingouin, et ne me parle même pas de Julie Newmar dans le rôle de Catwoman. J'aurais coupé le bras droit d'Esmeralda et me serais flagellé avec juste pour respirer l'odeur des cheveux de Julie Newmar. Sans vouloir te choquer.

— Aucun problème.

— Aujourd'hui, on a tous ces acteurs avec leur… – il esquisse des guillemets dans l'air – … « méthode », prêts à perdre cinquante kilos pour jouer le Joker, mais à l'époque, Cesar Romero n'a même pas pris la peine de raser sa moustache. Il a juste mis du blanc par-dessus. Ça, mon ami, c'était du jeu.

Je n'ai pas l'intention de le contredire.

— Et la troisième raison ?

Il s'esclaffe.

— Je croyais que tu étais un fan.
— Je suis un fan.
— Alors, quel méchant apparaît au tout premier épisode ?
— Le Sphinx, dis-je, interprété par Frank Gorshin.
— Bonne réponse… et c'est sorti quel jour ?
Frankie Boy sourit et hoche la tête.
— Le 12 janvier 1966.
J'ai envie de l'embrasser.
— En résumé, dis-je, le jour de votre mariage, vous êtes allé boire un coup au Malachy's, puis vous avez regardé le premier épisode de *Batman* à la télévision.
Frankie Boy acquiesce solennellement et contemple le fond de son verre.
— Cinquante ans après, le Malachy's fait toujours partie de ma vie. Cinquante ans après, je peux toujours regarder *Batman* sur mon vieux magnétoscope.
Haussement d'épaules.
— Mais Esmeralda est partie depuis des lustres.
Nous continuons à boire en silence. Je devrais aborder l'objet de ma visite mais je prends un réel plaisir à cette conversation. De fil en aiguille, j'en viens à demander à Frankie Boy s'il se souvient d'une serveuse prénommée Sheila ou Shelly… quelque chose comme ça. On ne sait jamais, si Lake Davies m'avait donné par mégarde son vrai prénom. Il se gratte la tête.
— Kathleen ! crie-t-il.
— Quoi ?
— Tu te souviens d'une Sheila qui a bossé ici dans le temps ?
— Hein ?
Kathleen sourit, mais je sens comme un décalage dans son attitude. Est-ce son sourire qui semble soudain forcé ?

Ou sa main qui se crispe sur le robinet de la tireuse à bière ?

— Qui t'a demandé ça ?

— Notre ami le beau Win, répond Frankie Boy en me tapant dans le dos.

Kathleen revient vers nous, le torchon sur l'épaule.

— Sheila comment ?

— Je ne sais pas, dis-je.

Elle secoue la tête.

— Je n'ai aucun souvenir d'une Sheila. Et toi, Frankie ?

Il fait non de la tête également et descend de son tabouret.

— Faut que j'aille égoutter popol, ça urge.

— Rapport à ta prostate ? glisse Kathleen.

— Laisse-moi rêver, tu veux ?

Frankie Boy s'éloigne en clopinant. Kathleen se tourne vers moi ; son expression laisse entendre qu'elle a tout vu, et plutôt deux fois qu'une. Tapez « blasée » sur Google, et vous aurez sa photo.

— À quel moment cette Sheila aurait travaillé ici ?

— Milieu des années 1970.

— Sérieux ? Il y a plus de quarante ans ?

Je me tais.

— De toute façon, moi je suis arrivée plus tard. Été 1978.

— Je vois, dis-je. Il ne reste personne de cette époque-là ?

— Voyons voir.

Elle lève les yeux au plafond pour bien montrer qu'elle réfléchit à la question.

— Le vieux Moses, le cuisinier, il devait être là, mais il est parti en Floride l'année dernière. Autrement, c'est moi, la plus vieille.

Le sujet étant épuisé, elle désigne mon verre vide.

— Je vous en sers un autre, mon chou ?

Il y a un temps pour la diplomatie et un temps pour la franchise. J'avoue être nettement plus doué pour la franchise, l'attaque directe :

— Et que savez-vous à propos des fameux fugitifs qui se cachaient au sous-sol ?

Kathleen renverse la tête en arrière et cille.

— Hein ?

— Vous n'avez jamais entendu parler des 6 de Jane Street ?

— Les quoi ?

— Le nom de Ry Strauss ne vous dit rien ?

Elle plisse les yeux.

— Si, vaguement. Mais je ne vois pas…

— Ry Strauss et sa petite amie Lake Davies étaient recherchés pour meurtre. Ils se sont cachés au sous-sol du Malachy's en 1975.

Elle ne répond pas tout de suite.

— J'ai entendu beaucoup d'histoires au sujet de cet endroit, finit-elle par admettre, mais ça, c'est nouveau.

Pourtant, sa voix s'est adoucie. Kathleen, j'ai remarqué, se produit devant toute la salle, même quand elle parle à quelqu'un en particulier. Comme si le bar était une scène et qu'elle jouait pour un large public.

Or là, tout à coup, elle ne s'adresse qu'à un seul spectateur.

— C'est la vérité, lui dis-je.

— Comment le savez-vous ?

— Par Lake Davies.

— L'une des personnes recherchées ?

— Elle a été arrêtée et a purgé une peine de prison.

— Et elle vous a dit qu'elle s'était cachée dans ce bar ?

— Au sous-sol, oui. Et qu'une gentille serveuse prénommée Sheila s'était occupée d'eux. Elle dit que cette gentille serveuse l'a sauvée.

Nous nous dévisageons un moment.

— Ça m'étonnerait, lâche Kathleen.

— Pourquoi ?

— Vous l'avez déjà vu, notre sous-sol ? À mon avis, seules les moisissures pourraient survivre là-dedans.

Son rire, semblable à un croassement, est beaucoup moins naturel cette fois. Comme sur un signal, un grand costaud à l'autre bout du bar abat sa main sur le comptoir en s'écriant joyeusement :

— Je l'ai eu !

Kathleen glapit :

— Quoi, Fred ?

— Un cafard gros comme un pigeon du parc.

Elle me sourit, l'air de dire : « Vous voyez bien ? »

— Je ne crois pas que Lake Davies l'ait inventé.

Elle hausse les épaules.

— Ma foi, si elle est comme tous ces extrémistes cinglés de l'époque, elle a peut-être trop forcé sur l'acide.

— C'est drôle, lui fais-je remarquer.

— Quoi ?

— Je n'ai jamais dit que c'était une extrémiste.

Kathleen sourit et se penche vers moi. Je sens une odeur de cigarette, mais ce n'est pas désagréable.

— Vous avez parlé des 6 et de Jane machin, et je me suis souvenue qu'ils avaient fait sauter quelque chose et tué des gens. Mais pourquoi toutes ces questions ?

— Parce que Ry Strauss n'a jamais été arrêté.

— Et vous le recherchez ?

— Oui.

— Presque cinquante ans après les faits ?

— Oui, dis-je. Vous pouvez m'aider ?

— J'aimerais bien.

Elle fait de son mieux pour feindre le désintérêt.

— Je serais trop contente qu'un tueur comme lui ait enfin ce qu'il mérite.

— Vous en êtes sûre ?

— Vous n'y allez pas par quatre chemins. Vous êtes flic ?

Je hausse un sourcil.

— Avec ce costume ?

J'ai droit à un autre rire nicotiné tandis que Frankie Boy revient se percher sur son tabouret.

— Sympa de discuter avec vous, dit Kathleen.

Penchant la tête, elle ajoute :

— J'ai des clients à servir.

Et elle s'éloigne nonchalamment.

— Bon sang, dit Frankie Boy en la suivant d'un regard admiratif. Je pourrais passer mes journées à mater ce popotin. Tu vois ce que je veux dire ?

— Je vois.

— Tu es un détective privé, Win ?

— Non.

— Comme Sam Spade ou Magnum ?

— Non.

— Mais tu es aussi cool qu'eux, pas vrai ?

— Vrai de vrai, dis-je en regardant Kathleen triturer le robinet.

10

Il me reste plus d'une heure avant mon rendez-vous avec Mme 9,85.

Il me faut dix minutes pour me rendre à pied au Beresford. Je remonte Columbus Avenue et coupe par le jardin du musée d'Histoire naturelle. Quand j'avais 6 ans et que mes parents étaient encore ensemble, ils m'ont emmené dans ce musée. En visite privée, bien sûr, avant l'ouverture au public. L'un de mes premiers souvenirs (et peut-être le vôtre), c'est le squelette du dinosaure dans le hall d'entrée. Ainsi que les défenses du mammouth laineux au troisième étage, et surtout l'énorme baleine bleue suspendue au plafond dans la salle de la Vie océane. Cette baleine, il m'arrive de la revoir de temps à autre. Le soir, le musée accueille de fastueux dîners de gala. Assis sous la grande baleine, je la regarde en buvant du whisky hors d'âge. J'essaie parfois de faire surgir l'image du petit garçon avec sa famille, mais je me rends compte qu'elle n'est ni authentique ni stockée dans mon cerveau. Comme la plupart de nos souvenirs. Ils ne sont pas gravés sur une micropuce ni enregistrés sur un fichier quelque part dans notre boîte crânienne. Nos souvenirs, nous les reconstruisons et les assemblons à notre guise.

Ce sont des fragments que nous fabriquons pour recréer un passé que nous espérons être la réalité. Bref, nos souvenirs en sont plutôt des représentations subjectives.

Pour le dire d'une manière encore plus succincte : chacun voit ce qu'il a envie de voir.

Le portier du Beresford m'attend. Il m'escorte jusqu'aux écrans de surveillance derrière son bureau. J'y trouve l'image figée de deux personnes marchant l'une derrière l'autre. On ne voit pas grand-chose. La caméra étant au plafond, la qualité n'est pas terrible. La première personne est très vraisemblablement Ry Strauss, le visage dissimulé sous une capuche. L'autre, qui le suit, est totalement chauve. Tous deux gardent la tête baissée et marchent si près l'un de l'autre que le crâne du chauve semble s'appuyer sur le dos de Strauss.

— Vous voulez voir la vidéo ? demande le portier.

Il est jeune, 25 ans tout au plus. Son uniforme de style militaire flotte sur sa carcasse fluette.

— C'est bien le sous-sol, n'est-ce pas ? dis-je.

— Ouais.

— Connaissiez vous… ?

Ne sachant comment nommer Strauss, je le montre du doigt.

— … ce résident ?

— Non.

— Quelqu'un ici l'appelait-il par son nom ?

— Non. Enfin… on a pour consigne d'appeler les résidents par leur nom de famille. Madame Untel, docteur Untel. Si on ne connaît pas le nom, c'est madame ou monsieur. Mais lui, je ne l'ai jamais vu, et pourtant ça fait deux ans que je travaille ici.

Je reporte mon attention sur l'écran.

— Vous voulez bien lancer la vidéo ?

Elle est courte et sans grand intérêt. Strauss et son agresseur marchent quasiment collés l'un à l'autre. Je trouve ça bizarre. Je demande à revoir les images une deuxième fois, puis une troisième fois.

— Mettez-la sur pause quand je vous le dirai.

— OK.

— … Maintenant.

L'image se fige. Je plisse les yeux et me penche vers l'écran. On ne distingue toujours pas les détails mais une chose est claire : ces deux-là savaient qu'ils étaient filmés et se conduisaient en conséquence. À cet endroit – là où j'ai demandé au portier de mettre la vidéo sur pause –, celui que nous savons désormais être Ry Strauss regarde l'objectif.

— Vous pouvez zoomer sur lui ?

— Pas vraiment. Les pixels se mélangent.

De toute façon, je n'apprendrais rien de plus. Mon hypothèse, qui me paraît être la bonne, est que l'homme chauve derrière Strauss est l'assassin. Leur démarche et leur position sont si peu naturelles que, à l'évidence, Strauss avance sous la menace d'une arme.

— À votre connaissance, le défunt recevait-il des visites ?

— Non, jamais. On en parlait encore ce matin.

— On ?

— Avec les collègues. Personne ne venait le voir. Personne. D'un autre côté, ils pouvaient passer par le sous-sol, comme sur la vidéo.

— Et ce visiteur-là, j'imagine qu'il a fini par partir ?

— Peut-être, mais les caméras n'ont rien capté.

Je me cale dans le siège et joins le bout de mes doigts.

— On a fini ? demande le portier.

— Et la vidéo du résident sortant de l'immeuble ?

— Comment ?

Je désigne l'écran.

— Je suppose que le défunt est allé à la rencontre de son visiteur ?

— Ah oui, c'est vrai.

— Pouvez-vous me la montrer ?

— Une seconde.

Cette vidéo est encore moins révélatrice. Ry Strauss baisse la tête. Il porte une capuche. Je note tout de même qu'il a l'air pressé. Je vérifie l'heure : quarante-deux minutes avant son retour. Tout se tient.

— Vous dites qu'il ne sortait jamais dans la journée ?

— Pas à notre connaissance.

— Donc ceci…

Je montre Strauss quittant l'immeuble en plein jour.

— … ce serait inhabituel ?

— Plutôt, oui. L'Ermite ne sortait normalement que très tard dans la nuit.

Voilà qui pique ma curiosité.

— C'est-à-dire ?

— Il faudrait demander à Hormuz. Il est de garde la nuit. Mais c'était vraiment tard, bien après minuit.

— Hormuz sera là cette nuit ?

— Ouais. Oups, il y a quelqu'un avec des colis. Excusez-moi un instant.

Le jeune portier me laisse. Je sors mon portable et appelle PP.

— Vos gars ont-ils trouvé un téléphone dans l'appartement de Strauss ?

— Non.

— Pas de ligne fixe non plus ?

— Non, pourquoi ?

— J'ai une théorie, lui dis-je.

— Vas-y, je t'écoute.

— Quelqu'un a appelé Strauss et lui a fait tellement peur qu'il a quitté sa tanière en plein jour, et quand Strauss a quitté l'immeuble l'assassin l'a menacé de son arme pour l'obliger à le faire entrer chez lui.

— Il l'a ligoté sur son lit avant de le tuer.

— Exact.

— Et pourquoi est-il reparti en laissant le Vermeer ?

— La réponse la plus logique est qu'il n'était pas venu pour le tableau volé.

— Alors quoi ?

— Il pourrait y avoir des tas d'explications. Mais la plus évidente, je pense que nous la connaissons tous les deux.

— La Cabane des horreurs.

Nous restons silencieux un moment.

— Le Bureau n'a pas encore connaissance de cette partie-là de l'affaire, Win.

Je me tais pour qu'il m'en dise plus.

— Ils ne savent toujours pas ce que ta valise faisait là. Quand ils le sauront, ils demanderont à ta cousine si elle a un alibi. Et à toi aussi.

Je hoche la tête. Son analyse tient la route.

— Il est probable, dis-je, que Ry Strauss ait eu quelque chose à voir avec cette histoire de la Cabane des horreurs.

Sa voix est grave.

— Tout à fait.

Je sens un frisson dans mon cou.

— Alors je me demande.

— Tu te demandes quoi ?

— Tout le monde a cru qu'oncle Aldrich et ma cousine Patricia avaient été des victimes aléatoires de prédateurs en série. Ils ont tué mon oncle pour kidnapper Patricia et l'emmener dans la cabane.

— Et tu ne le crois plus ?

Je fronce les sourcils.

— Réfléchissez, PP. Ce ne peut pas être un hasard.

— Pourquoi ?

— Parce que Strauss avait le Vermeer.

Il met une seconde à réagir.

— Tu as raison. Ce n'est pas une coïncidence.

— Donc, Patricia n'était pas une victime aléatoire. Elle a été ciblée.

Un nouveau silence s'installe.

— Tu me diras en quoi je peux t'aider, Win.

— Je suppose que le Bureau est toujours en train d'analyser ces vidéos de surveillance ?

— Oui, mais la qualité est merdique. C'est ce qui m'agace depuis des années… Pourquoi installer les caméras à cette hauteur ? Tous les criminels le savent. Il n'a eu qu'à baisser la tête.

— Donc rien de nouveau à son sujet ?

— Les analyses sont en cours. Tout ce qu'on peut dire, c'est qu'il est petit, maigre et chauve.

— Il faudrait surtout examiner les vidéos de surveillance des immeubles avoisinants, lui dis-je. Pour savoir où Strauss est allé en sortant du Beresford et qui il a rencontré.

— Je m'en occupe. Tu vas où maintenant ?

Je regarde ma montre. Assez travaillé pour aujourd'hui. Mes pensées me ramènent aussitôt à la note de 9,85.

— Chez Saks Fifth Avenue.

Je ne suis plus très loin de Saks quand mon portable sonne. C'est Nigel qui m'appelle de Lockwood.

— Ton père a appris pour le Vermeer, m'annonce-t-il. Et aussi que ta cousine Patricia est venue à la maison.

J'attends la suite.

— Il aimerait te voir. Il dit que c'est urgent.

Je pousse la porte et entre chez Saks côté prêt-à-porter pour hommes.

— Urgent genre ce soir ?

— Urgent genre demain matin.

— Entendu, dis-je.

— Rends-moi un service, Win.

— Tout ce que tu voudras.

— Sois gentil avec ton père.

— OK.

Puis je demande :

— Comment va-t-il, Nigel ?

— Ton père est très agité.

— À cause du Vermeer ou de Patricia ?

— C'est ça, répond Nigel avant de raccrocher.

Je descends au sous-sol et traverse le rayon bijouterie.

L'appli de rendez-vous comporte un assez long questionnaire pour « découvrir votre type de femme afin d'établir les meilleurs matchs ». J'ai zappé les questions pour aller directement à la rubrique commentaires.

Quel est mon type ?

J'ai écrit un seul mot : « Bandante ».

C'est ça, mon type. Peu m'importe qu'elle soit brune, blonde, rousse ou chauve. Je me fiche qu'elle soit petite ou grande, trapue ou émaciée, blanche, noire, asiatique, jeune, vieille ou ce que vous voulez.

Mon type ?

Je n'utilise qu'un seul critère, et mon classement est le suivant :

Archi-super-bandante.

Super-bandante.

Bandante.

Plutôt bandante que pas du tout.

Et voilà. Le reste n'a aucun intérêt. Je n'ai aucun *a priori*, aucun préjudice en matière de bandaison, et cependant je vous le demande : où sont les lauriers pour couronner pareille ouverture d'esprit ?

J'arrive le premier dans la suite. L'appli m'informe que mon rendez-vous sera là dans un quart d'heure. Dans la douche, je trouve un shampooing Kevis 8 et une crème de douche parfumée Aqua Vitae Francis Kurkdjian. Je décide d'en profiter. Je me déshabille et ferme les yeux sous le puissant jet du pommeau haute pression.

J'essaie de reconstituer les faits dans l'ordre chronologique. On a l'attentat fomenté par les 6 de Jane Street. On a le vol de tableaux à Haverford College. On a le meurtre de mon oncle et l'enlèvement de ma cousine. Trois soirs différents. Le lien entre les deux premiers est le Vermeer retrouvé chez le plus célèbre des 6. On ajoute la valise, et il devient clair que les trois sont liés.

Comment ?

La réponse, c'est Ry Strauss.

Nous savons que Strauss était le chef des 6. Nous savons qu'il était en possession du Vermeer (mais, au fait, où est le Picasso ?). Nous savons que la valise, qu'on n'a pas revue depuis l'enlèvement de Patricia, était dans son logement au sommet de la tour.

Était-ce lui, le cerveau derrière tous ces crimes ?

Je sors de la douche. Mme 9,85 devrait arriver d'un instant à l'autre. Je m'apprête à éteindre mon téléphone quand Kabir appelle.

— J'ai trouvé le vigile qui était en poste quand les tableaux ont été volés.

— Je t'écoute.

— À l'époque, il était stagiaire et travaillait comme gardien de nuit pour rembourser son prêt étudiant.

Cela me revient. On a reproché à la fois à l'établissement et à notre famille d'avoir confié deux chefs-d'œuvre d'une valeur inestimable à un système de sécurité défaillant. Reproche entièrement justifié, du reste.

— Son nom est Ian Cornwell. Il avait terminé ses études à Haverford l'année d'avant.

— Et où est-il maintenant ?

— Toujours à Haverford. En fait, il n'en est jamais parti. Ian Cornwell est prof au département de science politique.

— Vois s'il sera sur le campus demain. Et fais préparer un hélico. J'irai à Lockwood le matin à la première heure.

— Ça marche. Autre chose ?

— J'ai besoin d'infos sur le Malachy's.

Je commence à lui expliquer quand j'entends le tintement de l'ascenseur.

La 9,85 vient d'arriver.

Je termine rapidement et ajoute :

— Pas d'appels dans l'heure qui suit.

Puis, repensant à sa note :

— Disons plutôt deux ou trois heures.

Je coupe le téléphone au moment où elle sort de l'ascenseur.

J'étais sûr qu'on l'avait surévaluée. Eh bien non.

Elle a toujours été – et l'est encore maintenant – un 9,85 minimum. Nous nous dévisageons un instant. Je porte un peignoir. Elle, un tailleur parfaitement ajusté, mais tout sur elle paraît parfaitement ajusté. Je ne me souviens plus de la dernière fois que je l'ai vue en chair et en os. Quand elle a rompu avec Myron, j'imagine. Myron l'a aimée de tout son cœur. Ce cœur qu'elle a fait voler en éclats. D'un côté, je trouvais cette histoire de cœur brisé barbante et incompréhensible ; d'un autre, je savais sans le moindre doute possible que je ne laisserais aucune femme me quitter comme elle avait quitté Myron.

— Salut, Win.

— Salut, Jessica.

Jessica Culver est une romancière bien connue. Après dix ans de vie commune, Myron et elle se sont séparés parce que Myron voulait s'installer, fonder une famille et que cette perspective banalement idyllique répugnait à Jessica. Du moins, c'est la raison qu'elle a invoquée.

Peu de temps après, Myron et moi sommes tombés sur un faire-part de mariage dans le *New York Times*. Jessica Culver allait épouser le magnat de la finance Stone Norman. Je ne l'ai pas revue ni n'ai pensé à elle depuis.

— Pour une surprise… dis-je.

— En effet.

— Dois-je en conclure que ça ne va pas fort entre Stone et toi ?

Jessica sourit. Son sourire est charmeur, éblouissant, mais il ne m'atteint pas. Pauvre Myron, ce même sourire lui faisait perdre tous ses moyens.

— Ça me fait plaisir de te voir, Win.

Je penche la tête sur le côté.

— Vraiment ?

— Oui.

Nous restons plantés l'un en face de l'autre.

— Alors, on le fait ou quoi ?

11

Pour finir, la réponse a été « quoi ».

Jessica et moi passons l'heure suivante à discuter, allongés sur le lit. Ne me demandez pas pourquoi mais je lui parle de Ry Strauss, du Vermeer et de tout le reste. Suspendue à mes lèvres, elle ne me quitte pas des yeux. Comme je l'ai déjà dit, les rapports amoureux, ce n'est pas mon truc. Pendant toutes ces années où elle a été en couple avec Myron, j'avais bien conscience qu'elle était très séduisante et extraordinairement mettable… comme tant d'autres femmes. Je n'ai jamais compris pourquoi Myron n'avait désiré aucune autre femme, quitte à subir ses crises et ses sautes d'humeur.

Je m'interromps pour le lui dire.

— Tu me détestais, répond Jessica.

— Non.

— Tu me considérais comme une rivale.

— Toi ?

— Oui.

— Pour ?

— Myron, évidemment.

Elle change de position sur le lit. Elle est toujours habillée. Moi, j'ai gardé le peignoir.

— Tu sais que j'ai écrit un article sur les 6 de Jane Street pour le *New Yorker* ?

— Quand ?

— À l'occasion d'une date anniversaire de l'attentat. 20 ou 25 ans, je ne m'en souviens plus. Tu peux sûrement le trouver sur Internet.

Elle repousse ses cheveux derrière son oreille.

— C'est une affaire assez fascinante.

— Comment ça ?

— C'est l'exemple parfait d'un funeste concours de circonstances. Les 6 avaient prévu de faire sauter une autre salle de danse un mois plus tôt, mais Strauss a fait une crise d'appendicite. Plusieurs d'entre eux commençaient à se dégonfler et menaçaient de ne pas venir. Imagine si un ou deux d'entre eux avaient fait machine arrière. Ce n'étaient que des gamins défoncés qui voulaient frapper un grand coup. Ils ne pensaient pas à mal. Alors imagine, si ce cocktail Molotov n'était pas tombé à côté.

Son analyse me laisse de marbre.

— Dans la vie, tout est concours de circonstances.

— C'est vrai. Je peux te poser une question ?

Mon silence l'invite à poursuivre.

— Pourquoi Myron n'est pas venu t'aider ? Quand je pense à toutes les fois où tu as joué les Watson à ses côtés…

— Il est occupé.

— Avec sa nouvelle femme ?

Je ne tiens pas à parler de Myron avec elle.

Jessica se redresse.

— Tu voulais regarder le documentaire sur les 6 de Jane Street ?

— Exact.

— Regardons-le et voyons ce que ça donne.

Jessica envoie valser ses chaussures. Elle s'allonge du côté droit du lit. Nos corps se frôlent. Je pose l'ordinateur portable entre nous deux. Elle chausse des lunettes de lecture et éteint la lampe. Je clique sur play. Nous commençons à regarder le documentaire dans un silence étonnamment confortable. Je trouve cette situation bizarre. Pour moi, Jessica n'était qu'une extension gênante et exaspérante de Myron, jamais un être à part entière. La voir ainsi en dehors de lui me met mal à l'aise, non pas malgré mais à cause de cette sensation de bien-être. Pour la première fois, elle m'apparaît comme une entité séparée de Myron.

Je ne sais pas trop qu'en penser.

Le documentaire démarre sur cette information : le groupe ne s'est jamais autoproclamé les 6 de Jane Street. Ils n'étaient que six étudiants réunis par le hasard, faction hétéroclite d'un mouvement contestataire comme Weather Underground ou Étudiants pour une société démocratique. Le surnom de 6 de Jane Street leur a été donné par les médias à la suite de cette soirée désastreuse, pour la simple raison que la fameuse photo où ils sont réunis tous les six avait été prise au sous-sol d'une maison de ville dans Jane Street à Greenwich Village.

— *C'est dans ce local obscur*, commence gravement le narrateur, *qu'ils ont concocté le plus mortel des cocktails : le cocktail Molotov.*

Ta-taaam.

Le récit nous ramène à l'époque où Ry Strauss et Arlo Sugarman s'étaient liés d'amitié en classe de 6e dans le quartier de Greenpoint à Brooklyn. Une vieille image en noir et blanc s'affiche à l'écran : la traditionnelle photo de l'équipe de base-ball où Ry et Arlo sont à moitié debout, à moitié à genoux. Un cercle rouge entoure les deux visages juvéniles au bout de la rangée.

— *Déjà à l'époque*, proclame M. Voix-Off, *Strauss et Sugarman étaient comme les deux doigts de la main.*

Par chance, le documentaire nous épargne les reconstitutions mal jouées et mal éclairées qu'on trouve dans les films consacrés aux véritables faits divers. Il s'en tient aux images d'archives et aux interviews de policiers, témoins, rescapés de l'accident du car, familles et amis. Un touriste a photographié Ry Strauss et Lake Davies en train de s'enfuir. Bien que la photo soit floue, on voit qu'ils se tiennent par la main. Les autres suivent derrière mais on ne distingue aucun visage.

Le documentaire consacre une séquence à chacune des victimes : Craig Abel, Andrew Dressler, Frederick Hogan, Vivian Martina, Bastien Paul, Sophia Staunch, Alexander Woods.

— Rappelle-moi de te parler de Sophia Staunch quand on aura fini, dit Jessica.

Le récit se concentre sur cinq adolescents de l'école préparatoire Saint-Ignace, partis fêter à New York les 17 ans de Darryl Lance. En ce temps-là, les bars et boîtes de nuit ne vérifiaient pas l'âge de leurs clients, et on pouvait consommer de l'alcool à partir de 18 ans. Il se trouve que les garçons s'étaient rendus dans une boîte de strip-tease au nom subtil de *69* avant de sauter dans le dernier car à destination de Garden City. Âgé d'une quarantaine d'années au moment où il a été filmé, Darryl Lance s'en est tiré avec une fracture au bras, alors que son ami Frederick Hogan, 17 ans également, a péri dans l'accident. Les larmes aux yeux, Lance décrit les flammes, la panique, la réaction disproportionnée du chauffeur du car :

— *J'ai vu le chauffeur donner un brusque coup de volant. On s'est retrouvés sur deux roues. Le car a commencé à basculer vers le parapet, puis on a plongé comme au ralenti...*

Vient ensuite la conférence de presse dans laquelle Vanessa Hogan absout les 6 :

— *Je leur pardonne entièrement parce que ce n'est pas à moi de juger. Dieu est le seul juge. C'était peut-être Sa façon de faire payer son péché à Frederick.*

Je me tourne légèrement vers Jessica.

— Elle dit que Dieu a exécuté son fils parce qu'il est allé dans un club de strip-tease ?

— Apparemment. Je l'ai interviewée pour mon article.

Le documentaire aborde ensuite la visite-surprise de Billy Rowan à Vanessa Hogan. À l'écran, une Vanessa Hogan vieillie raconte au réalisateur :

— *Nous étions assis là, à cette même table de cuisine. J'ai demandé à Billy s'il voulait un Coca. Il a dit oui. Il l'a bu d'une traite.*

— *De quoi avez-vous parlé ?*

— *Billy a dit que c'était un accident. Ils ne voulaient pas faire de victimes ; c'était juste pour protester contre la guerre.*

— *Et qu'en avez-vous pensé ?*

— *Je l'ai trouvé si jeune. Frederick avait 17 ans. Ce garçon était à peine plus âgé.*

— *Que vous a-t-il dit d'autre ?*

— *Il m'a vue à la télévision. Il voulait m'entendre lui pardonner de vive voix.*

— *Et vous l'avez fait ?*

— *Bien sûr.*

— *Ça n'a pas dû être facile.*

— *Le chemin n'est pas censé être facile. Il est censé être droit.*

Jessica me regarde.

— Bien répondu.
— En effet.
— Cette réplique, elle me l'a servie aussi.
— Mais ?
Elle hausse les épaules.
— J'ai l'impression qu'on la lui a soufflée.
À l'écran, Vanessa Hogan poursuit :
— *J'ai essayé de convaincre Billy de se rendre mais...*
— *Mais ?*
— *Il avait tellement peur. Son visage. Je revois encore son visage effrayé. Il est parti en courant par la porte de la cuisine.*
Je chuchote :
— Elle est plutôt bandante.
— Beurk.
— Tu n'es pas d'accord ?
— Tu n'as pas changé, hein, Win ?
Je souris et hausse les épaules.
— Elle t'a fait quel effet quand tu l'as rencontrée ?
— En trois mots, répond Jessica : folle à lier.
— Parce qu'elle est croyante ?
— Parce qu'elle est cinglée. Et menteuse.
— Tu ne crois pas que Billy Rowan est venu la voir ?
— Si. Il y a plein de choses qui le prouvent.
— Alors ?
— Je ne sais pas. C'est l'attitude de Vanessa Hogan qui m'a semblé louche. Genre mon fils est dans un monde meilleur ou c'est la volonté de Dieu, mais il n'y a pas de larmes, aucun signe de deuil. Presque comme si elle s'y attendait. Comme si ce n'était pas une surprise.
— Chacun vit le deuil à sa manière.
— Oui, merci pour ce cliché réconfortant, Win. Mais il ne s'agit pas de ça.

Jessica roule sur le côté pour me faire face. Nos bouches sont à quelques centimètres l'une de l'autre. Elle sent incroyablement bon.

— Sophia Staunch, dit-elle.

Une autre victime des 6 de Jane Street.

— Oui, eh bien ?

— C'est la nièce de Nero Staunch.

Nero Staunch était un grand nom du crime organisé à l'époque. Je m'étends sur le dos et croise les mains derrière la nuque.

— Intéressant.

— Dans quel sens ?

— Non seulement Lake Davies a modifié son nom, mais elle a carrément changé d'identité et est partie vivre en Virginie-Occidentale. J'ai voulu savoir si elle craignait que Ry Strauss ne la retrouve.

— Et qu'a-t-elle répondu ?

— Très exactement : « Pas seulement Ry. »

— Elle avait peur de quelqu'un d'autre, en déduit Jessica. Et ce quelqu'un pourrait bien être Nero Staunch, non ?

Une fois le documentaire terminé, elle me demande de consulter ma liste de gens à interroger. Je la lui montre. Nous ajoutons Vanessa Hogan, la dernière personne à avoir vu Billy Rowan.

— Est-ce que Nero Staunch vit toujours ? s'enquiert-elle.

Je hoche la tête.

— Il a 92 ans.

— Donc il est hors jeu.

— On ne quitte jamais vraiment ce jeu-là. Mais oui, c'est exact.

Je note son nom sur la liste. Nous sommes toujours au lit. Jessica plonge son regard dans le mien.

— Alors on le fait, Win ?

Je me rapproche pour l'embrasser. Et m'arrête. Elle sourit.

— Tu n'y arrives pas, hein ?

— Ce n'est pas ça.

Je ne comprends pas très bien ce que je ressens, et ça m'agace. Entre Jessica et Myron, c'est terminé depuis longtemps. Il est marié à une autre femme. Elle est belle à pousser un saint à plonger dans les flammes de l'enfer – archi-super-bandante – et consentante.

Jessica formule tout haut ma pensée suivante :

— Puisque le sexe n'a pas plus d'importance pour toi, comment se fait-il que tu n'y arrives pas ?

Je ne réponds pas. Elle se lève.

— Tu devrais peut-être y réfléchir, ajoute-t-elle.

— Pas la peine.

— Ah bon ?

— Pour moi, tu es toujours la petite amie de Myron.

Elle sourit.

— C'est ça, la raison ?

— Oui.

— Rien d'autre ?

— Par exemple ?

— Je ne sais pas. Quelque chose de plus...

Elle contemple le plafond, faisant mine de chercher le mot.

— ... latent.

— Oh, je t'en prie. Tu ne peux pas être plus claire ?

— C'est l'un ou l'autre.

— Reviens, lui dis-je, je vais te prouver le contraire.

Mais elle se dirige déjà vers l'ascenseur.

— Ça m'a fait très plaisir de te voir, Win. Vraiment.

L'instant d'après, elle n'est plus là.

12

Il est 1 heure du matin quand je retourne au Beresford.

Quand il me voit arriver, Hormuz se précipite pour m'ouvrir la porte. J'agite une fausse plaque du FBI sous son nez avant de la glisser dans la poche de mon veston. J'ai bien conscience qu'en me faisant passer pour un agent fédéral j'enfreins la loi, mais c'est l'avantage d'être riche : on ne va pas en prison pour ces choses-là. Les riches engagent une flopée d'avocats qui tordent la réalité dans tous les sens jusqu'à ce qu'elle ne ressemble plus à rien. Ils traitent n'importe quel accusateur de menteur. Ils chuchotent discrètement à l'oreille amicale d'hommes politiques, de juges, de procureurs. Ils versent des dons pour leur campagne ou leur association de défense des animaux.

Et on n'en parle plus.

Du reste, si, par un concours de circonstances invraisemblable, ça ne marche pas – si les autorités ne cèdent pas à la pression et que je sois jugé et condamné –, je ne serai jamais incarcéré. Les riches ne font pas de prison. Ils paient – oh, mon Dieu ! – des amendes. Et comme je croule déjà sous l'argent, comme j'en ai cent fois plus que je ne pourrais en dépenser en une seule vie, pourquoi m'en priver ?

Suis-je trop honnête ?

Ce genre de calcul est très courant dans le milieu des affaires. Voilà pourquoi ils sont si nombreux à contourner la loi, à la transgresser, à tricher. Le risque de se faire prendre ? Très mince. De finir au tribunal ? Plus mince encore. Et si, malgré tout, le riche se fait pincer, la probabilité de payer une simple amende inférieure à la somme d'argent que vous avez volée ? Énorme. De purger une quelconque peine de prison ? Infinitésimale.

J'ai horreur de ça. Je hais les tricheurs et les voleurs, surtout ceux qui ne font pas ça pour nourrir leur famille.

Vous me trouvez hypocrite ?

— Oui, l'Ermite était comme un vampire, me dit Hormuz. Il ne sortait que la nuit.

Hormuz a les paupières si lourdes qu'on se demande s'il y voit quelque chose. Il a le ventre rond comme une boule de bowling et la peau si foncée qu'on croirait y déceler l'ombre d'une barbe de cinq heures juste après le rasage.

— Vous voulez boire quelque chose ? me propose-t-il. Un café ?

Il me montre son mug qui a dû être blanc quand il l'a acheté mais qui, depuis, a pris la même teinte que les dents d'un fumeur.

— C'est bon, merci. Si je comprends bien, ce mystérieux résident passait toujours par le sous-sol.

— Oui. Ce qui est bizarre.

— Pourquoi bizarre ?

— Parce qu'il sortait par là, à gauche. Du coup, il était obligé de faire le tour de l'immeuble. Il passait toujours devant moi. Ça n'avait aucun sens. Sauf que…

— Sauf que ?

— Sauf qu'il y a des caméras partout dans le hall d'entrée. Mais une seule entre son ascenseur et la porte de sortie du sous-sol.

Logique.

— Il vous parlait quelquefois ?

— Le bonhomme de la tour ? Jamais. Je le voyais passer, réglé comme un coucou suisse, chaque nuit du mercredi. Ou alors, comme il était 4 heures, c'était peut-être le jeudi matin ? De toute façon, il faisait noir dehors.

Il secoue la tête.

— Peu importe. Je le voyais passer. Ça a duré des années. Moi, je le saluais : « Bonsoir, monsieur. » Parce que je suis poli. C'est l'un de mes résidents. Je le traite avec respect, quel que soit son comportement. La plupart des résidents, ils sont top. Ils m'appellent par mon prénom et veulent que je fasse pareil avec eux. Mais je ne le fais pas. Je suis respectueux, voyez-vous. Ça fait dix-huit ans que je travaille ici, et je ne connais toujours pas la moitié des gens qui habitent dans cet immeuble. Ils sont déjà couchés quand j'arrive à minuit. Mais le bonhomme de la tour ? Je le salue chaque fois. « Bonsoir, monsieur. » Lui, il garde la tête baissée. Pas un mot. Pas un regard. Comme si je n'existais pas.

Je ne l'interromps pas.

— Comprenez-moi bien. Je sais qu'il est mort et qu'on ne dit pas du mal des défunts. Mais, à mon avis, il avait des problèmes. Glenda, ma femme, a vu une émission sur des gens comme lui, qui ne jettent rien. C'est une vraie maladie, d'après elle. C'était peut-être son cas. Mais ça ne me fait pas plaisir qu'il soit mort. Du tout.

— Vous m'avez dit que vous le voyiez passer chaque nuit du mercredi au jeudi.

— Ou le jeudi matin. C'est bizarre de prendre son service à minuit. Comme ce soir. J'arrive le mercredi soir, mais là, quelle heure est-il ?

Je consulte ma montre.

— Presque 1 h 30.

— Et voilà, on n'est plus mercredi soir. On est jeudi matin.

— Va pour jeudi matin, dis-je parce que c'est un détail insignifiant et que le sujet m'ennuie.

— OK.

— Donc, vous le voyiez passer tous les jeudis à 4 heures du matin.

— Exact.

— Comme une sorte de routine ?

— C'est ça.

— Et cela durait depuis combien de temps ?

— Oh, depuis des années.

— Été, automne, printemps, hiver ?

— Je crois bien que oui. Bon, il m'arrivait de ne pas le voir. Parfois pendant tout un mois. Comme s'il partait en Floride pour l'hiver, je ne sais pas. Ici, les nuits sont calmes. Je peux mettre des écouteurs et regarder un film sur Netflix. Mais dès que quelqu'un touche la porte, bam, je suis debout. On ferme après minuit. Du coup, il a pu passer sans que je le voie.

— L'avez-vous déjà vu sortir à d'autres moments ?

— Je ne pense pas. Toujours à 4 heures ou pas loin.

Je réfléchis un instant.

— Et il rentrait à quelle heure ?

— Il ne s'absentait pas longtemps. À mon avis, il allait juste faire un tour. Il revenait moins d'une heure après. Parfois un peu plus. Tout ça n'était pas très cohérent. Je me disais : c'est un drôle d'oiseau, il a envie d'être seul. Alors il se promène la nuit. On a vu des choses plus étranges que ça, hein ?

— Quand vous le voyiez sortir, dans quelle direction partait-il ?

— À l'est.

Je jette un coup d'œil dehors, dans la direction qu'il m'indique.

— Vers le parc ?

— Oui.

— Chaque fois ?

— Chaque fois. Je croyais qu'il allait se balader. C'est comme je vous l'ai dit. Bizarre d'y aller à cette heure-là. D'accord, le parc est plus sûr que dans le temps. Mais pas question que j'aille traîner là-bas à 4 heures du matin.

4 heures du matin. Serait-ce un indice ?

Je pense que oui.

— Quand l'avez-vous vu sortir pour la dernière fois ?

— Récemment. La semaine passée peut-être. Ou la semaine d'avant.

Ce devait être la veille de son assassinat. Ry Strauss est allé faire sa promenade habituelle du jeudi matin. Puis il est ressorti vendredi, pour la première fois en journée, et il est revenu vraisemblablement avec son assassin.

J'ai un plan.

Je me poste dans l'ombre en face du Malachy's.

Il est 4 heures du matin. Selon la loi, les bars new-yorkais ne doivent plus servir d'alcool après 4 heures du matin. Est-ce une coïncidence ? Personnellement, j'espère que non.

On dit que New York est la ville qui ne dort jamais. C'est peut-être vrai mais, en ce moment précis, ses paupières se ferment, et elle pique du nez, épuisée.

Mon cerveau reptilien, celui de l'instinct de survie, reste en alerte. Il préfère parer à toute éventualité. Même en plein jour, tandis que je vaque à mes occupations, il scanne les environs en quête d'ennemis ou dangers potentiels (ou perçus comme tels).

Caché, je surveille l'entrée du Malachy's. J'ai troqué mon costume contre un jogging et un sweat à capuche. Je suis patient. Un casque sur les oreilles, j'écoute la playlist que Kabir m'a concoctée avec Meek Mill, Big Sean et 21 Legend. Il y a un an ou deux, après avoir dénigré ce que je ne pouvais pas comprendre, j'en suis venu à aimer ce qu'on appelle le rap ou le hip-hop. Je sais que cette musique, tout comme le Malachy's, n'est pas faite pour moi, mais la colère qu'elle véhicule me plaît. J'aime bien également l'humanité de la posture et la forfanterie désespérée des rappeurs : ils essaient de se faire passer pour des caïds, mais leur détresse et leur anxiété transparaissent si clairement qu'ils doivent forcément se rendre compte qu'on n'est pas dupes.

Justement, au moment où Kathleen et un autre serveur sont en train de fermer, Meek Mill déplore de ne pas pouvoir faire confiance aux femmes à cause de ses problèmes.

Comme je te comprends, mon compagnon de galère.

Kathleen prend congé du serveur. Lui se dirige vers Broadway, pour prendre la ligne 1 sans doute. Elle traverse Columbus Avenue et continue à marcher d'un pas décidé dans la 72e Rue en direction de l'est. Je sais, d'après les infos fournies par Kabir, qu'elle habite la 68e Rue près de West End Avenue.

En clair, elle ne rentre pas chez elle.

Je la suis sur le trottoir d'en face. Deux minutes plus tard, elle passe devant le Dakota et traverse pour s'engouffrer dans Central Park. À cette heure-ci, le parc est pratiquement désert. Je ne vois personne d'autre alentour. Lui filer le train devient plus compliqué. On a tous un cerveau reptilien, non ? Et quand on est une femme seule dans un parc et qu'on est suivie par un homme avec un sweat à capuche, aussi élégant soit le sweat en question, on s'en aperçoit.

Lorsqu'elle emprunte l'allée qui longe ce qu'on appelle tout simplement le Lac, je me faufile sur un sentier parallèle coupant à travers la végétation. Le sentier est sombre ; ce n'est pas ce qu'il y a de plus sûr en pleine nuit mais, un, je suis toujours armé, et, deux, quel coupe-jarret chevronné se tapirait en embuscade dans un lieu tellement isolé qu'il faudrait attendre des jours, des semaines, voire des mois qu'une proie digne d'intérêt passe par là ?

Par moments, je perds Kathleen de vue, mais ça a l'air de fonctionner. Elle se dirige vers l'espace boisé connu sous le nom de Ramble sur la rive nord du Lac. Le Ramble est une réserve naturelle d'une quinzaine d'hectares avec des sentiers sinueux, des vieux ponts et une incroyable variété en termes de topographie, de faune et tutti quanti. On y vient, certes, pour observer les oiseaux, mais, à une époque moins éclairée, c'était surtout un lieu de rencontre pour homosexuels. Les gays y allaient pour la drague. C'était censé être un lieu sûr si on voulait échapper aux agressions, ce qui évidemment n'était qu'une vue de l'esprit.

Kathleen s'arrête sur le pont qui enjambe le Lac et s'enfonce au cœur du Ramble. La lune se reflète dans l'eau, et je distingue nettement sa silhouette. Une minute passe. Elle ne bouge pas. Inutile de jouer à cache-cache plus longtemps.

J'émerge du sentier. Elle m'entend arriver et se retourne avec empressement.

— Désolé de vous décevoir, lui dis-je.

Elle a un mouvement de recul.

— Mais… je vous connais.

Je ne réponds pas.

— Bon sang, vous me suivez ou quoi ?

— Oui.

— Qu'est-ce que vous voulez ?

— Ry Strauss ne viendra pas ce soir.

— Hein ? Qui ça ?

Mais je lis la peur dans ses yeux.

— Je ne sais pas de quoi vous parlez.

Je me rapproche pour qu'elle me voie froncer les sourcils.

— Vous pouvez faire mieux que ça.

— Qu'est-ce que vous voulez ?

— J'ai besoin de votre aide.

— Pour quoi faire ?

— Ry a été assassiné.

Je le lui assène tel quel, de but en blanc, sans prendre de gants. Je n'ai jamais été doué pour annoncer les mauvaises nouvelles.

— Il a été… ?

— Assassiné, oui.

Ses yeux s'emplissent de larmes. Elle plaque son poing sur sa bouche pour étouffer un cri.

Je lui laisse une minute ou deux. Elle baisse la main et cille sous la lune.

— C'est vous qui l'avez tué ? me demande-t-elle.

— Non.

— Vous allez me tuer ?

— Si telle était mon intention, vous seriez déjà morte.

Ça n'a pas l'air de la rassurer.

— Qu'est-ce que vous me voulez ?

Je répète :
— J'ai besoin de votre aide.
— Pour quoi faire ?
— Pour retrouver son assassin.

13

Sans un mot, Kathleen me suit jusqu'à la 72e Rue. Le portail d'entrée du Dakota est fermé pour la nuit. Je sonne et Tom vient m'ouvrir. Il a l'habitude de me voir ramener des femmes à n'importe quelle heure, quoique un peu moins depuis quelques années, mais l'âge avancé de Kathleen doit le surprendre.

Nous traversons la cour aux deux fontaines et montons dans mon appartement avec vue sur le parc. Il y a des gens que ça intimide. Mais pas elle. Le temps d'arriver chez moi, elle a déjà repris ses esprits. Elle va droit à la fenêtre et regarde dehors. Sa démarche est assurée ; elle a la tête haute et les yeux secs. Ses habits sont froissés par de longues heures de travail, le col du chemisier déboutonné un peu trop bas comme chez toutes les serveuses de bar.

Cet appartement, je l'ai acheté entièrement meublé à un compositeur connu qui avait vécu ici pendant trente ans. Vous imaginez sûrement le tableau : meubles en merisier, hauts plafonds, boiseries, armoires anciennes, lustres en cristal, immense cheminée avec serviteur en cuivre, tapis d'Orient en soie, fauteuils en velours bordeaux. Et vous n'avez pas tort. Myron appelle mon logis « Versailles redux », ce qui est à la fois juste en termes d'impression et totalement inexact par ailleurs, puisque je ne possède rien qui appartienne à cette époque ou cette zone géographique.

Je sers un cognac à Kathleen et le lui tends.

— Comment avez-vous su ? demande-t-elle.

Je présume qu'elle parle de ses rendez-vous hebdomadaires au parc avec Ry Strauss. Je n'en étais pas certain, évidemment. J'ai juste suivi mon intuition.

— Un, vous avez un casier judiciaire avec douze interpellations pour désobéissance civile lors de différents rassemblements progressistes.

— Et c'est tout ?

— Ça, c'était « un ».

— Deux, alors ?

— Vous m'avez dit que vous étiez arrivée au Malachy's en 1978. D'après Frankie Boy, vous étiez déjà là à temps partiel en 1973.

— Frankie Boy est une grande gueule.

Elle avale une gorgée de cognac.

— Ry est vraiment mort ?

— Oui.

— Je l'aimais, vous savez. Depuis très longtemps.

Je m'en suis douté. Kathleen n'a pas « sauvé » Lake Davies… ou alors indirectement. Si elle a facilité la reddition de Lake, c'était surtout pour se débarrasser d'une rivale qui lui disputait sa place dans le cœur de Ry.

— Qui l'a tué ? questionne-t-elle.

— J'espérais que vous pourriez m'aider à identifier son assassin.

— Je ne vois pas comment. La police a des pistes ?

— Aucune.

Kathleen boit une autre gorgée et se retourne vers la fenêtre.

— Pauvre âme tourmentée. Eux tous en fait. Les 6 de Jane Street. Ils n'ont jamais eu l'intention de faire du mal à qui que ce soit.

— C'est ce qu'on n'arrête pas de me dire.

— Nous étions tous des idéalistes. Nous voulions changer le monde, le rendre meilleur.

Je fais en sorte de laisser de côté ces clichés afin de revenir à ce qui serait plus utile à mon enquête.

— Saviez-vous où Ry a habité pendant tout ce temps ?

— Oui, bien sûr. Au Beresford.

Elle jette un œil par-dessus son épaule.

— Vous n'avez pas vu de photos de lui jeune ? Mon Dieu qu'il était beau. Il avait un charme fou.

Je vois le reflet de son sourire dans la vitre.

— J'ai bien vu qu'il n'était pas normal, mais j'ai toujours été attirée par le danger.

— Qui d'autre savait que Ry habitait au Beresford ?

— Personne.

— Vous en êtes sûre ?

— Absolument.

— Vous alliez le voir là-bas ?

— Au Beresford ? Jamais. Il ne voulait pas de visites. Je sais, ça paraît bizarre. Mais Ry était bizarre. De plus en plus, dirais-je. Un véritable ermite. Il ne laissait entrer personne chez lui. Il avait trop peur.

— Peur de quoi ?

— Allez savoir. C'était une maladie.

Elle réfléchit un instant avant d'ajouter :

— Ou c'est ce que je croyais. Mais peut-être, avec le recul, peut-être qu'il avait raison d'avoir peur.

— Comment a-t-il atterri là-bas ?

— Dans cette tour ?

Je hoche la tête.

— Après que Lake s'est rendue, Ry est venu vivre chez moi. J'avais un appartement dans Amsterdam Avenue côté 79e Rue. Au-dessus d'un restaurant chinois. C'est devenu un magasin de matelas par la suite. Puis un magasin de chaussures, un bar à ongles. Maintenant c'est de la fusion asiatique. Ce qui m'a tout l'air d'être un nom chic pour désigner un restaurant chinois. On en revient toujours au point de départ, pas vrai ?

— Vrai de vrai.

— Ça veut dire quoi, d'ailleurs ? Comment peut-on être plus vrai que vrai ?

Je pousse un soupir.

— Bref.

— Bref, j'étais au même étage qu'un salon de massage. Ce n'est pas ce que vous pensez. Ils étaient réglo. Pas chers, sans chichis, mais réglo. En tout cas, c'est ce qu'il me semblait. Enfin, qui sait ? Au fond, on s'en fiche… je radote, désolée.

Je m'efforce de répondre le plus gentiment possible :

— Ce n'est pas grave.

Pour lui donner envie de continuer à parler.

— On était heureux, Ry et moi. Enfin, autant qu'on pouvait l'être dans ces circonstances. Je savais à quoi je m'engageais. Ça n'allait pas durer éternellement, mais l'éternité, c'est pas mon truc. Mes relations avec les hommes, c'est comme monter un cheval sauvage dans un rodéo : c'est excitant, c'est dingue, mais je sais que je vais me faire éjecter à la fin et me retrouver par terre avec une côte cassée.

Je l'aime bien, Kathleen.

Elle se retourne et me gratifie d'un sourire en coin bien rodé qui va droit au but.

— Ce tour de monte a duré plus longtemps que prévu.

— Combien de temps ?

— En tant que couple ? Par intermittence pendant des années. En tant qu'amie ? Eh bien, jusqu'à ce jour.

— Je suis navré.

— Je parie que la famille Staunch l'a retrouvé.

— Nero Staunch ?

— La famille a toujours cherché à se venger. Parmi les victimes, il y avait une nièce à eux, je crois. Ry pensait qu'ils s'en étaient pris aux autres.

— Les Staunch ?

— Oui.

— Ry les soupçonnait d'avoir éliminé les autres membres du groupe ?

— Quelque chose comme ça, oui. C'est le frère de la petite Staunch qui dirige les affaires familiales maintenant.

Elle hausse les épaules.

— Avec le temps, Ry devenait de plus en plus parano. Au mieux, il était incohérent. Parfois, sans raison, il se croyait cerné par les Staunch ou par la police. Parce qu'il entendait un drôle de bruit ou que quelqu'un le regardait bizarrement. Ou peut-être parce que Mercure était rétrograde. Allez savoir. Du coup, il disparaissait. Ça pouvait durer des mois. Puis il refaisait surface et revenait vivre avec moi. Ça a duré jusqu'à ce qu'il obtienne cet appartement au Beresford.

— C'était quand ?

— Laissez-moi réfléchir… Milieu des années 1990, je dirais.

Hmm. À peu près à l'époque où les tableaux ont été volés.

— Vos rendez-vous hebdomadaires datent de ce moment-là ?

— Oui. L'état de Ry ne faisait qu'empirer. Ses problèmes, c'était une vraie maladie, vous savez, comme le cancer ou les troubles cardiaques. Peut-être incurable, je ne saurais le dire. Mais prenez tout ça, plus sa paranoïa, et ajoutez-y le fait qu'il avait réellement du monde à ses trousses : le FBI, les Staunch, qui sais-je encore. Avec, en prime, la culpabilité d'avoir provoqué la mort de tous ces gens, et boum… une sorte de cocktail Molotov. Du coup, quand il s'est installé dans cette tour, il n'était plus capable d'affronter la vie. Il s'est coupé du monde.

— Excepté de vous.

— Excepté de moi.

Nouveau sourire à mettre le feu aux poudres.

— Mais je ne suis pas n'importe qui.

— J'en suis convaincu.

Serions-nous en train de flirter ?

Je continue :

— Quand vous vous retrouviez toutes les semaines dans le parc, que faisiez-vous ?

— On parlait, essentiellement.

— De quoi ?

— De tout et de rien.

— Et vous ne faisiez que parler ?

— Je lui astiquais aussi le poireau de temps à autre.

— C'était gentil de votre part.

— Il voulait davantage.

— Ça peut se comprendre.

— N'est-ce pas ? Je faisais de mon mieux. Au nom du bon vieux temps. Il a été si beau, hein, un peu comme vous, mais, au début des années 2000, il a perdu tout son charme. Pour moi, du moins.

Kathleen hausse un sourcil :

— N'empêche, se faire astiquer le poireau, ce n'est pas rien.

J'acquiesce :

— Très juste.

Kathleen me toise de haut en bas et j'aime ça. J'avoue que je suis tenté. Elle a peut-être des heures de vol derrière elle mais la sensualité qui émane d'elle, ça ne s'apprend pas… et je me suis pris une veste plus tôt dans la soirée. Elle s'approche nonchalamment de la carafe en cristal et me demande d'un geste si elle peut se resservir. Je m'empresse de remplir son verre.

— À Ry, dit-elle.

— À Ry.

Nous trinquons.

— Il avait aussi peur qu'on lui vole ses affaires.

— Quelles affaires ?

— J'en sais rien. Le bric-à-brac qu'il gardait chez lui.

— Ce bric-à-brac, il n'en parlait jamais ?

— Non.

— Vous n'avez pas entendu parler du Vermeer volé qu'on vient de retrouver ?

Ses yeux sont vert émeraude pailleté d'or. Elle me regarde par-dessus le breuvage ambré dans son verre.

— Vous êtes en train de me dire…

— Dans sa chambre.

— Nom d'un chien.

Elle secoue la tête.

— Ceci explique cela.

— Quoi, par exemple ?

— Déjà, comment il a pu se payer cet appartement. D'autres tableaux ont été volés, non ?

— Oui.

— Quelque part à Philadelphie ?

— Juste à côté.

— Ry allait souvent là-bas. Quand il disparaissait. Il y avait des amis, je crois. Une copine peut-être. Donc oui, il aurait pu faire ça. Fourguer un tableau ou deux, et c'est comme ça qu'il aurait eu l'argent.

Ce n'était pas impossible.

Je demande :

— Aviez-vous remarqué un quelconque changement chez lui ces derniers temps ?

— Pas vraiment.

Puis, après réflexion :

— Enfin, si… Maintenant que j'y pense, mais ça n'a rien à voir.

— Dites toujours.

— Sa banque a été cambriolée. En tout cas, c'est ce que Ry m'a raconté. Il était complètement flippé. Je lui ai dit de ne pas s'inquiéter. Les banques sont obligées de vous renflouer, même en cas de cambriolage, non ?

— En grande partie.

— Mais il n'arrivait pas à se calmer.

Je réfléchis un instant.

— L'avait-il imaginé ou… ?

— Non, non, c'était dans le *Post.* Une agence de la Bank of Manhattan de la 74e. La dernière fois que je l'ai vu, il m'a dit que la banque lui avait laissé un message.

— Sur son portable ?

— Ça, je ne sais pas.

— Il avait un téléphone ?

— Oui, un truc jetable que je lui avais acheté chez *Duane Reade*. Ça vous permet de garder le même numéro pendant des années. Je ne connais pas les détails.

Dans mon souvenir, aucun téléphone n'a été trouvé sur la scène de crime. Intéressant.

— Il ne l'allumait jamais, poursuit Kathleen. Il avait peur qu'on le localise. Il consultait sa messagerie une ou deux fois par semaine.

— Et la banque lui a laissé un message ?

— Je suppose. Ou alors à la réception. Ils voulaient qu'il passe à l'agence.

— Et il y est allé ?

— Aucune idée.

Je reconstitue le scénario dans ma tête.

— Ry Strauss a quitté le Beresford dans la journée du vendredi. Moins d'une heure après, il est rentré accompagné d'une autre personne.

— Chez lui ? Avec un invité ?

— Un petit homme chauve. Ils sont passés par le sous-sol.

— C'était sûrement le tueur. Pauvre Ry, soupire-t-elle. Il va me manquer.

Kathleen vide son verre et se rapproche de moi. Tout près. Je ne recule pas. Sa main se pose sur ma poitrine. Son chemisier est trop serré. Elle me regarde de ses yeux vert émeraude. Et sa main glisse lentement jusqu'à mon entrejambe.

— Je crois que je n'ai pas envie d'être seule cette nuit, chuchote-t-elle en resserrant ses doigts juste ce qu'il faut.

Du coup, elle reste.

14

Je dors, même si, à proprement parler, je n'ai pas beaucoup dormi cette nuit-là, dans un lit à baldaquin à l'ancienne en acajou sculpté, avec un ciel en dentelle rebrodée. Ce lit est un peu démesuré, je l'avoue : il domine la pièce et ses colonnes frôlent le plafond, mais ça vous met tout de suite dans l'ambiance.

Vers 7 heures du matin, Kathleen m'embrasse sur la joue et murmure :

— Trouve le salopard qui l'a tué.

Je n'ai aucune envie de venger Ry Strauss, surtout s'il s'est rendu coupable d'un ou de plusieurs des méfaits suivants (dans l'ordre) : vol des tableaux appartenant à ma famille, assassinat de mon oncle, kidnapping et viol répété de ma cousine.

D'où la question : qu'est-ce que je cherche au juste ?

Je me lève et prends une douche. L'hélico m'attend. Lorsqu'il se pose à Lockwood, mon père est là pour m'accueillir. Il porte un blazer bleu, un pantalon kaki, des mocassins à glands et un ascot rouge. C'est sa tenue habituelle, à quelques variantes près. Ses cheveux clairsemés sont plaqués sur son crâne. Il a les mains dans le dos et les épaules bien droites. J'ai l'impression de me voir dans trente ans, et ça ne m'enchante pas.

Nous nous saluons d'une poignée de main ferme et d'une accolade maladroite. Mon père a des yeux bleus perçants auxquels rien ne semble échapper, même aujourd'hui alors que son esprit a tendance à battre la campagne.

— Ça me fait plaisir de te voir, fils.

— Moi aussi.

Nous avons le même nom : Windsor Horne Lockwood. Lui, c'est le numéro deux, moi le numéro trois. On l'appelle Windsor ; moi, à l'instar de mon grand-père chéri, Win. Comme je n'ai pas de fils, seulement une fille biologique, à moins de « passer la seconde », selon l'expression de mon père, le nom de Windsor Horne Lockwood s'arrêtera à trois. Pour moi, ce ne sera pas une grande perte.

Nous prenons le chemin de la maison.

— Il paraît qu'on a retrouvé le Vermeer, dit mon père.

— Oui.

— Y aura-t-il des conséquences indésirables pour la famille ?

Cela peut sembler étrange comme entrée en matière, mais je ne suis pas surpris.

— Je ne vois pas lesquelles.

— Magnifique ! Tu as vu le Vermeer de tes propres yeux ?

— Oui.

— Il n'a pas souffert ?

Je fais non de la tête, et il continue :

— C'est une grande nouvelle. Une très grande nouvelle. Aucun signe du Picasso ?

— Non.

— Dommage.

L'écurie est un peu plus loin sur notre gauche. Mon père n'y accorde aucune attention. Vous vous demandez peut-être pourquoi j'en fais tout un plat, de cette écurie, je vais donc vous le dire franchement : je ne devrais pas. J'ai eu tort. J'en ai voulu à ma mère, ce qui était une erreur de ma part. Je m'en rends compte maintenant. À ma décharge, je n'avais que 8 ans.

Comment vous expliquer ça sans paraître vulgaire... ?

Quand j'avais 8 ans, peu après les obsèques de grand-père, mon père et moi sommes entrés inopinément dans l'écurie. C'était un traquenard. Je le sais aujourd'hui. Mais, à l'époque, je l'ignorais. Je ne savais pas grand-chose, du reste.

Pour faire court, nous sommes tombés sur ma mère, nue et à quatre pattes, avec un homme qui la montait par-derrière.

Comme les chevaux.

Je vous vois d'ici hocher la tête d'un air entendu. Cet incident éclaire beaucoup de choses, pensez-vous doctement. Il explique pourquoi je suis incapable de me lier à une femme, pourquoi je n'envisage mes rapports avec elles qu'en termes de sexe, pourquoi j'ai si peur de souffrir. Bizarrement, quand je repense à cette journée, ce n'est pas ma mère que je vois à quatre pattes, le regard révulsé, la main de son amant lui tirant les cheveux. Non, je revois surtout le visage blême de mon père, la bouche entrouverte un peu comme maintenant, depuis son infarctus, les yeux fracassés, perdus dans le vague.

Comme je l'ai déjà dit, j'avais 8 ans à l'époque. Je n'ai jamais pardonné à ma mère. Je ne lui ai plus jamais adressé la parole.

Cela me met en colère.

Je sais bien que ma réaction était compréhensible, mais des années plus tard, en regardant ma mère mourir dans son lit, quand nous nous sommes réconciliés quelques jours avant que son cancer ne remporte la victoire finale, je me suis rendu compte de l'immense gâchis que cela avait été. C'est un cliché mais il est véridique : la vie est courte. Je pense à ce qu'elle a perdu et à ce que j'ai perdu, alors qu'un simple pardon aurait embelli sa courte vie et la mienne. Pourquoi ne l'ai-je pas compris tout de suite ? Je n'ai pas eu beaucoup de regrets dans mon existence. Celui-ci – la façon dont j'ai traité ma propre mère – est le plus grand de tous. Je n'ai pas envisagé une seconde qu'elle pouvait avoir ses raisons, qu'elle n'avait peut-être pas réfléchi ou qu'elle avait commis, comme ça arrive à tout le monde, une terrible erreur. Ma mère était si jeune, 19 ans seulement, quand elle était tombée enceinte et avait épousé mon père. Elle avait peut-être des désirs inassouvis. Ou alors, comme son fils, elle n'était pas faite pour la monogamie. Peut-être que mon père, qui depuis s'est remarié deux fois, et les dorures du manoir Lockwood étaient trop étouffants pour elle, la privaient d'oxygène. Peut-être que ma mère ne voulait pas briser un foyer ou faire souffrir les siens ; peut-être qu'elle aimait sincèrement cet autre homme… allez savoir. Et si, moi, je ne le sais pas c'est parce que je ne le lui ai jamais demandé, ne lui ai jamais laissé une chance de s'expliquer, j'ai refusé d'écouter jusqu'à ce qu'il soit trop tard. Je n'étais qu'un enfant, mais un enfant têtu.

Imaginez un peu : je n'ai plus jamais parlé à ma mère.

À l'origine, j'ai fait raser l'écurie pour me débarrasser du cuisant souvenir de la scène à laquelle nous avions assisté, mon père et moi. Aujourd'hui, le nouveau bâtiment m'apparaît comme un monument à ma propre sottise et à mon entêtement, à mon lamentable et dévastateur manque de discernement.

Mon père me prend le bras pour recouvrer son équilibre.

— Quand va-t-on récupérer le Vermeer ? demande-t-il.

— Bientôt.

— Parfait, et plus question de prêter des œuvres d'art, grommelle-t-il. On n'est pas de grands collectionneurs, nous. Nos deux chefs-d'œuvre ne devraient plus jamais quitter Lockwood.

Je ne suis pas de cet avis, mais je garde cette réflexion pour moi. J'aime beaucoup mon père, même si, objectivement, il n'y a pas grand-chose à admirer chez lui. C'est le type même du bon à rien né avec une cuillère d'argent dans la bouche. Héritier d'une fortune colossale, il pouvait choisir la vie qu'il voulait, et il l'a choisie : golf et tennis, clubs privés et voyages, lecture. Il boit trop, même si je n'irais pas jusqu'à le traiter d'alcoolique. Le travail ne l'intéresse pas... Pourquoi travaillerait-il alors que rien ne l'y oblige ? Il pratique la bienfaisance comme la plupart des gens riches, donnant suffisamment pour paraître généreux, mais sans que cela implique le moindre sacrifice. Il est très attaché aux apparences et à la réputation. C'est le syndrome de tous ceux qui héritent d'une grande fortune : au fond d'eux-mêmes, ils savent qu'ils n'ont rien fait pour la mériter, que c'était juste une question de chance, et pourtant ils doivent bien avoir quelque chose de plus que les autres, non ? Mon père souffre de ce mal-là. « Si tout ceci est à moi, c'est que je suis un être supérieur. » S'ensuit une lutte intérieure permanente pour alimenter le mythe de l'individu « digne » de toutes ces richesses. On vit dans le déni de la réalité – que le hasard et le destin ont plus à voir avec votre réussite que vos « talents » ou votre « éthique professionnelle » – pour ne pas écorner sa légende personnelle.

Cependant, mon père et ses semblables savent la vérité. Au plus profond d'eux-mêmes. Comme nous tous. Elle nous hante. Nous pousse à compenser. Nous empoisonne.

— Aux informations, commence mon père, on a dit que le Vermeer a été trouvé dans un appartement new-yorkais.

— Oui.

— Et que le voleur a été retrouvé mort.

— Je ne crois pas qu'il n'y ait qu'un seul voleur, mais c'est vrai, il a été assassiné.

— Tu connais son nom ?

— Ry Strauss.

Nous ne nous arrêtons pas net, mais mon père ralentit le pas. Il pince les lèvres.

Je demande :

— Tu le connais ?

— Ce nom me dit quelque chose.

Je lui explique brièvement l'histoire des 6 de Jane Street. Il écoute, pose des questions. Nous nous approchons de l'entrée du manoir. Une femme est en train d'épousseter le salon. À notre arrivée, elle s'éclipse sans un mot, comme on le lui a appris. Le personnel de maison s'habille en marron, couleur des boiseries, tandis que les jardiniers sont en vert gazon. Ce genre de camouflage a été instauré par mon arrière-grand-mère. Les Lockwood traitent bien leurs domestiques, mais ce ne sont que des domestiques. Quand j'avais 12 ans, mon père a vu l'un de nos paysagistes marquer une pause pour regarder le soleil couchant. Le doigt pointé vers le ciel, il a déclaré :

« Tu vois comme c'est beau, Lockwood ?

— Oui, bien sûr, a répondu l'enfant que j'étais.

— Eux aussi le voient. »

D'un geste il a désigné le paysagiste.

« Ce travailleur profite de la même vue que nous. Il voit la même chose que toi et moi : le même coucher de soleil, les mêmes arbres. Pourtant, est-ce qu'il l'apprécie pour autant ? »

Je n'ai pas dû me rendre compte sur le moment de l'inanité de ses propos.

Nous sommes tous très forts pour nous inventer des excuses. Nous réécrivons l'histoire pour nous rendre plus aimables. Vous aussi, d'ailleurs. Si vous lisez ces lignes, c'est que vous faites partie des privilégiés de ce monde, c'est sûr et certain. Le luxe dans lequel vous avez vécu, la plupart des hommes depuis l'aube de l'humanité n'auraient même pas osé l'imaginer. Mais au lieu de nous en réjouir, au lieu d'aider les moins favorisés, nous nous en prenons aux plus chanceux que nous parce qu'ils n'en font pas assez.

La nature humaine est ainsi faite. Nous fermons les yeux sur nos propres défauts. Comme le dit Ellen Bolitar, la mère de Myron : « Le bossu ne voit jamais la bosse qu'il a dans le dos. »

Nigel jette un œil dans la pièce.

— Nous n'avons besoin de rien ?

— Juste d'un peu d'intimité, réplique mon père sèchement.

Nigel lève les yeux au ciel et esquisse une révérence moqueuse. À moi, il adresse un avertissement muet avant de refermer la porte.

Nous nous installons l'un en face de l'autre dans les fauteuils en velours rouge devant la cheminée. Mon père me propose un cognac. Je décline son offre. Il tend son bras pour se servir, mais celui-ci est lent et peu coopératif. Je lui propose mon aide, mais il m'envoie balader. Il peut se débrouiller tout seul. Il est encore tôt. Vous allez croire qu'il a un problème avec l'alcool, sauf que ce n'est pas ça : il n'a juste rien d'autre à faire.

— Ta cousine Patricia est venue ici, hier.

— Oui.

— Pourquoi ?

— Elle fait partie de la famille, dis-je.

Le regard bleu de mon père me transperce.

— S'il te plaît, Win, n'insulte pas mon intelligence. Ta cousine n'avait pas mis les pieds à Lockwood depuis plus de vingt ans, je me trompe ?

— Non.

— Et ce n'est pas une coïncidence qu'elle soit venue le jour où on a retrouvé le Vermeer.

— En effet.

— Je veux donc savoir ce qu'elle faisait ici.

C'est bien mon père, ça… cette manière abrupte de vous soumettre à un interrogatoire. Depuis son infarctus, cela lui arrive beaucoup plus rarement. Je suis content de le voir en colère, même si elle est dirigée contre moi.

— Il pourrait y avoir un lien entre le vol des tableaux et ce qui est arrivé à sa famille.

Papa cligne des yeux, éberlué.

— Ce qui est arrivé à sa… ?

Sa voix se brise.

— Tu veux parler de son enlèvement ?

— Et du meurtre d'oncle Aldrich.

Il grimace en entendant le nom de son frère. Nous nous taisons. Il lève son verre et contemple longuement le liquide ambré.

— Je ne vois pas comment, lâche-t-il.

Je garde le silence.

— Les tableaux ont été volés avant le meurtre, n'est-ce pas ?

Je hoche la tête.

— Longtemps avant, si je me souviens bien. Des mois ? Des années ?

— Des mois.

— Et pourtant, les deux seraient liés. Explique-moi pourquoi.

Peu désireux d'entrer dans les détails, je change de sujet.

— Qu'est-ce qui a causé la rupture entre toi et oncle Aldrich ?

Il me foudroie du regard par-dessus son verre en cristal.

— Qu'est-ce que ça vient faire là-dedans ?

— Tu ne m'en as jamais parlé.

— Notre...

Il met un moment avant de trouver le mot.

— Notre scission remonte à plusieurs années avant le meurtre.

— Je sais.

Je scrute son visage. La plupart des gens affirment ne pas voir les ressemblances familiales lorsqu'il s'agit d'eux-mêmes. Ce n'est pas mon cas. Je la vois. Presque trop.

— Tu y penses des fois ?

— Comment ça ?

— Si toi et Aldrich ne vous étiez pas...

Je dessine des guillemets avec les doigts.

— ... scindés, crois-tu qu'il serait toujours en vie ?

Mon père a l'air peiné, abasourdi.

— Mon Dieu, Win, comment peux-tu dire une chose pareille ?

Je me rends compte que j'ai voulu lui faire mal... Visiblement, j'ai réussi.

— Tu n'envisages jamais cette possibilité ?

— Jamais, répond-il d'un ton trop catégorique. Qu'est-ce qui te prend ?

— C'était mon oncle.

— Et mon frère.

— Tu l'as chassé de la famille. Je veux savoir pourquoi.

— C'est de l'histoire ancienne.

Il porte le verre à ses lèvres et sa main tremble. Mon père a vieilli – c'est une évidence, hélas –, mais on dit que le vieillissement est un processus progressif. Pourtant, dans son cas, ça s'apparente plutôt à la chute d'une falaise. Longtemps, mon père s'est raccroché au bord côté force, santé, énergie, mais, une fois qu'il a glissé, la dégringolade a été abrupte et soudaine.

— C'est de l'histoire ancienne, répète-t-il.

Sa voix trahit sa douleur. Et ce regard vague, je l'ai déjà vu il y a des années à l'écurie. Ce qu'il regarde, c'est un autre espace vide sur le mur. Jadis, il y avait une spectaculaire photo en noir et blanc du manoir Lockwood à cette place. Une photo prise par mon oncle Aldrich à la fin des années 1970. Tout comme mon oncle, elle a disparu depuis longtemps. Je n'y avais jamais vraiment pensé jusqu'ici... mais les contributions artistiques d'oncle Aldrich à notre patrimoine ont été remisées lorsqu'il a été banni du cercle familial.

— Tu m'as dit que c'était une histoire d'argent. Oncle Aldrich aurait détourné une certaine somme.

Il ne réagit pas.

— Est-ce la raison de votre rupture ?

Sortant de sa prostration, mon père explose :

— Qu'est-ce que ça change ? L'ennui avec votre génération, c'est que vous cherchez toujours à remuer la boue. Vous croyez qu'en exposant la laideur au soleil, ça va la faire disparaître. Or c'est tout le contraire. Tu la nourris. Je n'en ai jamais parlé. Ton oncle n'en a jamais parlé. C'est ça, être un Lockwood. Nous savions tous les deux que beaucoup de gens se repaissent des drames familiaux des puissants. Ils sont prêts à exploiter la moindre de nos faiblesses. Tu comprends ça ?

Je me tais.

— Ton rôle, en tant que membre de cette famille, est de protéger notre nom.

— Papa ?

— Tu m'entends, Win ? Les Lockwood ne lavent pas leur linge sale en public.

— Qu'est-ce qui s'est passé ?

— Pourquoi as-tu soudain repris contact avec Patricia ?

— Ça n'a rien de soudain, papa. On est toujours restés en contact.

Il se lève. Son visage est cramoisi. Il tremble de tous ses membres.

— Je n'ai pas l'intention de poursuivre cette discussion…

Il est trop agité. Il faut que j'arrive à le calmer.

— Ce n'est pas grave, papa.

— … mais je te rappelle que tu es un Lockwood. Ceci est un devoir. Tu hérites du nom, mais aussi de tout ce qui s'y rattache. Les tableaux volés, le sort de mon frère et de Patricia… tout cela n'a rien à voir avec l'ancienne brouille entre Aldrich et moi. Tu comprends ?

— Je comprends, dis-je d'un ton apaisant en me levant, les mains en l'air pour signifier ma reddition.

— Je ne voulais pas te contrarier.

La porte s'ouvre sur Nigel.

— Tout va bien ?

Il aperçoit le visage de mon père.

— Windsor ?

— Ça va, bon sang.

Mais, en réalité, ça n'a pas l'air d'aller du tout. Il est tout rouge, comme s'il avait couru. Nigel me décoche un regard noir.

— C'est l'heure de prendre vos médicaments, dit-il.

Papa m'empoigne par le coude.

— Souviens-toi que ton devoir est de protéger la famille.

Et il sort en traînant les pieds.

Nigel me fait face :

— Merci de ne pas l'avoir contrarié.

— Ça fait combien de temps que tu écoutes aux portes ?

Je lève la main. Cela n'a pas d'importance.

— Sais-tu pourquoi ils se sont disputés ?

Nigel marque une pause avant de répondre :

— Tu n'as qu'à poser la question à ta cousine.

— Patricia ?

Il ne me répond pas.

— Patricia est au courant ?

Papa s'est arrêté au pied de l'escalier.

— Nigel ? crie-t-il.

— Il faut que j'aille m'occuper de ton père, répond Nigel Duncan. Je te souhaite une bonne journée.

15

Ma Jaguar XKR-S GT m'attend.

Tandis que je me glisse à l'intérieur, mon portable bourdonne : c'est un texto de Kabir. Il m'informe que mon rendez-vous avec le professeur Ian Cornwell, qui était de garde au moment du vol des tableaux, aura lieu dans une heure. Kabir n'a pas précisé l'objet de ma visite à Cornwell... juste qu'un Lockwood souhaitait le rencontrer. Parfait. Kabir a marqué d'un drapeau l'emplacement exact du bureau de Cornwell à Haverford College. Roberts Hall. Je connais.

En franchissant le portail de Lockwood, j'appelle ma cousine. Elle répond dès la première sonnerie.

— Quoi de neuf ?

— Tu ne dis pas « Articule » ?

— J'ai les nerfs en pelote. Tu as du nouveau ?

— Où es-tu ?

— À la maison.

— Je serai là dans dix minutes.

Patricia habite toujours à la même adresse, là où elle a été enlevée et où son père a été tué. C'est une modeste maison de plain-pied au toit pentu nichée au fond d'une impasse. Elle est divorcée et partage la garde de son fils de 10 ans, Henry, bien que, curieusement, la résidence principale de Henry soit chez son ex, un neurochirurgien réputé au nom approprié de Don Quest. Comme on dit familièrement, la vie de Patricia, c'est son boulot. Elle voyage beaucoup pour le compte de son organisation caritative, les foyers Abeona, donnant des conférences pour lever des fonds dans le monde entier. C'est elle qui a suggéré ce mode de garde peu conventionnel, au grand dam des âmes bien-pensantes qui y voient une preuve de négligence parentale.

Lorsque je m'engage dans l'allée, Patricia est déjà dehors avec sa mère, ma tante Aline. Leur ressemblance est frappante, tout comme leur beauté : on dirait deux sœurs plutôt qu'une mère et sa fille. Dans les années 1970, oncle Aldrich, l'élément progressiste de notre famille plutôt collet monté, a quitté la fac pour partir en mission humanitaire et faire du photojournalisme en Amérique du Sud. C'était bien avant ces formules lénifiantes et maternantes de volontariat/stages/colonies de vacances en vogue chez les jeunes d'aujourd'hui. Oncle Aldrich, élevé dans la folle opulence de Lockwood, a sauté sur l'occasion pour faire table rase du passé et aller vivre chez les pauvres parmi les pauvres dans des conditions plus que précaires. Cette expérience l'a fait grandir, à en croire la légende familiale, et avec l'argent des Lockwood il a fondé une école dans l'un des quartiers les plus défavorisés de Fortaleza. L'école existe toujours et porte son nom aujourd'hui.

C'est là-bas, dans cette nouvelle école à Fortaleza, qu'oncle Aldrich a rencontré une jeune et jolie institutrice prénommée Aline, et qu'il en est tombé amoureux.

Aldrich avait 24 ans à l'époque, et Aline seulement 20. Ils sont rentrés à Philadelphie un an plus tard, après un mariage célébré par un chaman de la tribu amazonienne

Yanomami. La famille Lockwood n'a pas été ravie, mais ils ont officialisé leur union selon les normes de la loi américaine.

Patricia est née peu de temps après.

Tante Aline fait un pas vers moi tandis que je descends de voiture. Patricia secoue la tête comme pour m'intimer de ne rien dire, et je lui réponds d'un signe à peine perceptible.

— Win ! s'exclame Aline en me serrant dans ses bras.

— Tante Aline.

— Ça fait une éternité.

C'est tante Aline qui a découvert le corps d'Aldrich dans l'entrée de cette même maison. C'est elle qui a appelé le 911. J'ai entendu l'enregistrement de cet appel, la voix d'Aline éperdue, hystérique, passant de l'anglais au portugais. Elle n'arrêtait pas de hurler le nom d'Aldrich, comme si elle espérait le réveiller. Sur le moment, elle ne s'est pas rendu compte que sa fille de 18 ans avait disparu. Cela viendrait plus tard, la découverte de la mort de son mari n'était que le début du cauchemar.

Je me demande souvent comment elle a fait pour en réchapper. Aline n'avait pas de famille ici, pas vraiment d'amis, et, bien sûr, la police a trouvé louche sa décision d'aller faire les courses toute seule tard dans la soirée. Lorsque Patricia n'est pas rentrée ce soir-là, on a murmuré qu'Aline avait occis sa fille aussi et caché le corps. D'autres pensaient que Patricia était dans le coup, que mère et fille avaient tué le père, et que ma cousine était en cavale. Les gens ont envie de croire ces choses-là. Ils veulent croire qu'il y a une raison à ce genre de tragédie, que la victime est quelque part responsable, qu'il existe une logique au-delà du chaos, et donc qu'un malheur pareil ne saurait leur arriver. Ça nous rassure de penser que nous avons le contrôle, alors que nous ne contrôlons rien du tout.

Comme dit Myron : l'homme prévoit, Dieu rit.

— Je sais que vous deux avez besoin de parler, dit tante Aline qui a gardé une pointe d'accent brésilien. Je vais aller faire un tour.

Elle s'éloigne d'un pas énergique, vêtue d'un top en Lycra et d'un pantalon de yoga, une paire de chaussures de sport aux pieds. Impressionné, je la suis du regard. Patricia me rejoint.

— Tu ne serais pas en train de mater ma mère ?

— Elle est aussi ma tante, dis-je.

— Ce n'est pas une réponse.

Je l'embrasse sur la joue, et nous rentrons dans la maison. Nous nous arrêtons dans le vestibule où son père a été tué. Aucun de nous deux n'est superstitieux, ce n'est donc pas une question de malchance, de fantômes et autres sornettes à faire peur, mais ce qui me préoccupe est beaucoup plus concret : ce sont les souvenirs. Patricia, qui vit seule ici, a vu son père se faire assassiner sous ses yeux. C'est traumatisant, non ?

Je le lui ai demandé il y a des années.

« J'aime bien y repenser. Ça me motive. »

Son dévouement à la cause vire à l'obsession, comme c'est souvent le cas des missions les plus nobles. Patricia et ses foyers Abeona viennent en aide aux personnes les plus fragiles. Légitimement. Je connais bien son travail et lui apporte mon soutien.

Je lui raconte ce que je viens d'apprendre.

Le mur de l'entrée est une sorte de sanctuaire à la mémoire de son père. Oncle Aldrich prenait la photographie au sérieux, et bien que je ne sois pas connaisseur je suis persuadé que son travail a de la valeur. Le mur est tapissé de clichés en noir et blanc ; la plupart remontent à son long séjour en Amérique du Sud. Les sujets sont variés : paysages, quartiers sordides, tribus indigènes.

Pour compléter l'effet sanctuaire, au milieu des cadres trône une étagère avec un seul et unique objet : l'appareil photo d'oncle Aldrich, un Rolleiflex à double objectif de forme rectangulaire, de ceux qu'on tient à la hauteur de la poitrine. C'est comme ça que je revois Aldrich quand je pense à lui, avec son appareil qui, même à l'époque, semblait démodé, photographiant soigneusement ses proches et la propriété familiale.

— On fait quoi maintenant ? demande Patricia.

— Je vais parler au vigile de Haverford qui a été ligoté au moment du vol.

Elle fronce les sourcils.

— Pourquoi ?

— Nous savons qu'il existe un lien entre le vol des tableaux et ce qui s'est passé ici même. Il faut retourner en arrière et tout revoir depuis le début.

— Oui, peut-être.

Elle n'a pas l'air convaincue. Je lui demande pourquoi.

— Je n'ai jamais complètement tourné la page, répond-elle en pesant ses mots, mais, avec le temps, je crois avoir réussi à canaliser ce qui m'est arrivé.

Je hoche affirmativement la tête.

— Je… Je ne veux pas que quelque chose vienne perturber cet équilibre.

— Pas même la vérité ? dis-je.

Dieu que c'est grandiloquent.

— Je suis curieuse, bien sûr. Et je voudrais que justice soit faite. Mais…

La voix lui manque.

— Intéressant, dis-je.

— Quoi ?

— Mon père aussi veut que je laisse tomber.

— Oh là, Win, ce n'est pas ce que j'ai dit.

Puis, après réflexion :

— Ton père redoute les répercussions pour la famille ?

— Comme d'habitude.

— C'est pour ça que tu es là ?

— Je suis venu te voir. Et pour découvrir pourquoi nos pères se sont brouillés.

— Tu as demandé au tien ?

— Il refuse de répondre.

— Et qu'est-ce qui te fait croire que je suis dans la confidence ?

Je la regarde droit dans les yeux.

— Déjà, le fait que tu tournes autour du pot.

Elle pivote, s'approche de la baie vitrée coulissante et jette un œil dans le jardin.

— Je ne vois pas en quoi ça peut nous être utile.

— De mieux en mieux, dis-je.

— Quoi ?

— Tu persistes et signes.

— Ne fais pas l'andouille.

J'attends.

— Tu te souviens de la fête de mes 16 ans ?

Et comment. Une réception aussi fastueuse que de bon goût. Je dis « de bon goût » car la plupart de nos amis nouveaux riches rivalisaient à coups de voitures de luxe, de groupes de rock, de safaris zoo et d'apparitions de célébrités. Patricia, pour sa part, n'avait invité que quelques amis proches à une soirée sur la pelouse de Lockwood.

— Les filles ont couché sur place, dit-elle. Sous des tentes. À côté de l'étang. On était huit en tout.

Je repense à cette soirée. J'ai participé au dîner d'anniversaire mais, ensuite, les garçons ont été bannis. Je suis retourné dans la grande maison. Je me souviens surtout d'une ravissante demoiselle du nom de Babs

Stellman ; quelqu'un m'a dit qu'elle avait flashé sur moi. Naturellement, j'ai voulu – comment dit-on déjà ? – pécho. Babs et moi avons réussi à nous éclipser un moment pour nous bécoter derrière un arbre. Elle sentait délicieusement le shampooing Pert. Je me rappelle avoir glissé ma main sous son pull avant qu'elle ne m'arrête en m'assenant cette réplique illogique : « Tu me plais beaucoup, Win. »

— Les filles se sont déshabillées sous la gloriette, poursuit Patricia.

Elle baisse la tête.

— Et ton père... Il avait tort, Win. Je veux que tu le saches. Ton père a accusé le mien de nous épier par la fenêtre.

Je me fige, n'en croyant pas mes oreilles.

— Répète-moi ça ?

Patricia sourit presque.

— Qui tourne autour du pot maintenant ?

— Mon père a accusé le tien de voyeurisme ?

— C'est exactement ça.

— Il n'aurait pas inventé une chose pareille, dis-je.

— Pour être franche, j'en doute aussi. Tu te souviens d'Ashley Wright ?

Vaguement.

— Elle faisait partie de ton équipe de hockey sur gazon ?

Patricia hoche la tête.

— C'est elle qui a tout déclenché. Elle n'a pas voulu dire pourquoi. Elle s'est mise à pleurer et a demandé à rentrer. C'était vraiment bizarre. Bref, ses parents sont venus la chercher. Une fois chez elle, Ashley a dit à son père qu'elle avait vu mon père l'espionner par la fenêtre alors qu'elle était nue. Son père est allé voir le tien. Du coup, quand ton père a voulu s'expliquer avec le mien, c'est parti en vrille. Mon père a tout nié. Ton père a insisté. Et ça a été l'escalade. Ça a rouvert tout un tas de vieilles blessures.

Je rumine pendant un moment.

— Ashley Wright, dis-je.

— Oui, quoi ?

— Elle n'aurait pas menti ?

Patricia reste brièvement sans voix.

— Ça change quoi maintenant, Win ?

Elle a raison.

— Tu sais où elle habite ?

— Ashley Wright ?

Elle blêmit.

— Bon sang, je n'en ai pas la moindre idée. Quoi, tu veux lui parler ? Sérieux, Win ? Imagine… le pire des scénarios… que papa était un pervers qui matait les filles de 16 ans. Ça changerait quoi aujourd'hui ?

Elle a raison, une fois de plus. Pourquoi je ferais ça ? Sa mort et l'enlèvement de Patricia ont eu lieu deux ans après. Je vois zéro connexion.

Et pourtant.

— Win ?

Je la regarde. Patricia a les yeux rivés sur le mur… sur les photographies, sur l'appareil photo.

— Mon père me manque terriblement. Je veux que justice soit rendue. Et le fait que cet homme qui a causé tant de ravages continue peut-être à sévir… ça m'a hantée pendant plus de vingt ans.

J'attends.

— Mais maintenant il est clair que, dans les deux cas, c'était Ry Strauss, non ? Et si c'est vrai, ce n'est peut-être pas la peine d'exhumer le passé.

On croirait entendre mon père. Je pointe le menton dans sa direction.

— Quoi ?

— Tu veux qu'on enterre toute l'affaire, dis-je.

— Oui.

— Ça ne marchera pas.

Je lui rappelle que, dans quelques heures, toute l'Amérique apprendra la mort de Ry Strauss, l'histoire des 6 de Jane Street et leur lien avec le Vermeer volé. Ce n'est qu'une question de temps avant que le FBI ne fasse le rapprochement avec la valise… ou que son rôle dans tout ça ne soit percé à jour. Tout en parlant, je la vois se décomposer à vue d'œil.

Patricia me précède au salon et se laisse tomber sur le canapé. Je sais comment ça va se passer. Elle a juste besoin de temps pour digérer. Finalement, elle dit :

— Moi, j'ai pu rentrer à la maison. Jamais je n'oublierai ça.

Elle se met à ronger l'ongle de son pouce, un tic dont je me souviens depuis notre enfance.

— J'ai pu rentrer à la maison, répète-t-elle. Pas les autres filles. Certaines… On n'a toujours pas retrouvé les corps.

Elle lève les yeux sur moi, mais que puis-je ajouter à cela ?

— Je me suis fixé comme mission de sauver des jeunes en détresse… et voilà que je me terre dans le noir.

À ce stade, je suis censé dire quelque chose de réconfortant, comme « Je comprends » ou « Ça va aller ». Au lieu de quoi, je consulte ma montre, calcule rapidement le temps de trajet jusqu'à Haverford College et annonce :

— Il faut que j'y aille.

Pendant qu'elle me raccompagne à la voiture, je la vois mordiller son ongle de plus belle.

— Qu'est-ce qu'il y a ?

— Je n'ai jamais pensé que c'était important. Et je ne le pense toujours pas.

— Mais ? dis-je en m'installant au volant.

— Tu m'as bassinée avec cette brouille entre nos pères.
— Et ?
— Tu estimes que c'est pertinent.
— Correction, j'ignore si c'est pertinent. Je ne sais pas ce qui est pertinent là-dedans. C'est comme ça que j'ai appris à enquêter. Je pose des questions, je tâtonne et peut-être que je finis par déterrer quelque chose.
— Ils se sont parlé une dernière fois.
— Qui ?
— Nos pères. Ici. À la maison.
— Quand ?
Patricia laisse retomber sa main pour arrêter de se ronger l'ongle.
— La veille du meurtre de mon père.

16

Fondé en 1833, Haverford College est un petit établissement universitaire du premier cycle réservé à une élite. Il est situé dans la grande artère de Philadelphie à côté de mes deux clubs préférés, le Merion Golf Club (je joue beaucoup au golf) et le Merion Cricket Club (je ne joue pas au cricket, comme la majorité de ses membres... Ne me demandez pas pourquoi). Haverford accueille moins de 1 400 étudiants chaque année ; pourtant il compte une cinquantaine de bâtiments, la plupart en pierre, répartis sur 80 hectares d'espaces verts tellement soignés qu'ils portent le titre officiel d'arboretum. Les Lockwood font partie de ce fastueux tableau qu'est Haverford College depuis sa création. Windsor I et II y ont fait leurs études, puis en ont tous deux présidé le conseil d'administration. Tous les hommes de ma famille sont passés par Haverford (les femmes n'y ont été admises qu'à partir des années 1970) jusqu'à... maintenant que j'y pense, oncle Aldrich a été le premier à déroger à la règle en choisissant l'université de New York. J'ai été le second en optant pour l'université Duke en Caroline du Nord. J'ai toujours aimé Haverford, mais il était trop proche de la maison, trop familier pour les aspirations d'un garçon de 18 ans.

Le bureau du professeur Ian Cornwell donne sur le hall des Fondateurs qui abritait le Vermeer et le Picasso au moment du vol. Je trouve ça curieux, cette vue sur un édifice dans lequel il a été ligoté pendant que les deux malfaiteurs s'emparaient des tableaux. Lui arrive-t-il d'y repenser ou bien, à force, c'est devenu une vue comme une autre ?

Ian Cornwell soigne à fond son look professoral : tignasse indisciplinée, barbe en jachère, veste en tweed, pantalon en velours moutarde. Son bureau croule sous des piles de papiers à moitié effondrées, par terre et sur des étagères. Sa table de travail est large et carrée, avec une douzaine de chaises pour pouvoir mener des travaux dirigés dans un cadre intime.

— Ravi de vous voir, m'accueille Cornwell.

Il m'installe devant des brochures consacrées au département de science politique. Je le regarde. Il trépigne, prêt à argumenter pour me convaincre de financer tel ou tel projet pédagogique. Pour décrocher un rendez-vous aussi rapidement Kabir a dû laisser entendre que j'avais l'intention de faire un don… Maintenant que je suis là, j'étouffe cet espoir dans l'œuf.

— Je viens vous voir au sujet des tableaux volés.

Son sourire s'efface comme par enchantement.

— J'ai cru comprendre que vous étiez intéressé…

— Plus tard peut-être, dis-je en l'interrompant. Mais, pour l'instant, j'ai des questions à vous poser concernant le vol. Vous étiez de garde cette nuit-là.

Il n'apprécie guère ma brusquerie. Et il est loin d'être le seul.

— C'était il y a longtemps.

— Oui, je suis suffisamment familiarisé avec la marche du temps, merci.

— Je ne vois pas...

— Vous n'ignorez pas, j'imagine, que l'un des deux tableaux a été retrouvé.

— Je l'ai lu dans la presse.

— Génial, il n'y a donc pas besoin de refaire tout l'historique. J'ai potassé le dossier du FBI sur le cambriolage. Comme vous vous en doutez, il y va aussi de mon intérêt personnel.

Cornwell cligne des yeux, hébété. J'enchaîne :

— Vous étiez seul cette nuit-là. Selon votre déposition, deux hommes déguisés en policiers ont frappé à la porte du hall des Fondateurs. Ils ont invoqué un incident qu'il fallait élucider ; du coup, vous les avez laissés entrer. Une fois à l'intérieur, ils vous ont neutralisé, vous ont poussé jusqu'au sous-sol, vous ont fermé les yeux et la bouche avec du ruban adhésif et vous ont menotté à un radiateur. Puis ils ont fouillé vos poches, sorti votre portefeuille, consulté vos papiers d'identité et vous ont dit qu'ils savaient maintenant où vous habitiez et comment vous retrouver. Une menace, je présume. Je ne me suis pas trompé jusqu'ici ?

Ian Cornwell se laisse tomber sur une chaise de l'autre côté de la table.

— C'était une expérience traumatisante.

J'attends.

— Je préfère ne pas en parler.

— Professeur Cornwell, ma famille a perdu deux chefs-d'œuvre d'une valeur inestimable la nuit où vous étiez de garde.

— Serait-ce ma faute ?

— Ça va l'être, si vous refusez de coopérer.

— Je ne refuse rien, monsieur Lockwood.

— Formidable.

— Mais je ne me laisserai pas intimider.

Je lui laisse le temps de sauver la face. Il finira par capituler. Comme tout le monde.

Quelques secondes plus tard, il déclare, l'air contrit :

— Je ne sais rien qui puisse vous aider. J'ai déjà tout raconté à la police une bonne centaine de fois.

Je continue, imperturbable :

— D'après votre description, l'un des hommes mesurait approximativement un mètre soixante-dix et était de corpulence moyenne. L'autre mesurait plus d'un mètre quatre-vingts et était plus massif. Tous deux étaient blancs et affublés, selon vos déclarations, de fausses moustaches.

— Il faisait noir, ajoute-t-il.

— C'est-à-dire ?

Ses yeux pivotent vers la gauche.

— Rien n'est exact là-dedans. La taille, le poids. Peut-être que ça correspond, mais tout s'est passé tellement vite.

— Et vous étiez jeune, dis-je. Et terrifié.

Ian Cornwell se raccroche à ces arguments comme un homme qui se noie à une bouée de sauvetage.

— Oui, tout à fait.

— Vous n'étiez qu'un stagiaire désireux d'arrondir ses fins de mois.

— C'était une condition de ma demande d'aide financière, oui.

— Votre formation a été minimale.

— Ce n'est pas pour botter en touche, répond-il, mais l'université aurait dû garantir une meilleure sécurité à votre famille.

Ce qui est vrai, même si beaucoup de choses me chiffonnent dans cette affaire. Le prêt des tableaux devait être de courte durée, et il ne restait que quelques semaines avant leur restitution. Nous avons pourtant ajouté des caméras de surveillance, mais c'était avant que les données numériques ne soient stockées sur des clouds, si bien que ces vidéos étaient conservées sur un disque dur au premier étage derrière le bureau du président.

— Comment les cambrioleurs ont-ils su où trouver le disque dur ?

Ian Cornwell ferme les yeux.

— S'il vous plaît.

— Pardon ?

— Vous ne pensez pas que le FBI m'a posé ces questions mille fois à l'époque ? Ils m'ont interrogé pendant des heures. Je n'ai même pas eu droit à l'assistance d'un avocat.

— Ils croyaient que vous étiez dans le coup ?

— Je ne sais pas. Mais c'est l'impression qu'ils donnaient, oui. Je vous répondrai donc ce que je leur ai dit : je n'en sais rien. J'avais du ruban adhésif sur les yeux et la bouche. J'étais menotté au sous-sol. J'ignorais totalement ce qu'ils avaient fait. J'ai passé huit heures là-dedans… avant que quelqu'un n'arrive dans la matinée pour me relayer.

Je sais tout cela. Ian Cornwell a été blanchi pour des tas de raisons, notamment parce que c'était un chercheur stagiaire de 22 ans sans casier judiciaire. Il n'avait ni les capacités ni l'expérience pour organiser un cambriolage de cette envergure. Néanmoins, le FBI l'a gardé à l'œil. Moi aussi, j'ai demandé à Kabir d'examiner ses relevés bancaires pour voir s'il n'avait pas touché une manne récemment. Il n'a rien trouvé. Cornwell a l'air clean. Et pourtant.

— J'aimerais que vous jetiez un œil sur ces photos.

Je fais glisser quatre photographies sur la table. Les deux premières sont des agrandissements de la fameuse photo des 6 de Jane Street. L'une est de Ry Strauss. L'autre d'Arlo Sugarman. Sur les deux photos suivantes, on voit les mêmes retouchés par un logiciel de vieillissement. Strauss et Sugarman y apparaissent quadragénaires, l'âge qu'ils auraient eu au moment du vol.

Ian Cornwell regarde les clichés. Puis lève les yeux vers moi.

— C'est une plaisanterie ?

— Quoi ?

— C'est Ry Strauss et Arlo Sugarman, dit-il. Vous pensez que… ?

— Et vous ?

Il étudie les photos avec une concentration renouvelée. Je l'observe attentivement. Pour évaluer sa réaction car, contrairement à ce qu'on peut dire, aucun homme n'est un livre ouvert. Cependant, je surprends quelque chose dans son regard… ou du moins, je le crois.

— Une petite seconde, dit-il.

Il tend la main vers un placard à côté de la bibliothèque et en sort un feutre noir. D'un geste, il désigne les photos.

— Vous permettez ?

— Faites comme chez vous.

Soigneusement, il dessine des moustaches sur les deux visages. Une fois satisfait, il se redresse et penche la tête, comme un peintre admirant son œuvre. Je ne regarde pas les photos. Je le regarde, lui.

Et ce que je vois ne me plaît guère.

— Je ne le jurerais pas, déclare-t-il au bout d'un moment, mais c'est tout à fait possible.

Je ne dis rien.

— Y a-t-il autre chose, monsieur Lockwood ?

— Juste le délai de prescription.

— Pardon ?

— Il a expiré.

— Je ne comprends pas…

— Si vous étiez mêlé à ce vol, vous ne pourriez plus être poursuivi. Si, par exemple, vous avez fourni des informations aux cambrioleurs – si vous avez été leur complice –, vingt ans ont passé depuis. Le délai de prescription pour ce genre de délit est de cinq ans en Pennsylvanie. En clair, vous êtes hors de cause, professeur Cornwell.

Il fronce les sourcils.

— Hors de cause pour quoi ?

— Pour l'assassinat de Lincoln, lui dis-je.

— Quoi ?

Je secoue la tête.

— Vous comprenez mon problème maintenant ?

— Qu'est-ce que vous… ?

— Vous venez de dire « Hors de cause pour quoi ? » alors que, à l'évidence, on parlait du vol des tableaux.

Je répète en l'imitant :

— « Hors de cause pour quoi ? » Vous en faites trop, Ian. Votre comportement est suspect. D'ailleurs, quand j'y pense, toute votre déposition est suspecte.

— J'ignore de quoi vous parlez.

— Par exemple, deux cambrioleurs déguisés en policiers.

— Oui, et alors ?

— C'est exactement ce qui est arrivé au musée Gardner de Boston. Deux hommes, même taille et même corpulence que dans votre signalement, mêmes fausses moustaches, même histoire d'incident à élucider.

— Vous trouvez ça bizarre ?

— Oui.

— Le FBI a pensé que c'était le même MO.

— MO ?

— Mode opératoire.

— Oui, je sais ce que ça signifie, merci.

— C'est ce qui explique les similitudes, monsieur Lockwood. On suppose que ces cambriolages ont été commis par la même équipe.

— Ou alors, dis-je, quelqu'un, vous peut-être, a voulu nous le faire croire. Un « incident » ? Sérieux ? Tard dans la nuit dans un bâtiment fermé ? Vous y travailliez. Avez-vous eu vent d'un incident ?

— Non.

— Non. En avez-vous signalé un ? Non plus. Vous avez juste ouvert la porte à deux individus avec de fausses moustaches. Vous ne trouvez pas ça étrange ?

— Je les ai pris pour des policiers.

— Y avait-il une voiture de police ?

— Je n'en ai pas vu.

— Et voilà. Il y avait des caméras de surveillance aux entrées du campus. Pourtant, personne n'a vu deux hommes habillés en policiers.

C'est un mensonge – le campus n'était pas surveillé à l'époque –, mais un mensonge payant.

— J'en ai assez, siffle Ian Cornwell en se levant. Peu m'importe que vous soyez…

— Chut.

— Je vous demande pardon ? Avez-vous à l'instant… ?

Je le réduis au silence d'un regard. Si vous voulez changer l'attitude de quelqu'un, rappelez-vous ceci : un être humain ne fait que ce qui est dans son intérêt. Toujours. C'est son unique motivation. Les gens font le « bien » seulement quand ça les arrange. C'est du cynisme, certes, mais c'est aussi la réalité. Pour faire changer quelqu'un d'avis, le secret n'est pas d'être attentionné, respectueux, conciliant, ni d'aligner les preuves indiscutables montrant que l'autre a tort. Et pour les vrais naïfs, le secret n'est pas de faire appel à nos anges ni à notre « humanité ». Ça ne marche pas. Le seul moyen de convaincre quelqu'un, c'est de lui faire croire qu'il a tout intérêt à se rallier à vous. Point barre.

Je sais ce que vous pensez : un garçon adorable comme moi ne peut pas être aussi cynique. Mais attendez un peu.

— Voici ma proposition, dis-je au professeur Cornwell. Vous me racontez ce qui s'est réellement passé cette nuit-là...

— Je vous ai...

— Chut.

Je pose mon index sur mes lèvres.

— Écoutez et vous sauverez votre peau. Vous me dites la vérité. Toute la vérité. Rien qu'à moi. En échange, je vous promets que ça ne sortira pas d'ici. Je n'en parlerai à personne. Pas un mot. Il n'y aura pas de retombées. Peu m'importe que le Picasso soit accroché au-dessus de vos toilettes ou que vous en ayez fait du bois de chauffage. Peu m'importe que vous soyez l'instigateur ou un simple exécutant. Vous comprenez ce que je vous offre, professeur ? C'est généreux, non ? Je vous offre la liberté. Vous me dites tout et vous n'avez plus de boulet à traîner. Non seulement ça, mais vous aurez un allié pour la vie. Un allié puissant et reconnaissant. Un allié qui peut vous obtenir une promotion ou financer le projet pédagogique de vos rêves.

La carotte, c'est fait. Passons au bâton. Je baisse la voix pour qu'il tende l'oreille. Et ça marche.

— Mais si vous choisissez de décliner mon offre charitable, je passerai votre vie au peigne fin. Vous pensez être droit dans vos bottes. Après tout, le FBI a fait chou blanc il y a vingt-quatre ans. Vous êtes en paix avec votre mensonge. Mais cette paix est illusoire. Le Vermeer est de retour. Il y a au moins un cadavre dans cette histoire. Le FBI va rouvrir le dossier du cambriolage, sauf que, moi, j'irai bien plus loin. Je partirai de leur enquête et, avec les moyens à ma disposition, élèverai l'intensité des projecteurs braqués sur vous à la puissance dix. Vous comprenez ?

Il ne dit rien.

C'est le moment de lancer la bouée.

— Saisissez votre chance, professeur Cornwell... votre chance de mettre fin à la tourmente et aux faux-semblants qui vous hantent depuis plus de vingt ans. Votre chance de vous délivrer de votre fardeau. Oui, votre chance, professeur, et si vous ne la saisissez pas, je vous plains, ainsi que tous les Cornwell qui viendront après vous.

Je ne salue pas quand j'ai terminé ma tirade, mais peut-être que je devrais.

Pendant que j'attends sa réponse, je contemple par la fenêtre la pelouse que mon père, mon grand-père et mon arrière-grand-père ont foulée dans leur jeunesse, et une curieuse pensée me traverse l'esprit, me détournant momentanément de mon but.

Je pense à oncle Aldrich qui n'a pas respecté la tradition familiale en allant étudier ailleurs.

Pourquoi ? Je n'en sais rien. Mais cet accroc à la tradition m'interroge.

Je me retourne en entendant un carillon. L'horloge de parquet dans un coin sonne le quart d'heure. La porte du bureau s'ouvre sur un flot d'étudiants avec leurs sacs à dos, dans la cacophonie de l'après-déjeuner. Ian Cornwell me dit :

— Vous vous trompez sur moi. Je n'ai rien à voir dans cette affaire.

Sortant de sa prostration, il accueille les étudiants d'un sourire béat. Je sens qu'il est chez lui ici. Qu'il est heureux et estimé en tant que prof. Et que c'est un bon prof.

Mais, surtout, je sens qu'il me ment.

17

Mon père est en train de dormir quand je rentre à Lockwood.

J'hésite à le réveiller – je veux l'interroger sur cette visite chez son frère la veille du meurtre –, mais Nigel Duncan me prévient qu'il est sous médicaments et qu'on n'en tirera rien. Tant pis. Autant prendre le temps d'en découvrir plus avant d'affronter mon père. Et puis j'ai un emploi du temps serré. La directrice de l'agence de la Bank of Manhattan a accepté de me recevoir dans une heure et demie.

Nigel me raccompagne à l'hélicoptère.

— Qu'est-ce que tu cherches ? me demande-t-il.

— Dois-je marquer une pause théâtrale, pivoter vers toi et m'exclamer : « La vérité, nom de Dieu » ?

Nigel secoue la tête.

— Tu es un drôle d'oiseau, Win.

L'hélicoptère me dépose à Chelsea Piers en temps et en heure. Tandis que Magda me conduit dans l'Upper West Side, je remarque que nous sommes suivis. C'est une limousine Lincoln noire. La même nous suivait déjà ce matin. Quelle bande d'amateurs. C'en est presque vexant.

— Petit changement de programme, dis-je à Magda. On va passer à mon bureau dans Park Avenue avant d'aller à la banque.

— C'est vous, le boss.

En effet. La suite n'est pas compliquée. Par chance, la circulation est fluide. Lorsque nous arrivons devant l'immeuble Lock-Horne, Magda s'arrête au dépose-minute habituel.

— Restez dans la voiture, lui dis-je.

J'utilise l'appareil photo de mon iPhone pour observer ce qui se passe derrière moi. La Lincoln noire est garée en double file trois voitures plus loin. De vrais amateurs. J'attends. Ce ne sera pas long. Je vois Kabir se glisser derrière la Lincoln. Il se penche comme pour renouer un lacet. En fait, il pose un GPS magnétique sous le pare-chocs.

Comme je l'ai dit, ce n'est pas compliqué.

Kabir se redresse, hoche la tête pour me signifier que le traceur est bien fixé au pare-chocs de la Lincoln et s'en va dans la direction opposée.

— OK, dis-je à Magda. On peut y aller.

En chemin, j'appelle Kabir. Il gardera un œil sur la voiture.

— Je vais aussi vérifier la plaque d'immatriculation, ajoute-t-il.

Je le remercie et raccroche. Tandis que nous arrivons à la banque, je m'interroge sur l'éventualité de semer mes poursuivants – ce ne serait pas sorcier – et décide que ce ne serait pas utile. Ils me verront entrer dans une agence bancaire de l'Upper West Side.

Et alors ?

Cinq minutes plus tard, je me retrouve dans un bureau vitré qui surplombe le rez-de-chaussée. La banque elle-même se situe dans un charmant vieil édifice sur

Broadway et la 74e Rue. Remontant à l'époque lointaine où c'était, eh bien, une banque, quand le siège social des banques était imposant comme une cathédrale, contrairement aux devantures d'aujourd'hui, aussi accueillantes que l'entrée d'un motel. Cette agence-ci a gardé les colonnes de marbre, les lustres, les guichets en chêne massif, la porte tambour géante. C'est l'un des rares bâtiments de ce genre à n'avoir pas converti ses bureaux en salles de réception ou en restaurant de luxe.

Le nom de la directrice de l'agence, d'après la plaque sur son bureau, est Jill Garrity. Ses cheveux sont tirés en arrière en un chignon tellement serré qu'on s'effraie pour son cuir chevelu. Elle porte des lunettes à monture d'écaille. Le col de son chemisier blanc est assez raide pour vous crever un œil.

— Ravie de vous rencontrer, monsieur Lockwood.

Nous sommes en affaires avec cette banque. Elle espère que ma visite leur en apportera davantage. Je ne cherche pas à la détromper, mais le temps presse. Je lui explique que j'ai besoin d'un service. Elle se penche en avant, anxieuse de plaire. Je lui demande de me parler du cambriolage.

— Il n'y a pas grand-chose à dire, répond-elle.

— Était-ce un braquage ? Étaient-ils armés ?

— Oh non, non. C'était après la fermeture. Ils sont entrés par effraction à 2 heures du matin.

Cela m'intrigue.

— Comment ?

Elle commence à triturer la bague sur son doigt.

— Je ne veux pas paraître impolie…

— Alors ne le soyez pas.

Cette interruption la fait tressaillir. Je plante mon regard dans le sien.

— Parlez-moi du cambriolage.

Cela prend une seconde ou deux, mais nous savons l'un et l'autre comment ça va finir.

— L'un de nos vigiles était dans le coup. Son casier était vierge – nous avons soigneusement vérifié ses antécédents –, mais son beau-frère fricotait avec la mafia. Je ne connais pas vraiment les détails.

— Ils ont pris combien d'argent ?

— Très peu, réplique-t-elle, aussitôt sur la défensive. Comme vous le savez certainement, on ne garde pas beaucoup d'argent liquide en agence. Si vous vous inquiétez pour les sommes dérobées, monsieur Lockwood, sachez qu'aucun de nos clients n'a subi de pertes financières.

Je m'en étais douté. Mais je ne voyais pas pourquoi Ry Strauss aurait été aussi affecté par ce cambriolage. C'était peut-être sa paranoïa, son imagination, néanmoins j'ai l'impression qu'il y avait autre chose.

J'ai également l'impression que Mme Garrity ne me dit pas tout. Je répète après elle :

— Pertes financières.

— Pardon ?

— Vous dites que vos clients n'ont pas subi de pertes financières.

Elle continue à faire tourner sa bague autour de son doigt.

— Alors qu'ont-ils perdu ?

Elle se cale dans son fauteuil.

— Je suppose que les cambrioleurs cherchaient de l'argent. C'est somme toute logique. Mais, quand ils ont vu que ça ne marcherait pas, ils se sont rabattus sur la solution de rechange.

— Qui est ?

— Les coffres-forts du sous-sol.

J'entends presque le son du déclic dans mon cerveau.

— Ils les ont forcés ?

— Oui.

— Tous, beaucoup ou juste quelques-uns ?

— Presque tous.

Donc ce n'était pas ciblé.

— Vous avez prévenu vos clients ?

— C'est… compliqué. On fait de notre mieux. Vous vous y connaissez, en coffres-forts ?

— Je sais que je n'en utiliserai jamais, dis-je.

D'abord décontenancée, elle finit par acquiescer.

— Nous n'en avons pas non plus dans les nouvelles agences. Franchement, c'est un casse-tête. Coûteux à fabriquer et à entretenir, une marge de profit dérisoire, ils prennent trop de place… et il y a souvent des problèmes.

— Quel genre de problèmes ?

— Les gens y déposent leurs objets de valeur : bijoux, documents, actes de naissance, contrats, passeports, collections de pièces ou de timbres. Mais, parfois, ils en oublient le contenu. Ils viennent, ouvrent leurs coffres et se mettent à hurler qu'un précieux collier de diamants a disparu. Ils ne se souviennent plus qu'ils l'ont retiré. Des fois aussi, ce sont des tentatives de fraude pures et simples.

— Crier au vol de quelque chose qu'ils n'ont jamais déposé dans le coffre.

— Exactement. Il peut arriver par ailleurs que ce soit notre faute. Mais c'est rare.

— Comment ça, « votre faute » ?

— Si un client cesse de payer la location de son coffre, nous le perçons et expédions son contenu au siège. Il y a eu une erreur, une fois. Le client a ouvert son coffre et constaté que tout ce qu'il y avait mis avait disparu.

Je commence à y voir plus clair.

— Et dans le cas d'une effraction comme celle-ci ?

— Vous pouvez imaginer, répond-elle.

Je peux imaginer, en effet.

— Soudain, chaque client affirme avoir détenu une Rolex hors de prix dans son coffre, ou un timbre rare qui vaut un demi-million. Ils ne lisent jamais les petits caractères, évidemment, mais la responsabilité de la banque en cas de perte, quelle qu'elle soit, ne doit pas excéder dix fois le montant du loyer annuel du coffre.

— Et ça coûte combien de louer un coffre ?

— En général, quelques centaines de dollars par an. Ce qui n'est pas très cher.

— Vous contactez donc vos clients, et certains prétendent avoir perdu des objets d'une valeur bien supérieure à ce que vous êtes légalement tenus de leur rembourser, c'est ça ?

— C'est ça.

Une idée me vient à l'esprit : les gens déposent des objets de valeur, mais ils ne déposent pas que ça, ils déposent aussi des secrets.

— Quelle est la taille de votre plus grand coffre ?

— Dans cette agence ? Vingt sur vingt, avec soixante centimètres de profondeur.

Impossible de cacher le Picasso là-dedans, même si je n'y croyais pas dès le départ. Ce n'est pas ça non plus qui explique l'affolement de Strauss.

Je sors la photo tirée de la vidéo de surveillance du Beresford, le meilleur cliché que j'aie de Ry Strauss avant son assassinat.

— Reconnaissez-vous cet homme ?

Elle examine la photo.

— Je ne crois pas. En fait, on ne voit pas grand-chose.

— Les clients que vous avez informés pour les coffres…

— Oui ?

— Comment les avez-vous contactés ?

— Par e-mail certifié.

— Aucun coup de fil ?

— Je ne pense pas. De toute façon, ça ne viendrait pas de chez nous. On a un organisme d'assurance dans le Delaware qui gère tout cela.

— Il n'y a donc aucune probabilité pour que quelqu'un de l'agence ait appelé un client et l'ait invité à passer afin de lui parler du cambriolage ?

— Strictement aucune.

Je pose encore deux ou trois questions, mais, pour la première fois depuis le début de ce marasme, je sens que l'horizon s'éclaircit. Au moment où je sors, mon téléphone sonne. À ma grande surprise, c'est Jessica.

— Tu es occupé ? me demande-t-elle.

— On ne devrait pas fixer notre prochain rendez-vous sur l'appli ?

— Tu as raté le coche.

— Tu n'aurais pas été capable non plus, repartis-je.

— Je suppose qu'on ne le saura jamais. Mais je n'appelle pas pour ça. Tu sais qu'ils viennent de divulguer l'identité de Ry Strauss ?

— C'était prévu, oui.

— Eh bien, j'étais au taquet. J'ai proposé au *New Yorker* un projet d'article sur les 6 de Jane Street. La suite de mon papier sur « Ce qu'ils sont devenus ».

— Et j'imagine qu'ils ont accepté ?

— Je peux être charmante quand je veux.

— Je n'en doute pas.

— Bref, je pars interviewer Vanessa Hogan, la mère d'une victime qui a été la dernière à avoir vu Billy Rowan. Tu veux venir ?

— Je n'y crois pas, commente Jessica. Windsor Horne Lockwood III prend le métro.

Je me tiens à la barre au plafond. Nous sommes dans une rame de la ligne A en direction du sud.

— Je suis un homme du peuple, lui dis-je.

— Tu es tout sauf un homme du peuple.

— Sache que j'ai récemment voyagé sur un vol régulier.

Jessica fronce les sourcils.

— Ce n'est pas vrai.

— Non, en effet. Mais j'y ai songé.

Si j'ai choisi de prendre le métro, c'est parce que je ne veux pas qu'on sache où je vais. J'ai demandé à Magda de tourner au dernier moment, de sorte à gagner quelques secondes sur la voiture qui nous suivait. J'en ai profité pour descendre et m'engouffrer dans le hall du théâtre Davenport dans la 45e Rue. Je suis ressorti par la porte latérale et, en passant par l'entrée de service du Comfort Inn dans Times Square, j'ai émergé dans la 44e Rue. J'ai ensuite longé la Huitième Avenue et retrouvé Jessica à l'entrée du métro dans la 42e Rue.

Vous devinez déjà la suite de mon plan.

Très probablement, la limousine noire – il y a plus discret comme véhicule – doit suivre Magda dans le Lincoln Tunnel jusqu'au New Jersey, tandis que Jessica et moi nous rendons en métro à Queens, où une autre voiture avec chauffeur nous conduira au domicile de Vanessa Hogan.

Cette dernière s'est remariée et a troqué sa modeste maison coloniale où elle a élevé Frederick contre une spacieuse villa contemporaine dans le village plus huppé de Kings Point. Son fils Stuart, né huit ans après l'attentat, ouvre la porte et grimace en nous voyant.

— Nous avons rendez-vous avec Vanessa, dit Jessica.

— Vous, je vous connais. Mais lui, c'est qui ? déclare Stuart en me regardant d'un œil torve.

— L'assistant personnel de Mme Culver, lui dis-je. Je suis imbattable en dictée.

— Vous ne ressemblez pas à un assistant.

— Flatteur, va.

Stuart nous rejoint sur le perron et baisse la voix.

— Je ne sais pas pourquoi maman a accepté de vous recevoir. Elle ne va pas bien. Mon père est mort l'année dernière.

— Je suis désolée de l'apprendre, dit Jessica.

— Ils ont été mariés pendant plus de quarante ans.

Jessica penche la tête, acquiesce… les ondes d'empathie qu'elle adresse à Stuart ainsi que sa beauté le font vaciller. J'essaie de me rendre invisible ; en cet instant, c'est elle qui mène le jeu.

— Ça a dû être dur pour vous deux, observe-t-elle avec juste ce qu'il faut de compassion.

— Oui. Et maintenant… vous savez que je n'ai pas connu Frederick, hein ?

— Oui, bien sûr.

— Mes parents se sont rencontrés après sa mort dans cet accident. Mais toute ma vie j'ai entendu parler de lui. Ce n'est pas comme si maman s'était mariée et avait tourné la page.

Il regarde ailleurs en exhalant un long souffle.

— Je veux dire par là que Frederick est mort depuis longtemps, mais la douleur due à sa disparition est restée intacte.

— Vous avez dû beaucoup souffrir, Stuart, ajoute Jessica.

Je me retiens de lever les yeux au ciel.

— Tâchez juste de ne pas la perturber davantage, OK ?

Elle hoche la tête. Il se tourne vers moi. J'acquiesce à mon tour. Stuart nous escorte dans un séjour haut de plafond, avec des fenêtres de toit et un parquet en bois clair. Vanessa Hogan, qui, aujourd'hui, a plus de 80 ans, est une petite chose ratatinée, soutenue par des oreillers dans un fauteuil. Elle a le teint cireux et porte un foulard noué autour du crâne, signe caractéristique d'une chimio ou d'une radiothérapie, bref quelque chose qui vous démolit. Ses yeux paraissent immenses dans son visage momifié, des yeux d'un bleu éclatant. Jessica s'avance et lui tend la main, mais, d'un geste, Vanessa nous indique le canapé en face d'elle. Elle ne me quitte pas du regard.

— Qui est-ce ? demande-t-elle.

Elle a une voix jeune, presque celle de son « Je leur pardonne » lors de cette fameuse conférence de presse.

— C'est mon ami Win, dit Jessica.

Vanessa Hogan me scrute d'un air interrogateur. Je m'attends à d'autres questions, mais elle reporte son attention sur Jessica.

— Vous vouliez me voir pour quelle raison, madame Culver ?

— Vous savez qu'on vient de retrouver Ry Strauss.

— Oui.

— J'aimerais avoir votre avis à ce sujet.

— Je n'en ai pas.

— Cela a dû être douloureux, insiste Jessica, de replonger ainsi dans le passé.

— Quel passé ?

— La mort de votre fils.

Vanessa sourit.

— Vous croyez qu'il se passe un jour sans que je pense à Frederick ?

Bien répondu, me dis-je. Je jette un œil à Jessica. Elle fait une nouvelle tentative :

— Quand vous avez su qu'on avait découvert Ry Strauss…

— Je lui ai pardonné, l'interrompt Vanessa. Il y a longtemps déjà. Je leur ai pardonné à tous.

— Je vois, réplique Jessica. Et où croyez-vous qu'il soit maintenant ?

— Ry Strauss ?

— Oui.

— En train de brûler en enfer, rétorque Vanessa avec un sourire malicieux. Je lui ai peut-être pardonné, mais le Seigneur, sûrement pas.

Ses yeux pivotent lentement vers moi.

— C'est comment, votre nom de famille ?

— Lockwood.

— Win Lockwood ?

— Oui.

— Il a volé votre tableau. C'est pour ça que vous êtes ici ?

— En partie.

— Ry Strauss vous a pris un tableau. Moi, il m'a pris mon fils.

— Je ne cherche pas à comparer, dis-je.

— Moi non plus. Pourquoi êtes-vous venu me voir, monsieur Lockwood ?

— J'essaie de trouver des réponses à certaines de mes questions.

La peau des mains de Vanessa ressemble à du parchemin. On y distingue des bleus laissés par les intraveineuses.

— Il manque un second tableau, dit-elle. J'ai vu ça aux informations.

— En effet.

— C'est ça que vous cherchez ?

— En partie.

— Une toute petite partie, n'est-ce pas ?

Nos regards se rencontrent et quelque chose de l'ordre de la connivence passe entre nous deux.

— Dites-moi ce que vous recherchez réellement, monsieur Lockwood.

Je lance un coup d'œil à Jessica. Elle me laisse décider. Je demande :

— Avez-vous déjà entendu parler de Patricia Lockwood ?

— Une parente à vous, je suppose.

— Ma cousine.

Elle se redresse et me fait signe de poursuivre.

— Dans les années 1990, une dizaine d'adolescentes ont été enlevées et séquestrées dans un abri de jardin caché en pleine forêt à proximité de Philadelphie. Elles ont été brutalisées pendant des mois, voire des années, violées à maintes reprises, puis assassinées. La plupart n'ont jamais été retrouvées.

Ses yeux sont rivés sur moi.

— Vous parlez de la Cabane des horreurs ? Je regarde plein d'émissions sur les affaires criminelles à la télé. Celle-ci n'a jamais été résolue, si je me souviens bien.

— C'est exact.

— Vous pensez que Ry Strauss…

— On a de bonnes raisons de croire qu'il y était mêlé. Mais il n'était peut-être pas seul.

— Une fille en a réchappé. Serait-ce… ?

— Ma cousine, oui.

— Bonté divine.

Sa main s'agite, se pose sur sa poitrine.

— C'est pour ça que vous êtes ici ?

— Oui.

— Mais pourquoi moi ?

— Vous pouvez pardonner… dis-je.

— … mais pas vous ? termine-t-elle à ma place.

Je hausse les épaules.

— Mon oncle a été assassiné. Ma cousine a été enlevée et violée.

— Vous devriez laisser cela entre les mains de Dieu.

— Non, madame, je ne le crois pas.

— Romains 12:19.

— « À moi la vengeance, à moi la rétribution, dit le Seigneur. »

— Vous m'impressionnez, monsieur Lockwood. Savez-vous ce que cela signifie ?

— Peu m'importe ce que ça signifie. Je sais seulement que ces hommes-là ne s'arrêtent jamais. Ils tuent à nouveau. Encore et encore. Ils ne se font pas soigner ni désintoxiquer, ni… Toutes mes excuses, ils ne rencontrent pas Dieu. Ils continuent à tuer, c'est tout. Si ce soir vous entendez aux informations qu'une jeune fille a disparu, elle l'aura peut-être été par les mêmes tueurs.

— Sauf si Ry Strauss agissait seul, rétorque-t-elle.

— Certes, mais c'est peu probable. Ma cousine dit qu'ils étaient deux quand elle a été kidnappée.

Elle me gratifie d'un petit sourire.

— Vous avez l'air déterminé, monsieur Lockwood.

— Votre fils a été tué. Un agent du FBI nommé Patrick O'Malley, père de six enfants, a été tué. Mon oncle Aldrich a été tué.

Je marque une pause, essentiellement pour ménager mon effet.

— Ajoutez-y les viols et l'assassinat de ces jeunes filles dans cette Cabane des horreurs.

Je me penche théâtralement vers elle.

— Oui, madame Hogan, je suis déterminé.

— Et si vous découvrez la vérité ?

Je garde le silence.

— Si vous découvrez la vérité sans pouvoir la prouver ?

Le visage de Vanessa Hogan s'anime ; sa voix est nettement plus enthousiaste.

— Admettons que vous trouviez le coupable mais que vous n'ayez aucune preuve à fournir au tribunal. Que feriez-vous alors ?

Je regarde Jessica. Elle aussi attend une réponse. Comme je n'aime pas mentir, j'opte pour une manœuvre de diversion.

— Vous me demandez si je compte laisser en liberté un tueur et violeur en série ?

Vanessa Hogan soutient mon regard sans sourciller. J'essaie de revenir à notre sujet de départ.

— Billy Rowan est venu chez vous, dis-je.

Elle cligne des yeux, se laisse aller en arrière.

— Il avait l'air si gentil quand il est entré dans ma cuisine. Il était bourrelé de remords.

Une pensée soudaine lui arrache une exclamation.

— Vous croyez que Billy a quelque chose à voir avec cette horrible cabane ?

— Aucune idée. Je sais seulement que tout est lié. Les 6 de Jane Street. Le meurtre de votre fils. Les tableaux volés. La Cabane des horreurs.

— Et c'est pour ça que vous êtes ici.

— Oui.

— Je ne vais pas bien, monsieur Lockwood.

— Que vous a dit Billy Rowan quand il est venu vous voir ?

— Il m'a demandé mon pardon. Et je le lui ai accordé.

Vanessa Hogan ne bronche pas. Son regard ne laisse rien paraître. Ses lèvres remuent à peine mais je suis convaincu qu'elle sourit.

— Vous savez où est Billy Rowan, n'est-ce pas ? lui dis-je.

Elle ne bouge pas, ne cille pas.

— Bien sûr que non, répond-elle d'une voix qu'elle ne se donne même pas la peine de déguiser. Il se fait tard. J'aimerais que vous partiez maintenant.

18

Sur ce, Vanessa Hogan se referme comme une huître.

— C'est ce qui s'appelle faire un flop, dit Jessica tandis que nous nous dirigeons vers la porte.

C'est tout sauf un flop, mais je n'ai pas envie de m'attarder là-dessus dans l'immédiat.

Au moment où nous montons dans la voiture, mon téléphone sonne. Je le porte à mon oreille.

— Articule.

Jessica lève les yeux au ciel.

— Vous voulez toute l'histoire, demande Kabir, ou juste les grandes lignes ?

— Oh, raconte-moi, s'il te plaît, et fais-moi un dessin aussi. Tu sais que j'adore ça.

— La Lincoln noire qui vous a pris en filature appartient à la bande de Nero Staunch.

J'aurais voulu savoir comment il l'a découvert, mais je l'ai prié de faire court.

— Elle est enregistrée au nom de la brasserie artisanale que la famille utilise comme façade. Et savez-vous qui dirige la bande Staunch aujourd'hui ?

— Non.

— Leo Staunch.

— OK, dis-je. Et c'est important parce que…

— … Leo Staunch est le neveu de Nero. Et, surtout, le petit frère de Sophia Staunch.

— Intéressant, dis-je.

— Et dangereux.

— Où est cette Lincoln noire maintenant ?

— Ouvrez Google Maps sur votre iPhone. J'ai placé un repère relié au traceur pour que vous puissiez la localiser.

— OK, parfait. Autre chose ?

— Vous n'êtes pas sans savoir que les médias réclament une interview après la découverte de votre Vermeer sur une scène de crime.

— Et alors ?

— Eh bien, les journalistes ont appris que l'homme assassiné était Ry Strauss.

J'imagine en effet le vent de folie.

— Et qu'est-ce que tu leur réponds ?

— J'ai appris à dire « sans commentaire » dans une douzaine de langues.

— Merci.

— *Ei kommenttia*, dit Kabir. C'est du finnois.

— Autre chose ?

— Demain matin. Vous avez Ema au petit déjeuner.

Voilà un rendez-vous que je ne manquerais ni n'oublierais pour rien au monde.

Je raccroche. Jessica regarde par la vitre.

— Ça te dit d'aller dîner de bonne heure ? je lui demande.

Elle semble hésiter un moment, puis :

— Pourquoi pas ?

Nous choisissons le grill-room du Lotos Club, un élégant club privé qui a compté Mark Twain parmi ses premiers membres. Il est situé dans une maison de ville style Renaissance française dans l'Upper East Side.

Le grill-room se trouve au sous-sol, tout en bois foncé et murs bordeaux moirés. Le bar est à l'entrée, au centre. Les hommes doivent être en veston-cravate, chose rare à Manhattan de nos jours. D'aucuns jugent ce dress code démodé, mais moi j'aime bien les vestiges du Vieux Monde.

Charles, le chef de rang, nous recommande la sole meunière et c'est ce que nous commandons, Jessica et moi. Je choisis un Château Smith Haut Lafitte, un grand cru de l'appellation pessac-léognan. Leurs vins blancs méritent d'être connus.

Mon portable vibre. Je suis obligé de m'excuser : on ne sort jamais son téléphone au Lotos Club. Les appels téléphoniques se passent via une cabine prévue à cet effet. Comme je m'y attendais, c'est PP.

Je réponds :

— Articulez.

— Désolé d'avoir mis tout ce temps pour te rappeler. Comme tu peux l'imaginer, ça a été une journée de folie.

— Rien de nouveau de votre côté ?

— Rien qui mérite d'être mentionné. Tu en es où avec mon tueur ?

— Les tueurs, dis-je. Au pluriel.

— Il n'y en a qu'un qui m'intéresse vraiment.

PP parle d'Arlo Sugarman, l'homme qui a abattu son coéquipier Patrick O'Malley.

— Sur ce point, dis-je, nos intérêts peuvent diverger.

— Pas de problème, répond-il. De quoi as-tu besoin ?

— Il y a quatre mois, un cambriolage a eu lieu à la Bank of Manhattan.

— Et… ?

— Je veux tout savoir sur cette affaire, surtout le nom des auteurs présumés.

— La Bank of Manhattan, répète-t-il. Je crois qu'on a arrêté l'un des membres de la bande.

Ça, c'est une surprise.

— Où est-il ?

— Je vais te trouver ça, répond-il.

— Sinon, vous n'avez rien sur la société écran que Strauss a utilisée pour acheter son appartement et payer ses factures ?

— C'est une société anonyme. Tu es bien placé pour savoir à quel point il est difficile d'obtenir des informations à ce sujet.

— On peut quand même trouver la date de création, l'État, l'avocat, peut-être la banque qui servait de relais pour régler les factures. Quelqu'un payait pour Ry Strauss au Beresford.

— Ça marche.

Je retourne auprès de Jessica. La bouteille de vin a été débouchée. Jessica, ce qui n'est pas étonnant, est une convive délicieuse. Nous rions beaucoup. Nous terminons une bouteille et en ouvrons une autre. La sole est sublime.

— Bizarre, dit-elle.

— Quoi donc ?

— Sommes-nous déjà allés quelque part tous les deux ?

— Je ne crois pas.

— Myron était toujours dans les parages.

— J'ai l'impression que ça n'a pas changé.

— Oui, je sais.

Jessica cille et s'empare de son verre.

— J'ai tout gâché.

Je ne la détrompe pas.

— Mon mariage est un fiasco, poursuit-elle.

— Désolé pour toi.

— C'est vrai ?

— Maintenant oui.

— M'as-tu détestée quand j'ai quitté Myron ?

— « Détestée » n'est pas le mot qui convient.

— Quoi alors ?

— Je t'ai haïe.

Elle rit et lève son verre.

— Touché.

— Je plaisante, dis-je. En fait, tu n'as jamais compté pour moi.

— Je reconnais là ta franchise habituelle.

— Je ne t'ai jamais considérée comme une entité à part.

— J'étais une partie de Myron ?

— Oui.

— Un appendice ?

— Pas à ce point, franchement. Un bras ou une jambe, peut-être ? Non. Quelque chose entre les deux, probablement.

Elle essaie à nouveau :

— Un petit satellite tournant autour d'un astre ?

— On se rapproche, dis-je. Pour finir, tu as fait souffrir Myron. C'est tout ce qui m'importait. Ce qu'il a subi par ta faute.

— Parce que tu l'aimes.

— Je l'aime, oui.

— C'est mignon. Alors peut-être comprends-tu mieux maintenant.

— Non. Mais je t'écoute.

— Myron avait une présence incroyable, reprend Jessica.

— Il l'a toujours.

— Absolument. Il pompe tout l'air de la pièce. Le simple fait qu'il soit là suffit pour tout éclipser autour de lui. Quand j'étais avec lui, mon écriture en a souffert.

Je me retiens de grimacer.

— Tu lui en veux ?

— J'en veux à nous deux. Il n'est pas une planète autour de laquelle je gravite. Il est le soleil. Quand on était ensemble, c'était si intense que j'avais peur de me dissoudre. Comme si la force gravitationnelle allait m'attirer trop près de sa flamme, me subjuguer, me noyer.

Cette fois, je grimace sans retenue.

— Quoi ? dit-elle.

— Abstraction faite de ton salmigondis de métaphores – tu brûles ou tu te noies ? –, c'est totalement idiot. Il t'aimait. Il prenait soin de toi. Cette intensité qui te subjuguait ? C'était de l'amour, Jessica. L'idéal authentique, chose rare en ce monde. Quand il te souriait, tu ressentais une chaleur comme tu n'en avais jamais connu auparavant parce qu'il t'aimait. Tu avais de la chance et tu as tout envoyé bouler. Pas à cause de lui mais parce que, comme bon nombre d'entre nous, tu as le don de te saborder toi-même.

Elle se laisse aller en arrière.

— Alors là… Dis-moi ce que tu penses vraiment à propos de ce qui s'est passé.

— Tu l'as quitté pour un type riche et insipide prénommé Stone. Pourquoi ? Parce que tu avais rencontré le grand amour et que tu as paniqué. Tu ne supportais pas de perdre le contrôle. C'est pour ça que tu l'as fait morfler encore et encore… pour pouvoir reprendre la main. Tu as eu l'occasion de vivre une histoire d'amour grandiose, mais tu as eu peur de la saisir.

Jessica a les yeux humides maintenant. Elle les essuie rapidement avec le pouce et l'index.

— Et si j'essayais de renouer avec lui ?

Je secoue la tête.

— Pourquoi pas ? Tu crois qu'il n'a plus de sentiments pour moi ?

— Impossible. Tu le sais aussi bien que moi. Myron n'est pas comme ça.

— Et toi, Win ?

— Il ne s'agit pas de moi.

— Eh bien, changeons de sujet. Tu n'es plus le même, Win. Autrefois, je vous voyais, Myron et toi, comme le yin et le yang : deux opposés qui se complétaient.

— Et maintenant ?

— Je trouve que tu lui ressembles plus que tu ne l'imagines.

Je ne peux pas m'empêcher de sourire.

— Tu crois que c'est aussi simple ?

— Non, Win. Justement. Ça ne l'est jamais.

Jessica souhaite rentrer à pied seule. Je ne cherche pas à l'en dissuader. En fait, bien que la voiture m'attende, j'en fais autant. Elle prend la direction du sud. Je me dirige vers l'ouest et emprunte la 66e Rue pour traverser Central Park. La soirée est belle, le parc est beau et la promenade m'apaise l'espace de trois minutes peut-être… jusqu'à ce que mon portable se mette à bourdonner. L'appel provient de l'iPhone de Sadie Fisher.

J'ai comme un mauvais pressentiment.

Avant même que j'ouvre la bouche pour la saluer à ma façon coutumière, Sadie siffle :

— Où es-tu ?

Je n'aime pas le ton de sa voix. Je sens de la colère. Et de la peur aussi.

— Je marche dans Central Park. Il y a un problème ?

— Oui. Je suis au bureau. Viens dès que tu peux.

Et elle raccroche.

Je trouve un taxi dans Central Park West. Le trafic est fluide à cette heure-ci. Dix minutes plus tard, je suis de retour dans la tour Lock-Horne sur Park Avenue. Jim est à la réception. Je lui adresse un signe de la tête et me dirige vers mon ascenseur privé. Il est 22 heures passées, mais ce building héberge principalement des organismes financiers, obligés de s'adapter aux horaires des marchés étrangers, sans parler de ceux qui font des heures supplémentaires à rallonge pour décrocher la promotion convoitée. J'appuie sur le bouton du troisième : ce soir, c'est particulier, avec tout le vin que j'ai bu, les images de Jessica Culver qui flottent devant mes yeux et le souvenir de MB Reps – M comme Myron, B comme Bolitar, au grand dam de Myron accablé par son manque d'imagination.

Sadie m'accueille à ma sortie de l'ascenseur, même si son expression manque singulièrement de chaleur.

— Qu'est-ce que tu as fait, Win ?

— Moi aussi, je suis content de te voir, Sadie.

Elle rajuste ses lunettes.

— Est-ce que j'ai l'air d'humeur ?

— Dis-moi ce qui ne va pas.

Je remarque alors que le bureau de la réception est vide, à l'exception d'un carton contenant les affaires de Taft. Elle surprend mon regard et hausse un sourcil.

— J'ai eu de la visite aujourd'hui.

— Ah bon ?

— Ils m'ont coincée dehors, dans la rue. Deux gros malabars.

J'attends la suite.

— Qu'est-ce que tu as fait, Win ?

— Qui étaient-ils ?

— Les frères de Teddy Lyons.

— Ils t'ont menacée ?

— En tout cas, ils ne m'ont pas invitée à aller boire un verre.

— Que t'ont-ils dit ?

— Ils m'ont accusée d'avoir envoyé quelqu'un pour molester Teddy.

— Et qu'as-tu répondu ?

— À ton avis ?

— Que tu n'as rien fait de tel. Question suivante : est-ce qu'ils t'ont crue ?

— Non, Win, ils ne m'ont pas crue.

Elle se rapproche de moi.

— Tu es allé à ce match de basket.

— Comme soixante-dix mille autres personnes.

— Tu as vraiment l'intention de me mentir ?

— Qu'aurais-je fait selon toi, Sadie ?

— C'est ce que je te demande.

— Cela n'a rien à voir avec toi.

— Non, Win, ce n'est pas vrai.

D'un geste, Sadie désigne le bureau vide.

— Taft t'a raconté ce que Teddy Lyons avait fait à Sharyn, hein ?

— Toi aussi.

— C'était après son admission à l'hôpital. Tu sais qu'il ne remarchera peut-être plus jamais ?

— En revanche, il est visiblement en état de parler, dis-je. Du coup, tu as viré Taft ?

— Je ne veux pas de balances dans mon cabinet.

Cela peut se comprendre.

— Dois-je chercher de nouveaux bureaux ?

— C'est toi qui vois.

— Fais un effort, Win. À quoi pensais-tu ?

— Que Sharyn méritait qu'on lui rende justice.

— Tu es sérieux, là ?

Je ne réponds pas.

— Nous respectons la loi, déclare Sadie. Nous travaillons à changer les cœurs et les mentalités… ainsi que la législation.

— Taft m'a dit que Teddy était en train de harceler quelqu'un d'autre.

— C'est possible.

— Il ne va pas s'arrêter simplement parce que tu veux changer les lois.

Je me rends compte que j'ai déjà dit cela. À Vanessa Hogan, en parlant des tueurs de la Cabane des horreurs.

— Tu as donc décidé de prendre les choses en main.

Je n'ai rien à répondre à cela.

— Et maintenant on a ces deux brutes sur le dos.

— Je vais m'occuper d'eux.

— Je ne veux pas que tu t'occupes d'eux.

— Tant pis.

— Est-ce le monde dans lequel tu as envie de vivre ?

Sadie secoue la tête.

— Tu voudrais que les gens se fassent justice eux-mêmes ?

— Les gens ? Ciel, non. Mais moi, oui.

— Tu plaisantes, n'est-ce pas ?

— Je me fie à mon jugement, dis-je, pas à celui de l'homme de la rue.

— Tu nous as fait du tort. Tu comprends ça ? Nous avions une chance de changer…

— Une chance.

— Quoi ?

— Une chance qui n'a pas aidé Sharyn. Et qui n'aurait sans doute pas aidé la prochaine victime de Teddy. J'apprécie ce que tu fais, Sadie. J'ai foi en toi. Tu devrais continuer sans la moindre réserve.

— Et toi, tu continueras à faire ce que tu fais ?

Je hausse les épaules.

— Tu œuvres à l'échelle macroscopique. Ton travail est important.

— Et tu espères quoi… que, grâce à mon travail, le tien deviendra un jour obsolète ?

Je souris sans joie.

— Mon travail ne sera jamais obsolète.

Elle marque une pause pour réfléchir.

— Tu ne peux pas m'espionner.

— Tu as raison.

— Et quoi que tu fasses, cela ne doit concerner ni moi, ni mes clientes.

— Tu as raison.

Elle secoue la tête. À vrai dire, je me suis peut-être trompé. Je ne m'inquiète pas pour Teddy Lyons. Il a eu ce qu'il méritait. Ce n'est pas du vigilantisme, c'est de la prévention. Prenez une cour de récréation. Le petit caïd frappe un élève. Même si l'instituteur est prévenu, même s'il punit le coupable, le caïd de la cour de récré reste le caïd.

Je savais qu'il risquait d'y avoir des retombées, potentiellement désastreuses qui plus est, mais j'ai pesé le pour et le contre et décidé d'agir. Je me suis peut-être planté. Je ne suis pas infaillible.

On ne fait pas d'omelette sans casser des œufs. Et si, par hasard, vous cassez des œufs, autant faire une omelette plutôt que passer l'éponge.

Assez pour les analogies.

— C'est odieux de ta part de m'avoir mise dans ce pétrin.

Sadie ferme les yeux.

— Tu te rends compte de ce que tu as fait ? J'ai étudié le droit. J'ai prêté serment. Je sais que notre système judiciaire n'est pas parfait, mais je crois en lui. Je m'y tiens. Et là, tu m'as forcée à renoncer à mon intégrité et à mes principes.

Elle prend une grande inspiration.

— Je ne suis pas sûre de pouvoir rester ici, Win.

Je ne dis rien.

— Je pourrais mettre fin à notre contrat.

— Réfléchis bien, lui dis-je. Tu as raison. Ta colère…

— Ce n'est pas que de la colère, Win.

— Appelle ça comme tu veux. Colère, déception, désillusion, compromis. C'est justifié. J'ai cru bien faire, mais j'ai peut-être eu tort. Je n'ai pas fini d'apprendre. C'est ma faute. Toutes mes excuses.

Elle a l'air surprise de m'entendre m'excuser. Elle n'est pas la seule, d'ailleurs.

— On fait quoi maintenant ? demande-t-elle.

— Tu as eu l'occasion de parler à ses frères.

— Oui.

— Penses-tu qu'ils vont nous laisser tranquilles ?

Sadie répond doucement :

— Non.

— La mèche est allumée, dis-je. La question est de savoir ce qu'on va en faire.

19

J'aime bien marcher.

La plupart du temps, je me rends au travail à pied. La distance entre mon bureau et mon domicile – de la tour Lock-Horne au Dakota – est de trois kilomètres et quelques qu'on parcourt en une bonne demi-heure en marchant vite. D'ordinaire, je remonte la Cinquième Avenue jusqu'à l'entrée de Central Park en face de l'hôtel Plaza dans la 59e Rue. Je contourne le zoo par la gauche et traverse le parc en diagonale jusqu'à Strawberry Fields, et là je suis chez moi. Le matin, je m'arrête souvent boire un café au Pain quotidien situé au milieu du parc. Les chiens sont en liberté dans cette partie-là et je prends plaisir à les observer. Allez savoir pourquoi. Je n'ai jamais eu de chiens. Peut-être que je devrais en prendre un.

La nuit est tombée et, dans le silence, j'entends mes pas résonner sur le bitume. Les temps ont changé certes, mais, à cette heure-ci, personne ne se balade dans le parc. Je me souviens de ma jeunesse tumultueuse, quand je partais en « tournée nocturne » dans les quartiers les plus chauds de la ville. Comme je l'ai déjà dit, je ne cherche plus les embrouilles dans les rues dites malfamées pour jouer les improbables redresseurs de torts tout en satisfaisant mes propres pulsions. Je fais plus attention où je mets les pieds… même si cette histoire avec Teddy « Big T » Lyons m'a montré que je ne vise pas toujours juste.

J'avoue que les prévisions à long terme, ce n'est pas trop ma tasse de thé.

Je traverse la mosaïque d'Imagine ; devant moi, je distingue déjà les pignons du Dakota. Je pense à trop de choses à la fois – les 6 de Jane Street, le Vermeer, la Cabane des horreurs, Patricia, Jessica – quand j'entends mon portable bourdonner.

C'est encore PP.

— Articulez.

— J'ai trouvé quelques informations concernant la société écran de Strauss. Pour commencer, c'est une SARL nommée Armitage.

Un nom parfait. Qui ne vous apprend rien. Règle numéro un quand on veut créer une société écran anonyme : lui donner un nom qui n'a rien à voir avec ses activités.

— Autre chose ?

— Elle a été immatriculée dans le Delaware.

Rien d'étonnant non plus. Quand on recherche l'anonymat, on a le choix entre trois États : le Nevada, le Wyoming et le Delaware. Comme Philadelphie est très proche du Delaware, les Lockwood ont toujours choisi cette option-là.

— Ce n'est pas une société isolée, ajoute PP.

Là non plus, ce n'est pas une surprise.

— Elle semble faire partie d'un réseau. Tu connais ça mieux que moi : la SARL X possède la SARL Y qui possède la SARL Z qui possède la SARL Armitage. Les chèques proviennent d'un établissement appelé Community Star Bank.

En entendant le nom de la banque, je ralentis le pas. Ma main se crispe sur le téléphone.

— Qui a créé Armitage ?

— Il n'y a pas de nom, tu le sais bien.

— Je veux parler de l'avocat.

— Ne quitte pas.

J'entends un bruissement de papier.

— Le cabinet Duncan et Associés.

Je me fige.

— Win ?

Duncan et Associés, c'est un seul et même homme.

Nigel Duncan, majordome, ami fidèle, avocat inscrit au barreau mais avec un unique client.

En clair, la société écran qui payait les factures de Ry Strauss a été créée par un membre de ma famille.

Je m'apprête à interroger PP sur la date de la création d'Armitage quand quelque chose de dur, genre cric, me heurte latéralement le crâne.

Le reste ne prend que deux ou trois secondes.

Je chancelle, sonné, mais ne tombe pas.

J'entends la voix grêle de PP dans mon téléphone :

— Win ?

Le cric s'abat avec un bruit sourd sur l'autre côté de mon crâne.

Le coup m'ébranle le cerveau. Mon téléphone glisse sur le trottoir. La peau de mon crâne éclate. Je sens un filet de sang couler dans mon oreille.

Ce ne sont pas des chandelles que je vois, mais des éclairs aveuglants.

Un gros bras me serre le cou. Je suis prêt à riposter de manière classique – un coup de boule sur le nez de l'homme derrière moi –, mais son comparse, un type cagoulé, pointe une arme sur mon visage.

— Pas un geste, bordel.

Comme il se tient à distance, même si j'avais été en pleine possession de mes moyens, je n'aurais pas pu le désarmer. J'aurais quand même essayé, mais les coups reçus à la tête m'en rendent incapable. Face à une arme braquée sur vous, il y a deux solutions. La plus évidente consiste à n'opposer aucune résistance. Faire ce qu'on vous demande. C'est une excellente solution si vos agresseurs cherchent seulement à vous dépouiller de votre portefeuille ou de votre montre avant de se fondre dans la nuit. La seconde solution, celle que je pratique habituellement, est de riposter instantanément. Dépasser la paralysie causée par le choc et passer aussitôt à l'attaque. Votre agresseur est pris au dépourvu. Il s'attend à ce que vous obéissiez et vous comportiez rationnellement à la vue de son arme.

Cette seconde option n'est pas dénuée de danger, mais si vous soupçonnez votre assaillant, comme c'est le cas ici, d'en vouloir à votre vie, parmi toutes les mauvaises solutions, c'est celle que je choisirais.

Seulement, pour être opérationnel, vous avez besoin de toutes vos ressources physiques. Or il m'en manque quelques-unes. J'ai du mal à tenir debout. L'obscurité menace de m'engloutir : si je ne me secoue pas, je risque de sombrer complètement.

Je décide donc de ne pas bouger. Pour reprendre une autre métaphore sportive, je m'octroie le temps d'un compte de huit debout en espérant recouvrer mes esprits avant le K-O.

L'homme qui m'étrangle est costaud. Pendant qu'il me plaque contre son torse, j'entends un véhicule freiner dans un crissement de pneus. Mes pieds quittent le sol. Je ne résiste toujours pas et me retrouve projeté à l'arrière de ce que je suppose être une camionnette. Je m'étale de tout mon poids. Mes deux ravisseurs, tous deux cagoulés, sautent à l'intérieur. La camionnette redémarre sur les chapeaux de roues avant même que la portière latérale ne se referme.

Il me reste une seule chance.

Le temps que mes ravisseurs réagissent, je rassemble ce que j'ai de forces en réserve et roule vers la portière qui n'a pas fini de coulisser. J'ai le vague espoir de m'éjecter hors de la camionnette qui prend de la vitesse. Ce n'est pas l'idéal mais je n'ai pas d'autre option. Je me protégerai la tête avec les bras et laisserai le reste de mon corps amortir la chute. Avec un peu de chance, je m'en sortirai avec deux ou trois os brisés.

Ce qui ne serait pas cher payé.

Ma tête et mes épaules pendent hors de la camionnette. Je sens le vent me cingler les yeux, qui se mettent à larmoyer. Je ferme les paupières, rentre le menton et me prépare à percuter le bitume new-yorkais.

En vain.

Une main vigoureuse me saisit par le col et me tire en arrière. Je m'affale comme une poupée de chiffon. Au moment précis où mon dos touche le fond de la camionnette, j'entends la portière claquer. Sous l'effet du contrecoup, mon crâne heurte la paroi métallique.

Encore un choc à la tête.

Je m'écroule, le nez sur le plancher froid.

Quelqu'un me saute dessus et s'assied à califourchon sur mon dos. Je pense me retourner, lui assener un coup de coude, mais je ne suis pas certain d'y arriver.

Il y a autre chose : le pistolet braqué sur mon visage.

— Résiste et je te bute.

À travers le brouillard, je distingue la nuque du conducteur. Mes deux ravisseurs – celui qui est sur mon dos et celui qui pointe son arme sur moi – n'ont pas retiré leurs cagoules. Ce qui est plutôt bon signe. S'ils avaient l'intention de me tuer, ils ne prendraient pas la peine de dissimuler leurs visages.

L'homme assis sur moi entreprend de me fouiller. Je ne bouge pas ; je voudrais en profiter pour reprendre mon souffle. La douleur, je peux gérer. L'étourdissement provoqué par la commotion, c'est une autre paire de manches.

Il trouve mon Wilson Combat 1911 dans son holster, le sort et le vide de ses munitions, histoire que je ne puisse pas m'en servir même si j'arrivais à le récupérer.

L'autre, l'homme armé, dit :

— Vérifie ses mollets.

Il s'exécute. Et, au bout d'un moment, finit par mettre la main sur mon petit Sig P365 dans son holster de cheville. Il le brandit devant mes yeux embrumés et là encore le vide de ses munitions. Toujours à cheval sur mon dos, il se penche vers mon visage – je sens la laine de sa cagoule sur ma joue – et chuchote d'une voix rauque :

— Il y en a d'autres ?

Si j'avais les idées claires, je pourrais le mordre, tellement il est proche. Je pourrais le mordre à travers l'étoffe, lui arracher un morceau de joue, me retourner et le propulser en direction de l'homme armé pour parer à un tir éventuel.

— N'y pense même pas, lâche le type armé.

Il a dit ça d'un ton nonchalant, faisant un pas de côté pour empêcher la manœuvre qui vient de me traverser l'esprit.

Conclusion : ce type-là est fort. Et entraîné. Un paramilitaire peut-être. Il se tient suffisamment loin ; même si j'étais à cent pour cent de mes capacités, je n'aurais aucune chance.

L'homme assis sur moi est plus costaud – plus musclé, plus baraqué –, mais le plus dangereux des deux, c'est l'autre.

Je reste immobile. J'essaie de remettre de l'ordre dans mes idées, mais ça ne marche pas. Je me sens perdu, déphasé.

Soudain, le type qui me plaque au sol m'envoie un coup dans le rein.

C'est comme une bombe qui explose, des lames de rasoir incandescentes qui sectionnent mes organes internes. La douleur me paralyse, irradie à travers tout mon être ; j'ai envie de mourir pour ne plus souffrir.

L'homme se relève, me laisse agoniser sur le plancher. Je roule contre le dossier du siège avant et me tourne vers mes ravisseurs.

Lorsqu'ils retirent leurs cagoules, je pense à deux choses en même temps… et ces pensées n'ont rien de plaisant.

Primo, s'ils me montrent leurs visages, c'est que, finalement, ils veulent me tuer.

Secundo, parce que la ressemblance est flagrante, ce sont les frères de Teddy « Big T » Lyons.

J'essaie de ne pas bouger car le moindre mouvement est un supplice. J'essaie de ne pas respirer parce que… bref, pour la même raison. Je ferme les yeux pour leur faire croire que j'ai perdu connaissance. Il n'y a rien d'autre à faire pour l'instant. J'ai besoin de temps pour préparer une riposte en évitant autant que faire se peut de subir de nouvelles violences.

Quel genre de riposte ? Je n'en ai pas la moindre idée.

— Allez, qu'on en finisse, dit le frère costaud à l'autre, celui qui est armé.

Ce dernier hoche la tête et pointe son pistolet sur moi.

— Attendez, dis-je.

— Non.

Je repense à un épisode similaire, quand Myron s'était retrouvé à l'arrière d'une camionnette comme celle-ci et qu'il avait demandé à son agresseur d'attendre. L'homme aussi avait répondu non. Sauf que je les suivais dans ma voiture et que j'entendais tout par l'intermédiaire du portable de Myron. Lorsque j'avais compris que Myron ne s'en sortirait pas par la négociation, j'avais appuyé sur l'accélérateur et jeté ma voiture contre la camionnette.

C'est drôle, les souvenirs qui vous reviennent lors de moments de crise.

Je bafouille :

— Un million de dollars pour chacun de vous.

Ils marquent une pause.

Le costaud répond d'un ton geignard :

— Tu as abîmé notre frère.

— Et lui a abîmé ma sœur.

Ils échangent un coup d'œil. Mon mensonge, à moins de le prendre au sens large, genre nous sommes tous frères, les fait hésiter. Tout comme mon offre d'un million de dollars chacun. C'est ce qu'il me faut : gagner du temps. Je n'ai pas le choix.

— Sharyn est ta sœur ? demande le costaud.

— Non, Bobby, soupire le type armé.

— Elle est à l'hôpital, dis-je. Votre frère a fait du mal à beaucoup de femmes.

— De la merde. Elles mentent, ces salopes.

— Bobby...

— Non, frangin, il faut qu'il sache avant de crever. Ces salopes, elles courent toutes après Teddy. C'est un beau gars. Alors elles veulent lui mettre le grappin dessus. Se faire passer la bague au doigt. Sauf que Teddy est – ou était avant de se faire attaquer par surprise comme une grosse bouse – un charmeur. Il n'a pas envie de se ranger. Du coup, comme elles n'obtiennent pas ce qu'elles veulent, elles se plaignent. Mais, si elles se plaignent, pourquoi elles sortent avec lui ? Personne ne les y oblige.

— Je ne l'ai pas attaqué par surprise, dis-je.

— Quoi ?

— Vous dites – je cite – que je l'ai « attaqué par surprise comme une grosse bouse ». C'est faux. On s'est battus d'homme à homme. Et il a perdu.

Le gros Bobby renifle avec dédain.

— C'est ça. Non, mais regarde-toi.

— On pourrait régler ça de la même façon, dis-je.

— Comment ?

— On arrête la camionnette dans un endroit tranquille. Vous savez que je ne suis pas armé. C'est entre vous et moi, Bobby. Si je gagne, je suis libre. Si vous gagnez, eh bien, je suis mort.

Bobby le tas de muscles se tourne vers son frère armé.

— Trey ?

— Non.

— Oh, allez. Laisse-moi lui arracher la tête et lui chier dans le cou.

Trey ne me lâche pas du regard. Il n'est pas dupe. Il sait ce que je suis.

— Non.

— Et le million de dollars ? demande Bobby.

Ma vision est toujours floue. Je suis étourdi et j'ai mal. Ça ne va guère mieux que tout à l'heure.

— Il nous ment, Bobby. Le million de dollars, on ne l'aura jamais.

— Mais…

— Il ne peut pas nous laisser vivre, dit Trey, tout comme nous, on ne peut pas lui laisser la vie sauve. Dès qu'il sera libre, il voudra nous faire payer pour ce qu'on lui a fait. On devra rester sur le qui-vive jusqu'à la fin de nos jours. Il remuera ciel et terre pour nous retrouver.

— Mais on peut toujours essayer de récupérer le pognon, non ? Il n'a qu'à envoyer un ordre ou un truc comme ça. Puis on lui met une balle entre les deux yeux.

Lorsque Trey secoue la tête, je comprends que je suis à court de temps et de solutions.

— Tout a été décidé au moment où on l'a chopé, Bobby. C'est lui ou nous.

Trey a raison, bien sûr. Aucun de nous ne peut laisser la vie sauve à l'autre. Il y a trop d'inconnues en jeu. Je n'aurai jamais la certitude qu'ils ne reviendront pas s'en prendre à moi.

Quelqu'un doit mourir.

Nous traversons le pont George-Washington et filons vers l'intersection entre la route 80 et la route 95.

J'aurais sincèrement voulu avoir un meilleur plan, quelque chose de moins brutal, moins primitif, moins laid. Les chances que ça marche sont maigres, je le confesse, mais si je les laisse faire je suis à deux doigts de la mort.

C'est maintenant ou jamais.

Je baisse les épaules comme si je capitulais.

— Je vais vous avouer une chose, dis-je.

Ils se détendent légèrement. J'ignore si ça va aider. Mais, à ce stade, c'est ma seule option.

Si je m'attaque à Bobby, Trey m'abattra.

Si je m'attaque à Trey, Bobby me massacrera.

Mais, si je m'attaque au conducteur, j'ai peut-être une chance.

Sans prévenir, je pousse un hurlement à vous glacer le sang. Il se répercute douloureusement à travers mon crâne.

Je m'en moque.

Les deux frères, comme je m'y attendais, reculent par réflexe, croyant que je vais bondir sur eux.

Eh bien, non.

Je pivote vers le conducteur.

Mon plan est rudimentaire, basique et bancal. En tout état de cause, je n'en sortirai pas indemne.

Trey a toujours son pistolet. Il a été surpris, certes, mais il s'est vite ressaisi. Il presse la détente.

J'espère que la soudaineté de mon passage à l'acte va dévier son tir.

C'est bien ce qui arrive. Mais pas complètement.

La balle m'atteint à l'omoplate. Sans m'arrêter pour autant dans mon élan. Je garde une fine lame de rasoir dans ma manchette droite. Bobby ne l'a pas trouvée lors de sa fouille. En général, personne ne la trouve. Elle jaillit le long de mon poignet et, tandis que le conducteur roule à cent quatorze kilomètres à l'heure – je vois les chiffres s'afficher en grand sur le tableau de bord –, je lui tranche la gorge.

La camionnette fait une brusque embardée. Le sang gicle de l'artère, maculant le pare-brise. Je sens le contenu tiède de son cou – tissus, cartilage, encore du sang – se déverser dans ma main. Mon bras gauche s'insinue sous sa ceinture de sécurité pour amortir le choc à venir.

J'entends une nouvelle détonation.

La balle frôle mon épaule avant d'exploser le pare-brise. J'attrape le volant et le tourne. La camionnette quitte la route et vacille sur deux roues.

Je ferme les yeux et me cramponne tandis qu'elle fait un tonneau, un autre, et s'écrase contre un poteau.

Puis c'est le noir.

20

Tous les super-héros ont une histoire. Les gens normaux aussi, d'ailleurs. Alors voici la version abrégée de la mienne.

J'ai grandi dans un monde de privilèges. Cela, vous le savez déjà. Tout comme le fait que chaque être humain est jugé a priori sur son apparence physique. Ce n'est pas vraiment une révélation, et je ne suis pas en train de me comparer ou de me trouver plus mal loti que d'autres. C'est ce qu'on appellerait une « fausse équivalence ». Simplement, la plupart des gens me prennent en grippe dès le premier regard. Ils voient les boucles blondes, le teint rubicond, les traits délicats, l'expression hautaine – ils flairent les effluves immanquables d'une vieille fortune qui se dégagent de chacun de mes gestes – et ils pensent : prétentieux, snob, élitiste, fainéant, cynique, un bon à rien injustement gâté, né non seulement avec une cuillère en argent dans la bouche, mais avec toute une ménagère de quarante-huit pièces plus un jeu de couteaux à steak en titane.

Je les comprends. Il m'arrive d'éprouver la même chose à l'égard de ceux qui peuplent ma sphère socio-économique.

En me voyant, vous avez l'impression que je vous regarde de haut. Cela vous inspire un sentiment de rancœur et d'envie. Tous vos échecs, réels ou ressentis comme tels, alimentent votre agressivité envers moi.

Pire que ça, j'ai l'air d'une proie facile, douillette, pomponnée.

Ce qu'on appelle communément une tête à claques.

Inévitablement, cela m'a valu nombre de vilains incidents dans mon enfance. Pour faire court, je ne vous en citerai qu'un seul. Durant une visite au zoo de Philadelphie, à 10 ans, avec mon blazer bleu à l'écusson de mon école cousu sur la poche de poitrine, je me suis éloigné de ma petite troupe de nantis. Un groupe d'élèves des quartiers populaires – prenez ça dans le sens que vous voulez – m'a encerclé, s'est moqué de moi, avant de me tabasser en bonne et due forme. J'ai fini à l'hôpital où j'ai passé quelque temps dans le coma et, ironie du sort, failli perdre le rein que Bobby Lyons a pilonné tout récemment.

J'ai souffert dans ma chair, mais, le plus terrible, c'était la honte éprouvée par ce petit garçon de 10 ans, terrifié et impuissant.

J'avais décidé de ne plus jamais vivre ça.

De deux choses l'une : je pouvais, sur l'insistance de mon père, « rester parmi les miens », bien à l'abri derrière le portail en fer forgé et les haies taillées au cordeau, ou je pouvais réagir.

Vous connaissez la suite. Ou vous croyez la connaître. Les humains, comme l'a souligné Sadie, sont des êtres complexes. J'avais les moyens financiers, la motivation, l'expérience traumatique, les facultés innées, la prédisposition et, peut-être, en étant vraiment honnête avec moi-même, une case en moins (ou un mécanisme de survie primitif ?) me permettant non seulement de profiter, mais de jouir de la violence.

Prenez tous ces ingrédients, mettez-les dans un mixeur, et me voici.

Inconscient. Dans un lit d'hôpital.

J'ignore depuis combien de temps je suis ici. Je ne sais pas si je l'ai rêvé, mais, à un moment, j'ai ouvert les yeux et vu Myron assis à mon chevet. J'ai fait pareil pour lui quand nous l'avons ramassé sur le trottoir, après qu'il avait été torturé par notre propre gouvernement. À d'autres moments, j'entends des voix – mon père, ma fille biologique, ma défunte mère –, mais comme l'une de ces voix ne peut être réelle, peut-être que j'ai imaginé aussi le reste.

En tout cas, je suis vivant.

Conformément à mon « plan » – j'emploie ce terme au sens large –, j'ai réussi à me glisser en grande partie sous la ceinture de sécurité du conducteur juste avant le choc. Elle m'a retenu au moment de l'impact. Je ne connais pas le sort des deux frères de Teddy. Je ne sais pas combien d'heures ni de jours se sont écoulés depuis l'accident.

Tandis que je commence à refaire surface, je laisse mon esprit vagabonder. J'ai déjà assemblé certaines pièces du puzzle, du moins j'en ai l'impression. C'est difficile à dire. La plupart du temps, je suis dans les vapes, si c'est ainsi qu'on nomme cet état de semi-conscience, et mes prétendues hypothèses concernant Armitage, le cambriolage de la banque, l'assassinat de Ry Strauss peuvent sembler plausibles, mais aussi, comme dans n'importe quel rêve, partir en fumée dès mon réveil.

J'arrive à un stade où je sens poindre la conscience et, en même temps, j'hésite. Je ne sais pas pourquoi. Ce doit être l'épuisement, une lassitude si pesante que le simple fait d'ouvrir les yeux me paraît au-dessus de mes forces. J'ai le sentiment d'être enlisé dans un de ces rêves où l'on court dans une neige profonde et où l'on n'avance pas.

J'essaie également de tendre l'oreille pour comprendre ce qui se passe, mais les voix sont étouffées, inaudibles comme les parents de Charlie Brown ou l'équivalent auditif d'un rideau de douche.

Lorsque, finalement, je parviens à ouvrir les yeux, ce n'est pas un membre de ma famille qui est assis à mon chevet, ni Myron, ni Esperanza, ni Big Cyndi. C'est Sadie Fisher. Elle se penche vers moi – si près que je sens l'odeur de son shampooing au lilas – et chuchote :

— Pas un mot à la police tant qu'on ne s'est pas parlé.

Puis elle crie :

— Je crois qu'il est réveillé.

Elle s'éloigne pour céder la place au personnel soignant. On vérifie mes constantes et on me donne des pastilles de glace pour la soif. Au bout d'une minute ou deux, je réussis à répondre à leurs questions simples concernant mon état. On m'annonce que j'ai subi un traumatisme crânien, que la balle n'a touché aucun organe vital et que tout ira bien. Après quelque temps, on me demande si j'ai des questions. Je croise le regard de Sadie. Elle secoue imperceptiblement la tête. Du coup, j'en fais autant.

Une heure plus tard peut-être – le temps est difficile à évaluer –, je suis assis dans mon lit. Sadie fait son possible pour vider la chambre. Le personnel obtempère à contrecœur. Une fois qu'ils sont partis, elle sort une petite enceinte de son sac, pianote sur son téléphone, et une musique forte envahit la pièce.

— Au cas où les murs auraient des oreilles, me glisse-t-elle.

Je demande :

— Ça fait combien de temps que je suis là ?

— Quatre jours.

Elle rapproche une chaise.

— Dis-moi ce qui s'est passé. Depuis le début.

Je m'exécute, malgré les médicaments qui me plongent dans un état semi-conscient. Elle m'écoute sans m'interrompre. Je marque une pause dans mon récit pour réclamer d'autres pastilles de glace. Elle les verse dans ma bouche.

À la fin, Sadie me dit :

— Le conducteur, comme tu le sais déjà, est mort. Ainsi que l'un des agresseurs, Robert Lyons. Il est passé à travers le pare-brise au moment du choc. L'autre frère – Trey – s'en est tiré avec quelques fractures, mais comme il n'y avait pas assez de charges contre lui il est parti en « convalescence » chez lui en Pennsylvanie.

— Qu'est-ce qu'il a fourni comme explication ?

— M. Lyons préfère ne pas s'exprimer pour le moment.

— Et la police, elle en pense quoi ?

— Je n'en sais rien, sinon que, d'après leurs déductions, c'est toi qui as égorgé le conducteur. Ils ont des preuves : la position de ton corps derrière le cadavre, la lame cachée dans ta manche, le sang sur tes mains, tout ça. Ce n'est peut-être pas suffisant pour te présenter à un juge, mais le fait que les flics savent, c'est déjà assez.

— Tu leur as dit que les frères t'avaient menacée ?

— Pas encore. Il sera toujours temps de le faire. Si je le leur dis maintenant, ils voudront savoir pourquoi ils m'ont menacée. Tu comprends ?

Je comprends.

— Les flics font déjà le rapprochement entre ce qui est arrivé à Teddy Lyons dans l'Indiana et ce qui s'est passé dans la camionnette. Tu es mon client… je ne vais pas les aider.

Logique.

— Que me conseilles-tu ?

— La police veut prendre ta déposition. J'ai refusé.

— J'ai déjà tout oublié. Le traumatisme crânien, vois-tu.

— Et tu es encore trop faible pour qu'on t'interroge, ajoute Sadie.

— C'est vrai, même si je tiens à sortir d'ici le plus vite possible. Je récupérerai mieux chez moi.

— Je vais voir ce que je peux faire.

Sadie se lève.

— On est restés discrets, Win. Pas un mot à la presse.

— Merci.

— Il y a d'autres personnes qui voulaient rester à ton chevet. Je les en ai dissuadées car il fallait que je te parle d'abord. Tout le monde a compris.

Je hoche la tête. Sans poser de questions. Peu m'importe de savoir de qui il s'agit.

— Je te remercie, lui dis-je. Maintenant, sors-moi de là.

Mais bien entendu, ce n'est pas aussi simple.

Deux jours plus tard, on me transfère des soins intensifs dans une chambre particulière. C'est là, à 3 heures du matin, tandis que je flotte béatement entre la morphine et le sommeil, que je sens plus que je n'entends s'ouvrir la porte de la chambre.

A priori, cela n'a rien d'anormal. Quiconque a subi un séjour prolongé à l'hôpital sait qu'on vous pique et vous palpe à des heures indues, comme si l'objet de ces intrusions était de vous priver du sommeil paradoxal. Pour reprendre la métaphore du super-héros, c'est peut-être mon sixième sens qui m'alerte, mais je sais que l'intrus n'appartient pas au monde médical.

Je ne bouge pas d'un cil. Je ne suis pas armé, ce qui est une bêtise. Je n'ai pas non plus mes réflexes habituels, ni la force ni le timing. J'entrouvre précautionneusement les yeux, mais, entre les médicaments et l'heure tardive, j'ai l'impression de regarder à travers de la gaze.

Cependant, je perçois un mouvement.

Je pourrais sans doute ouvrir les yeux plus grand, mais je ne veux pas que mon visiteur nocturne s'aperçoive que je suis réveillé.

Je distingue malgré tout la silhouette d'un homme. Mon sang ne fait qu'un tour.

Trey Lyons ?

Mais non, l'homme est trop baraqué. Il reste sur le pas de la porte. Je sens son regard sur moi. Et je me demande que faire.

La sonnette.

Bien sûr, il y en a une dans chaque chambre d'hôpital, mais, comme je n'aime pas appeler au secours, je n'ai pas vraiment écouté les explications de l'infirmière. N'a-t-elle pas enroulé le cordon autour de la barre du lit ? Il me semble que si. À ma gauche ou à ma droite ?

Gauche.

Caché sous les couvertures, j'essaie d'approcher la main de la sonnette sans être vu.

— Ne faites pas ça, Win, dit une voix masculine.

Au temps pour moi. J'ouvre les yeux. Ma vision est toujours floue et l'éclairage est faible mais je vois l'homme, une vraie armoire à glace, à l'entrée de la chambre. Je remarque une longue barbe et une sorte de casquette perchée au sommet de son crâne. Une autre personne – cheveux gris coiffés en arrière, costume chic – entre dans la pièce. C'est elle qui m'a déconseillé de sonner l'infirmière. Mon visiteur hoche la tête ; le grand costaud sort et referme la porte. L'homme aux cheveux gris attrape une chaise et s'assied à côté de moi.

— Vous savez qui je suis ? demande-t-il.

— Ma marraine la fée ?

Ce n'est pas terrible comme repartie, mais mon visiteur sourit.

— Mon nom est Leo Staunch.

Je l'avais déjà deviné.

— Mes hommes vous ont suivi.

— Oui, je sais.

— Vous avez vite fait de les repérer.

— Des amateurs, dis-je. C'en est presque vexant.

— Toutes mes excuses, répond Staunch. Pourquoi vous intéressez-vous à Ry Strauss ?

— On a trouvé mon tableau chez lui.

— Oui, nous sommes au courant. Mais à part ça ?

— C'est tout.

— Donc vous fouinez partout juste à cause d'un tableau volé ?

— Oui, juste à cause d'un tableau volé. Au fait, vous avez bien employé le mot « fouiner » ?

Il sourit, se penche vers moi.

— Nous connaissons votre réputation, murmure-t-il.

— Ah oui, laquelle ?

— On vous décrit comme un cinglé, un dangereux psychopathe.

— Et rien sur mon physique de rêve ni mon charisme surnaturel ?

Je me rends bien compte que mes faibles tentatives pour plaisanter peuvent paraître déplacées. Mais, si vous me trouvez pathétique, il va falloir que je vous présente Myron. Cette attitude a cependant un sens. Ne jamais montrer sa peur. Jamais. Ma réputation, que je cultive soigneusement, est celle d'un détraqué. C'est délibéré. Lancer des vannes dans un moment comme celui-ci prouve à votre adversaire que vous ne cédez pas facilement à l'intimidation.

Staunch rapproche légèrement sa chaise.

— Vous cherchez Arlo Sugarman, n'est-ce pas ?

Plutôt que de répondre, je lui demande :

— C'est vous qui avez tué Ry Strauss ?

Comme il fallait s'y attendre, il rétorque :

— C'est moi qui pose les questions.

— Ça ne marche pas dans les deux sens ?

Dieu sait pourquoi, ma boutade a l'air de lui plaire.

— Je n'ai rien à voir avec l'assassinat de Ry Strauss, même si je ne peux pas dire que je le déplore.

J'essaie de déchiffrer son expression. En vain.

— Vous savez qu'ils ont tué ma sœur, hein ? dit Staunch.

— Oui.

— Alors où est Arlo Sugarman ?

— Pourquoi ? dis-je.

Son regard se voile.

— Vous savez pourquoi.

— Et pourtant, poursuis-je, vous voulez me faire croire que vous n'avez rien à voir avec la mort de Ry Strauss ?

— Vous ne venez pas de me dire que, pour vous, c'est juste une affaire de tableau volé ?

— C'est vrai.

Leo Staunch lève les paumes au ciel et hausse les épaules.

— Donc, vous vous fichez royalement de savoir qui a tué Strauss, non ?

Un point pour lui.

S'ensuit un temps de silence. J'entends biper au loin. Je me demande comment ils ont fait pour entrer, mais pour quelqu'un comme Leo Staunch contourner la surveillance dans un hôpital doit être un jeu d'enfant.

Lorsqu'il reprend la parole, je sens la détresse dans sa voix.

— C'était mon unique sœur. Vous comprenez ça ?

Je me tais.

— Sophia avait toute la vie devant elle. Notre pauvre mère, jusque-là la plus heureuse des femmes, a pleuré tous les jours qu'il lui restait à vivre. Tous… les… jours.

Pendant trente ans. Quand maman est morte, la seule chose qu'on disait à l'enterrement, c'est : « Au moins, elle a enfin retrouvé sa Sophia. »

Il me regarde.

— Vous y croyez, vous ? Que ma mère et ma sœur se soient retrouvées quelque part ?

— Non, dis-je.

— Moi non plus. Il n'y a que l'ici et maintenant.

Staunch se redresse et pose sa main sur mon avant-bras.

— Je vous le demande encore une fois. Savez-vous où est Arlo Sugarman ?

— Non.

La porte s'ouvre et le type baraqué jette un œil à l'intérieur. Leo Staunch hoche la tête et se lève.

— Quand vous l'aurez trouvé, je veux en être le premier informé.

Ce n'est pas une requête.

— Pourquoi Sugarman ? dis-je. Vous faites quoi des autres ?

Staunch s'approche de la porte.

— Comme je l'ai déjà dit, je connais votre réputation. Si on va à l'affrontement, plusieurs de mes hommes risquent d'y laisser leur peau. Mais la casse, ça ne me gêne pas. Je vous déconseille de me doubler, Win. Ça pourrait vous coûter très cher.

21

Trois jours plus tard, je suis transporté par hélicoptère au manoir Lockwood.

Je vais mieux certes, mais force est de reconnaître que je suis loin d'avoir totalement récupéré. Je dois être entre soixante-cinq et soixante-dix pour cent de mes facultés, mais, par modestie, je ne dirai pas que, même à soixante-cinq pour cent, je reste une arme de destruction massive.

Nigel Duncan m'accueille d'un :

— Tu as meilleure mine que je ne l'aurais cru.

Je réponds :

— Enchanté.

Mais nous n'avons pas de temps à perdre.

— Parle-moi de la société Armitage.

Nous marchons vers la maison en silence.

— Nigel ?

— J'ai entendu.

— Et ?

— Je n'ai rien à te dire. Même pas que je ne vois pas de quoi tu veux parler.

— Loyal jusqu'au bout.

— Ce n'est pas une question de loyauté. C'est la loi.

— Secret professionnel ?
— Exactement.
— Désolé, mais ça ne va pas le faire. Tu apparais déjà en tant qu'avocat de la société.
— Moi ?
— Duncan et Associés.
— Il doit y avoir d'autres cabinets qui portent ce nom-là.
— Connais-tu le bénéficiaire de la SARL ?
Le manoir se dresse devant nous, imposant et sinistre. C'est l'effet qu'il me fait depuis mon enfance. Chaque demeure est un monde en soi. Je dévisage Nigel. Il serre les dents. Ses bajoues ballottent à chacun de ses pas.
— Ry Strauss, dis-je. Elle payait ses factures.
Le visage de Nigel reste de marbre.
— Je veux que tu m'expliques.
— Non, Win. Même si j'étais au courant – encore une fois, ça reste une supposition –, je ne pourrais rien te dire.
— Cela pourrait être lié au meurtre d'oncle Aldrich. Et à l'enlèvement de Patricia. On tient peut-être la clé de la Cabane des horreurs. Ça nous permettrait de sauver des vies.
Il sourit presque.
— Sauver des vies ?
— Oui.
— D'habitude, tu n'es pas aussi emphatique.
— Je n'ai pas changé.
— Ah, Win, je t'aime. Je t'ai aimé toute ma vie.
Il s'arrête, se tourne brièvement vers moi.
— Mais si tu veux mon avis, reste en dehors de tout ça.
— Je n'en veux pas.
— De quoi ?
— De ton avis.
Nigel baisse la tête et sourit.

— Tu joues les justiciers, Win, mais tu laisses toujours des dommages collatéraux dans ton sillage.

— La plupart du temps, c'est inévitable.

— Peut-être. C'est pour ça que, en toutes circonstances, je m'en tiens à la loi.

— Même si ça provoque encore plus de dommages collatéraux ?

— Même.

— Je peux toujours cuisiner mon père à ce sujet.

— Tu peux, oui.

— Je suppose que c'est Windsor II qui a créé cette société écran.

— Suppose ce que tu veux, Win.

— Où est-il ?

— Sur le terrain de golf.

— Donc il va bien.

Nigel ne mord pas à l'hameçon.

— Je t'ai préparé la suite dans l'aile est. Nous avons du personnel médical et un kiné à disposition, si tu en as besoin.

Ses yeux sont humides.

— Je suis content de te voir en forme après cette épreuve, mais, si tu continues, un de ces jours…

Sur ce, il tourne les talons. Je monte dans ma chambre et défais mes bagages. Par la fenêtre latérale, j'aperçois le practice de golf… un parcours limité consistant à taper à cinquante mètres du trou. Il y a là un green réglementaire avec plusieurs trous pour s'entraîner au putting. Et un bunker pour apprendre à jouer sur du sable. Tout autour, l'herbe est tondue à des hauteurs variables pour reproduire les coups roulés depuis le rough.

J'enfile un pantalon de golf et un polo avec le fameux logo du Merion Golf Club : une broche surmontée d'un panier en osier au lieu du drapeau habituel. Je vais vous révéler un secret que la plupart des gens ignorent. Plusieurs fabricants de clubs haut de gamme – Merion, Augusta, Pine Valley – vendent des polos et autres produits dérivés aux visiteurs : c'est un business florissant, mais si le nom du club est inscrit sous le logo, cela signifie que vous êtes un touriste. S'il n'y a que le logo, comme sur mon polo, cela indique votre appartenance officielle au club.

Les différences de classes... Elles sont partout.

Il y a une paire de chaussures de golf dans le placard. Je glisse mes pieds dedans et rejoins mon père qui travaille ses chips à vingt mètres de distance. Il tourne la tête et me sourit. Nous ne nous saluons pas. C'est comme ça, le golf. Les mots sont superflus. J'attrape un wedge Vokey ouvert à soixante degrés.

Mon père tape le premier, attaquant une de nos interminables parties de « Qui se rapprochera le plus du trou ». Dans sa jeunesse, papa a été un golfeur hors pair. Il a remporté la coupe Paterson, principal prix amateur de Philadelphie, alors qu'il n'avait que 21 ans. Son jeu s'est détérioré avec les années, mais il a gardé sa touche légère comme une plume. Il utilise son vieux pitching wedge Callaway. Ses chips maintiennent la balle à une hauteur de vol basse. Elle atterrit en bord de green, suit la trajectoire et s'arrête à cinquante centimètres du trou.

Le Merion Golf Club se situe à deux pas du domaine. Mon père et moi y allions à pied avec nos sacs de transport à l'épaule. C'est là que nous jouions. Mes meilleurs souvenirs d'enfance tournent autour du terrain de golf, essentiellement avec mon père. On s'adressait rarement la parole. Ce n'était pas nécessaire. Je dois à mon père et au golf quelques-unes de mes leçons de vie : la patience, les échecs, l'humilité, le dévouement, le fair-play, l'entraînement, les petites améliorations, les faux pas, les erreurs de jugement, le destin, faire au mieux sans obtenir le résultat escompté… le tout sans prononcer un mot.

On peut aimer le jeu, mais, comme dans la vie, personne – personne – ne s'en sort indemne.

C'est à moi. J'ouvre mon club au maximum pour obtenir une trajectoire haute… ce qu'on appelle communément un coup lobé. La balle s'envole et retombe en douceur avec très peu de roulement. Elle termine sa course de quinze centimètres plus près du trou. Mon père sourit.

— Joli.

— Merci.

— Néanmoins, le roulé est un coup de dosage, me rappelle-t-il. Le lobé, c'est parfait à l'entraînement. Mais sur un parcours, quand la pression monte, c'est un coup risqué.

Il ne me demande pas comment je vais ; en même temps, j'ignore s'il est au courant de ma mésaventure dans la camionnette. Je doute que Nigel lui en ait parlé.

— Tu veux réessayer ? me propose-t-il.

— Bien sûr.

Puis :

— J'ai demandé à Patricia pourquoi tu avais coupé les ponts avec oncle Aldrich.

Son sourire s'efface. À l'aide de son pitching wedge, il ramasse une nouvelle balle et se met en position pour son chip.

— Qu'est-ce qu'elle t'a dit ?

— Qu'il a été pris en flagrant délit de voyeurisme à la fête de ses 16 ans.

Papa hoche la tête avec lenteur.

— Que t'a-t-elle raconté exactement ?

Je lui répète le récit de Patricia. Tout en poursuivant la partie. Le green d'entraînement compte six trous, de sorte qu'on n'a pas besoin de jouer le même coup deux fois. Papa n'est pas pour. « On ne joue jamais deux fois le même coup sur un parcours, me dirait-il. Pourquoi le ferait-on sur un practice ? »

— Donc, dit mon père après m'avoir écouté, ta cousine t'a expliqué que le père d'Ashley Wright était venu me voir.

— Oui.

— Carson Wright et moi, on est amis depuis nos 12 ans. On a joué ensemble chez les juniors.

— Je sais.

— C'est un homme respectable.

Je n'ai pas d'avis là-dessus, mais je veux l'inciter à parler.

— OK, dis-je.

— Ça n'a pas été facile pour Carson.

— Quoi donc ?

— De venir ici. À la maison. Pour me raconter toute l'affaire.

— À savoir ?

— Ton oncle n'était pas seulement un voyeur.

Papa exécute un swing complet, vérifie la position de son poignet et suit la balle des yeux.

— Je ne sais pas comment on appelle ça aujourd'hui. Pédophilie. Abus sexuels. Relations inappropriées. Quand ça a commencé, Aldrich avait 40 ans. Ashley, 15. Et si tu veux le défendre…

— Pas du tout.

— À l'époque, ça ne choquait pas vraiment. Tu as 16 ans, tu es belle, tu es à moi. *Young girl, get out of my mind…*

— Donc, Carson Wright est venu te voir.

J'essaie de le remettre sur les rails.

— Oui.

— Et que t'a-t-il dit ?

— Que quelques mois avant la fête, alors que ton oncle ne répondait pas à ses appels, sa fille Ashley a avalé des cachets. Elle a dû subir un lavage d'estomac.

— Et elle est quand même venue à l'anniversaire ?

— Oui.

— Pourquoi ?

— Tu ne le sais pas ?

J'attends.

— Les convenances, Win. C'était comme ça en ce temps-là.

— On balaie la poussière sous le tapis ?

Mon père grimace.

— Je n'ai jamais aimé cette métaphore. Disons qu'on passe au-dessus. On l'enfouit profondément pour que personne ne puisse l'exhumer.

— Sauf que ça n'a pas fonctionné.

— Pas ce soir-là, non.

— Alors, qu'as-tu fait après la visite de Carson ?

— J'ai pris Aldrich entre quatre yeux. Et la situation a dégénéré.

— Il a nié ?

— Il a toujours nié.

— Toujours ?

— Ce n'était pas la première fois, répond mon père.

J'attends. Mon père se tourne vers moi. Et attend, lui aussi. On a déjà joué à ce jeu-là auparavant.

Je lui demande :

— Combien il y en a eu en tout ?

— Je ne peux pas te donner de chiffre. Chaque fois qu'il y avait un problème, on l'expédiait ailleurs. C'est pour ça qu'il n'est pas resté à Haverford comme nous tous.

— Je croyais qu'il avait choisi New York pour marquer sa différence.

— Non. Ton oncle a commencé ses études à Haverford. Mais il y a eu un incident avec la fille d'un professeur âgée de 14 ans. Pas de sexe… Aldrich l'a juste photographiée en petite tenue. On a versé de l'argent…

— Tu veux dire que vous avez soudoyé son père.

— Si tu tiens à le formuler aussi crûment, soit. On a payé, et Aldrich a été envoyé à New York. Ce n'est qu'un exemple.

— Tu en as d'autres ?

— Ta tante Aline.

— Ah bon ?

Mais, au fond, je le savais déjà.

— Quand Aldrich est rentré avec elle du Brésil, il nous a dit qu'elle était institutrice et enseignait à l'école que la famille avait fondée. Nous avons vérifié. Elle n'était pas institutrice. C'était une élève. Pas la première qu'il ait dorlotée, juste sa préférée. Nous pensons qu'Aline avait 14 ou 15 ans quand il l'a ramenée à la maison… mais notre enquêteur n'a pas su l'établir avec certitude.

Je reste calme. Je m'abstiens de poser des questions stupides du genre : pourquoi personne ne l'a dénoncé ? Nous sommes une famille puissante. Comme l'a dit mon père, « On a versé de l'argent », mais rarement sans y associer des menaces plus ou moins voilées. Et comme il l'a fait remarquer, c'était une autre époque. Ceci n'excuse pas cela. C'est simplement pour situer le contexte.

— Et quel rapport avec la société Armitage ?

Mon père ne sait pas feindre. Il n'est ni menteur ni comédien. Sa perplexité est réelle, et elle me déconcerte.

— Je ne sais pas ce que c'est.

— Une société écran créée par Nigel.

— Et tu penses que je suis à l'origine de son initiative ?

— Ça tombe sous le sens.

— Ce n'est pas moi.

Je ne vois aucune raison d'insister. S'il nie, eh bien, qu'il nie.

— Quand as-tu vu oncle Aldrich pour la dernière fois ?

— Je ne me souviens plus. Il y a eu un événement familial à Merion peut-être six ou huit mois avant sa mort. C'était peut-être à cette occasion. Mais on ne s'est pas parlé.

— Et la veille du meurtre ?

Mon père s'interrompt en plein backswing. Cela ne lui est encore jamais arrivé. Jamais. Une fois qu'il a initié le mouvement, il faudrait lui tirer dessus pour l'arrêter.

— Pardon ?

— Patricia m'a dit que tu étais allé chez eux la veille de sa mort.

— Elle t'a dit ça ?

— Oui.

— Je viens de t'expliquer à l'instant que je n'ai pas revu Aldrich dans les six à huit mois qui ont précédé le meurtre.

— Oui.

— C'est ce qu'on appelle une énigme.

— Je trouve aussi.

Mon père fait volte-face et repart vers la maison.

— Je te souhaite bien du plaisir.

22

Sir Arthur Conan Doyle fait dire à son légendaire personnage Sherlock Holmes : « Lorsque vous avez éliminé l'impossible, ce qui reste, si improbable soit-il, est nécessairement la vérité. »

Je repense à cette citation, même si elle n'est pas entièrement de circonstance. Au vu de ce que je viens d'apprendre – et si j'en crois mon père quand il affirme ne pas être à l'origine de la SARL Armitage –, la réponse me paraît assez évidente.

Elle a été créée par mes grands-parents.

Nous vivons dans un système patriarcal, certes, mais, pour une famille comme la nôtre, une famille qui a réussi à conserver son prestige et son pouvoir d'une génération à l'autre, le vieux dicton éculé « Derrière chaque grand homme il y a une femme » reste de mise. À la mort de mon grand-père, ce n'est pas mon père qui a repris le flambeau, pas officiellement en tout cas.

C'est ma grand-mère qui menait la danse.

Je regrette de ne pas pouvoir lui parler. Elle aurait su quoi faire. Grand-mère vit toujours, mais elle a 98 ans et n'a pas prononcé le moindre mot depuis une année.

Je sais cependant où chercher la réponse… dans la cave à vin.

Tandis que je descends les marches en courant, Nigel m'interpelle :

— Où tu vas comme ça ?

— Tu le sais.

— Ne t'en mêle pas, Win.

— Oui, c'est ce que tout le monde me dit.

— Mais tu n'écoutes pas.

Je hausse les épaules et réponds en citant Myron :

— « On m'aime pour mes défauts. »

La cave du manoir rappelle celle du château Smith-Haut-Lafitte. Les murs sont en pierre, le plafond, voûté. Il y a des bouteilles, des fûts en chêne et des clayettes en bois. La pièce est maintenue à la température constante de treize degrés avec un taux d'humidité relative de soixante pour cent.

Je passe devant les vins de collection dont certains valent plusieurs milliers de dollars. Tout au fond à droite, je trouve un magnum de Krug Clos d'Ambonnay sur l'étagère du haut et le tire vers moi. Une porte s'ouvre et je pénètre dans l'arrière salle. Une pièce secrète, si vous préférez. Le côté cape et épée peut paraître un peu trop romanesque, cependant, à mon avis, ma grand-mère avait besoin d'un espace de travail loin des regards indiscrets, mais près du fruit de la vigne.

Le long des quatre murs se dressent des armoires d'archivage hautes d'un mètre quatre-vingts.

La paperasse ne me fait pas peur. Ici, je me sens chez moi. Si Myron et moi formons une si bonne équipe, c'est parce qu'il a une vision d'ensemble, alors que moi je me focalise sur les détails. Il est rêveur. Je suis réaliste. Il a cette faculté insolite de prévoir l'issue d'une enquête. Moi, je creuse mon sillon. Je ne prends pas de raccourcis.

Je suis un homme de terrain. L'essentiel de mon travail consiste à passer au peigne fin l'activité d'une entreprise, d'en étudier toutes les facettes, les atouts et les faiblesses, avant de procéder à une acquisition ou d'offrir mes services de conseil.

Contrairement à ce que prétendent certains grands de ce monde, cela n'est pas une affaire d'instinct.

Je suis donc un expert en vérifications préalables.

Comme beaucoup de membres de ma famille, en particulier ma chère grand-mère. Elle tenait minutieusement les archives familiales. Ici, dans son sanctuaire, on trouve les actes de naissance, les vieux passeports, les arbres généalogiques, les organiseurs, les calendriers, les relevés de banque, les agendas, les livres de comptes… le tout depuis 1958. Au centre de la pièce trône une table carrée avec quatre chaises, des blocs-notes et des crayons de bois avec gomme. Je fouille dans les archives, trouve des notes détaillées. Presque tout est rédigé de la main de ma grand-mère et, bien que je ne sois pas sentimental – chez moi, il n'y a pas de photos de famille, et je verse rarement dans la nostalgie –, l'écriture, c'est tellement personnel, surtout la sienne avec ses pleins et ses déliés, la beauté et le particularisme d'un art oublié, que je ne puis m'empêcher de sentir sa présence.

Je me plonge dans le passé familial. Jusqu'à m'y perdre. Mon esprit veut aller vite, mais je me refrène. Ça, c'est la spécialité de Myron… spontané, désordonné, nonchalant, brillant. Il peut jongler avec des dizaines d'idées à la fois. Pas moi. Je prends mon temps. Il me faut une documentation plus solide. J'ai besoin de tout voir écrit noir sur blanc avant de parvenir à une conclusion. J'ai besoin d'un agenda et d'une carte.

Les heures passent et le tableau commence à prendre forme.

En entendant des pas derrière moi, je lève la tête.

— Nigel m'a dit que je te trouverais ici, lance Patricia.

— Et tu m'as trouvé.

— Tu ne devrais pas te reposer ?

— Non.

— Tu vas bien, alors ?

— Oui, ça va. On peut passer à autre chose ?

— Eh… j'essaie juste d'être polie.

— Et tu sais que j'ai horreur de ça.

Puis, sans transition, je lui demande :

— Tu connais l'âge exact de ta mère ?

Patricia esquisse une moue.

— Redis-moi ça ?

— Quand tes parents sont rentrés du Brésil, personne n'a cru qu'Aline avait 20 ans, comme l'assurait ton père. Le père de Nigel a engagé un détective privé à São Paulo. D'après cet homme elle devait avoir 14 ou 15 ans.

Patricia ne cille pas.

— Tu le savais ?

— Oui.

Faut-il s'en étonner ?

— C'étaient les années 1970, Win.

Le même argument que celui de papa. Curieux d'entendre ça de la bouche de sa nièce.

— Je ne suis pas là pour juger ton père. Je me fiche de l'aspect moral, légal ou éthique de sa conduite.

— Alors que veux-tu ?

— Des explications.

— Des explications à propos de quoi ?

— À propos de vol des tableaux. Du meurtre de ton père. De celui de Ry Strauss. À propos de ceux qui s'en sont pris à toi et aux autres filles.

— Pourquoi ?

Question intéressante. Ma première pensée est pour PP et ses cinquante ans de pénitence depuis la mort de son coéquipier.

— J'ai promis à un ami.

Patricia ne cache pas son scepticisme. Je la comprends. Moi-même, je trouve ma réponse peu crédible. Je change donc mon fusil d'épaule.

— Il faut réparer le mal qui a été fait.

— Et tu penses que les explications suffiront ?

Elle n'a pas tort.

— On verra bien.

Ma cousine repousse ses cheveux derrière son oreille et s'approche de moi.

— Montre-moi ce que tu as trouvé.

Je devrais peut-être la prévenir qu'elle ne va pas aimer ce que j'ai découvert. Mais, je ne le fais pas, je préfère voir sa réaction à chaud, sans filtre. Du coup, je saisis la perche qu'elle me tend.

— Ton père a rejoint les bancs de Haverford College en septembre 1971.

Elle hausse un sourcil.

— Sérieux ?

— Quoi ?

— Tu emploies l'expression « rejoindre les bancs » dans une conversation avec ta cousine ?

Je souris malgré moi.

— Mes excuses les plus plates, dis-je. Tu savais qu'au départ ton père avait fréquenté Haverford ?

— Oui. Comme le tien et leur père et le père de leur père… aussi loin qu'il m'en souvienne. Et alors ? Mon père n'avait pas envie d'y aller, mais il n'avait pas vraiment le choix. C'est pour ça qu'il a demandé à changer.

— Non.

— Non quoi ?

— Ce n'est pas pour ça qu'il a changé d'établissement.

Je sors le rapport du code d'honneur, ainsi que la lettre d'accompagnement signée du comité disciplinaire.

— C'est daté du 16 janvier 1972… le début du second semestre de sa première année.

Nous sommes assis à la table carrée au centre de la pièce. Patricia se penche pour attraper ses lunettes de lecture dans le sac à main qu'elle a posé par terre en entrant dans la pièce. J'attends qu'elle ait fini de parcourir les documents.

— C'est assez vague, dit-elle.

— Volontairement. Il semblerait que ton père ait pris des photos inconvenantes de la fille mineure de son prof de biologie nommé Gary Roberts.

Je lui tends un chèque annulé.

— Le 22 janvier, le professeur Roberts a déposé son chèque, émis par l'une de nos sociétés écrans, sur son compte en banque.

Elle jette un coup d'œil.

— 10 000 dollars ?

Je ne dis rien.

— C'est peanuts.

— On est au début des années 1970.

— Tout de même.

— Je ne suis pas certain qu'il avait le choix. Les scandales comme celui-ci n'étaient jamais portés sur la place publique. Le professeur Roberts devait penser que la faute serait rejetée sur sa fille et que ce serait encore pire.

Patricia relit la lettre.

— Tu as une photo d'elle ?

— De la fille ?

— Oui.

— Non, pourquoi ?

— Papa aimait les jeunes filles. Les très jeunes filles, même.

— Oui.

— Mais il y a une différence entre une adolescente pubère de 15 ans et, mettons, une fillette de 7 ans.

Patricia ne semble pas solliciter mon avis, donc je me tais.

— Je ne veux pas avoir l'air anti-MeToo, poursuit-elle, et je ne cherche pas à le défendre, mais tu as vu les photos de ma mère à leur mariage ?

— Oui.

— Elle est… Maman était plutôt pulpeuse.

J'attends.

— Elle avait des formes, non ? Ce que j'entends par là… je ne crois pas que mon père était pédophile.

— Tu préfères éphébophile, dis-je.

— Je ne suis pas sûre de savoir ce que c'est.

— Ça consiste à éprouver une attirance sexuelle pour des adolescents ou des adolescentes entre 15 et 19 ans.

— Peut-être.

— Ne pinaillons pas sur les définitions. Ça va juste nous embrouiller. Il est mort. Je ne vois aucune raison de continuer à le punir maintenant.

Elle hoche la tête, se redresse et exhale longuement son souffle.

— Vas-y, je t'écoute.

Je consulte mes notes.

— Il n'est pas beaucoup question de ton père dans les agendas que j'ai retrouvés jusqu'ici, mais notre grand-père a gardé les cartes de score de toutes ses parties de golf.

— Tu rigoles ?

— Non.

— Il a conservé les cartes de score ?

— C'est ça.

— Donc, il doit y avoir le nom de mon père sur certaines d'entre elles.

— Oui. Il a joué assez souvent à partir d'avril. Avec mon père, notre grand-père, d'autres membres de la famille. Avec des amis aussi, sûrement, mais je n'ai pas ces cartes-là.

— C'était quoi, son handicap ?

— Pardon ?

— J'essaie de détendre l'atmosphère, Win. Qu'est-ce que ça prouve ?

— Qu'il a passé l'été à Philadelphie. Du moins, il a joué au golf ici. Puis, d'après le calendrier, un membre du personnel de Lockwood a conduit Aldrich à Lipton Hall, son lieu de résidence à Washington Square, le 3 septembre 1972.

— Quand il est entré à l'université de New York.

— Oui.

— Et ensuite ?

— Aucune vague pendant quelque temps. Il faut que je potasse les archives, mais, pour l'instant, il n'y a rien de remarquable jusqu'à ce que ton père arrive à São Paulo le 14 avril 1973.

Je lui montre le tampon du visa brésilien dans son ancien passeport.

— Grand-mère a gardé son vieux passeport ?

— Tous nos vieux passeports, oui.

Patricia secoue la tête, incrédule. Elle tourne la page et scrute la photo de son père. Le passeport a été délivré en 1971, Aldrich avait 19 ans. Du bout du doigt, elle effleure le visage de son père. C'était un bel homme, comme presque tous les Lockwood.

— Papa m'a dit qu'il avait passé trois ans en Amérique du Sud, observe-t-elle d'une voix mélancolique.

— Apparemment, c'est vrai. Si tu feuillettes le passeport, tu verras qu'il est allé en Bolivie, au Pérou, au Chili, au Venezuela.

— Ça l'a changé, dit-elle.

Cela non plus n'est pas une question ; je m'abstiens donc de tout commentaire.

— Il a fait du bon travail là-bas. Il a fondé une école.

— Il semblerait que oui. Il est rentré aux États-Unis le 18 décembre 1976.

— Décembre ?

— Oui.

— J'ai toujours cru que c'était plus tôt.

— Tu m'étonnes.

— Donc, ma mère était enceinte de moi, dit Patricia.

— Tu ne le savais pas ?

— Non. Mais quelle importance ?

Elle soupire et se laisse aller contre le dossier de sa chaise.

— Tout cela a-t-il un quelconque intérêt, Win ?

— Oui.

— Parce que là nous sommes en 1976. Les tableaux ont été volés à Haverford au milieu des années 1990. Je ne vois toujours pas le rapport.

— Moi, si.

— Explique-moi.

— L'explication, c'est le départ de ton père de New York pour São Paulo.

— C'est-à-dire ?

— Il était toujours étudiant à l'université de New York. Il n'avait pas passé son diplôme. Ça marchait plutôt bien pour lui. Et soudain, en avril de cette année-là, moins de deux mois avant la fin du semestre, il décide de partir en mission humanitaire à l'étranger. Je trouve ça bizarre, pas toi ?

Elle hausse les épaules.

— Papa était riche, impulsif. Ça ne marchait peut-être pas si bien que ça. Il en a peut-être eu assez.

— Possible, dis-je.

— Mais ?

— Il est parti le 14 avril 1973.

— Et alors ?

Même moi, je frissonne en lui montrant ce vieil article de presse que j'ai enregistré dans mon téléphone.

— Deux jours plus tôt, le 12 avril de la même année, a eu lieu l'attentat des 6 de Jane Street.

Patricia se lève et arpente la pièce.

— Je ne vois pas où tu veux en venir, Win.

Bien sûr que si. J'attends.

— Ça pourrait être une coïncidence.

Je ne grimace pas. Je ne fronce pas les sourcils. Je me contente de me taire.

— Dis quelque chose, Win.

— Ce ne peut pas être une coïncidence.

— Mais pourquoi, bon sang ?

— Ton père se réfugie au Brésil juste après l'attentat. Vingt ans après, on nous vole des œuvres d'une grande valeur qui finissent entre les mains du chef des 6 de Jane Street. Tu en veux d'autres ? Allons-y. Chez Ry Strauss, sur la scène de crime, on retrouve la valise que tu as dû emporter lors de ton enlèvement après le meurtre de ton père. Ah, et, cerise sur le gâteau, Nigel a créé une société écran pour acheter l'appartement de Ry Strauss – là où il a été assassiné – et pour payer ses factures. Ça te va ?

Patricia s'arrête d'aller et venir dans la pièce, puis s'approche de moi.

— Qu'est-ce que tu es en train de me dire, là ? Que mon père faisait partie des 6 de Jane Street ?

— Je ne sais pas. Pour le moment, j'en suis encore à réunir les faits.

— Et quoi d'autre ?

— J'ai rencontré une barmaid qui travaille dans un troquet appelé le Malachy's. Elle entretenait une relation avec Ry Strauss. D'après elle, Ry se rendait souvent à Philadelphie.

— Donc, si je comprends bien, tu penses que mon père faisait partie de la bande. Il a pu s'enfuir. Notre famille a acheté le silence de Ry Strauss. Mais les autres ?

— Je ne sais pas.

— Tu n'as pas rencontré une ancienne du groupe ? Lake Machin-Truc ?

— Lake Davies.

— Elle devrait être au courant, non ?

— Peut-être, mais je doute qu'elle m'en aurait parlé, surtout si elle continue à toucher de l'argent. Elle dit par ailleurs que les filles de Jane Street avaient un rôle secondaire, donc elle n'est pas forcément dans le coup.

— Mais mon père est mort. À quoi bon payer quelqu'un pour préserver sa réputation ?

Cette fois, je ne peux pas m'empêcher de grimacer.

— Tu viens de franchir le portail du manoir Lockwood. Et tu me poses la question ?

Elle réfléchit un instant.

— Admettons que tu aies raison. Admettons que mon père ait eu quelque chose à voir avec le groupe des 6.

Je la laisse parler.

— Quel rapport avec le vol du Vermeer et du Picasso tant d'années après ? Quel rapport avec le meurtre de mon père ou…

Patricia s'interrompt.

— … ou ce qui m'est arrivé ?

— Je ne sais pas.

— Win ?

— Oui ?

— Nous en savons peut-être assez maintenant.

— Répète-moi ça ?

— J'ai bâti mon organisation caritative sur notre histoire familiale. Notamment le fait que mon père est allé aider les pauvres en Amérique du Sud et que j'ai souhaité poursuivre son œuvre. Imagine si on découvre que c'était du pipeau.

Voilà un argument qui prête à réflexion. Supposons que mon enquête porte atteinte au nom des Lockwood et plus particulièrement à la cause défendue par Patricia.

— Win ?

— Autant que ce soit nous qui déterrions la vérité, lui dis-je.

— Pourquoi ?

— Parce que, si c'est moche, on pourra toujours l'enterrer à nouveau.

23

Kabir saute de l'hélicoptère, une main sur son turban pour l'empêcher de s'envoler. Il porte une chemise en soie noire, une doudoune sans manches verte, un jean délavé et une paire de tennis immaculées. Je me retourne et aperçois mon père à sa fenêtre, fronçant les sourcils comme il fallait s'y attendre en réaction à l'intrusion de cet étranger.

D'un geste, j'invite Kabir à me rejoindre et le fais passer par la cave pour l'introduire dans le bureau de grand-mère. Il jette un œil autour de lui, hoche la tête et déclare :

— Géant !

— Je ne te le fais pas dire.

Quand on a appris que l'homme qui avait volé le Vermeer était Ry Strauss, vous imaginez bien que l'histoire a fait la une de tous les journaux. Dans le temps, elle y serait restée des jours, des semaines, voire des mois. Mais pas aujourd'hui. Aujourd'hui, notre capacité de concentration est celle d'un enfant qui vient de recevoir un nouveau jouet. On joue avec un jour ou deux, après quoi on se lasse, on trouve un autre jouet et on oublie celui-ci sous le lit.

J'étais à l'hôpital pendant que l'affaire Ry Strauss faisait rage. Au bout du compte, un fait divers, c'est comme un feu de bois… si on ne l'entretient pas, il meurt. Jusqu'ici, il n'y avait rien de nouveau. Un tableau volé, les 6 de Jane Street, un meurtre – délicieux séparément et formant ensemble un cocktail grisant –, mais c'était il y a onze jours.

Pour le moment, les médias ignorent tout de la valise portant mon monogramme découverte sur la scène de crime et le lien entre cette valise, ma cousine et la Cabane des horreurs. Tant mieux car cela facilite mon travail d'investigation.

Kabir étale soigneusement les dossiers sur la vieille table de grand-mère. Le secret d'un bon assistant et le succès de votre collaboration avec lui, c'est la vision commune. Kabir sait que je suis un visuel et que j'aime les présentations ordonnées. Les dossiers sont tous de la même taille (standard, 18 centimètres sur 28) et de la même couleur (jaune canari). Chaque étiquette porte une inscription soigneusement rédigée de sa main.

— Les 6 de Jane Street, dit-il.

Les six dossiers sont parfaitement alignés. Je lis les noms sur les étiquettes de gauche à droite : Lake Davies, Edie Parker, Billy Rowan, Ry Strauss, Arlo Sugarman, Lionel Underwood. Par ordre alphabétique. Pour répondre à votre question, je ne souffre pas de TOC, mais, comme sur l'échelle de Kinsey, je crois qu'on est tous plus atteints qu'on ne voudrait l'admettre.

— C'est bon, je peux commencer ? demande Kabir.

— S'il te plaît.

— Nous connaissons le sort de Ry Strauss et de Lake Davies, dit-il en écartant deux des dossiers. Je vais donc vous parler des quatre autres. Edie Parker d'abord. Sa mère est toujours en vie. Elle habite Basking Ridge, dans le New Jersey. Elle affirme être sans nouvelles de sa fille depuis ce fameux soir. Elle a refusé de parler aux médias, mais elle accepte de vous recevoir.

— Pourquoi moi ?

— Je lui ai expliqué que c'est votre tableau qu'on a trouvé chez Ry Strauss. J'ai aussi laissé entendre que vous disposiez d'informations sur les 6 de Jane Street.

— Tss, tss, Kabir.

— Oui, vous exercez une mauvaise influence sur moi, patron. On passe à Billy Rowan ?

Je hoche la tête.

— Apparemment, entre Billy et Edie, c'était plus sérieux qu'on ne le croyait. Le père de Billy Rowan est toujours vivant. Sa mère est morte il y a douze ans. Et voici la meilleure : il y a dix ans, le père de Billy a quitté Holyoke dans le Massachusetts pour aller s'installer dans une résidence médicalisée à Bernardsville, New Jersey.

— Juste à côté de Basking Ridge, fais-je remarquer.

— Oui.

— Mme Parker et M. Rowan vivent donc à quelques kilomètres l'un de l'autre.

— Un peu moins de deux kilomètres, pour être précis.

— Ça ne peut pas être une coïncidence, dis-je.

— C'est ce que je pense aussi, opine Kabir. Vous croyez qu'ils font crac-crac ?

— Crac-crac ?

— Qu'ils se sautent, se cognent, s'envoient en l'air, se…

— Oui, merci pour cet éclaircissement lexicographique.

— Bien sûr, ils doivent frôler les 90 ans.

Kabir plisse le nez comme s'il venait de capter le relent d'une eau de toilette trop bon marché. Il se reprend aussitôt :

— Bref, je n'ai pas réussi à joindre William Rowan par téléphone, mais Mme Parker m'a dit qu'ils vous verraient tous les deux à la résidence médicalisée demain à 13 heures, si ça vous va.

— Ça me va. Autre chose ?

— Sur Parker et Rowan ? Non.

Il pose leurs dossiers sur ceux de Strauss et Davies. Il n'en reste plus que deux.

— Si je peux me permettre, je n'ai rien de nouveau sur Lionel Underwood.

Il ajoute le dossier Underwood à la pile. Le seul qui reste, c'est celui d'Arlo Sugarman.

Je regarde Kabir. Il est tout sourire.

— Jackpot, annonce-t-il.

— Je t'écoute.

— Comme vous le savez, pendant des années on n'a rien su de ce qui était arrivé à Arlo Sugarman… rien depuis ce raid du FBI où un agent a trouvé la mort. Mais, bien sûr, vous avez eu de ses nouvelles par Lake Davies.

— Oui, elle m'a dit qu'il était à Tulsa.

— Exactement. Mieux encore, Lake vous a dit que Sugarman se faisait passer pour un étudiant de l'université Oral Roberts. Vous n'en avez pas parlé à PP, n'est-ce pas ?

Je secoue la tête.

— Bon, quand Lake était encore en cavale, j'ai supposé que Ry et elle avaient dû croiser le chemin d'Arlo quelque part entre 1973 et 1975. Pour plus de sécurité, j'ai élargi ce créneau jusqu'en 1977, des fois qu'Arlo se serait déguisé en étudiant de première année et y serait resté quatre ans.

— Et ?

— Et je me suis mis à creuser. L'université Oral Roberts compte un palmarès impressionnant d'anciens élèves. J'ai commencé par là.

Il penche la tête.

— Vous saviez que la présentatrice Kathie Lee Gifford avait fait ses études là-bas ? Bref, j'ai retouché les photos d'Arlo Sugarman avec Photoshop. Sur toutes celles qu'on connaît, il a les cheveux longs et une énorme barbe... un peu comme moi quand on y pense, hein ?

— Un peu.

— À la réflexion, ça aurait fait un bon déguisement.

— Quoi donc ?

— Le turban. Sauf que vous autres n'êtes vraiment pas doués pour le nouer. Enfin, grâce au logiciel, j'ai rasé Arlo et lui ai coupé les cheveux. Imaginez un peu, Oral Roberts ! C'est tout sauf une pépinière d'extrémistes. Puis j'ai essayé de contacter les gens de sa promo. Ces groupes-là sont très actifs sur Facebook. J'ai eu pas mal de réponses. La plupart sont inexploitables, mais deux personnes ont trouvé une ressemblance avec un dénommé Ralph.

— Ralph comment ?

— Là est le hic. Ils ne connaissent pas son nom de famille. Mais au moins, à ce stade, j'avais le prénom. Il fallait donc que je me procure les trombinoscopes des années qu'il a passées sur le campus.

— Et tu as réussi ?

— Oui.

— Comment ?

— Tout est en ligne. Sur un site web. Des tonnes de trombinoscopes scannés page par page. Collèges, lycées. La consultation est payante. Et si on paie un peu plus, on vous envoie le trombinoscope en entier.

Ma patience est mise à rude épreuve.

— Tu les as donc consultés à la recherche d'un Ralph ?

— Oui, j'ai examiné les portraits. Il y a plusieurs Ralph, mais aucun ne ressemble à Arlo Sugarman.

— Il devait être assez malin pour ne pas venir ce jour-là.

— Sûrement. Vous trouvez mon compte rendu trop long ?

— J'aimerais bien qu'on passe à la vitesse supérieure, en effet.

— OK. Pour faire court, ça peut paraître un peu compliqué, mais, en lançant un programme de reconnaissance faciale, je suis tombé sur ceci.

Kabir ouvre le dossier Arlo Sugarman et sort une image en noir et blanc.

— C'est la page 138 du trombinoscope de l'université Oral Roberts, année 1974.

Il me tend la feuille. Elle s'intitule « Moments théâtraux ». Cinq photos s'étalent sur une double page. Une femme avec des ailes d'ange. Une scène qui ressemble à celle du balcon dans *Roméo et Juliette*. Quatre hommes en tenue moyenâgeuse qui jouent d'un instrument de musique et chantent.

Le deuxième à droite, avec une mandoline, est Arlo Sugarman.

— Waouh ! dis-je tout haut.

Sur cette photo, Sugarman porte des lunettes à monture noire qu'il n'avait pas sur les photos précédentes. Il est rasé de près. Ses boucles sont coupées plus court. Il est méconnaissable, à moins de le scruter d'un œil attentif, et c'est à cela que sert le programme de reconnaissance faciale.

— En bref, j'ai localisé l'étudiant qui a mis en scène ce spectacle. Son nom est Fran Shovlin. Il travaille dans une méga-église à Houston. Un type sympa. Il s'est souvenu d'un Ralph Lewis. Chose intéressante, il y avait bien un Ralph Lewis dans cette promo, mais il était malade et n'assistait pas aux cours. Je pense qu'Arlo a usurpé son nom.

— Ça fait sens.

— D'après Shovlin, le seul souvenir qu'il a gardé de « notre » Ralph est qu'il sortait avec une dénommée Beatrice. J'ai vérifié. Elle s'appelle Beatrice Jenkins maintenant. Elle est divorcée et tient un institut de beauté à Rochester, New York. Je l'ai appelée, mais sitôt que j'ai prononcé le nom Ralph Lewis, elle m'a raccroché au nez. J'ai réessayé, mais elle refuse de parler.

— Intéressant, dis-je. Et j'imagine que tu as fait toutes les recherches possibles sur ledit Ralph Lewis ?

Kabir hoche la tête.

— Il n'en est rien sorti.

Pas étonnant. Sugarman a dû changer plusieurs fois d'identité au cours de sa vie. Il est possible qu'il ait juste utilisé le nom de Ralph Lewis pour éviter de se faire repérer. Aujourd'hui, ce serait plus difficile – les étudiants sont fichés pour des raisons de sécurité –, mais, à l'époque, n'importe qui pouvait débarquer sur un campus et aller assister à des cours sans avoir à justifier sa présence.

Kabir et moi établissons un planning. J'irai rendre visite à la mère de Parker et au père de Rowan au Village Seniors Crestmont demain à 13 heures. Ce sera plus simple d'y aller en voiture – le trajet ne prendra qu'une heure et demie –, et ensuite, si je le juge nécessaire, je sauterai dans un avion privé à Morristown, l'aéroport le plus proche, pour aller m'entretenir avec Beatrice Jenkins à Rochester. Kabir se chargera de tous les détails.

— Tu sais ce qu'il faut faire avec Beatrice Jenkins, lui dis-je.

— Je m'en occupe, acquiesce Kabir en se levant.

— Tu veux rester dîner ?

— Nan. J'ai un rencard d'enfer.

— Elle est bandante ?

— Elle me plaît trop.

— Tu peux garder l'hélico pour la soirée, dis-je.

— Hein ?

— Garde l'hélico. Emmène-la à mon club de plage sur Fishers Island. Je peux t'avoir une table avec vue sur l'océan.

Plutôt que de répondre, Kabir désigne les dossiers empilés sur la table.

— Je vous les laisse ?

— Oui.

— Merci pour cette offre généreuse, patron. Mais je préfère décliner.

Je marque une pause brève comme un battement de cils. Avant de m'enquérir :

— Puis-je savoir pourquoi ?

— Si je lui sors le grand jeu à notre quatrième rendez-vous, réplique Kabir avec un haussement d'épaules, que vais-je faire pour le cinquième ?

— Voilà qui est sage, dis-je.

Mon portable se met à vibrer. C'est Angelica Wyatt. Je sens une bouffée d'angoisse et presse la touche verte à toute vitesse. Avant que j'aie le temps de prononcer mon habituel « Articule », Angelica déclare :

— Ema va bien.

Incroyable à quel point Angelica me connaît, alors qu'elle me connaît si peu. Oui, c'est bien Angelica Wyatt. La star de cinéma.

— Quoi de neuf ? dis-je.

— Ema voudrait avoir de tes nouvelles.

Ema est en classe de terminale. Elle est aussi ma fille biologique.

— Je l'ai emmenée te voir à l'hôpital.

Cela m'indispose.

— Tu n'aurais pas dû.

Je fusille Kabir du regard, tout en parlant à la mère d'Ema.

— D'ailleurs, comment elle a su… ?

— Vous deviez petit-déjeuner ensemble ce matin-là, rétorque Angelica.

— Ah, dis-je. OK.

— Elle se fait du souci, Win.

Je ne réponds pas. Je n'aime pas ça.

— Quand veux-tu la voir ? demande Angelica.

— Demain soir, ça irait ?

— Chez toi ? À dîner ?

— Oui.

— Je la déposerai.

— Tu peux venir aussi, si tu veux.

— Ce n'est pas ce qu'on a convenu, Win.

Elle a raison, bien sûr. Nous fixons une heure. Je raccroche et lance un regard noir à Kabir.

— Ema a téléphoné, explique-t-il. Elle vous cherchait, et je sais que vous n'auriez pas voulu lui mentir.

Je fronce les sourcils. Il a vu juste et ça me déplaît.

— Que sait-elle exactement ?

— Que vous avez été hospitalisé. Je lui ai dit que tout irait bien. Elle ne m'a pas cru. Elle voulait rester dans votre chambre.

Je ne sais pas vraiment comment je dois le prendre. Je me sens souvent déphasé et perdu quand il s'agit d'Ema. Cette nouvelle relation, si on peut l'appeler ainsi, a grandement perturbé mon équilibre.

Ce qui me fait penser…

— Trey Lyons, dis-je.

— Oui, eh bien ?

— Tu m'as dit qu'il était en convalescence chez lui.

— Dans l'ouest de la Pennsylvanie. Il a une espèce de ranch là-bas.

— Je veux qu'on le garde à l'œil vingt-quatre heures sur vingt-quatre, sept jours sur sept.

— Bien.

— Deux hommes. Je veux savoir où il se trouve à tout moment. Et vérifie ses antécédents.

Une demi-heure plus tard, pendant que l'hélico ramène Kabir à Manhattan pour son rencard d'enfer et nonobstant sérieux, je suis de retour sur le practice pour travailler mon putting et tâcher de m'éclaircir les idées, quand j'aperçois ma cousine qui descend le talus. Elle se dirige vers moi, les épaules en arrière et la mine sombre ; pas besoin d'être un expert en langage corporel pour comprendre que ça ne va pas.

Comme je suis rapide à la détente, je lui demande :

— Ça ne va pas ?

— Je flippe comme une poule mouillée.

— C'est redondant, lui fais-je remarquer.

— Quoi ?

— Une poule mouillée, ça flippe par définition. Soit tu flippes, soit tu es une poule mouillée. Mais flipper comme une poule mouillée, ça non.

Elle croise les bras.

— Franchement, Win ?

Je suis tenté de répliquer qu'on m'aime pour mes défauts avant de décider de m'abstenir.

Patricia s'empare d'un club – un fer 9 pour ceux qui ont suivi jusqu'ici – et commence à faire les cent pas.

— Après notre conversation, je suis retournée au foyer où nous aidons les adolescentes victimes d'abus sexuels. C'est mon travail, Win. Tu es au courant, n'est-ce pas ?

Sa voix est montée d'un ton. Je ne réponds pas.

— Dernièrement, j'avais l'impression de ne faire que de la gestion et de l'administratif, pour lever des fonds entre autres, mais, au final, il s'agit de secourir ces gamines parce qu'elles n'ont personne sur qui compter pour ça, c'est la mission d'Abeona. Nous aidons des jeunes dans la mouise. Tu comprends ça ?

— Je comprends.

— Et tu sais ce qui m'a mise sur cette voie ?

— Oui, dis-je. J'ai lu ta brochure.

Au mot « brochure », elle s'arrête net.

— Comment ?

— Tu as vécu une épreuve douloureuse et violente. Qui a engendré une prise de conscience.

— C'est ça.

— Malgré toutes les horreurs que tu as subies, tu te sentais privilégiée. Tu avais les ressources et le soutien nécessaires pour tourner la page. Aujourd'hui, ta mission est d'offrir la même chose à celles qui n'ont pas eu cette chance.

— C'est exactement ça, répète Patricia.

J'ouvre les bras comme pour dire : « Bon, et alors ? »

— Pourquoi, bon sang, tu me parles de brochure ?

— Parce qu'à mon avis il y a autre chose.

— C'est-à-dire ? demande-t-elle.

— C'était plus qu'une simple prise de conscience.

— Genre ?

— La culpabilité du survivant. Tu t'es échappée de cette cabane. Les autres filles, non.

Elle ne réagit pas. Je continue :

— Tu te crois redevable vis-à-vis d'elles. Pour le dire simplement, ces filles te hantent parce que tu as eu le culot de vivre. C'est ça ton véritable moteur, Patricia. Ce n'est pas parce que tu as eu des ressources et les autres, non.

C'est parce que tu as survécu, et aussi irrationnel que cela paraisse tu te sens coupable.

Ma cousine fronce les sourcils.

— Les cours de psycho à Duke n'ont pas été perdus pour tout le monde.

Je ne fais aucun commentaire.

— Tu sais ce qui me contrarie, là ?

— Je peux émettre une hypothèse.

— Je t'écoute.

— Après notre discussion, tu es retournée à Abeona. Plutôt que de traîner en haut dans le bureau directorial, tu t'es retroussé les manches et tu t'es rendue sur le terrain parce que tu éprouvais le besoin de te relier, de t'ancrer ou autre banalité du même style. Peut-être que tu as pris la camionnette pour partir en maraude. Peut-être que tu t'es occupée d'une jeune fille qui venait de se faire agresser. À un moment donné, tu as levé la tête et tu as regardé attentivement cet impressionnant édifice que tu as bâti, Patricia. Et là, tes yeux se sont embués et tu t'es dit un truc du genre : « Ces filles sont tellement courageuses, alors que moi, je ne vais pas voir le FBI parce que je flippe par redondance comme une poule mouillée. »

Patricia est à deux doigts d'en rire.

— Pas mal.

— Je brûle ?

— Presque. Je ne peux plus me cacher, Win. Tu comprends ça, hein ?

— Peu importe que je comprenne ou non. Je suis là pour te soutenir.

— Parfait, mais tu te trompes sur un point, ajoute-t-elle.

— Lequel, voyons ?

— Ces filles qui ne sont jamais revenues, dit-elle. Elles ne me hantent pas. Simplement, elles attendent de moi que je leur rende justice.

24

Comme nous n'avons aucune raison de procrastiner, j'appelle PP pour lui annoncer que Patricia accepte de parler.

— Je suis content que tu aies fait le premier pas, dit PP.

— Pourquoi ?

— Parce qu'on avait décidé de venir te voir. On sera là dans une heure.

Il raccroche, mais le ton de sa voix ne me dit rien qui vaille. Une heure plus tard – PP est la ponctualité même –, un hélicoptère du FBI se pose à Lockwood. Nous échangeons des politesses avant de nous réunir au salon, où l'emplacement vide du Vermeer paraît plus béant encore que d'habitude. PP est accompagné d'un jeune collègue qu'il nous présente comme l'agent spécial Max. L'agent spécial Max porte des lunettes design à la monture bleu fluo. J'ignore si Max est son prénom ou son nom ; d'ailleurs, ça ne m'intéresse pas.

PP et Max s'installent sur le canapé. Patricia prend le vieux fauteuil de notre grand-père. Je reste debout, nonchalamment adossé au manteau de cheminée comme

Sinatra à un réverbère. Le mot que vous cherchez est « dandy ».

PP prend le taureau par les cornes.

— Win m'a dit que la valise trouvée sur la scène de crime était à vous. Est-ce exact ?

— Oui, répond Patricia.

— Vous savez pour le meurtre, évidemment.

— Évidemment.

— Connaissiez-vous la victime, Ry Strauss ?

— Non.

— Vous n'avez jamais rencontré cet homme ?

— Pas que je sache.

— Vous êtes déjà allée chez lui, au Beresford ?

— Bien sûr que non.

— Vous n'avez jamais mis les pieds au Beresford ?

— Je ne le crois pas.

— Vous ne croyez pas ?

— J'ai pu y aller une fois ou deux à l'occasion d'un événement.

— Un événement ?

— Une levée de fonds, une soirée, une manifestation mondaine.

— Donc il vous arrive d'aller au Beresford pour ce genre d'occasion ?

Je n'aime pas ça.

— Non, réplique Patricia qui, elle aussi, a flairé le piège. Je ne le pense pas. Je ne m'en souviens plus. Mais c'est possible. J'ai assisté à bon nombre de soirées caritatives dans l'Upper West Side, mais je n'ai pas de souvenir particulier concernant le Beresford.

PP hoche la tête comme s'il était pleinement satisfait de sa réponse.

— Où étiez-vous le 5 avril ?

C'est le jour du meurtre. Je n'aime pas la tournure que prend cet entretien : on dirait un interrogatoire officiel plutôt qu'une déposition volontaire. Je décide de casser le rythme :

— De quoi s'agit-il au juste ?

PP qui a compris ma manœuvre ignore ma question.

— Madame Lockwood ?

— Appelez-moi Patricia.

— Patricia, où étiez-vous le 5 avril ?

— Ce n'est pas un secret, répond-elle.

— Je n'ai pas dit que c'était un secret. Je vous ai demandé où vous étiez.

Je dis :

— Stop.

Cette fois, PP se tourne vers moi.

— J'ai des questions à poser, Win.

— Ça va, déclare Patricia. C'est de notoriété publique. Ce soir-là, j'étais au Cipriani pour une collecte de fonds.

J'avoue que cette information me surprend.

— Le Cipriani au centre-ville ? s'enquiert PP.

— Dans la 42e Rue. À côté de Grand Central.

— Vous étiez à New York ?

— Si on considère que je me trouvais entre Grand Central et la 42e Rue, réplique Patricia avec une pointe d'irritation, alors la réponse est oui.

— Quand êtes-vous arrivée là-bas ?

Elle se redresse et regarde en l'air.

— J'ai passé deux nuits au Grand Central Hyatt. Je suis allée à New York en train vendredi et en suis repartie dimanche.

Un lourd silence s'installe dans la pièce. Patricia le rompt la première :

— Oh, je vous en prie. Nous avons récemment ouvert un foyer Abeona dans Harlem Est, donc il est fort possible que, ces six derniers mois, j'aie passé autant de temps à New York qu'à Philadelphie. Je peux vous montrer mon agenda professionnel, si vous le souhaitez.

— Ce serait bien, dit PP.

Une fois de plus, je m'immisce dans la conversation.

— Quel est l'intérêt de tout ça ?

— Win, dit Patricia un peu sèchement. Laisse-moi gérer.

Je ne peux que lui donner raison.

Ma cousine s'adresse à PP et Max :

— C'est quoi, votre théorie ? Un quart de siècle après le meurtre de mon père et mon enlèvement, j'ai découvert que l'auteur de ces crimes vivait en reclus à Manhattan et je l'ai tué ?

— Inutile de prendre la mouche, dit PP.

— Je ne prends pas la mouche.

— Bien sûr que si. Votre valise vous relie à la scène de crime. Ce serait une négligence de ma part de ne pas explorer toutes les pistes. Ce qui me ramène au soir du meurtre de votre père et de votre enlèvement.

— Oui ?

L'agent spécial Max sort un classeur et le tend à PP.

— J'ai repris tous les témoignages recueillis à l'époque et il y a deux ou trois points que j'aimerais éclaircir.

Patricia me lance un regard désemparé. Je hausse légèrement les épaules.

— Votre mère, Aline Lockwood, a découvert le corps de votre père en rentrant des courses. Elle a appelé la police.

PP s'interrompt. S'ensuit une nouvelle pause gênée, mais Patricia ne mord pas à l'hameçon.

— Pourquoi votre mère n'était-elle pas à la maison avec vous ?

Patricia soupire ostensiblement.

— C'est écrit dans le rapport, non ?
— Il est écrit qu'elle était au supermarché.
Tout le monde se tait.
— Il était presque 22 heures, ajoute-t-il.
— Agent… Dois-je vous appeler agent PP ?
— PP suffira.
— Non, ça ne me va pas. Agent PP, quand ma mère est rentrée, j'étais ligotée dans le coffre d'une voiture avec un bandeau sur les yeux. Je ne peux vraiment pas me rappeler ce qu'elle faisait ni où elle était à ce moment-là.
— Je vous demande seulement si votre mère faisait souvent ses courses à cette heure-là.
— Souvent ? Non. Mais ça lui arrivait. Le FBI a vérifié son alibi, non ?
— En effet.
— Et elle était bel et bien au supermarché.
PP change de position sur le canapé.
— Vous ne trouvez pas ça bizarre, vous ? Elle part faire ses courses à un horaire inhabituel et les tueurs débarquent chez vous juste à ce moment-là. Quelle aubaine pour eux, non ?
Patricia secoue la tête.
— Alors là…
— Alors là ?
— Figurez-vous que j'ai tout lu sur ma propre affaire depuis des années.
Elle parvient à se maîtriser, mais le mercure est en train de monter.
— Ma mère, avec tout ce que vous lui avez fait subir, ne s'est jamais plainte. Évidemment, vous l'avez soupçonnée. Vous l'avez cuisinée. Vous avez vérifié ses comptes. Vous avez interrogé toutes ses connaissances. Et vous n'avez rien trouvé.
— À l'époque peut-être.

— Qu'entendez-vous par là ?
— Étiez-vous censée être à la maison, Patricia ?
— Comment ça ?
— Vous étiez une fille de 18 ans, jolie et très sollicitée. C'était un vendredi soir. Normalement, vous auriez dû être sortie, or, d'après le dossier, vous étiez dans votre chambre. Vous avez entendu du bruit, puis un coup de feu. Vous êtes descendue et vous êtes tombée sur deux hommes cagoulés et sur votre père qui gisait par terre, mort.
— Où voulez-vous en venir ? s'emporte Patricia.
— Je veux en venir au fait que vous étiez chez vous un vendredi soir. Vous n'aviez pas de voiture, n'est-ce pas ?
— Non.
— Donc, les tueurs arrivent. Ils ne voient que la voiture de votre père. Celle de votre mère n'est pas là. Ils entrent, tirent sur lui sans crier gare, quand soudain ils vous voient débouler dans la pièce. Ça se tient, non ?
Patricia acquiesce.
— Et ensuite ?
— Vous le savez. C'est dans le dossier. Je suis montée en courant dans ma chambre.
— Ils ont défoncé la porte à coups de pied ?
— Oui.
— Et puis ?
— Ils m'ont dit de faire ma valise et de les suivre.
— Pourquoi vous ont-ils ordonné de faire votre valise ?
— Je ne sais pas.
— Ils vous ont dit ça tel quel ?
Ma cousine hoche la tête d'un air hagard.
— C'est la partie que nous, au FBI…
PP désigne l'agent spécial Max du menton.
— … n'avons jamais comprise. Ni à l'époque, quand votre père a été assassiné. Ni aujourd'hui, vingt ans après.

Patricia ne réagit pas.

— Toute cette histoire de valise. Je ne mets pas votre parole en doute, mais il y a quelque chose qui ne colle pas. Un de nos agents a fouillé votre chambre. Il a vu qu'il manquait des vêtements sur les cintres et c'est à ce moment-là que votre mère s'est aperçue que votre valise avait disparu, elle aussi.

Patricia ne réagit toujours pas.

— Nous ne comprenons pas cette histoire de valise, Patricia. Et vous ?

Les larmes lui montent aux yeux. J'hésite à intervenir, mais elle me foudroie du regard, l'air de dire : « N'y pense même pas. »

— Et vous ? répète PP.

— Moi, si.

— Expliquez-moi alors. Pourquoi vous ont-ils demandé de faire votre valise ?

Se penchant en avant, elle répond doucement :

— Ils voulaient me donner de l'espoir.

Personne ne parle. L'horloge de parquet sonne. Au loin, un jardinier met une tondeuse en route.

— De l'espoir, dans quel sens ? questionne PP finalement.

— Ce type, continue Patricia, le chef, est dans ma chambre. Il a une voix presque gentille. Il me dit qu'il m'emmène dans un beau chalet au bord d'un lac. Qu'il veut que je prenne mes affaires – « N'oublie pas le maillot de bain », c'est vraiment ce qu'il m'a dit – pour que je me sente à l'aise. « Ça ne durera que quelques jours, une semaine tout au plus. » Il faisait ça tout le temps.

PP se penche à son tour.

— Il faisait quoi tout le temps ?

— Me donner de l'espoir. À mon avis, ça le faisait jouir. Des fois, après m'avoir violée dans cette cabane, il me disait : « Oh, Patricia, tu vas bientôt rentrer chez toi. » Il m'annonçait que ma famille était enfin prête à payer la rançon. Un jour, il a déclaré qu'il avait l'argent. Il a jeté une paire de menottes et un bandeau dans l'abri. Il m'a dit de les mettre. « Ça y est, Patricia, tu rentres à la maison. » Il m'a conduite à la voiture. Il m'a aidée à monter à l'arrière. Il a posé la main sur ma tête. « Attention à ne pas te cogner. » Je me souviens du soin avec lequel il a bouclé la ceinture de sécurité. Comme si, soudain, il n'osait plus me toucher. Il s'est assis à côté de moi. À l'arrière. Quelqu'un d'autre – peut-être son complice du soir du meurtre – a pris le volant. « Tu rentres chez toi, me répétait mon violeur. Qu'est-ce que tu feras quand tu seras libre ? Qu'as-tu envie de manger ? » Et ainsi de suite. Vous ne pouvez pas vous imaginer. Pendant des heures… puis la voiture a fini par s'arrêter. Tous les deux m'ont prise par le coude. Ils m'ont accompagnée vers ce que j'espérais être la liberté. Je ne voyais rien, bien sûr. J'étais toujours menottée, avec le bandeau sur les yeux. « Ta maman est là, devant nous, chuchotait-il. Je la vois. » Mais maintenant je sais.

Pendant un moment, personne ne prononce le moindre mot.

— Vous savez quoi ? demande PP.

Mais Patricia ne semble pas avoir entendu.

— Ils m'ont fait passer une porte.

Un silence de mort règne dans la pièce, comme si les murs retenaient leur souffle.

— Et j'ai su tout de suite.

— Vous avez su quoi ? demande PP à nouveau.

— La puanteur familière.

— Je ne comprends pas.

— Cette puanteur, on ne l'oublie pas.

Patricia lève la tête, croise son regard.

— J'étais de retour dans cette même cabane. Ils m'avaient juste baladée en voiture. Je les entendais rigoler. J'étais menottée, je ne voyais rien… Ils sont entrés tous les deux…

Elle s'essuie les yeux, hausse les épaules, se force à sourire.

Nous nous taisons tous. Même la vieille demeure se retient respectueusement de faire entendre ses craquements habituels. Au bout d'un certain temps, PP fait signe à Max qui sort une feuille de papier.

— Serait-ce éventuellement l'homme qui vous a violée ? s'enquiert PP de sa voix la plus compatissante.

Il lui tend une feuille avec six photos différentes de Ry Strauss. La première est un agrandissement de la fameuse photo des 6 de Jane Street. La dernière, celle de Ry Strauss mort. Entre les deux, ils ont dû utiliser un logiciel de vieillissement. On y voit le visage de Ry Strauss tel qu'il a dû être à 30 ans, à 40, à 50, à 60 ans. Sur certaines, il a une barbe. Sur d'autres, non.

Patricia examine les clichés. Ses yeux sont secs à présent. Moi, je continue à faire l'inventaire de tous les possibles. Ry Strauss connaissait-il mon oncle Aldrich ? Je suppose que oui. A-t-il fait pression sur Aldrich ou l'a-t-il fait chanter pour que lui ou ma famille lui apportent une importante aide financière ? Là encore, j'aurais tendance à répondre par l'affirmative. Mais ensuite ? Pourquoi avoir volé les tableaux ? Tué Aldrich ? Kidnappé Patricia ?

Tout ça m'échappe.

— Je ne sais pas, dit ma cousine en secouant la tête. J'ai peut-être vu cet homme-là il y a longtemps. Il portait toujours une cagoule. Mais ça pourrait être lui.

PP range les photos.

— Après vous être évadée, vous avez trouvé le moyen de transformer votre drame personnel en un combat pour la justice.

C'est un compliment, bien sûr. Les mots y ressemblent, en tout cas. Le ton, c'est une tout autre histoire. L'interrogatoire tire à sa fin, mais il reste encore une chose en suspens. Je sais par expérience que, dans ce cas-là, mieux vaut ne pas insister.

— Pour être clair, dit PP, je parle des foyers Abeona que vous avez fondés.

Pressée d'en finir, Patricia répond :

— Merci.

— Puis-je vous demander d'où vous est venue l'idée de lui donner ce nom ?

— Ce nom ?

— Abeona.

Je m'interpose sèchement :

— Pourquoi, PP ?

Aussitôt, je m'en mords les doigts. PP n'est pas idiot. Il ne pose pas de questions bêtes ou inutiles. Je ne vois pas ce que vient faire là-dedans le nom de son organisation, mais je sais qu'il a une idée derrière la tête.

— Abeona est la déesse romaine invoquée par ceux qui partent, explique Patricia. Quand un enfant quitte la maison de ses parents, elle le guide et le protège.

PP hoche la tête.

— Et votre logo, le papillon qui a comme des yeux sur les ailes.

— Tisiphone abeona, dit Patricia qui a dû répondre un millier de fois à cette question.

— Oui, opine PP, mais comment êtes-vous tombée là-dessus ?

— Sur quoi ?

— La déesse romaine et le papillon en guise de logo. C'est une idée à vous ?

— Oui.

— Avez-vous étudié l'histoire de la Rome antique ? Ou, je ne sais pas, collectionné des papillons ?

PP se penche en avant. Sa voix se fait chaleureuse, engageante.

— Qu'est-ce qui vous a inspirée ?

Je cherche à décrypter l'expression de Patricia, mais les signaux sont confus. Son visage a perdu ses couleurs. Je vois du désarroi. Je vois de la peur. Et aussi, comme si elle commençait à comprendre quelque chose, mais allez savoir quoi.

— Je ne sais pas, réplique-t-elle d'un ton distant que je ne lui connaissais pas.

PP acquiesce, débonnaire, et, sans la quitter des yeux, tend la main vers Max. Ce dernier lui remet une feuille de papier. Lentement, tendrement presque, PP la pose devant Patricia. Je jette un œil par-dessus son épaule. C'est la photo d'un avant-bras. Un avant-bras avec un tatouage : un papillon Tisiphone abeona.

— C'est le bras de Ry Strauss, dit PP. Et c'est le seul tatouage qu'on a trouvé sur lui.

25

Bien plus tard dans la soirée – trop de cognacs plus tard, pour être précis –, Patricia finit par lâcher :

— Je me souviens de ce tatouage.

Nous sommes seuls dans le salon. Affalé sur le canapé, j'ai l'œil rivé sur le plafond Art déco. Patricia est lovée dans le fauteuil de grand-père. Je la laisse parler.

— C'est drôle, les choses qu'on oublie.

Elle a la voix légèrement pâteuse. Le cognac, toujours.

— Ou qu'on s'arrange pour oublier. Sauf qu'on n'oublie jamais totalement, hein ? Tu veux oublier, tu arrives même à oublier, et en fait non. C'est clair, ce que je dis ?

— Pas encore, mais vas-y, continue.

J'entends le tintement des glaçons qu'elle fait tomber dans son verre. C'est presque un crime de boire un breuvage aussi précieux avec de la glace, mais il n'est pas dans mes habitudes de juger les goûts des autres. Je fixe donc le plafond du regard et j'attends.

— On chasse les souvenirs. On les occulte. On les bloque. C'est comme…

Son élocution est de plus en plus laborieuse.

— Comme s'il y avait une cave dans mon cerveau et que j'avais rangé toute cette abomination dans cette fichue valise monogrammée que tu m'as donnée, puis j'ai traîné cette valise dans l'escalier de la cave et je l'ai abandonnée dans un coin sombre. Je suis remontée en courant et j'ai fermé la porte à clé en espérant ne plus jamais la revoir.

— Et maintenant, dis-je, pour reprendre ton analogie pittoresque, la valise a été remontée et ouverte.

Patricia acquiesce. Puis :

— Attends, c'est une analogie ou une métaphore ?

— Une analogie.

— Je suis nulle en figures de style.

J'ai envie de tendre la main pour la poser sur le bras de ma cousine en un geste de réconfort, mais je suis trop bien dans le canapé et son fauteuil est trop loin de moi...

— Win ?

— Oui ?

— Le sol de la cabane était en terre battue.

Je me tais pour l'inviter à continuer.

— Je me souviens, quand il se couchait sur moi. Au début, il m'immobilisait les bras. Je fermais les yeux et essayais de m'évader. Au bout d'un moment... Bref, on ne peut pas fermer les yeux éternellement. J'ouvrais les paupières. Il portait une cagoule, de sorte qu'on ne voyait que ses yeux. Et je n'avais pas envie de voir ses yeux. Je tournais la tête sur le côté. Lui, il était sur moi, et je revois son bras avec... avec ce papillon.

Elle s'interrompt. J'essaie de me rasseoir, en vain.

— Alors je regardais le papillon. Je me concentrais sur les ailes. Et quand il poussait et que son bras ballottait, j'imaginais que le papillon battait des ailes et qu'il allait s'envoler.

Il n'y a pas de lumière dans la pièce. Nous continuons à boire du cognac. Comme je suis saoul, je commence à me poser des questions existentielles à la noix sur la condition humaine… peut-être pour occulter, à l'instar de Patricia, ce que je viens d'entendre. Je ne connais pas vraiment ma cousine. Elle ne me connaît pas vraiment. Connaît-on jamais réellement quelqu'un ? Dieu, que je suis bourré ! Je laisse le silence me bercer. Les gens ne comprennent pas la beauté du silence. C'est pourtant dans ce cocon que naissent les liens. Je sens un lien avec mon père quand on joue au golf en silence. Je sens un lien avec Myron quand on regarde de vieux films ou des émissions de télé en silence.

Cependant, je me sens obligé de le rompre.

— Tu étais à New York le jour où Ry Strauss a été assassiné.

— Exact, répond Patricia. J'ai dit la vérité à ton ami PP, Win. Je vais très souvent à New York.

— Et tu ne m'as pas appelé.

— Je t'appelle de temps à autre. Tu fais partie des principaux soutiens d'Abeona. Mais tu n'as pas envie que je te téléphone chaque fois que je viens.

— C'est vrai.

— Tu penses que j'ai tué Ry Strauss ?

Cette question, je me la pose depuis quelques heures déjà.

— Je ne vois pas comment.

— Voilà qui me va droit au cœur.

Je me redresse légèrement. L'alcool me monte à la tête et la fait tourner.

— Puis-je parler franchement ?

— Pourquoi ? Il t'arrive de parler autrement ?

— En admettant que tu aies tué Ry Strauss…

— Ce n'est pas moi.

— D'où la phrase hypothétique.

— Ah, OK. Continue.

— En admettant que tu l'aies tué, je ne t'en voudrais pas le moins du monde. Mais j'aimerais le savoir pour qu'on puisse faire front ensemble.

— Faire front ?

— Pour s'assurer qu'ils ne remonteront jamais jusqu'à toi.

Patricia sourit et lève son verre. Elle est pas mal imbibée, elle aussi.

— Je ne l'ai pas tué.

Je la crois. Je crois aussi qu'elle ne me dit pas tout. D'un autre côté, je peux aussi me tromper sur toute la ligne.

— Je peux émettre une hypothèse à mon tour ? demande ma cousine.

— Mais bien sûr.

— Si tu étais moi et que tu aies eu l'occasion de tuer Ry Strauss, tu l'aurais fait ?

— Oui.

— Je ne sens aucune hésitation, là.

— Aucune.

— Presque comme si tu avais déjà vécu ce genre de situation.

Je ne juge pas utile de lui répondre. Je le répète : je ne connais pas vraiment Patricia et elle ne me connaît pas vraiment.

Il y a des années, j'ai participé à un week-end « retraite » avec un certain nombre de personnalités politiques dont le sénateur Ted Kennedy. Comme le lieu de ladite retraite doit être tenu secret, même aujourd'hui, je dirai juste que c'était dans les environs de Philadelphie. Le dernier soir, il y a eu une fête au cours de laquelle – je ne plaisante pas – chacun des sénateurs des États-Unis s'est livré à un numéro de karaoké. J'avoue que je les ai admirés. Personne n'a l'air très futé pendant un karaoké, sauf qu'ils s'en fichaient.

Mais revenons à Ted Kennedy.

J'ai oublié la chanson que Ted – bien que nous venions de nous rencontrer, il a insisté pour que je l'appelle par son prénom – avait choisie. C'était un morceau du label Motown. Peut-être « Ain't No Mountain High Enough ». Ou alors Barbara Boxer. À moins que Ted et Barbara n'aient chanté en duo comme Marvin Gaye et Tammi Terrell. Je ne me souviens plus. Bref, malgré notre désaccord sur un tas de sujets, Ted s'est montré incroyablement charmant et drôle. Il a bu pendant toute la soirée. Il a dansé en titubant et, s'il ne s'est pas coiffé d'un abat-jour, c'est uniquement parce qu'il était trop saoul. À la fin de la soirée, il a dû s'appuyer sur un bras ami pour pouvoir regagner sa chambre.

Pourquoi je vous raconte ça ?

Parce que, le lendemain matin, je devais partir très tôt. Je me suis levé à 5 h 30 et, à 6 heures, je suis descendu prendre le petit déjeuner. Il n'y avait qu'une seule personne dans la salle. Devinez qui.

« Bonjour, Win ! m'a-t-il lancé. Venez vous asseoir près de moi. »

Ted était en train de lire le *Washington Post* devant une tasse de café et une montagne de nourriture dans son assiette. Il avait le regard limpide et l'air parfaitement réveillé. On a eu une discussion animée à bâtons rompus, mais voici où je veux en venir : je n'ai jamais vu quelqu'un tenir l'alcool d'une manière aussi remarquable, et je ne sais pas si c'est un défaut ou une qualité.

Mais je ne vois pas en quoi ça pourrait être une qualité.

La morale de mon histoire de week-end en compagnie de célébrités ? Je tiens plutôt bien l'alcool, mais je ne suis pas Ted Kennedy. Je me réveille avec un mal de crâne carabiné. Je gémis sourdement et, comme sur un signal, on frappe à ma porte.

— Bonjour !

C'est Nigel. Je pousse un nouveau gémissement.

— Comment allons-nous ce matin ?

J'articule péniblement :

— Ta voix…

— Qu'est-ce qu'elle a, ma voix ?

— Elle est aussi douce qu'un marteau-piqueur sur un nerf crânien.

— Aurait-on la gueule de bois, maître Win ? Sois reconnaissant. Je t'ai apporté mon remède top secret.

Il fait tomber deux comprimés dans ma paume et me tend un verre.

— Ça ressemble à de l'aspirine et à du jus d'orange, dis-je.

— Chut, je songe à déposer un brevet. J'ouvre les rideaux ?

— Seulement si tu veux te prendre une balle.

— Ta cousine est en train de s'habiller.

Nigel sort de la chambre. Je prends une longue douche et m'habille à mon tour. Le temps de descendre, Patricia est déjà partie. J'avale rapidement mon petit déjeuner en compagnie de mon père. La conversation est guindée, mais ce n'est pas une surprise. Peu après, je pars voir la mère d'Edie Parker et le père de Billy Rowan au Village Seniors Crestmont dans le New Jersey.

Mme Parker m'a dit son prénom, mais je l'ai oublié. J'aime bien employer les titres de civilité comme madame ou monsieur, quand je m'adresse aux aînés. C'est ainsi qu'on m'a élevé. Nous sommes tous les trois dans la chambre de M. Rowan, aussi chaleureuse qu'un cabinet de dermatologie. Les couleurs sont un beige archi-fade et un vert club de golf. Le décor est évangélique moderne : croix en bois, paisibles impressions sur toile avec la vie de Jésus, écriteaux en bois avec des citations bibliques comme « Cherchez premièrement le royaume de Dieu » sous la référence Matthieu 6:33, et une autre qui capte aussitôt mon regard, Michée 7:18 :

« Pardonne et oublie. »

Intéressant comme choix, non ? M. Rowan y adhère-t-il sincèrement ou bien a-t-il besoin de cette piqûre de rappel ? Contemple-t-il ce mur chaque jour en pensant à son fils ? A-t-il fini par accepter ? Ou faut-il le prendre dans l'autre sens ? M. Rowan fait-il sien ce verset de la Bible dans l'espoir que les victimes des 6 de Jane Street s'y rallieront aussi ?

M. Rowan est en fauteuil roulant. Mme Parker est assise à côté de lui. Ils se tiennent par la main.

— Il ne parle pas, me dit Mme Parker. Mais nous arrivons à communiquer.

Visiblement, je suis censé demander comment, mais cela ne m'intéresse guère.

— Il presse ma main, m'explique-t-elle néanmoins.

— Je vois, dis-je.

En fait, je ne vois rien du tout. Comment la pression d'une main peut-elle permettre une véritable communication ? Est-ce une pression pour un oui et deux pour un non ? Lui presse-t-il la main selon un code, genre morse ? Je poserais bien la question, mais, une fois de plus, je ne suis pas venu pour ça. J'en reviens donc au but de ma visite.

— Comment vous êtes-vous rencontrés tous les deux ?

— Grâce à mon Edie et à son Billy.

— Puis-je vous demander quand ?

— Quand…

Elle serre le poing et le porte à sa bouche. Nous regardons tous les deux M. Rowan. Il me dévisage sans ciller. J'ignore ce qu'il voit, à supposer qu'il voie quelque chose.

Deux canules relient ses narines à la bouteille d'oxygène fixée au fauteuil roulant.

— Quand Edie et Billy ont disparu.

— Ils sortaient ensemble, n'est-ce pas ?

— Oh, plus que ça, répond Mme Parker. Ils étaient fiancés.

Elle me tend un cadre avec une photo. Décolorée par le soleil et les années, on y aperçoit les deux jeunes étudiants, Billy Rowan et Edie Parker, joue contre joue. Ils sont sur une plage, avec l'océan derrière eux, souriant aux anges, l'air (en apparence du moins) béatement heureux.

— Ça se voit qu'ils sont amoureux, n'est-ce pas ? me demande Mme Parker.

En effet. Ils paraissent jeunes, amoureux et insouciants.

— Ils sont beaux, vous ne trouvez pas ?

Je hoche la tête.

— Deux gamins écervelés, voilà ce qu'ils étaient, monsieur Lockwood. C'est ce que dit William, pas vrai, William ?

William ne bronche pas.

— Idéalistes, bien sûr. Qui ne l'est pas à cet âge ? Billy était un amour de grand dadais et mon Edie n'aurait pas fait de mal à une mouche. Sauf que, tous les soirs, elle regardait les infos et voyait ces garçons rentrer de la guerre dans des sacs mortuaires. Son frère Aiden a servi au Viêtnam. Vous le saviez, ça ?

— Non, je l'ignorais.

— Les médias n'en ont jamais parlé ?

Sa voix se charge d'amertume.

— Pour eux, mon Edie n'était qu'une terroriste cinglée, comme les filles à Manson.

Je fais de mon mieux pour prendre un air compatissant, mais c'est le genre d'occasion où l'expression hautaine par défaut devient un handicap. Myron est très doué, en revanche, pour exprimer l'empathie grâce à son regard. À faire pâlir Al Pacino.

— Quand avez-vous eu des nouvelles de Billy et Edie pour la dernière fois ?

Ma question semble la prendre au dépourvu.

— Pourquoi me demandez-vous ça ?

— J'ai juste...

— Jamais. Je veux dire, pas depuis ce fameux soir.

— Pas une fois ?

— Pas une fois. Je ne comprends pas. Que venez-vous faire ici, monsieur Lockwood ? On nous a dit que vous pourriez nous aider.

— Vous aider ?

— À retrouver nos enfants. Vous avez bien retrouvé Ry Strauss.

J'acquiesce. Même si ce n'est pas vrai, hélas, je ne cherche pas à la détromper.

— Quand vous avez retrouvé Ry Strauss...

Elle se tourne à nouveau vers M. Rowan. Il ne réagit toujours pas. J'ignore s'il nous entend. Peut-être qu'il souffre d'aphasie ou qu'il est complètement à l'ouest, ou alors c'est un expert de la *poker face*. Allez savoir.

— Ry était un vieil homme. Pas aussi vieux que William et moi, qui avons passé les 90 ans, mais pour nous Edie et Billy sont restés jeunes. Comme si le temps s'était arrêté. Comme s'ils avaient toujours la tête qu'ils avaient à cette époque-là.

Mme Parker me reprend la photo. Son doigt effleure le visage de sa fille ; elle penche tendrement la tête.

— Vous ne trouvez pas ça étrange, monsieur Lockwood ?

— Non.

Elle tapote la main de M. Rowan.

— William est un ancien golfeur. Vous jouez ? me demande-t-elle.

— Oui.

— Alors vous allez comprendre. William disait en plaisantant que lui et moi étions sur « les neufs du retour » de notre parcours de vie. Maintenant il dit que tous les deux nous marchons sur le fairway vers le dix-huitième trou. On appelle toujours Edie et Billy « nos enfants ». Pourtant, son Billy aurait eu 65 ans aujourd'hui, et mon Edie 64.

Elle secoue la tête, incrédule.

D'ordinaire, j'aurais trouvé tout cela ennuyeux et hors de propos, mais je suis venu pour ça. Je ne m'attends pas à de grandes révélations de la part de Mme Parker ou de M. Rowan. Ce n'est pas le but. Mon objectif, c'est de secouer le bocal pour voir ce qui va en sortir. Je m'explique :

Si Edie Parker et Billy Rowan étaient encore vivants, ils auraient repris contact avec leurs familles à un moment ou un autre. Peut-être pas les deux premières années où ils étaient encore dans le collimateur des autorités. Mais il s'est passé quarante-cinq ans entre-temps. Si « son » Edie à elle et « son » Billy à lui étaient en vie, il n'est pas déraisonnable de penser qu'ils les auraient contactés.

Cela ne veut pas dire que Mme Parker (laissons le mutique M. Rowan de côté pour l'instant) me mettrait dans la confidence. Bien au contraire. Elle ferait son possible pour me convaincre qu'elle n'a pas revu sa fille depuis tout ce temps. Donc... Mme Parker dit-elle la vérité ou est-elle en train de me mener en bateau ?

C'est ce que j'essaie de cerner.

— Comment avez-vous appris le... ?

Quel serait le terme le moins susceptible de la choquer ?

— ... l'incident impliquant les 6 de Jane Street ?

— Ça ne vous ennuie pas si on ne les appelle pas comme ça ?

— Pardon ?

— Les 6 de Jane Street, dit Mme Parker. Ça ressemble trop à la famille Manson.

— Oui, bien sûr.

Et dire que je ne voulais pas la heurter.

— Comment avez-vous appris l'incident ?

— Un groupe d'agents du FBI a fait irruption chez moi. On aurait dit qu'ils cherchaient Al Capone. Ils nous ont fait une peur bleue, à Barney et moi.

Tout cela, je le sais déjà. J'ai consulté le dossier. Une fois de plus, je ne cherche pas à recueillir des informations. J'essaie d'évaluer leur degré de sincérité et, comme vous allez le voir, susciter une réaction.

Je prends un ton solennel pour la circonstance.

— Et vous n'avez jamais revu votre fille ?

Elle secoue la tête. Sans un mot. Sans émotion. Un simple mouvement de la tête.

— Et vous ne lui avez pas parlé non plus ?

— Si, je lui ai parlé. Le soir même. Avant l'arrivée du FBI.

— Qu'a-t-elle dit ?

— Edie était en larmes.

Elle jette un coup d'œil sur M. Rowan. Il n'a toujours pas bougé, mais ses yeux sont humides.

— Elle m'a parlé d'une catastrophe.

— Elle n'a pas été plus précise ?

À nouveau, Mme Parker fait non de la tête.

— Que vous a-t-elle dit d'autre ?

— Qu'elle et Billy devaient partir, pour longtemps, peut-être pour toujours.

Une larme solitaire coule sur le visage de M. Rowan. Je regarde leurs mains. Ils s'agrippent si fort l'un à l'autre que, de parcheminée, leur peau en devient blanche.

— Et après ?

— C'est tout, monsieur Lockwood.

— Edie a raccroché ?

— Edie a raccroché et je n'ai plus jamais eu de ses nouvelles. Ni William, de Billy.

— Que croyez-vous qu'il leur soit arrivé ?

— Nous sommes les parents. Les dernières personnes à qui il faut demander ça.

— Je vous le demande quand même.

— Nous pensons qu'ils sont morts.

Mme Parker se mordille la lèvre.

— C'est ce qui nous a rapprochés, William et moi. Après la mort de nos conjoints, bien sûr. On ne l'aurait jamais fait avant. C'est comme si notre relation était un hommage à nos enfants, comme si un minuscule éclat de leur amour avait survécu à travers nous.

Sur ce, Mme Parker fait écho à mes propres pensées :

— Si mon Edie et son Billy étaient en vie depuis tout ce temps, ils nous l'auraient fait savoir. C'est ce qu'on pensait, du moins.

— Et plus maintenant ?

Elle hausse les épaules.

— Nous ne savons plus que penser, monsieur Lockwood. Nous avons cru savoir que Ry Strauss était mort, lui aussi. Et c'est pour ça que vous êtes là.

Mme Parker tend sa main libre pour s'emparer de la mienne. J'ai envie de me dégager – réaction instinctive, navré –, mais je me retiens. Elle garde ma main dans sa main gauche et celle de M. Rowan dans la droite. Ça dure deux ou trois secondes, mais ce temps me paraît infiniment plus long.

— Depuis, William et moi, on a repris espoir, ajoute-t-elle d'une voix étranglée. Si Ry Strauss a survécu toutes ces années, alors peut-être qu'il en est de même pour nos enfants. Ils sont peut-être partis quelque part, se sont mariés, ont eu des enfants et des petits-enfants. Et peut-être, qui sait, on pourrait se retrouver tous ensemble avant que William et moi n'arrivions sur le green du dix-huitième trou.

Je ne sais que lui répondre.

— Monsieur Lockwood, croyez-vous qu'Edie et Billy soient en vie ?

J'opte pour un pieux mensonge :

— Je ne sais pas. Mais, si c'est le cas, je les trouverai.

Elle plonge son regard dans le mien.

— Je vous fais confiance.

Je ne dis rien.

— Nous tiendrez-vous au courant, une fois que vous aurez découvert la vérité ? me demande Mme Parker. Quelle qu'elle soit. On attend depuis trop longtemps de faire notre deuil. Vous imaginez ce que c'est ?

— J'avoue que non.

— Promettez-nous de nous dire la vérité. Aussi terrible soit-elle. Promettez-le-nous.

Du coup, je promets.

26

Je suis assis à l'avant d'une dépanneuse garée le long du trottoir. Son conducteur se prénomme Gino. Je le sais parce que c'est brodé en rouge sur sa chemise de travail.

— Alors, qu'est-ce qu'on fait ? interroge Gino.

Je surveille Beatrice Jenkins, la femme qui a fréquenté Arlo Sugarman à l'université Oral Roberts, à travers la vitrine de sa boutique dans le CityGate Plaza à Rochester. Dans le même centre commercial, on trouve une voyante, un comptable, un Dollar Palace (frisson) et un Subway (double frisson). D'après son enseigne lumineuse, l'institut de beauté-salon de coiffure de Beatrice Jenkins se nomme Myst'Hair. Je ne sais si je dois applaudir ou sortir mon arme à feu.

La Honda Odyssey de Beatrice Jenkins est équipée d'une plaque personnalisée avec l'inscription JAMES BLOND – Permis de couper. Je fronce les sourcils. Dommage que Myron ne soit pas là. Il adore ce genre de calembour. Je suis sûr que Mme Jenkins et lui s'entendraient comme deux larrons en foire.

— On va rester assis là longtemps ? s'enquiert Gino.

Mon portable sonne. C'est Kabir.

— Articule, dis-je.

— Aucun coup de fil.

Cela ne me surprend pas. Depuis mon départ de chez Mme Parker et M. Rowan, il y a un peu moins d'une heure, nous les avons placés sur écoute. Avec le vague espoir qu'ils m'auraient menti et qu'ils appelleraient Edie et Billy pour les prévenir qu'ils étaient recherchés. Malheureusement, il n'en est rien. Donc, on continue.

— Autre chose ?

— Je me suis renseigné sur Trey Lyons. Vous aviez raison. C'est un ancien militaire. Il bosse dans la sécurité un peu partout dans le monde.

Je réfléchis brièvement.

— Il nous faut deux hommes de plus pour le filer.

Trey Lyons va poser un problème récurrent si je ne m'occupe pas de lui. Comment a-t-il formulé ça dans la camionnette ? Il ne peut pas me laisser vivre, et vice versa.

Je consulte ma montre. Il est 15 h 30, et Myst'Hair – je m'habitue à ce nom et commence même à le trouver drôle – ne ferme pas avant 17 heures. Aussi alléchante que soit l'idée de tuer une heure et demie en compagnie de Gino, je préfère renoncer à ce plaisir et passer à l'action tout de suite.

— Attendez mon signal, lui dis-je.

— C'est vous le patron.

Je descends de la dépanneuse et me dirige vers le salon de coiffure. Lorsque j'entre, tous les regards se tournent vers moi, dont certains dans un miroir. Il y a là trois fauteuils, tous occupés. Trois clientes dans des fauteuils noirs, trois coiffeuses. Deux autres femmes sont installées dans l'espace d'attente. La table basse est jonchée de magazines people, mais toutes les deux préfèrent leurs téléphones.

Ces dames sourient au visiteur. Toutes sauf une. Beatrice Jenkins est grande et mince. Malgré ses 65 ans, elle porte un pantalon moulant et un débardeur, et ça lui va bien. Ses cheveux sont gris et hérissés, ses traits pointus ; elle n'a pas l'air commode. Des lunettes de lecture se balancent au bout d'une chaînette sur sa poitrine.

— Vous désirez ? dit-elle.

— Je voudrais vous parler.

— Je suis occupée avec une cliente.

— C'est important.

— On ferme à 17 heures.

— Non, je regrette, ça ne me va pas.

S'ensuit ce que d'aucuns appelleraient un silence gêné, mais, comme nous le savons maintenant, le silence ne me gêne nullement.

La plantureuse rouquine, voisine de Beatrice, déclare :

— Euh… je peux finir Gertie à ta place.

Beatrice Jenkins se borne à me dévisager.

La rouquine se penche vers une vieille femme aux cheveux enveloppés de papier d'aluminium.

— Je peux bien vous finir, pas vrai, Gertie ?

Gertie crie :

— Hein ?

Beatrice pose lentement le peigne et les ciseaux, place les deux mains sur les épaules de Gertie et se penche vers elle.

— Je reviens tout de suite, Gertie.

— Hein ?

Beatrice me fusille du regard. Je réponds par un sourire qu'au mieux on qualifierait de désarmant. Elle sort pesamment, si bien qu'on se retrouve devant la vitrine de son salon. Tous les yeux sont rivés sur nous.

— Et vous êtes ? questionne-t-elle.

— Windsor Horne Lockwood III.
— Je suis censée vous connaître ?
— Je pense que vous avez eu Kabir, mon assistant, au téléphone.
Elle hoche la tête comme si c'était prévisible.
— Je n'ai rien à vous dire.
— Je serais ravi si nous pouvions sauter cette étape.
— Pardon ?
— Cette étape où vous refusez de me parler et où je déclenche le tir de barrage. C'est une sacrée perte de temps, vous savez, et de toute façon vous finirez par céder.
Elle pose ses mains sur ses hanches.
— Vous êtes flic ?
Je fronce les sourcils.
— Habillé de la sorte ?
Je parviens presque à la faire sourire.
— Parlez-moi de Ralph Lewis.
Je lui tends le scan du trombinoscope avec les ménestrels.
— Vous êtes sortie avec lui à l'université Oral Roberts.
Beatrice ne prend même pas la peine de regarder la feuille.
— Je ne comprends rien à ce que vous me racontez.
Je laisse échapper un soupir théâtral. J'espérais ne pas en arriver là, mais ma patience a des limites. Je lève la main et claque des doigts. Deux secondes plus tard, la dépanneuse s'arrête sur le parking derrière sa Honda Odyssey. Gino descend d'un bond, enfile une paire de gants de manutention et actionne un levier pour abaisser le plateau.
— Eh, vous ! crie Beatrice. Qu'est-ce que vous faites ?
— Lui, c'est mon bras droit, Gino, dis-je. Il est en train de reprendre possession de votre véhicule.

— Il n'a pas le droit…

Je lui tends les documents.

— Vous êtes lourdement endettée, madame Jenkins. Vous avez une hypothèque sur votre voiture. Votre maison.

Je désigne le salon.

— Votre commerce.

— Je me suis arrangée, rétorque-t-elle.

— Oui, avec l'ancienne agence de recouvrement. Mais comme j'ai racheté votre dette, c'est à moi que vous êtes redevable maintenant. J'ai examiné votre situation financière et, dans la mesure où elle me paraît précaire, je suis en droit de procéder à la saisie de vos biens. Gino va emmener la Honda. Deux autres de mes employés, en ce moment même, mettent les scellés sur l'entrée de votre maison. Dans dix secondes, je vais ouvrir la porte de votre commerce et prier vos clientes d'évacuer les lieux séance tenante.

Les yeux agrandis, Beatrice scrute la première page.

— Vous ne pouvez pas faire ça.

Je soupire, de façon moins ostensible cette fois.

— Vous me fatiguez avec votre obstination à nier les évidences.

Je tends la main vers la porte du salon. Beatrice s'interpose pour m'empêcher de l'ouvrir.

— Je ne sais pas où est Ralph, je vous le jure.

— Je n'ai pas dit que vous le saviez.

— Qu'est-ce que vous voulez alors ?

— Je vous répondrais bien : « la vérité », la main sur le cœur, mais ce serait un brin mélodramatique, non ?

Beatrice n'est pas d'humeur. Je ne lui en veux pas. Je ne suis pas partisan du harcèlement, par nature, mais c'est encore une chose que j'ai apprise au contact de Myron : si vous voulez déstabiliser quelqu'un, n'hésitez pas à le titiller.

— Et si je refuse de coopérer ? demande-t-elle.

— N'ai-je pas été assez clair ? Votre voiture, votre maison, votre commerce seront à moi. Au fait, elle s'appelle comment, la rouquine ? Elle sera la première à prendre la porte.

— Il y a des lois.

— Oui, je suis au courant. Elles sont toutes en ma faveur.

— Je connais mes droits. Je ne suis pas obligée de vous répondre.

— Exact.

Le plateau touche le sol. Gino me regarde. Je hoche la tête.

— Vous ne pouvez pas...

Beatrice a les larmes aux yeux.

— C'est une agression. Vous ne pouvez tout simplement pas...

— Bien sûr que si.

Cela ne m'amuse guère, mais ne me dérange pas non plus. Longtemps, on a mis en avant le concept du « Nous sommes tous égaux » que les Américains ont brillamment promu au cours de leur honorable histoire, mais il faut bien se rendre à l'évidence : c'est l'argent qui fait pencher la balance. L'argent, c'est le pouvoir. Nous ne sommes pas dans un roman de John Grisham : en réalité, l'individu lambda ne peut pas tenir tête au système. J'ai prévenu Beatrice Jenkins d'entrée de jeu : elle finira par céder.

On ne peut pas dire que ce raisonnement soit digne d'un super-héros.

— Vous ne lâcherez pas, hein ? dit-elle.

Mon sourire désarmant est de retour.

— Allons nous asseoir au Subway, dit-elle.

— Au Subway ?

Je suis légitimement atterré.

— Autant se faire enlever un rein avec une cuillère à pamplemousse. On peut discuter ici, alors allons-y. Vous avez rencontré Ralph à l'université, n'est-ce pas ?

Beatrice s'essuie les yeux et acquiesce.

— Quand l'avez-vous vu pour la dernière fois ?

— Il y a plus de quarante ans.

— Si on passait sur les mensonges… ?

— Je ne mens pas. Mais j'ai quelque chose à vous demander avant d'aller plus loin.

Je n'aime pas ça, mais argumenter risque de prendre du temps.

— Je vous écoute.

— Vous n'êtes pas flic, alors pourquoi vous intéressez-vous à Ralph ?

Parfois, on reste évasif. Et parfois, on va droit au but :

— Vous voulez dire Arlo Sugarman ?

Ma remarque touche en plein dans le mille. À l'évidence, Beatrice Jenkins connaissait la véritable identité de Ralph Lewis.

— Comment avez-vous… ?

Elle s'interrompt et, consciente que ça ne sert à rien, secoue la tête.

— Peu importe. Il n'a rien fait, de toute façon.

J'attends.

— Que lui voulez-vous ? Après toutes ces années ?

— Vous savez qu'on a retrouvé Ry Strauss.

— Bien sûr.

Elle plisse les yeux.

— J'ai vu votre photo aux actualités. Ce tableau, il était à vous.

Je rectifie :

— Il est à moi. Au présent.

— Je ne vois pas pourquoi vous cherchez Arlo.

— Le vol des tableaux n'est pas l'œuvre d'un seul homme.

— Et vous pensez que l'autre tableau serait chez Arlo ?

— Peut-être.

— Il ne l'a pas.

— Vous ne l'avez pas revu depuis plus de quarante ans.

— N'empêche. Arlo n'aurait pas commis une chose pareille.

Là, je lui assène le coup de massue :

— Et pour ce qui est d'enlever et d'assassiner des jeunes filles ?

Elle me regarde, bouche bée.

— Selon toute vraisemblance, Ry Strauss et un complice ont tué mon oncle et enlevé ma cousine.

— Vous ne pensez tout de même pas que… ?

— Avez-vous rencontré Ry Strauss quand il est venu au campus ?

— Écoutez-moi, dit Beatrice. Arlo était quelqu'un de bien. Le meilleur de tous les hommes que j'aie connus.

— Cool. Alors, où est-il ?

— Je vous l'ai dit. Je n'en sais rien. Voyez-vous, Ralph… Je veux dire Arlo… Nous sommes restés ensemble pendant deux ans. J'ai eu une enfance difficile. Quand j'étais petite…

Elle lutte pour retenir ses larmes.

— Mais je ne vais pas vous raconter ma vie.

— Ciel, non.

Elle glousse, même si je n'avais pas l'intention d'être drôle.

— Ralph… c'est comme ça que je l'appelais… était un vrai gentil.

— Quand avez-vous découvert sa véritable identité ?

— Avant qu'on sorte ensemble.

Cela me surprend.

— Il s'est confié à vous ?

— J'étais son contact sur le campus. Je l'ai aidé à s'installer, à trouver son pseudo, tout.

— Et votre liaison date de cette époque-là ?

Elle se rapproche de moi.

— Arlo n'y était pas ce soir-là.

— Quand vous dites « ce soir-là »…

— Le soir des cocktails Molotov et de tous ces morts.

— C'est Arlo Sugarman qui vous a dit ça ?

Je la gratifie de mon haussement de sourcils le plus sceptique, lequel, toute modestie mise à part, est un vrai chef-d'œuvre.

— Vous avez vu la photo des 6 de Jane Street ?

— La fameuse photo au sous-sol ? Évidemment. Mais il a quitté le groupe juste après. Il croyait que c'était un canular, que jamais ils ne rempliraient ces bouteilles de kérosène. Quand il a compris qu'ils étaient sérieux, il a fait machine arrière.

— Ça aussi, c'est Arlo qui vous l'a dit ?

— Il m'a dit que Ry avait pété les plombs. Il n'a pas participé à l'attentat.

— Il y a des photos de cette soirée.

— Mais aucune de lui. Ils étaient six, OK. Mais qui a vu son visage ?

Je réfléchis à ce que je viens d'entendre.

— Comment se fait-il qu'Arlo Sugarman n'ait rien dit à la police ?

— Il leur a parlé.

— Peut-être qu'il vous a menti.

— Il n'avait aucune raison de me mentir. J'étais dans son camp.

— Et je suppose qu'il n'a pas non plus abattu l'agent spécial Patrick O'Malley.

Beatrice Jenkins cille et jette un œil sur sa Honda.

— Vous savez ce qui est arrivé à l'agent spécial O'Malley ?

— Bien sûr, répond-elle.

— L'avez-vous interrogé là-dessus ?

— Une fois.

— Et ?

— Dites d'abord à cet abruti de s'éloigner de ma voiture.

Je me tourne vers Gino et incline la tête. Il s'écarte.

— Arlo refusait de parler de la fusillade. Blocage total.

J'essaie de remettre de l'ordre dans mes idées.

— Où est-il maintenant ?

— Je ne sais pas.

— Quand l'avez-vous vu pour la dernière fois ?

— À la remise des diplômes.

— Vous étiez toujours en couple avec lui ?

Elle secoue la tête.

— On avait rompu.

— Puis-je vous demander pourquoi ?

— Il avait rencontré quelqu'un d'autre.

Suis-je censé lui manifester ma sympathie ?

— Vous l'avez donc revu à la cérémonie de la remise des diplômes ?

— Oui.

— Et depuis, plus rien ?

— Depuis, plus rien.

— Savez-vous où il est allé ensuite ?

— Non. C'est la règle dans les réseaux clandestins. Moins il y a de gens qui savent, plus on est en sécurité. Mon rôle dans sa vie était terminé.

Fin de la piste.

Mais je sens qu'il y a autre chose.

— Je n'ai aucun intérêt à lui nuire, dis-je.

Beatrice se tourne vers le salon. Les regards sont toujours braqués sur nous.

— Comment avez-vous fait pour racheter ma dette aussi vite ? demande-t-elle.

— Ce n'est pas compliqué.

— Vous possédez un Vermeer.

— Ma famille, oui.

Elle plante ses yeux dans les miens.

— Vous êtes bourré de fric.

Je ne juge pas utile de répondre.

— Je vous ai dit qu'Arlo m'avait quittée pour quelqu'un d'autre.

— En effet.

— Je vous donnerai son nom à deux conditions.

Je joins le bout de mes doigts.

— J'écoute.

— D'abord, si vous le trouvez, promettez-moi d'écouter ce qu'il a à dire. S'il arrive à vous convaincre de son innocence, vous le laisserez partir.

— Ça marche, dis-je.

Cette promesse ne m'engage pas à grand-chose. Le respect de la parole donnée, je l'applique jusqu'à un certain point. Je ne me sens lié que par ce qui me convient. D'une manière ou d'une autre, il est facile de dire « OK, ça marche », qu'on le pense ou non.

— Quelle est la seconde condition ?

— Vous effacez toutes mes dettes.

Alors là, elle m'en bouche un coin.

— Vos dettes s'élèvent à plus de cent mille dollars.

Beatrice hausse les épaules.

— Vous êtes bourré de fric.

J'avoue. J'aime ça. J'aime beaucoup.

— Si le nom que vous me donnez est bidon…

— Il ne le sera pas.

— D'après vous, ils sont toujours ensemble ?

— Oui. Ils avaient l'air très amoureux. Alors, c'est d'accord ?

Ça va me coûter une somme à six chiffres, mais j'en gagne et j'en perds autant chaque minute sur les marchés boursiers. Et si je suis philanthrope, c'est parce que j'en ai les moyens. Beatrice Jenkins et son salon me semblent être une cause respectable.

— C'est d'accord, lui dis-je.

— Ça vous ennuie qu'on le confirme oralement ?

— Pardon ?

Elle sort son téléphone et me fait enregistrer ma promesse.

— Juste pour garder une trace, dit-elle.

Je manque lui rétorquer qu'elle a ma parole, mais nous savons tous les deux que ça ne vaut pas grand-chose. Je l'apprécie de plus en plus. Une fois l'enregistrement terminé, elle glisse le téléphone dans sa poche.

— OK, dis-je. Alors pour qui Arlo Sugarman vous a-t-il quittée ?

— Je n'ai pas compris sur le moment.

— Comment ?

— C'étaient les années 1970. Nous fréquentions une université évangélique. Ce n'était pas…

— Ce n'était pas quoi ? Pour qui vous a-t-il quittée ?

Beatrice Jenkins reprend la photo des ménestrels tirée de leur vieux trombinoscope. Elle pointe le doigt… mais pas sur Arlo. Son doigt désigne le chanteur à l'extrémité gauche du groupe. Je plisse les paupières pour mieux scruter l'image floue en noir et blanc.

— Calvin Sinclair, dit-elle.

Je lève les yeux.

— C'est pour ça qu'on a rompu. Arlo s'est rendu compte qu'il était gay.

27

Je tiens énormément à Ema, et ça m'horripile.

Je ne voulais pas d'enfants justement pour ne pas avoir à me sentir aussi atrocement vulnérable, dans la mesure où mon sort serait lié à celui de quelqu'un d'autre. Personne ne peut m'atteindre, si ce n'est à travers ma fille biologique. Sa présence dans ma vie – nous sommes en train de dîner dans mon appartement au-dessus de Central Park – est source de douleur et d'angoisse. On pourrait dire que ce sentiment, cette inquiétude parentale, me rend plus humain. Pensez-vous... Qui a envie d'être humain à ce point-là ? C'est épouvantable.

Je n'ai pas voulu avoir d'enfants pour ne pas avoir à trembler pour eux. Je n'ai pas voulu avoir d'enfants parce que tout attachement est une entrave. Après analyse de la situation, j'ai dressé la liste des avantages potentiels de la présence d'Ema dans ma vie – tendresse, complicité, quelqu'un à aimer, tout ça – et des inconvénients... eh bien, au final, les inconvénients l'emportent.

Je ne veux pas vivre dans la peur.

— Ça va ? me demande Ema.

— Au poil.

Elle lève les yeux au ciel.

Son vrai prénom, c'est Emma, mais comme elle s'habille en noir, peint ses lèvres en noir et porte des bijoux en argent, un petit malin au collège l'a taxée de goth ou « emo », d'où ce surnom, « Ema », qui lui est resté. Au départ, c'était peut-être pour se moquer d'elle, mais Ema a retourné la situation en sa faveur. Aujourd'hui, elle est en terminale et suit des cours de design et d'arts plastiques en dehors du lycée.

Quand sa mère, Angelica Wyatt, est tombée enceinte, elle ne m'a rien dit. Quand Ema est née, je n'en ai rien su non plus. Je n'en ai nullement voulu à Angelica quand elle a fini par m'en parler. Elle connaissait ma position concernant les enfants et la respectait. Si elle est sortie de son silence, c'est pour trois raisons. La première : elle estimait que suffisamment de temps avait passé (vous parlez d'une raison). La deuxième : je méritais de savoir la vérité (pfff… je n'ai rien mérité du tout). Et la troisième : s'il lui arrivait quelque chose – à l'époque, elle craignait d'avoir un cancer du sein –, je serais là si Ema avait besoin de moi (enfin une raison valable).

Pourquoi je vous raconte tout cela ?

Je ne mérite pas cette relation avec Ema. Je n'ai pas été là aux moments les plus importants, et si on m'avait laissé le choix je me serais défilé. C'est pour ça que je l'appelle, même dans ma tête, ma fille « biologique ». Je la trouve sublime à tout point de vue, alors que je n'y suis pour rien. Je n'ai pas le droit de tirer de fierté parentale de sa splendeur.

Je n'ai pas souhaité cette relation. Je ne la souhaite toujours pas – je vous ai expliqué pourquoi –, mais ceci est le choix d'Ema, et je le respecte.

Donc, que ça me plaise ou non, on se retrouve régulièrement pour manger ensemble.

Post-scriptum : Ema me bouleverse.

— J'ai un copain, dit-elle.

— Je ne veux pas savoir.

— Ne sois pas comme ça.

— Je suis comme ça.

— Pas de conseil à me donner ?

Je pose ma fourchette.

— Les garçons… dis-je.

J'entends par là « tous les garçons ».

— Les garçons sont des nazes.

— Ça, tout le monde le sait. Un avis sur le sexe entre ados ?

— Arrête, s'il te plaît.

Ema pouffe de rire. Elle adore me taquiner. Je ne sais pas comment me comporter avec elle ; parfois, j'ai l'impression d'avoir de la mélasse à la place du cerveau. À un moment donné, Angelica a décidé de lui parler de moi. Ce n'était pas très intelligent de sa part. Peut-être qu'Ema avait grandi. Peut-être qu'elle a tout simplement demandé qui était son père. Je n'en sais rien.

Angelica est une mère d'exception.

Souvent, on entend dire que la naissance d'un enfant vous change la vie. C'est pour ça que je ne voulais pas être père. Je ne tiens pas à ce que, dans ma vie, quelque chose ou quelqu'un compte plus que ma propre personne. Est-ce grave ? Quand Ema m'a dit qu'elle était au courant – quand elle m'a invité à danser au mariage de Myron –, j'ai failli tomber à la renverse. J'étais dépassé. J'avais du mal à respirer. La danse s'est terminée, mais la sensation a persisté.

Jusqu'à aujourd'hui.

Comme dirait un ado : ça craaaaaint.

Je pense à mes propres parents, à ma mère surtout, à ce qu'elle a dû endurer quand j'ai coupé les ponts avec elle, mais à quoi bon ressasser les erreurs du passé ?

Ema repose sa fourchette, me regarde et, bien qu'à l'évidence ce soit une sorte de projection, je jure que je vois les yeux de ma mère.

— Win ?

— Oui ?

— Pourquoi tu t'es retrouvé à l'hôpital ?

— Ça n'a pas grand intérêt.

Ema esquisse une moue.

— Sérieux ?

— Sérieux.

— Tu comptes me mentir ?

Elle me dévisage. Puis, comme je me tais, elle ajoute :

— Maman dit que tu n'as jamais voulu être père, exact ?

— Exact.

— Alors ne commence pas maintenant.

— Je ne te suis pas.

— Tu mens pour me protéger, Win.

Je ne réponds pas.

— Comme le ferait n'importe quel père.

Je hoche la tête.

— C'est vrai.

— Tu ne sais pas par quel bout me prendre, Win.

— C'est vrai aussi.

— Alors ne me la fais pas. Je n'ai pas besoin d'un père, tu n'as pas besoin d'une fille. Pourquoi étais-tu à l'hôpital ?

— Trois hommes ont essayé de me tuer.

Si je m'attendais à une réaction horrifiée de sa part, c'est raté.

Ema se penche en avant. Ses yeux – les yeux de ma mère – se mettent à briller.

— Raconte-moi.

Je m'exécute.

Je commence par l'agression de Teddy Lyons à la sortie de la finale de la NCAA et les raisons qui m'ont poussé à agir. J'enchaîne sur l'assassinat de Ry Strauss, les 6 de Jane Street, le retour du Vermeer, la valise monogrammée, oncle Aldrich, ma cousine Patricia, la Cabane des horreurs, le coup monté par Trey et Bobby Lyons. Je parle pendant une bonne heure. Suspendue à mes lèvres, Ema boit mes paroles. Moi, je ne sais pas écouter. J'ai du mal à rester concentré. Je m'ennuie facilement, et ça se lit sur mon visage. Ema, c'est tout le contraire. Elle a une écoute extraordinaire. Je n'avais pas forcément prévu de tout lui dire, même en restant honnête, mais quelque chose dans son attitude, dans son regard, dans sa posture m'a incité à me confier plus que je ne l'aurais voulu.

Maintenant que j'y pense, sa mère est un peu comme ça.

À la fin, elle demande :

— Tu as du papier et un truc pour écrire ?

— Dans le bureau à cylindre, pourquoi ?

Elle se lève.

— J'aimerais tout reprendre depuis le début, et il faut que je le note. Ça m'aide à y voir plus clair.

Elle ouvre le bureau et, à la vue des blocs-notes et des crayons jaunes, son visage s'illumine.

— Waouh, trop beau.

Elle attrape un bloc-notes et trois crayons finement taillés et revient vers moi. Avant de s'arrêter net.

— Quoi ? lâche-t-elle.

— Rien.

— Pourquoi tu souris comme un idiot ?

— Ah bon, je souris comme un idiot ?

— Arrête ça, Win. C'est flippant.

Nous réexaminons les faits dans l'ordre chronologique. Elle prend des notes comme… bref, qui vous savez. Elle arrache des pages. Les étale sur la table. Nous perdons la notion du temps. Sa mère téléphone. Il se fait tard, dit Angelica. Elle va passer récupérer sa fille.

— Pas maintenant, maman, répond Ema.

Je lui souffle :

— Dis-lui que je te ramènerai.

Ema transmet le message et raccroche. Nous retournons à notre tâche. Au bout d'un moment, elle décrète :

— Il nous faut un plan plus structuré.

— À quoi tu penses ?

— Commençons par Ry Strauss.

Je me redresse et la regarde.

— Quoi ? dit-elle.

— Ce n'est pas la première fois que tu fais ça.

Ema se redresse également. Et – je ne plaisante pas – joint le bout de ses doigts.

— Quand Myron a retrouvé son frère. Ta relation avec Mickey. Je n'étais pas vraiment disponible à ce moment-là. Et je le regrette.

— Win ?

— Oui ?

— Concentrons-nous sur toi. On s'occupera de mon passé une autre fois.

J'hésite une fraction de seconde et finis par acquiescer.

— OK.

— Revenons à Ry Strauss.

— OK.

— *Focus* sur son assassin.

Ema baisse les mains et se met à fouiller dans ses notes.

— La caméra de surveillance a filmé Ry Strauss au sous-sol en compagnie d'un chauve.

— C'est ça.

— Et les techniciens du FBI n'ont pas réussi à obtenir plus de détails ?

— Non. Mauvaise résolution de l'image. Et il gardait la tête baissée.

Ema réfléchit un instant.

— Intéressant, le fait qu'il nous montre sa calvitie.

— Pardon ?

— Pourquoi ne pas avoir mis une casquette ? poursuit-elle. Il n'est peut-être pas vraiment chauve. L'an dernier, dans une émission de nouveaux talents, des gars se sont fait passer pour le Blue Man Group.

— Qui ça ?

— Peu importe. Mais ils ont acheté ces espèces de perruques crâne nu qui donnent l'impression d'être chauve. Alors c'était peut-être un déguisement. Pour qu'on recherche un chauve.

Je pense à ce qu'elle vient de dire.

— Et aussi…

Ema feuillette le bloc-notes.

— La serveuse du Malachy's…

— Kathleen, dis-je.

Petite précision : j'ai raconté à Ema ma conversation avec Kathleen au parc, mais sans lui dire que je l'avais ramenée chez moi. L'honnêteté est une chose, la vulgarité en est une autre.

— Kathleen, c'est ça.

Ema a trouvé la page qu'elle cherchait.

— Kathleen t'a dit que Ry était en panique suite au cambriolage de sa banque.

— Oui.

— Sauf qu'on sait qu'il n'avait pas d'argent là-bas. Son argent provenait de la SARL que ta grand-mère…

J'ajoute :

— Et ton arrière-grand-mère.

— Ouais.

Elle s'interrompt, me sourit.

— C'est vrai.

Je souris également.

— Bien…

Ema redevient sérieuse.

— Revenons à ta conversation avec Kathleen. Nous savons que Ry ne sort jamais de chez lui, sauf la nuit pour la retrouver dans le parc. Et voilà que, soudain, il s'aventure dehors en plein jour.

— Le jour de son assassinat.

— Exact. Du coup, toi…

Ema attrape une feuille dans le coin supérieur droit de la table.

— … tu fais jouer tes relations et ton portefeuille bien garni pour obtenir un rendez-vous à la banque. La directrice t'apprend que les cambrioleurs ont forcé les coffres-forts.

— Oui.

— Tu ne trouves pas ça bizarre ?

Je hausse les épaules.

— Il y a beaucoup d'objets de valeur dans ces coffres.

— Oui, peut-être bien… répond Ema lentement.

— Mais ?

— J'ai une autre idée.

D'un geste, je l'invite à continuer.

— Ry Strauss a loué un coffre à la banque, probablement sous un faux nom.

— Ça fait sens, dis-je sans mentionner que j'y ai déjà songé. Et que crois-tu qu'il y avait dedans ?

— Quelque chose qui pouvait l'identifier, réplique Ema en tapotant la table avec la gomme de son crayon. Ry Strauss a dû changer plusieurs fois d'identité pendant toutes ces années. On est d'accord ?

— On est d'accord.

— Il lui fallait donc conserver tous ses papiers d'identité en lieu sûr, plus peut-être son vrai passeport et son acte de naissance. On ne jette pas ces choses-là.

— Non, en effet.

Je rumine pendant quelques secondes.

— Tu es en train de me dire que les cambrioleurs ne cherchaient pas de l'argent… qu'ils ont forcé ces coffres parce qu'ils cherchaient Ry Strauss ?

— Possible.

— Mais invraisemblable ?

— Invraisemblable, répète Ema. J'ai une autre hypothèse.

J'avoue que je prends un plaisir énorme à cet échange.

— Je t'écoute.

— Ton mentor du FBI, PP.

— Eh bien ?

Elle consulte l'heure sur son téléphone.

— Il est trop tard pour l'appeler ?

— Il n'est jamais trop tard pour l'appeler. Mais dis-moi pourquoi d'abord.

— PP a dit qu'ils avaient arrêté l'un des braqueurs.

— Exact.

— Y aurait-il un moyen d'accéder à lui ?

— D'accéder à lui ?

— Pour lui poser des questions, dit Ema. L'interroger. Pourrais-tu utiliser tes relations de riche capitaliste pour parler à ce type ?

Je fronce les sourcils.

— On va faire comme si je n'avais rien entendu.

— Ce sera notre premier pas, Win.

Le sourire qui illumine son visage me remue les tripes.

— Appelle PP et fixe un rendez-vous.

28

Si vous croyez que les salles d'interrogatoire du FBI ressemblent à ce qu'on voit à la télé, vous avez raison. Nous sommes dans une pièce sans fenêtres à l'atmosphère confinée, avec une table et quatre chaises métalliques au milieu. Je suis assis seul d'un côté de la table. Steve, le fameux braqueur, et Fred, son avocat, sont assis en face.

— Mon client a déjà conclu un accord concernant le prétendu cambriolage de la banque, commence Fred.

— J'y comprends rien, déclare Steve.

C'est un petit bonhomme frêle avec des mains de pianiste ou de perceur de coffres, allez savoir. Sa grosse moustache en broussaille lui mange le visage et monopolise l'attention.

— Qui c'est, ce gars-là ?

Fred pose la main sur son avant-bras.

— Tout va bien, Steve.

Steve regarde sa main d'un œil torve.

— Faut pas vous gêner.

La main de Fred se retire.

— Vous voulez quoi ?

— Des informations.

— Vous avez pas une tête de procureur.

Son épais accent fleure bon le Bronx.

— Je n'en suis pas un, dis-je. Et peu m'importe que vous soyez coupable ou innocent. Il n'y a qu'une seule chose qui m'intéresse.

Steve plisse les yeux. Il n'a presque pas de sourcils, ce que je trouve étrange pour quelqu'un d'aussi moustachu.

— C'est quoi ?

— Le contenu d'un certain coffre-fort.

Je l'observe de près et note qu'il sait précisément de quoi je veux parler.

— Je ne vois pas ce que vous voulez dire.

— Vous ne jouez pas souvent au poker, n'est-ce pas, Steve ?

— Hein ?

— Comme le temps m'est compté, laissez-moi vous faire une offre. Libre à vous d'accepter ou de refuser.

L'organisation de cette rencontre, je la dois à Ema. Si je parviens à obtenir l'information souhaitée, ça lui fera plaisir, à juste titre.

— Je voudrais que vous me parliez du contenu de ce coffre-fort particulier. C'est tout. Juste celui-là. En échange, je vous donnerai cinq mille dollars sans vous faire perdre votre accord d'immunité.

— L'accord d'immunité est scellé dans la pierre, s'interpose Fred. Vous ne pouvez pas nous le…

Il esquisse des guillemets dans l'air.

— … « faire perdre ».

Je me contente de sourire.

— Il peut faire ça ?

La moustache de Steve sautille quand il parle, comme chez Sam le pirate.

— Oui, Steve, je le peux. Alors, vous acceptez ou vous refusez ?

— Je refuse.

J'entends la peur dans sa voix.

— Je veux pas d'argent.

Il caresse sa moustache comme si c'était un petit chien. Je m'attendais à ce que ce soit plus facile.

— Bien sûr que si.

— C'est mieux pour ma santé si je la boucle.

— Je vois.

— Si ça se sait que j'ai parlé, je suis un homme mort.

— Mais ça va se savoir, dis-je, si vous ne parlez pas.

Steve fronce les sourcils.

— Comment ça ?

— Oui, intervient Fred l'avocat en se redressant. Qu'entendez-vous par là ?

— C'est simple.

Je me laisse aller en arrière et joins le bout de mes doigts.

— Si Steve refuse de me parler, j'informerai tout le monde qu'il l'a fait.

Ça leur cloue momentanément le bec.

— Mais vous ne savez rien, s'énerve Steve.

— J'en sais suffisamment.

— Si vous savez ce que je vais dire, pourquoi vous fatiguer à essayer de me faire cracher le morceau ?

Je pousse un soupir.

— J'ai une hypothèse, Steve. Vous voulez l'entendre ?

— Je n'aime pas ça, déclare Fred. Nous avons accepté de vous voir par courtoisie, or voici que vous proférez des menaces. Je n'aime pas ça du tout.

Je le regarde et pose un doigt sur mes lèvres.

— Chut.

Steve se cale dans sa chaise et continue à caresser sa moustache : on dirait que la moustache et lui sont en plein conciliabule.

— OK, beau gosse, voyons votre hypothèse.

— Ce n'est pas vraiment la mienne. C'est…

J'allais dire « celle de ma fille », mais je ne veux pas mentionner Ema dans cet endroit sordide. Je décide donc de me jeter à l'eau.

— En fouillant dans les coffres-forts, vous êtes tombé sur des documents appartenant à un certain Ry Strauss.

La moustache tressaille. J'ai mis dans le mille.

— Attendez, s'exclame Fred en écarquillant les yeux. Le fameux Ry Strauss ? Si c'est au sujet…

— Chut, lui dis-je à nouveau sans quitter Steve du regard. Ensuite, vous avez donné ou vendu ces documents à l'individu qui a tué M. Strauss. Ce qui, mon ami à la face hirsute, fait de vous le complice d'un assassinat.

— Quoi ?

Steve et sa moustache semblent s'être figés, mais Fred est prêt à mimer la bagarre au nom de son client.

— Vous n'avez aucune preuve…

— Pour l'instant, Steve, je suis le seul à le savoir. Je n'en soufflerai pas mot aux autorités. Je ne l'ébruiterai pas. Je ne laisserai pas l'info remonter jusqu'à celui que vous craignez tant. Dites-moi ce que vous savez et chacun de nous poursuivra sa route comme si de rien n'était. Le seul changement dans votre vie ? Cinq mille dollars de plus sur votre compte.

Pas de réaction.

— Si vous choisissez de décliner mon offre, de mentir ou de feindre l'ignorance, je sortirai dans le couloir et irai trouver mes amis dans la police pour leur parler de votre complicité dans une affaire d'homicide. Fred vous confirmera que j'ai des amis. Beaucoup d'amis. On ne peut pas venir causer en tête à tête avec un braqueur de banques en détention provisoire si on n'a pas d'amis. N'est-ce pas, Fred ?

— Vous ne pouvez pas...

— Chut.

Je regarde Steve. Il se trémousse sur sa chaise.

— Vous voulez savoir quoi, au juste ?

— Je veux savoir ce qu'il y avait dans ce coffre-fort. Et qui est au courant de son contenu.

Steve se tourne vers Fred. Fred hausse les épaules. Steve reporte son attention sur sa moustache.

— Que diriez-vous de dix mille dollars ?

Ce n'est pas un problème pour moi, mais ce ne serait pas drôle.

— Je prends ça comme un refus.

Je pose les poings sur la table, faisant mine de me lever.

— Bonne journée, messieurs.

Steve agite ses petites mains.

— Non... arrêtez ! Vous promettez que ça ne sortira pas d'ici ? Les flics, je m'en fiche. Si on apprend que j'ai parlé...

— Personne ne le saura, dis-je.

— Promis ?

Je lève la main comme pour prêter serment.

Fred semble vouloir protester, mais Steve le fait taire.

— OK, d'accord, on a fait un casse. Ça, tout le monde le sait. On croyait ramasser un bon tas de cash, mais le gars qui a monté le coup a été mal renseigné... bref, peu importe. Je me dis que, puisqu'on est sur place, on pourrait aller jeter un œil sur les coffres, histoire de rentrer dans nos frais. On est outillés pour. On fait ce qu'on a à faire et on retourne dans notre planque. À Millbrook. Vous connaissez ? Un endroit superbe. Pas très loin de Poughkeepsie.

Je le regarde fixement.

— OK, d'accord, c'est sans importance. On a fait une belle prise. Les gens gardent des tas de choses dans ces coffres. Des montres, des diamants.

D'un geste, je lui intime de passer la seconde.

— Et Ry Strauss ?

— Oui, pardon. C'est vrai, j'ai trouvé son acte de naissance. Un certificat tout ce qu'il y a d'officiel. Je vais pour le jeter, puis je me dis qu'un de nos faussaires pourrait utiliser le papier. Il y a un sceau en relief aussi. Je le donne à Randy, c'est mon beau-frère. Randy le lit et je l'entends qui braille : « Bon sang de bonsoir, fais-moi voir le reste. » Il n'y a que des documents, des faux papiers d'identité, un titre de propriété, tout ça. Je dis : « C'est quoi, ce cirque ? Qui est Ryker Strauss ? » C'était le nom sur l'acte de naissance. Randy, il me dit : « C'est Ry Strauss, patate. » Et moi : « Qui ça ? » Du coup, il m'explique que c'est quelqu'un de célèbre, qu'il est recherché et tout. Alors, dans un premier temps, je me dis qu'on pourrait vendre ces infos à une chaîne télé.

— Une chaîne télé ?

— Oui, vous savez, un magazine d'information ou une émission d'actu comme *60 Minutes* ou *48 heures*. Ça aurait fait un buzz d'enfer. J'ai pensé à Geraldo aussi.

— Geraldo ?

— Geraldo Rivera. Vous voyez qui c'est ?

Je réponds par l'affirmative.

— Oui.

— J'aime bien Geraldo. Il dit les choses comme elles sont. Et il a eu mauvaise presse à cause de cette histoire d'Al Capone et de la chambre forte, vous vous souvenez ?

J'acquiesce.

— J'imagine déjà la bataille des enchères pour ce genre d'infos ou, comme j'admire vraiment Geraldo, peut-être que nous pourrions négocier avec lui. Si ça se trouve, je pourrais même le rencontrer. Il a l'air d'un type bien.

— Et vous avez la moustache en commun tous les deux, dis-je, ne pouvant m'en empêcher.

— C'est vrai, quoi.

Il s'anime.

— Et peut-être, qui sait, peut-être même que je pourrais me faire prendre en photo avec Geraldo. Vu ce que je lui apporte. Geraldo, c'est un type bien. Il me remercierait. Et puis, vous imaginez la revanche ? S'il retrouvait Ry Strauss, les gens oublieraient que cette fichue chambre forte était vide, non ?

Je regarde Fred. Il hausse les épaules.

— Sauf que Randy ne veut pas qu'on le vende à une émission de télé parce que c'est une grosse affaire et que ça ferait beaucoup de bruit. Les flics s'en mêleraient, ils feraient pression sur la chaîne et finiraient par nous tomber dessus. Je lui dis que Geraldo ne nous balancerait pas. Que jamais il ne ferait une chose pareille. Ce n'est pas le genre. Mais Randy, il dit qu'on sera trop dans le collimateur et que quelque chose finira par craquer. Je suis déçu – je pensais vraiment que ça ferait un bon sujet pour Geraldo –, du coup j'essaie de le défendre, mais Randy dit que ce serait trop dangereux pour une autre raison.

— Laquelle ?

— Ben, on sait dans un certain milieu que la famille Staunch en avait après ce Ry Strauss. C'est ce que Randy m'a expliqué. On raconte qu'ils ont retrouvé l'un des gars à l'époque et que le vieux Nero l'a fait écorcher vif. Pour de vrai. Et que ce pauvre type a mis plusieurs semaines à mourir. Ça fout les jetons, non ? C'est pour ça qu'il ne faut pas parler, OK ?

— OK, dis-je. Je ne parlerai pas.

— Moi et mon équipe, on ne bosse pas pour les Staunch. On reste à l'écart, vous comprenez ? On ne veut pas d'ennuis. Mais Randy, il a vu l'occasion de leur rendre service et peut-être aussi de gratter quelques dollars au passage.

— Donc Randy a vendu l'information aux Staunch ?

— C'était le plan, ouais.

— Le plan ?

— Je suppose que ça a marché, mais, comme je me suis fait choper il y a un mois, je me vois pas poser la question à Randy.

29

La brasserie artisanale des Staunch est un repaire – je devrais éviter les stéréotypes – de hipsters. Située dans un entrepôt chic de Williamsburg, épicentre de la culture bobo, elle accueille une clientèle dont l'âge oscille entre 20 et 30 ans, et qui en fait tellement pour se démarquer de la norme qu'elle représente une norme à elle toute seule. Les hommes arborent des lunettes de hipster (vous voyez ce que c'est), une pilosité faciale asymétrique, des foulards nonchalamment drapés autour du cou, des bretelles sur des jeans déchirés à des endroits stratégiques, des tee-shirts de concert vintage se voulant second degré, des chignons ou tout un éventail de couvre-chefs immondes, genre bonnet difforme au crochet, casquette en laine et, bien entendu, le fedora incliné juste ce qu'il faut (règle tacite du hipster : un seul fedora par tablée), et bien sûr des bottes, hautes ou basses, et peu importe la couleur, on voit tout de suite que ce sont des bottes de hipster. La gent féminine offre une gamme plus variée : fringues vintage d'occasion, flanelles, cardigans, superpositions disparates, teintures acides, collants résille… À force d'anticonformisme, tout ce petit monde n'en est que plus conformiste, avec une composante obsessionnelle en prime.

Mais je suis trop critique sans doute.

Les innombrables bières pression – IPA, bières brunes, bières blondes, pilsner, porter, d'automne, d'hiver, d'été (les bières ont des saisons maintenant), orange, citrouille, melon, chocolat (il ne manque plus que la corn-flakes maison) – sont servies dans des pots, plutôt que dans des verres ou des chopes. Au-dessus d'une porte, il y a un panneau « Visite brasserie ». Une autre entrée s'intitule « Salle de dégustation ». La clientèle s'est éparpillée autour des tables de pique-nique poisseuses. Au passage, je capte des bribes lexicographiques telles que hashtag, fooding, gluten, FOMO, kale, mainstream, bien-être, on fleek, pitch, kombucha, « Elle est vraiment border », « Je suis sous l'eau ».

Précision : c'est ce que je crois entendre.

Autrefois, les gangsters fréquentaient les bars, les restaurants ou les boîtes de striptease. Mais les temps changent. J'entre, et aussitôt une jeune et jolie serveuse avec des couettes et un short en jean coupé vient à ma rencontre.

— Oups, vous devez être Win. Suivez-moi.

Le sol est en béton, l'éclairage, tamisé. Dans un coin, quelqu'un fait tourner des disques en vinyle. Des tapis de yoga écologiques, aussi confortables à première vue que des slips en tweed, sont disposés sur la gauche ; un type à la démarche ondulante avec une barbe large comme un bavoir à homard guide les moyennement imbibés à travers une salutation au soleil. La serveuse m'escorte dans un couloir bordé de fûts de bière et d'autres marchandises jusqu'à une grande porte en métal. Elle frappe et me dit :

— Attendez ici.

Et elle s'en va d'un pas indolent sans me laisser le temps de lui offrir un pourboire. La porte s'ouvre. Je crois reconnaître le gorille qui accompagnait Leo Staunch lors de sa visite à l'hôpital, mais je n'en suis pas sûr. Tout ce que je peux dire, c'est qu'il dépasse allègrement les deux mètres, qu'il est gaulé comme une armoire à glace et que son épaisse chevelure est implantée si bas qu'elle semble démarrer à la hauteur de ses sourcils. Lui aussi arbore l'incontournable pilosité faciale et un fedora trop petit pour son crâne.

— Entrez, dit-il.

Il referme la porte derrière moi. Il y a quatre autres hipsters dans la pièce, dardant sur moi leurs regards de hipsters derrière leurs lunettes de hipsters.

— Il me faut vos armes, déclare le grand hipster qui m'a ouvert.

— Je les ai laissées dans la voiture.

— Toutes ?

— Toutes.

— Même la lame de rasoir que vous planquez dans votre manche ?

Le grand hipster m'adresse un large sourire. Je souris aussi et répète :

— Toutes.

Il me demande mon téléphone. Je m'assure qu'il est verrouillé avant de le lui remettre. Il fait signe à un autre hipster. Celui-ci sort un détecteur à métaux et le promène sur mon corps jusqu'à ce qu'une voix l'interrompe :

— C'est bon. S'il déconne, vous le descendez, OK ?

Je reconnais aussitôt Leo Staunch. D'un geste, il m'invite à le rejoindre, et je le suis dans un bureau que, si je m'étais plus informé sur le sujet, j'aurais pu qualifier de « zen » ou de « feng shui ». Il est blanc avec une grande baie vitrée qui donne sur une fontaine dans la cour. Je remarque aussi une rampe pour fauteuil roulant et des barres d'appui près du canapé contre le mur de gauche.

La porte se referme et je n'entends plus les bruits de la brasserie. Comme si nous avions pénétré dans un tout autre royaume. Leo Staunch m'invite à m'asseoir. Lui-même fait le tour d'un bureau en plexiglas et s'installe en face de moi. Son fauteuil est surélevé par rapport au mien et je me retiens de lever les yeux au ciel devant une aussi piètre tentative d'intimidation.

Sauf que Leo Staunch a raison sur un point : je ne suis pas invulnérable. Ni suicidaire d'ailleurs, et même si j'ai trop souvent joué avec le feu j'ose croire que je l'ai fait avec un minimum de bon sens.

En clair, il faut que je sois sur mes gardes.

— Alors, commence Leo Staunch, vous savez où se trouve Arlo Sugarman ?

— Pas encore.

Il fronce les sourcils.

— Mais, au téléphone…

— J'ai menti, oui. Hélas, je ne suis pas le seul.

Il prend son temps avant de rétorquer :

— Attention où vous mettez les pieds, monsieur Lockwood.

— Allons, vous n'êtes pas du genre à tourner autour du pot, donc je vais être clair. Quand vous êtes venu me voir à l'hôpital, vous m'avez assuré que vous n'étiez pour rien dans la mort de Ry Strauss.

J'ignore à quoi m'attendre de sa part. À un déni peut-être. À un semblant d'étonnement. Mais il ne bronche pas.

J'ajoute :

— C'était faux, n'est-ce pas ?

— Qu'est-ce qui vous fait dire ça ?

— J'ai eu accès à de nouvelles informations.

— Je vois, répond Staunch en écartant les mains. Allez-y, je vous écoute.

— Avez-vous tué Ry Strauss ?

— C'est une question, dit-il, pas une information.

— L'avez-vous tué ?

— Non.

— Saviez-vous que Strauss habitait au Beresford avant sa mort ?

— Encore une fois, non.

Il passe sa main dans ses cheveux pour les aplatir. Le teint lisse de Leo Staunch évoque l'usage des cosmétiques et/ou du Botox.

— Quelle est cette nouvelle information, monsieur Lockwood ?

— Peu de temps avant l'assassinat, vous avez appris que Ry Strauss vivait au Beresford.

Il croise les jambes et tapote son menton avec son index.

— Est-ce exact ?

J'attends.

— Comment l'avez-vous appris ?

— Le comment est hors sujet.

— Pas pour moi.

Il essaie le regard noir maintenant, mais le cœur n'y est pas.

— Vous débarquez dans mon entreprise sous un prétexte. Vous me traitez de menteur. Je crois que j'ai droit à une explication, non ?

Je ne souhaite pas attirer d'ennuis à Steve, mais nous y voilà.

— Il y a eu un cambriolage dans une banque.

Son expression est indéchiffrable, une statue de marbre. En deux minutes, je lui explique l'histoire du cambriolage et du coffre-fort appartenant à Ry Strauss. Je ne cite aucun nom, mais est-ce si difficile pour un homme comme Leo Staunch d'identifier ma source ?

— Donc votre contact, dit-il quand j'en ai terminé, prétend m'avoir vendu des informations sur Ry Strauss.

— Ou donné.

— Ou donné.

Staunch hoche la tête comme si tout devenait clair.

— Alors, qu'attendez-vous de moi ?

La question me prend de court.

— Je veux savoir si vous avez tué Ry Strauss.

— Pourquoi ?

— Pardon ?

— Qu'est-ce que ça change ? poursuit-il.

Mais je sens que le ton n'est plus le même.

— Admettons que votre source vous ait dit la vérité. Admettons qu'elle nous ait fourni l'information. Et que j'aie décidé de m'en servir pour venger ma sœur. Tout cela reste hypothétique, bien sûr. Et maintenant ? Vous allez me dénoncer aux flics ?

Au bout de quelques secondes d'un silence mutuel, je finis par lâcher :

— Non.

— Alors concentrons-nous sur la seule chose qui compte.

— C'est-à-dire ?

— Retrouver Arlo Sugarman.

Sa voix est étrange, lointaine. Il y a très clairement quelque chose dans l'air, mais je ne saurais dire quoi. Brusquement, Staunch fait pivoter son fauteuil, pour me tourner le dos. Puis il ajoute tout bas :

— Qu'est-ce que ça change, que j'aie tué ou non Ry Strauss ?

Je trouve cela déconcertant. Je ne sais pas comment réagir et, me rappelant sa mise en garde de tout à l'heure, choisis la prudence :

— Il y a autre chose là-dessous.

— Le vol des tableaux ?

— Pas seulement.

— Quoi d'autre ?

Ai-je envie d'aborder l'histoire de ma cousine et de la Cabane des horreurs avec lui ? La réponse est non.

— Cela m'aiderait, dis-je avec moult précautions, de connaître toute la vérité. Vous avez voulu venger votre sœur. Je vous comprends.

Je l'entends s'esclaffer.

— Vous ne comprenez rien du tout.

Sa voix est sourde, chargée d'une tristesse profonde et inattendue. Leo Staunch se lève et, sans se retourner, s'approche de la baie vitrée.

— Vous pensez que je vous demande de retrouver Arlo Sugarman pour l'éliminer.

Comme ce n'est pas une question, je ne réponds pas.

— Ce n'est pas ça du tout.

Il me tourne toujours le dos. Je continue à me taire.

— Je vais vous dire quelque chose qui ne doit pas sortir d'ici.

Il fait volte-face.

— J'ai votre parole ?

Que de promesses faites aujourd'hui. L'une de nos plus grandes illusions est de croire que le respect de la parole donnée est une qualité admirable. Il n'en est rien. C'est souvent une excuse pour mal agir ou pour couvrir quelqu'un de peu recommandable parce qu'on est un « homme de parole » et qu'on doit allégeance à un individu qui ne le mérite pas. La loyauté sert de substitut à la morale ou à l'éthique... Oui, je sais, vous me trouvez bizarre dans ce rôle de donneur de leçons, mais c'est ainsi.

— Bien sûr, dis-je en mentant avec aisance (mais pas immoralement).

Et, comme les mots ne coûtent rien, j'en rajoute une couche :

— Vous avez ma parole.

Leo Staunch pivote à nouveau vers la baie vitrée.

— Par où commencer ?

J'évite de répondre « Par le commencement » car, primo, ce serait un cliché, et, secundo, j'aime autant en finir rapidement.

— J'avais 16 ans à la mort de Sophia.

Soupir. Pour ce qui est d'en finir rapidement, ça m'a l'air mal parti.

— Elle en avait 24. Nous n'étions que deux, Soph et moi. Quand ma mère a accouché d'elle, les médecins lui ont dit qu'elle n'aurait pas d'autres enfants, mais, huit ans plus tard, surprise... je suis arrivé.

Je le vois sourire grâce à son reflet dans la vitre.

— Vous n'imaginez pas à quel point j'ai été gâté pourri.

Il secoue la tête.

— Je ne sais pas pourquoi je vous raconte ça.

Je m'abstiens de tout commentaire.

— Vous savez qui nous sommes, n'est-ce pas ?

Drôle de question.

— Vous voulez dire votre famille ?

— Exactement. La famille Staunch. Laissez-moi vous expliquer en deux mots. Mon père et oncle Nero étaient frères. Très proches l'un de l'autre. Dans ce genre de, disons, business, il faut un seul boss. Oncle Nero était plus âgé et plus teigneux, et papa, qui, d'après tout le monde, était un homme bon, ne demandait pas mieux que de rester dans l'ombre. Sauf que ça ne l'a pas sauvé.

Quand il s'est fait descendre en 1967… bref, vous savez peut-être comment ça s'est terminé.

Plus ou moins. Il y a eu une guerre entre gangs. Les Staunch ont gagné.

— Du coup, oncle Nero a pris la place de mon père. Imaginez un peu, il vient ici plusieurs fois par semaine. Incroyable, à son âge. Comme il a eu une attaque, c'est dur pour lui. Il est en fauteuil roulant.

Je regarde les barres d'appui. Je repense à la rampe à l'entrée.

— Je passe sur les années qui ont suivi, OK ? demande-t-il.

— Je vous en prie.

— Quand ces étudiants ont tué ma sœur, personne n'a moufté car nous le savions tous : la famille allait venger sa mort. Aux yeux d'oncle Nero, c'était pire que ce qui est arrivé à mon père. Dans son cas à lui, c'étaient les risques du métier. Pour nous, les 6 de Jane Street étaient une bande de gauchos, des planqués, des enfants gâtés. La mort de Sophia n'en était que plus gratuite.

J'imagine le tableau. Face à ces étudiants issus de milieux favorisés et qui ne manqueraient pas de le regarder de haut, quelqu'un comme Nero Staunch pouvait facilement entrer dans une fureur noire.

— Alors oncle Nero a lancé un avis de recherche. Il a laissé entendre clairement que quiconque nous donnerait des informations sur l'un des 6 de Jane Street – ou, ma foi, nous prouverait qu'il en a liquidé un – serait grassement récompensé.

— Je parie que vous avez reçu des tuyaux, lui dis-je.

— C'est vrai. Mais aucune piste n'a abouti. Pendant deux ans, rien.

— Et puis ?

— Et puis Lake Davies a été arrêtée ou s'est rendue, je ne sais plus. Elle connaissait la chanson. Une fois qu'elle serait incarcérée, elle serait à notre merci. Et si, par hasard, nous ne pouvions pas l'atteindre – s'ils la plaçaient sous protection –, on la cueillerait à sa sortie. Du coup, son avocat est venu nous proposer un marché.

— Davies vous a fourni des renseignements, dis-je.

— Oui.

Cela me paraît logique. Lake Davies a conclu un accord avec les Staunch pour sauver sa peau. Et une fois sa peine purgée, elle a changé d'identité et, en gros, est retournée à la clandestinité au cas où les Staunch se raviseraient.

Je me souviens de ce qu'elle m'a dit quand je suis allé la voir dans son hôtel-spa pour chiens. Lorsque je lui ai demandé si elle se cachait en Virginie-Occidentale pour que Ry Strauss ne la retrouve pas, elle m'a répondu : « Pas seulement Ry. »

— Alors qui Davies vous a-t-elle donné ?

Son visage s'assombrit.

— Lionel Underwood.

La pièce redevient silencieuse.

— Où était-il ?

— Est-ce important ?

— Non, pas vraiment.

— J'ai toujours pensé qu'ils se cachaient dans une sorte de communauté hippie. Mais Lionel, peut-être parce qu'il était noir, je ne sais pas, vivait sous le nom de Bennett Leifer à Cleveland, Ohio. Il travaillait comme chauffeur routier. Il était marié. Sa femme était enceinte.

— Elle connaissait sa véritable identité ?

— Aucune idée. Ce n'est pas important.

— Probablement pas.

— Vous devinez sûrement le reste.

— Vous l'avez supprimé ?

Le silence de Leo Staunch en dit long. Il s'effondre dans le fauteuil comme si ses genoux avaient fléchi d'un seul coup. Nous nous taisons quelques secondes. Puis il se remet à parler tout bas.

— Nous possédons toute une rangée d'entrepôts de ce côté-ci de la rue. Il y a un bâtiment deux numéros plus loin. Maintenant, c'est un magasin de pièces détachées, mais à l'époque…

Ses yeux se ferment.

— Ça a duré trois jours.

— Vous étiez là ?

Il hoche la tête, les paupières closes. Ne sachant que penser de ces révélations, j'en reviens aux faits bruts. Lionel Underwood est mort. Je sais à présent ce que sont devenus trois des 6 de Jane Street : Ry Strauss est mort, Lionel Underwood est mort, Lake Davies est en vie. Restent les trois autres : Arlo Sugarman, Billy Rowan, Edie Parker.

Il y a une autre question, plus importante, une question brûlante : pourquoi Leo Staunch me raconte-t-il tout cela ? D'aucuns se diraient que c'est très mauvais signe ; maintenant que je sais la vérité, il faudra qu'il me tue. Mais je ne crois pas que ce soit nécessaire. Même si j'étais inconscient au point de me précipiter au FBI, que pourrait faire la police après tout ce temps ? Que pourrait-elle prouver ?

Qui plus est, si Leo Staunch avait prévu de me tuer, il n'aurait aucune raison de me faire toutes ces confidences.

— J'imagine que vous ou votre oncle avez interrogé M. Underwood sur le sort de ses petits camarades.

Il fixe sans le voir un point loin derrière moi. Ses yeux sont deux billes éclatées.

— On a fait plus que l'interroger.

— Et ?

— Il ne savait rien.

— Vous a-t-il dit quelque chose, au moins ?

— À la fin, répond Leo Staunch d'une voix blanche, Lionel Underwood nous a tout dit.

Il revoit la scène dans ce qui est aujourd'hui un magasin de pièces détachées. Le sang a déserté son visage.

— Tout quoi ?

— Il n'a pas lancé de cocktail Molotov.

— Vous l'avez cru ?

— Oui. Il a craqué. Complètement. Le deuxième jour, il nous a suppliés de l'achever.

Ses yeux s'emplissent de larmes ; il cille pour les chasser.

— Vous voulez savoir pourquoi je vous raconte ça.

Mon silence est reçu comme une sorte d'invitation à poursuivre.

— Pendant un moment, je me suis convaincu que c'était bien comme ça. J'avais vengé ma sœur. Il n'avait peut-être pas lancé d'explosif, mais, comme mon oncle me l'a rappelé, il n'en était pas moins coupable. Sauf que je n'arrivais plus à fermer l'œil. Aujourd'hui encore, après toutes ces années, j'entends ses hurlements la nuit. Je revois son visage convulsé.

Il cherche mon regard.

— La violence ne m'effraie pas, monsieur Lockwood. Mais se faire justice de la sorte…

Il s'essuie un œil du bout de son index.

— Je vous dis ça parce que je ne veux pas qu'il arrive la même chose à Arlo Sugarman. Quelles que soient ses fautes, je veux qu'il soit arrêté et jugé. J'ai perdu tout désir de vengeance.

Il se penche vers moi.

— La raison pour laquelle je vous demande de retrouver Arlo Sugarman, c'est pour pouvoir le protéger.

Est-ce que je le crois ?

Oui.

— On a un problème, dis-je.

— Si seulement il n'y en avait qu'un, rétorque Leo avec un petit rire mélancolique.

— Ma source du cambriolage de la banque est formelle. Elle vous a vendu les informations relatives à Ry Strauss.

— Vous pensez qu'elle est fiable ?

— Oui.

Leo Staunch réfléchit un moment.

— Elle dit les avoir vendues à moi… ou à un Staunch ?

Je m'apprête à répondre quand mon regard se pose sur les barres d'appui. Je les contemple brièvement avant de me tourner vers Leo :

— Vous croyez qu'elle les a vendues à oncle Nero ?

— Je ne sais pas.

— Votre oncle a eu une attaque. Il est en fauteuil roulant.

— Oui.

— Mais il a pu engager quelqu'un pour faire le boulot.

— Ça m'étonnerait.

— Alors quoi ?

— Trouvez Arlo Sugarman, c'est tout.

— Et que faites-vous des autres ?

— Quand vous aurez trouvé Sugarman, déclare Leo Staunch en se dirigeant vers la porte, vous aurez les réponses à toutes vos questions.

30

Le révérend Calvin Sinclair, diplômé de l'université Oral Roberts et, à en croire Beatrice Jenkins, ancien amant de Ralph Lewis, alias Arlo Sugarman, sort de l'église épiscopale St Timothy par la grande porte. Tenant en laisse un bouledogue anglais. On dit « tel maître, tel chien », et c'est bien le cas ici. Tous deux, Calvin Sinclair et son compagnon à quatre pattes, sont trapus, massifs et puissants, le visage ridé et le nez écrasé.

L'église épiscopale St Timothy est située sur un domaine étonnamment vaste à Creve Cœur, Missouri, dans le comté de Saint-Louis. Sur le panneau extérieur, on lit que les offices ont lieu le samedi à 17 heures et le dimanche à 7 h 45, à 9 heures et à 10 h 45. Dessous, en plus petits caractères, il est spécifié que les services de prière sont dirigés par le « père Calvin » ou la « mère Sally ».

Le révérend Sinclair me repère tandis que je descends d'une voiture noire. Il met sa main libre en visière. Il fait bien son âge – 65 ans –, avec de fines touffes de cheveux sur le crâne. En ouvrant la porte de l'église, il arborait un sourire professionnel, le genre de sourire qu'on adopte quand on veut passer pour quelqu'un de gentil et de chaleureux, ce que – qui suis-je pour juger ? – il est peut-être en réalité. Mais, lorsqu'il m'aperçoit, son sourire s'évanouit aussitôt. Il rajuste ses lunettes cerclées de métal.

Je m'approche de lui.

— Mon nom est…

— Je sais qui vous êtes.

Je hausse un sourcil en signe de surprise. Calvin Sinclair a une voix au timbre mélodieux. En chaire, elle doit avoir un son céleste. Je ne l'ai pas prévenu de ma visite. Kabir avait contacté un détective privé du coin qui nous a assuré que Sinclair était à l'église. Et, si jamais il avait décidé de filer pendant que j'étais dans l'avion, ledit détective l'aurait suivi pour que je puisse l'aborder au moment opportun.

Le bouledogue anglais trottine vers moi.

Je demande :

— Comment s'appelle-t-il ?

— Reginald.

Reginald s'arrête et me regarde d'un air soupçonneux. Je me baisse pour le gratter derrière les oreilles. Il ferme les yeux et savoure.

— Que faites-vous ici, monsieur Lockwood ?

— Appelez-moi Win.

— Que faites-vous ici, Win ?

— Je pense que vous le savez déjà.

Il acquiesce à contrecœur.

— Oui, peut-être.

— Comment connaissez-vous mon nom ?

— Quand on a retrouvé Ry Strauss, commence-t-il, je me suis attendu à un regain d'intérêt pour…

Il s'interrompt et plisse les paupières pour regarder le soleil ou sa propre version de Dieu.

— Vous avez fait la une des actualités.

— Ah, dis-je.

— Ry Strauss a volé vos tableaux.

— Il semblerait que oui.

— Naturellement, j'ai suivi l'affaire avec intérêt.

— À titre personnel ?

— Oui.

Je suis content que le révérend Sinclair ne me fasse pas le coup du « Je ne vois pas ce que vous faites là… qui est Arlo Sugarman, jamais entendu parler », m'évitant de me frayer un chemin dans une jungle de mystifications.

— Allez, viens, Reginald.

Il tire d'un petit coup sec sur la laisse. Je cesse de gratter Reginald derrière les oreilles. Ils se mettent en marche. Je les accompagne.

— Comment m'avez-vous retrouvé ? demande-t-il.

— C'est une longue histoire.

— Vous êtes quelqu'un de très riche, d'après ce que j'ai lu. J'imagine que vous obtenez toujours ce que vous voulez.

Je ne me donne pas la peine de répondre.

Reginald s'arrête pour pisser contre un arbre.

— N'empêche, continue Sinclair, je suis curieux. Qu'est-ce qui nous a trahis ?

Je ne vois pas de raison de le lui cacher.

— L'université Oral Roberts.

— Ah… nos débuts. Nous étions plus insouciants en ce temps-là. Vous avez retrouvé Ralph Lewis ?

— Oui.

Il sourit.

— Il a pris deux autres noms d'emprunt depuis. Ralph Lewis est devenu Richard Landers, puis Roscoe Lemmon.

— Les mêmes initiales, dis-je.

— Quelle perspicacité.

Nous avons contourné l'église et nous dirigeons maintenant vers un sentier forestier. Je me demande s'il a une destination précise en tête ou si le révérend Sinclair emmène simplement son imposant Reginald faire un tour. Je ne pose pas de questions. Il parle, et c'est tout ce qui m'intéresse.

— À la fin de nos études, Ralph et moi sommes partis en mission dans un pays qui, à l'époque, s'appelait la Rhodésie. Ça devait durer une année, mais, comme il était toujours recherché, nous avons fini par rester douze ans sur le continent africain. Lui et moi n'avions pas les mêmes objectifs. Le mien était religieux, quoique moins dogmatique que l'enseignement reçu à Oral Roberts. Ralph méprisait la religion. Il n'avait que faire des conversions. Sa démarche était plus classique : nourrir et vêtir les pauvres, leur garantir l'accès à l'eau potable et à des soins médicaux.

Il me regarde.

— Vous êtes quelqu'un de religieux, Win ?

— Non.

— Puis-je vous demander quelles sont vos croyances ?

Je lui réponds la même chose qu'à tout le monde, qu'il s'agisse de chrétiens, de juifs, de musulmans ou d'hindous :

— Toutes les religions sont un fatras de superstitions, sauf, évidemment, la vôtre.

Ça le fait rire.

— Bien vu.

— Mon révérend…

— Oh, ne m'appelez pas comme ça, me coupe Sinclair. Dans la tradition épiscopale, « le révérend » s'emploie comme un adjectif, un descriptif. Ce n'est pas un titre.

Je demande :

— Où est Arlo Sugarman ?

Nous nous sommes enfoncés dans les bois à présent. En levant les yeux, on peut apercevoir le soleil, mais les arbres qui bordent le sentier forment une haie impénétrable.

— Il n'y a aucun moyen de vous convaincre de laisser tomber et de rentrer chez vous ?

— Aucun.

— Je m'en doutais.

Il hoche la tête, résigné.

— C'est pour ça que je vous conduis à lui.

— À Arlo ?

— À Roscoe, corrige-t-il. C'est drôle, vous savez. Je ne l'ai jamais appelé Arlo. Pas une fois en quarante ans de vie commune. Même pas en privé. Peut-être parce que je craignais de m'emmêler les pinceaux et de l'appeler comme ça devant des gens. C'était notre grande angoisse, bien sûr… que ce jour-là arrive.

Nous nous enfonçons dans les bois. Le sentier se rétrécit et descend en pente raide. Reginald le bouledogue s'arrête net. Sinclair soupire et le soulève en grognant bruyamment pour le déposer plus bas.

Je lui demande :

— Où allons-nous ?

— Il n'a rien fait, figurez-vous. Arlo – je vais l'appeler par son vrai prénom – n'a pas participé à l'attentat. Il voulait protester contre la guerre en lançant ce qui ressemblait à des cocktails Molotov, mais, en réalité, les bouteilles devaient être remplies d'une eau teinte en rouge sang. Quelque chose de symbolique, en somme. Quand Arlo a compris que Ry entendait faire sauter le bâtiment pour de bon, il a coupé les ponts avec lui.

— Pourtant, il s'est enfui et s'est planqué.

— Qui l'aurait cru ? rétorque Sinclair. Vous n'imaginez pas la folie terrifiante de ces premiers jours.

— Curieux, dis-je.

— Quoi ?

— Allez-vous prétendre qu'il n'a pas non plus abattu un agent du FBI ?

Sinclair serre ses lourdes mâchoires sans ralentir le pas.

— Patrick O'Malley.

— Non, je n'irai pas jusque-là. Arlo a tiré sur l'agent spécial O'Malley.

Il y a une clairière devant nous. J'entrevois un lac.

— On est presque arrivés, me dit-il.

Le lac est sublime, serein, immobile, presque trop immobile, sans le moindre frémissement. Le ciel bleu se reflète à la perfection dans ce miroir. Calvin Sinclair marque une brève pause, prend une grande inspiration, puis :

— C'est par là.

Je vois un banc en bois, tellement rustique qu'il est encore recouvert d'écorce. Il fait face au lac, mais surtout à une petite pierre tombale. Je m'approche pour lire l'inscription qui y est gravée :

À la mémoire de
R. L.
« La vie n'est pas éternelle. L'amour, si. »
8 janvier 1952-15 juin 2011

— Cancer du poumon, dit Sinclair. Alors qu'il n'avait jamais fumé. On l'a découvert en mars de cette année-là. Il a été emporté en moins de trois mois.

Je contemple la pierre tombale.

— Il est enterré ici ?

— Non. C'est là que j'ai dispersé ses cendres. La congrégation a fabriqué le banc et la sépulture.

— Vos paroissiens savaient que vous étiez amants ?

— On n'en faisait pas vraiment étalage. Il faut que vous compreniez. Quand nous sommes tombés amoureux dans les années 1970, l'homosexualité était encore taboue.

Entre sa véritable identité et notre orientation, nous avions l'habitude de vivre cachés.

Il pose la main sur son menton et lève les yeux.

— À la fin, je pense que beaucoup de gens étaient au courant, oui. Mais il se peut que je prenne mes désirs pour des réalités.

Je regarde le lac en essayant de l'imaginer… Arlo Sugarman, un gamin juif de Brooklyn qui achève sa vie ici, dans les bois derrière cette église, ce scénario est un peu trop mélodramatique à mon goût.

— Pourquoi n'avez-vous rien dit ?

— J'y ai songé. Maintenant qu'il est mort, plus personne ne peut l'atteindre.

— Alors ?

— Moi, je ne suis pas mort. J'ai hébergé un fugitif. À votre avis, comment le FBI va prendre la chose ?

Il n'a pas tort.

— Ce n'est pas tout, ajoute Sinclair. Mais vous n'êtes pas obligé de me croire.

Je me tourne vers lui.

— Essayez toujours.

— Arlo n'avait pas l'intention de tuer cet agent.

— Mais oui, bien sûr.

— C'est l'agent qui a tiré le premier.

Un frisson glacé me parcourt l'échine. Je voudrais lui demander de m'en dire plus, mais je ne tiens pas à lui souffler les réponses. Du coup, j'attends.

— L'agent spécial O'Malley est entré par la porte de derrière. Seul. Sans coéquipier. Sans renforts. Il n'a pas laissé à Arlo la moindre chance de se rendre. Il a tiré sans sommation.

Sinclair penche la tête.

— Avez-vous vu les vieilles photos d'Arlo ?

J'acquiesce, hébété.

— À l'époque, il avait cette énorme tignasse afro. La balle l'a traversée. Lui séparant littéralement la chevelure en deux. C'est à ce moment-là – et seulement à ce moment-là – qu'Arlo a tiré.

Deux conversations résonnent en ricochant dans ma tête.

D'abord, Leo Staunch en parlant de son oncle :

« Il a laissé entendre clairement que quiconque nous donnerait des informations sur l'un des 6 de Jane Street – ou, ma foi, nous prouverait qu'il en a liquidé un – serait grassement récompensé. »

Puis ma conversation avec PP, au tout début de cette histoire :

« On n'a envoyé que deux agents dans le Bronx.

— Vous auriez dû attendre. »

Pourquoi n'ont-ils pas attendu l'arrivée des renforts ?

La réponse me semble claire.

Sans un mot, je pivote et rebrousse chemin.

Je sais tout à présent. Leo Staunch y a fait allusion lors de notre entrevue. Une fois que j'aurais trouvé Arlo Sugarman, j'aurais les réponses à toutes mes questions. Il avait raison. Concernant les 6 de Jane Street, le dossier n'est pas tout à fait clos, mais j'ai eu les explications que je voulais.

Calvin Sinclair m'appelle :

— Win ?

Je ne m'arrête pas.

— Vous allez me dénoncer ? lance-t-il.

Je m'éloigne sans me retourner.

31

Une fois dans l'avion, je reçois trois coups de fil.

Le premier à m'appeler, c'est PP. Je n'ai pas envie de lui parler maintenant, pas si près de la ligne d'arrivée ; du coup, il tombe sur ma boîte vocale. Il ne va pas apprécier – il va vite comprendre que je l'évite –, mais tant pis pour lui.

Le deuxième appel, c'est Kabir.

— Article, dis-je en ouvrant le moteur de recherche sur mon ordinateur portable.

Normalement, Kabir m'envoie la documentation par mail car, tout comme ma fille, je suis quelqu'un de visuel.

Sa réponse, toutefois, me prend au dépourvu :

— J'ai Shan Liu en ligne. Elle a l'air complètement chamboulée.

Il me faut une seconde pour me rappeler que c'est le nom de la restauratrice et conservatrice de musée que j'ai imposée au FBI pour authentifier et bichonner notre Vermeer familial. Kabir me passe la communication.

— Monsieur Lockwood ?

— Oui ?

— Ici Shan Liu de l'institut des beaux-arts de l'université de New York.

J'entends une note étouffée de panique dans sa voix.

— Vous m'avez chargée de jeter un œil sur le tableau retrouvé par le FBI, la *Jeune Femme jouant du virginal* de Johannes Vermeer.

— Oui, bien sûr.

— Quand pourriez-vous passer me voir, monsieur Lockwood ?

— C'est urgent ?

— Plutôt, oui.

— Un problème avec le Vermeer ?

— Je préfère vous en parler en personne, dit-elle d'une voix tremblante. Le plus rapidement possible.

Je regarde l'heure. En fonction de la circulation, j'en ai pour trois bonnes heures.

— Vous serez encore là ?

— L'institut sera fermé, mais je vous y attendrai.

La troisième à m'appeler, c'est Ema. Elle a dormi au Dakota, dans la chambre d'amis autrefois réservée à Myron.

En réponse à ma salutation coutumière, elle demande :

— Tu as du nouveau ?

Je lui raconte ma journée. Sans rien omettre. Sans prendre de gants. J'ai le cœur gros, mais que faire ? Comme dirait Ema : « Tu t'en remettras. » Pour finir, je lui explique que je dois me rendre à l'institut des beaux-arts de l'université de New York juste en face du Dakota, de l'autre côté de Central Park.

— Parfait, déclare-t-elle. C'est pour ça que je t'appelle.

— Je t'écoute.

— Je suis en train de lire les témoignages recueillis par le FBI concernant le vol des tableaux à Haverford.

— Et ?

— Au départ, les enquêteurs ont soupçonné quelqu'un de la maison, Ian Cornwell en l'occurrence, le gardien de nuit. Mais comme ils n'avaient aucune preuve, ils ont laissé tomber. Tu as interrogé Cornwell, n'est-ce pas ?

— Oui. Il est prof de science politique à Haverford maintenant.

— Ouais, j'ai vu ça. Et tu penses quoi de lui ?

Pour ne pas l'influencer, je réplique :

— Et toi, tu en penses quoi ?

— Je crois que les enquêteurs avaient raison. Son histoire ne tient pas debout.

— Pourtant, ils n'ont pas pu le coincer.

— Ça ne veut pas dire qu'il est innocent.

— En effet.

J'entends des bruits de la rue dans le téléphone.

— Où es-tu ?

— Je vais prendre le métro pour rentrer à la maison.

— Je t'envoie quelqu'un pour te ramener.

— Non, Win, je préfère pas. En tout cas, je ne sais pas comment, mais il faut qu'on arrive à faire parler Ian Cornwell. Tout repose sur lui. Oh, et tu me raconteras ce que la restauratrice d'art t'aura dit.

Ema raccroche. En repensant à notre conversation, je ne peux pas m'empêcher de sourire. Je ferme les yeux et essaie de somnoler pendant le reste du vol, mais ça ne marche pas. Je me sens fébrile, agité, et je sais pourquoi. Je sors mon téléphone et trouve mon application favorite. Je fixe un rendez-vous à minuit à Nom d'utilisateur Helena. Minuit, c'est un peu tard pour moi, mais cette journée aura été particulièrement chargée.

L'institut des beaux-arts de l'université de New York est situé à l'angle de la Cinquième Avenue, dans la demeure d'inspiration française de James B. Duke, l'un des rares « manoirs de millionnaire » qui nous restent de l'âge d'or new-yorkais. James Duke – oui, ma chère université porte le nom de son père – a fait fortune en tant qu'associé fondateur de l'American Tobacco Company, en modernisant la production et la commercialisation des cigarettes. On dit que, derrière chaque grande fortune, il y a un grand criminel. Il n'en était peut-être pas un, mais sa fortune a été bâtie sur un tas de cadavres.

Pour des raisons évidentes, l'institut est équipé d'un système de sécurité à toute épreuve. Je franchis toutes les barrières et trouve Shan Liu en train de faire les cent pas dans la salle de restauration au premier étage. Elle porte une blouse blanche et des gants en latex. Lorsqu'elle se tourne vers moi, je crois lire la terreur sur son visage.

— Dieu merci, vous êtes là.

La pièce tient de l'hôtel particulier à l'ancienne et du centre de recherche dernier cri. Il y a des tables rectangulaires, un éclairage spécial, des tapisseries, des pinceaux, des scalpels, des microscopes, des instruments dentaires et du matériel pour tests médicaux.

— Désolée de dramatiser, mais je pense…

Sa voix se brise. Je ne vois pas le Vermeer, l'image de la jeune femme jouant du virginal, mais, sur la table la plus longue, il y a un objet qui ressemble à une toile à l'envers, à peu près de la taille du Vermeer. À côté, j'aperçois un tournevis et plusieurs vis.

Shan s'en approche. Je la suis.

— Tout d'abord, dit-elle d'un ton plus posé, la peinture est authentique. Ceci est réellement la *Jeune Femme jouant du virginal* de Vermeer, peinte très vraisemblablement en 1656.

Sa voix se charge de déférence.

— C'est un véritable honneur d'être en sa présence.

Je lui accorde ce temps de recueillement, comme si nous participions à un service religieux… et d'une certaine façon, c'en est un. Nos regards se croisent et Shan se racle la gorge.

— Je vais vous expliquer pourquoi il fallait absolument que je vous voie.

Elle désigne le dos du tableau.

— Pour commencer, il y avait une plaque d'isorel au verso de votre Vermeer. Évidemment, elle n'est pas d'origine, mais c'est assez fréquent. Ça protège la toile de la poussière et des chocs.

Elle me regarde par-dessus son épaule. Je hoche la tête pour signifier que je l'écoute.

— La plaque était vissée. J'ai donc retiré les vis pour pouvoir l'enlever et examiner la toile plus soigneusement. La voici.

Elle me montre ce qui ressemble à un fin tableau d'ardoise. Avec les armoiries passées de la famille Lockwood. Puis Shan Liu reporte son attention sur l'envers du tableau.

— Ici, vous pouvez voir le châssis. Cela aussi est fréquent, mais d'abord il faut retirer le support. Puis regarder sous le châssis. C'est une manœuvre assez délicate. Mais c'est là que quelqu'un les a cachés… sous la plaque vissée, fixés avec du scotch entre le support et la toile.

— Caché quoi ? dis-je.

Elle la tient dans sa main gantée.

— Cette enveloppe.

Jadis, l'enveloppe a dû être blanche, mais elle a tellement jauni qu'on dirait maintenant du papier kraft.

— Au début, continue-t-elle, les mots se bousculant sur ses lèvres, j'étais tout excitée. C'était peut-être une lettre d'une valeur historique. Et elle n'était pas cachetée. Sans quoi, je ne l'aurais pas ouverte. Je l'aurais juste mise de côté.

— Il y avait quoi dedans ?

Shan Liu me conduit vers un bureau et pointe le doigt.

— Ça.

Je baisse le regard sur les images transparentes de couleur marron.

— Ce sont des négatifs, ajoute Shan Liu. J'ignore quel âge ils ont, mais, aujourd'hui, la plupart des gens font des photos numériques. Et ces vis n'ont pas été retirées depuis des lustres.

La forme de ces négatifs semble bizarre à mes yeux de béotien. D'habitude, ils sont plutôt rectangulaires. Or ceux-là sont des carrés parfaits.

Je regarde Shan. Elle a la lèvre qui tremble.

— Je suppose que vous les avez examinés.

Sa voix est un murmure terrifié.

— Trois seulement. Je n'ai pas pu en supporter davantage.

Elle me tend une paire de gants en latex. Je les enfile et allume sa lampe. J'attrape avec précaution un premier négatif entre le pouce et l'index et le rapproche de la lumière. Shan Liu s'est écartée, mais je sais qu'elle m'observe. Je ne laisse rien paraître, toutefois je ressens comme un électrochoc dans tout mon corps. Je repose doucement le négatif, en prends un autre. Puis un troisième. Et un quatrième. Je reste toujours impassible, mais à l'intérieur, ça explose de partout. Non, je ne vais pas perdre mon sang-froid. Pas maintenant.

Sauf que la rage est en train de monter. Il va falloir trouver le moyen de la canaliser.

Après en avoir visionné une dizaine, je dis à Shan Liu :

— Je regrette que vous ayez dû subir cela.

— Vous savez qui sont ces filles ?

Je le sais, oui. Je sais aussi où ces photos ont été prises. Dans la Cabane des horreurs.

32

Il fait nuit quand j'arrive dans la zone résidentielle de Haverford College.

J'ai loué une voiture à l'aéroport car je ne veux aucun témoin. Je conduis vite. Je conduis avec fureur. En me voyant sur le pas de sa porte à cette heure tardive, Ian Cornwell ne sait comment réagir. Certes, mon nom et le rôle de ma famille dans la vie de cet établissement lui en imposent toujours, mais je crois surtout qu'il ne veut plus entendre parler de moi ni du passé accablant que je me fais fort de lui remettre en mémoire.

— Il est tard.

Cornwell bloque la porte pour m'empêcher d'entrer.

— Je vous ai déjà dit tout ce que je savais.

Je hoche la tête. Puis, sans crier gare, lui envoie un coup de poing à l'estomac. Il se plie en deux. Le coup était calculé de manière à lui couper la respiration. Les yeux exorbités de frayeur, il suffoque, cherche à reprendre son souffle. Je ne devrais pas m'en réjouir, mais, comme je vous l'ai déjà expliqué, la violence me fait vibrer. Il serait absurde de mentir en prétendant le contraire.

Il s'écroule sur place. Le manque d'air signifie juste que l'impact sur votre plexus solaire provoque un spasme temporaire du diaphragme. Cela ne dure pas. J'entre, saisis une chaise et m'assieds à côté de lui. J'attends qu'il puisse respirer à nouveau.

— Sortez d'ici, grince-t-il entre ses dents.

— Regardez ça.

Shan Liu m'a aidé à reproduire sommairement deux des négatifs. Je les lui jette. Il regarde et lève les yeux sur moi, horrifié.

— On les a retrouvés dans le cadre du Vermeer, dis-je.

— Je ne comprends pas.

— Ces filles sont les victimes de la Cabane des horreurs.

La peur qui se lit sur son visage se mêle à une confusion totale. Il n'imprime pas. Pas encore.

— Qu'est-ce que ça vient faire... ?

— Je n'ai pas de temps à perdre, Ian. Alors je vous le demande encore une fois. Que s'est-il réellement passé la nuit du vol ?

Il pose la main sur son estomac et se rassied péniblement. Il aura encore mal demain. Je le sens qui cherche désespérément une échappatoire ; donc il en sait probablement plus qu'il n'a voulu l'admettre. Je dis « probablement » car, bien sûr, je peux aussi me tromper. Seuls les imbéciles croient avoir toujours raison. Seuls les imbéciles ne doutent jamais. Seuls les imbéciles ne savent pas qu'ils ne savent pas.

Mais, en cet instant, je me laisse aller à supposer que le professeur Cornwell cherche à gagner du temps pour pouvoir envisager toutes les options. Si je lui ai montré ces deux images insoutenables de la victime de 15 ans – nue, sur le ventre, ligotée avec des barbelés –, c'était pour provoquer un choc qui l'obligerait à parler. Je me demande toutefois si je ne suis pas allé trop loin, si ces images ne risquent pas de le paralyser au lieu de lui délier la langue. Il craint peut-être que, s'il passe aux aveux, on ne l'accuse d'être mêlé à ces crimes innommables. Et qu'on finisse par l'inculper pour complicité. Son mutisme lui a réussi jusqu'ici. Il a convaincu le FBI d'abandonner les poursuites. Il lui a évité la prison.

Les rouages de son cerveau tournent à plein régime. Je lui laisse encore une seconde ou deux. Il me regarde d'un air implorant.

— J'aimerais vous aider, commence-t-il comme je m'y attendais. Mais je vous ai dit la vérité. Je ne sais rien.

La plupart des arts martiaux exploitent ce qu'on appelle communément les points de pression : autrement dit, on presse ou on frappe des amas de nerfs sensibles pour provoquer une douleur invalidante. Je déconseille de les utiliser dans un vrai combat. Dans un vrai combat, vous êtes constamment en mouvement, et votre adversaire aussi. Vous êtes deux cibles mouvantes ; porter des coups avec une précision chirurgicale serait tout simplement irréaliste. Bien employés, les points de pression provoquent une douleur atroce, bien qu'on ne connaisse jamais le seuil de tolérance de l'autre. Souvent, l'adversaire réagit en essayant de se dégager avec une force soudaine et alarmante.

Alors, au point (de pression) – désolé pour le calembour – où nous en sommes…

Cette technique opère le mieux dans une situation passive. Elle vise surtout à obtenir le résultat escompté. Si on veut éconduire un client ivre dans un bar, par exemple, ou se libérer d'une saisie au corps. Ou, en l'occurrence, quand on cherche à induire une détresse suffisante pour forcer l'autre à coopérer.

Sans entrer dans les détails techniques, je l'agrippe par les cheveux pour l'immobiliser et plante le pouce de ma main libre dans son cou, plus précisément dans la partie supérieure du plexus brachial au-dessus de la clavicule qu'on nomme le point d'Erb. Le corps de Cornwell se convulse comme s'il avait reçu une décharge de taser que, réflexion faite, j'aurais pu apporter. Il essaie de pousser un cri rauque. Je retire mon pouce soudainement pour lui laisser une seconde de répit, mais je n'en reste pas là. Je passe à la zone en dessous du biceps, serre fort, lui couvre la bouche. Puis je reviens au point d'Erb et appuie plus fort encore. Ian Cornwell gigote, impuissant, comme un poisson fraîchement pêché qu'on a jeté sur le ponton. Je m'installe à califourchon sur lui, le plaque au sol et m'attaque au point de pression sous la mâchoire. Son corps se raidit. Je passe ensuite aux tempes, puis à nouveau au cou. Formant une fourche avec deux doigts, je l'enfonce dans le creux sous les oreilles. Je tire d'un coup sec sur sa nuque, et ses yeux se révulsent.

Bien sûr, je pourrais me tromper. Nous avons déjà évoqué cette possibilité. Ian Cornwell a peut-être dit la vérité : il ne sait rien, il est innocent, il a vraiment été neutralisé par deux hommes cagoulés. Si c'est le cas, nous le saurons bientôt. Et, oui, je regretterai d'avoir agi de la sorte. La violence me grise, mais je ne suis pas sadique. La frontière est extrêmement mince, je sais. Cependant, je suis capable d'empathie, et si je faisais du mal à un innocent je m'en repentirais. Sauf que, dans la vie, les solutions aux problèmes les plus complexes passent toujours par des points de détail, et si Ema et moi (sans parler des enquêteurs du FBI) pensons que Cornwell a menti, il n'y a pas à tergiverser, il faut aller jusqu'au bout.

Je continue donc, méthodiquement, l'air inexpressif, jusqu'à ce qu'il craque et avoue.

Ma foi, c'est intéressant.

Voici ce que le professeur Cornwell m'a raconté.

Trois mois avant le vol du Vermeer et du Picasso, le jeune Ian Cornwell, alors assistant de recherche à Haverford, a rencontré une jolie fille du nom de Belinda Evans dans une pizzeria du coin. Belinda, selon ses propres mots, était « renversante » avec ses longs cheveux blonds et sa peau hâlée. Il est tombé fou amoureux d'elle.

Au début, elle a prétendu être en première année à l'université Villanova, mais, tandis que leur relation progressait, elle a confessé qu'elle était en fait en seconde au lycée de Radnor. Ses parents, a-t-elle dit, étaient très stricts ; il valait donc mieux ne pas ébruiter leur liaison. Ian Cornwell était d'accord. Il ne tenait pas à ce que son aventure avec une lycéenne, une élève de seconde qui plus est, soit rendue publique, au risque de nuire à sa future carrière universitaire.

Bien sûr, leur amour naissant se heurtait ainsi à un sérieux obstacle... plus précisément, ils n'avaient pas de lieu où se retrouver. Chez Belinda, à cause de ses parents stricts, c'était hors de question. Tout comme dans le logement qu'Ian partageait sur le campus avec trois autres assistants de recherche, qui ne manqueraient pas de le balancer.

Belinda a alors suggéré une solution.

Ian travaillait comme gardien de nuit dans le hall des Fondateurs. Le moins qu'on puisse dire, c'est qu'il n'était pas débordé de travail. Haverford est un campus soporifique. Il passait ses nuits seul à son poste de surveillance, à lire ou à étudier. Belinda lui a proposé qu'il la fasse entrer en douce pour qu'ils puissent profiter de ce temps ensemble.

Ian a accepté avec enthousiasme.

Les deux tourtereaux se sont retrouvés, d'après son estimation, une dizaine de fois sur une période de trois mois. Il était de plus en plus amoureux. La routine était simple : Belinda arrivait à l'entrée de service équipée d'une caméra rudimentaire. Ian la voyait sur l'écran de son bureau. Elle souriait, lui adressait un signe de la main. Il allait lui ouvrir. Vous devinez le reste.

Mais une nuit – la nuit du vol –, quand Ian a ouvert la porte, c'est un homme qui a fait irruption dans le bâtiment, un homme cagoulé et armé. Au début, Ian a cru que l'homme avait menacé Belinda avec son arme, mais il s'est vite rendu compte de son erreur. Ils étaient de mèche, Belinda et l'homme cagoulé. Pendant qu'il tenait Ian en joue, elle lui a expliqué très calmement, d'une voix qu'il ne lui avait jamais entendue auparavant, la situation. Ils allaient le ligoter. Il dirait à la police qu'il a été berné par deux individus se faisant passer pour des flics – même mode opératoire qu'au musée Gardner de Boston – pour les mettre sur une fausse piste. Pendant tout ce temps, l'homme cagoulé n'a pas prononcé un mot.

Belinda a dit à Ian que, s'il parlait, elle déclarerait aux autorités que ce vol était son idée à lui. Après tout, il était leur contact sur place. Elle a précisé par ailleurs qu'il n'aurait pas grand-chose à raconter à la police. Il n'était pas en mesure d'identifier l'homme cagoulé ; quant à elle-même, rien de ce qu'elle lui avait fait croire n'était vrai. Son prénom n'était pas Belinda. Elle n'était pas élève au lycée de Radnor. Et il ne la reverrait plus. Même s'il avouait tout, du reste, ce serait à ses risques et périls : pendant trois mois, il avait fait entrer en cachette une lycéenne dans le hall des Fondateurs. Au mieux, il serait exclu, et sa carrière en pâtirait.

Sur ce, elle a ajouté, histoire d'enfoncer le clou, que, s'il parlait, ils reviendraient le tuer. L'homme cagoulé avait saisi Ian au collet et lui avait planté le canon de son arme dans l'œil.

Le lendemain, quand on l'a trouvé ligoté, Ian a hésité à tout déballer à la police. Mais les agents du FBI étaient tellement brutaux, tellement convaincus qu'il était dans le coup, qu'il a craint que toutes les prédictions de Belinda ne se concrétisent. En admettant qu'il se mette à table, si jamais ils ne retrouvaient pas les deux malfaiteurs, se contenteraient-ils de son témoignage ou bien paierait-il pour tout le monde… lui, le pigeon, qui avait manqué de jugeote au point d'ouvrir la porte à plusieurs reprises à l'un des auteurs du vol ?

Il était clair pour Ian qu'il devait se taire et oublier toute cette histoire. Tant qu'il ne faisait aucune erreur, le FBI n'avait rien contre lui car, hélas, il était innocent. C'était ça, le plus cocasse : le seul moyen qu'ils avaient de l'épingler, c'était s'il leur disait la vérité, à savoir qu'il n'avait rien fait.

Je demande à Ian s'il a revu Belinda.

Le voyant hésiter, je pointe deux doigts vers lui.

Oui, répond-il. Bien des années plus tard. Il n'est pas sûr que c'était elle, mais je pense qu'il ment.

Il est sûr que c'était elle.

Lorsque je sors de chez Cornwell, il est trop tard pour continuer à jouer les limiers. Et, de toute façon, il n'y a rien d'urgent.

Je sais tout à présent.

Il reste encore quelques zones d'ombre, mais si je laisse les choses se décanter – pendant que Kabir et mon équipe travaillent à réunir les informations manquantes –, je suis absolument persuadé que, d'ici le matin, tout sera devenu clair.

Par conséquent, je maintiens mon rendez-vous nocturne avec Nom d'utilisateur Helena. Elle est enthousiaste et pleine de bonne volonté, mais, à ma surprise et ma déception, cela me laisse froid. J'ai la tête ailleurs. Pourtant, d'ordinaire, le sexe est ce qui me rapproche le plus de l'extase religieuse. Ce sentiment, certains l'éprouvent à l'église, d'autres en faisant leur footing ou, dans le cas de Myron, quand Springsteen chante « Meeting Across the River » suivi de « Jungleland » en concert. Moi, ça m'arrive seulement au cours d'un rapport sexuel. Le sexe est une formidable aventure, le grand voyage dont nous débarquons à l'instant où nous sortons du lit. Le mieux – pour employer une expression professionnelle que j'abhorre –, c'est quand on a une « vision partagée ». Mais, cette nuit, il y a trop de parasites sur la ligne pour établir une connexion. Je le vis donc comme un simple soulagement, qu'on pourrait apparenter à de la masturbation.

Tandis que nous restons allongés en silence, les yeux au plafond, essayant de reprendre notre souffle, Nom d'utilisateur Helena dit :

— C'était sympa.

Je ne réponds pas. J'hésite à remettre ça – des fois que j'arriverais à rentrer dans la zone, comme on dit au basket –, mais je ne suis plus tout jeune et il se fait tard. Je me demande vaguement comment amorcer la transition pour prendre congé quand mon portable sonne.

C'est Kabir. Il est 2 heures du matin.

Cela ne présage rien de bon.

— Articule.

— On a un gros souci, annonce-t-il.

33

— Vous avez retrouvé Arlo Sugarman.

Douze heures se sont écoulées depuis le coup de fil de Kabir. Le pic d'adrénaline est retombé et l'effondrement est imminent. Je n'ai pas dormi de la nuit et je sens que mon corps part en sucette. La résilience fait partie de mon entraînement, pas de mon patrimoine génétique. Qui plus est, je vieillis, et mon expérience de la vraie vie est trop limitée pour y avoir recours. J'ai rarement eu l'occasion de rester en faction toute une nuit comme ça se fait dans l'armée ou de passer des journées entières sans dormir. Je guerroie… puis je me repose.

La vieille femme qui s'adresse ainsi à moi est Vanessa Hogan.

Je suis de retour chez elle, à Kings Point. Nous sommes seuls. C'est Jessica qui m'a arrangé ce rendez-vous. Au départ, Vanessa Hogan s'est montrée réticente à m'accorder un nouvel entretien. Ce qui l'a convaincue, comme il fallait s'y attendre, c'est la promesse d'une entrevue en tête à tête et des révélations sur Arlo Sugarman.

— Si on commençait par vous ? lui dis-je.

Elle est calée contre des oreillers dans le même fauteuil. Son teint est légèrement plus rose que lors de notre dernière rencontre. Elle paraît moins fragile. Elle a toujours un foulard sur la tête. La maison est vide. Elle a envoyé son fils Stuart à l'épicerie.

— Je ne vois pas du tout ce que vous voulez dire.

— J'ai rendu visite au père de Billy Rowan. Vous saviez qu'il est en couple avec la mère d'Edie Parker ?

— Non, je l'ignorais, répond Vanessa d'une voix sirupeuse. Je suis très contente pour eux.

— William Rowan vit dans une résidence médicalisée. Sa chambre est remplie d'imagerie religieuse. Il y a des cadres avec des citations bibliques aux murs. Le contraste est saisissant.

— Quel contraste ?

— Avec votre maison, dis-je en levant les deux mains. Je n'ai pas vu ne serait-ce qu'une croix.

Vanessa hausse les épaules.

— C'est pour la galerie, réplique-t-elle avec une pointe d'amertume. Ça ne veut rien dire.

— En soi, non, vous avez raison. Mais j'ai creusé un peu plus. Vous n'avez jamais fréquenté d'église. Jamais fait un don à une institution religieuse. En fait, avant la mort de Frederick…

— Le meurtre, m'interrompt-elle avec un sourire doucereux. Mon fils n'est pas mort de maladie ou d'un accident. Il a été assassiné.

Je tâche d'imiter son sourire.

— On y arrive, n'est-ce pas, madame Hogan ?

— À quoi ?

— Mon meilleur ami a été privé d'une carrière de basketteur professionnel par un dénommé Burt Wesson qui l'a blessé intentionnellement. Il lui a explosé le genou. Un jour, je suis allé voir Burt. Depuis, il n'est plus le même. Il y a des hommes qui ont croisé mon chemin, des hommes qui ont fait beaucoup de mal autour d'eux. Pendant des années, j'ai effectué des « rondes de nuit ». Certains ont survécu, d'autres non, mais aucun d'eux n'est resté le même. Récemment, juste avant qu'on ne retrouve le corps de Ry Strauss, j'ai fait en sorte qu'une brute malfaisante ne puisse plus jamais nuire à quiconque.

Vanessa Hogan scrute mon visage.

— Vous avez votre téléphone sur vous, monsieur Lockwood ?

— Oui.

— Donnez-le-moi.

J'obéis. Elle regarde l'écran.

— Vous permettez que je l'éteigne ?

Je hoche la tête en signe d'assentiment.

Elle presse le bouton sur le côté le temps que l'écran devienne noir. Elle pose l'appareil sur la table basse.

— Qu'essayez-vous de me dire, monsieur Lockwood ?

— Vous le savez bien. Nous l'avons senti tous les deux lors de notre première rencontre. Toutes ces histoires de vengeance.

— Je vous ai dit que la vengeance était l'apanage du Seigneur.

— Mais vous ne le pensiez pas. Vous m'avez testé pour étudier ma réaction. C'était écrit sur votre visage. La brute que j'ai corrigée la semaine dernière était un danger public. Ce qu'il n'est plus aujourd'hui. C'est simple. Je l'ai mis hors d'état de nuire parce que la loi ne s'en serait pas chargée.

Elle acquiesce.

— Et vous en aviez après les criminels qui ont tué votre oncle.

— Oui.

— Et assassiné ces pauvres jeunes filles.

— Vous avez compris, dis-je. Vous étiez de mon côté.

— Évidemment.

— Parce que vous avez agi de la même façon que moi.

Je me laisse aller en arrière et glisse ma main dans ma poche.

— Où est Arlo Sugarman ? demande-t-elle.

— Je pourrais le livrer aux forces de l'ordre.

— Vous pourriez, oui.

— Mais ce n'est pas ce que vous souhaitez.

La pièce redevient silencieuse. Nous y sommes presque.

Je questionne :

— Vous savez, n'est-ce pas, ce qui est arrivé à Lionel Underwood ?

Elle ne répond pas.

— Ça s'est passé de manière trop violente pour Leo Staunch. Il ne voulait pas que d'autres subissent le même sort. Il m'a demandé de l'aider à protéger Arlo Sugarman. Je trouve ça bizarre.

— Moi aussi, dit-elle.

— Pas le fait qu'il ne veuille pas faire souffrir Arlo… ça, je l'ai bien compris.

Je me penche plus près en baissant la voix.

— Mais pourquoi seulement Arlo ?

— Je ne vous suis pas.

— Pourquoi n'a-t-il pas mentionné Billy Rowan et Edie Parker ?

Je me redresse.

— Ça m'a pas mal turlupiné. Pourtant, l'explication saute aux yeux.

— Et quelle est-elle ?

— Leo Staunch n'a pas mentionné Billy et Edie parce qu'il savait qu'ils étaient déjà morts.

Le silence devient pesant, suffocant.

— C'est drôle, dis-je, à quel point la plupart des hypothèses initiales se sont révélées exactes. Prenez les 6 de Jane Street. Après la reddition de Lake Davies, il n'en restait plus que cinq. Comment ont-ils fait pour rester cachés pendant toutes ces années ? Un seul d'entre eux ? OK. Deux ? Peu vraisemblable, mais admettons. En revanche, tous les cinq... en vie et introuvables depuis tout ce temps ? La réponse, nous la connaissons maintenant. Lionel Underwood est mort depuis plus de quarante ans. Nero Staunch s'en est occupé. Quant à Billy et Edie, ils sont morts depuis plus longtemps encore. Et vous y êtes pour quelque chose, madame Hogan.

Vanessa ne bronche pas, ne se départ pas de son sourire doucereux.

— Vous avez 83 ans. Vous êtes malade. Vous avez envie de vous confier à quelqu'un et vous vous sentez des affinités avec moi. Vous avez mon téléphone... De toute façon, je ne peux rien prouver. Vous avez peur que je rapporte vos propos au FBI ?

Vanessa Hogan plante son regard dans le mien.

— Je n'ai peur de rien, monsieur Lockwood.

Je n'ai aucun doute à ce propos.

— Ils ont volé ma vie.

Sa voix est un murmure rauque, douloureux. Elle inspire profondément. Je vois sa poitrine se soulever, se gonfler d'oxygène, gagner en force.

— Mon fils unique, mon Frederick... quand on m'a annoncé sa mort, je suis tombée à terre. Je ne pouvais plus respirer. Je ne pouvais plus bouger. Ma vie était finie. Comme ça, d'un seul coup. Mais l'amour que j'avais pour mon fils, ce garçon magnifique, n'est pas mort, lui. Il s'est transformé en rage. Presque tout de suite.

Elle secoue la tête. Ses yeux sont secs.

— Sans cette rage, je crois que je ne me serais pas relevée.

Il y a une bouteille d'eau à côté d'elle, avec une paille. Elle la porte à ses lèvres. Ses yeux se ferment.

— Je n'avais plus qu'un seul but : que justice soit faite. Vous, monsieur Lockwood, intervenez pour empêcher les criminels de frapper à nouveau. Ce que vous faites est admirable et en même temps pratique : vous prévenez les crimes. Pour que les gens n'aient pas à vivre le cauchemar que j'ai vécu avec Frederick. Moi, c'était différent. Peu m'importait que les 6 de Jane Street remettent ça ou pas. J'avais la rage… et il fallait que j'en fasse quelque chose.

— Racontez-moi comment vous vous y êtes prise.

— J'ai appris que trois d'entre eux appartenaient à des familles religieuses : Billy Rowan, Lake Davies et Lionel Underwood. J'ai pensé qu'ils devaient avoir peur et chercher le moyen de refaire surface. J'ai donc lancé cet appel pathétique à la télévision. Et j'ai prié – sans rire – pour que l'un d'eux me contacte.

— Et l'un d'eux vous a contactée, dis-je.

— Oui, Billy Rowan. Il est entré par la porte de la cuisine.

— Et que s'est-il passé ensuite ?

— La batte de baseball. Au sens propre, pas au figuré. Je l'avais cachée à côté du frigo. Billy était assis à la table de cuisine. Je lui ai demandé s'il voulait un Coca. Il a répondu oui, très poliment. Les mains sur les genoux. En pleurs. Me disant combien il était désolé. Mais j'avais tout prévu. Il me tournait le dos. J'ai pris la batte et lui ai donné un coup sur le crâne. Tout son corps a frissonné. J'ai frappé encore. Il a vacillé sur la chaise, puis est tombé sur le lino. J'ai continué à frapper. Cette rage… cette rage incandescente. J'avais enfin de quoi l'apaiser. Avez-vous déjà ressenti cela ?

Je hoche la tête.

— Billy était par terre. En sang. Les yeux fermés. J'ai levé la batte au-dessus de ma tête. Comme une hache.

C'était bon, monsieur Lockwood. Avant, je craignais de ne pas avoir le courage de passer à l'acte. Mais, mon Dieu, ça a été tout l'inverse. J'y ai pris du plaisir. Je me suis vaguement demandé combien de coups il faudrait lui porter pour le tuer quand soudain j'ai eu une meilleure idée.

— Laquelle ?

Vanessa Hogan sourit à nouveau.

— Lui extorquer des informations.

J'acquiesce :

— Ça fait sens.

— J'ai appelé Nero Staunch. Nous nous étions rencontrés lors d'un rassemblement des familles de victimes. Tous les deux, nous avons traîné Billy au sous-sol. Nous l'avons attaché à une table, puis nous l'avons réveillé. Nero s'est servi d'une perceuse. Il a commencé par les orteils de Billy. Puis il est passé aux chevilles. Au début, Billy a hurlé qu'il ne savait pas où étaient les autres... qu'ils s'étaient tous séparés. Ça a pris un certain temps. Billy était amoureux d'Edie Parker. Ils étaient fiancés.

— Je sais.

— Billy a résisté tant qu'il a pu mais, forcément, il a fini par cracher le morceau. Edie et lui se cachaient ensemble. Ils envisageaient de se rendre. Vous avez raison, monsieur Lockwood : ces deux-là n'ont pas lancé d'explosifs. Ils comptaient le faire, mais quand le car a basculé par-dessus le parapet, tout le monde s'est sauvé en courant. Billy et Edie espéraient qu'en se livrant à la police ils éviteraient le pire, surtout si l'un des parents était prêt à leur pardonner.

Son sourire doucereux s'élargit.

— Et ce parent, dis-je, c'était vous.

— Absolument. Par précaution, Billy était venu seul, histoire de tâter le terrain. Il avait laissé Edie dans une cabane au bord d'un lac appartenant à un professeur d'anglais de l'université d'État de New York. Nero et moi y sommes allés en voiture avec Billy dans le coffre. Nous avons trouvé Edie Parker. Nous nous sommes assurés qu'elle ne savait rien de plus... ce qui m'a mise hors de moi. Je voulais les retrouver tous, mais, visiblement, ça allait prendre du temps. Puisqu'ils ne pouvaient plus nous être utiles, nous avons achevé Edie et Billy.

— Qu'avez-vous fait des corps ?

— Pourquoi cette question ?

— Simple curiosité.

Vanessa Hogan me scrute avec attention, puis agite la main et s'exclame presque joyeusement :

— Oh, et après tout ! Nero avait des accointances avec un parrain de la pègre du nom de Richie B. Lequel habitait Livingston et avait un four au fond de son immense propriété. Nous avons transporté les corps là-bas. Fin de l'histoire.

Je m'attendais plus ou moins à un récit de ce genre. Clairement, elle s'en délecte.

— Donc, ces deux-là sont morts peu de temps après les faits, dis-je. Puis Lake Davies s'est rendue. Elle a négocié son sort avec Nero Staunch contre celui de Lionel Underwood. Vous étiez au courant ?

Vanessa fronce les sourcils.

— Nero me l'a dit... après coup. Je n'étais pas ravie.

— Vous les vouliez tous les deux ?

— Évidemment. Mais Nero m'a expliqué que tuer quelqu'un en prison n'est pas facile, contrairement à ce qu'on voit à la télé. Pour commencer, Lake Davies était incarcérée dans un pénitencier fédéral. Ce qui, d'après lui, compliquait encore plus les choses. Mais, entre nous, je pense que Nero était un patriarche à l'ancienne. Tuer un homme ? Aucun problème. Mais il n'avait pas eu le cœur de s'occuper d'Edie Parker. J'ai été obligée de m'en charger.

Je hoche lentement la tête en essayant de me forger une vue d'ensemble tandis qu'elle parle.

— On en est donc à quatre sur six, dis-je. Et ensuite… ? Plus rien ?

— Pendant quarante ans, rétorque-t-elle.

— Puis quelqu'un – un dénommé Randy peut-être – vient voir Nero Staunch avec des informations sur Ry Strauss. Nero est trop vieux et malade pour faire quoi que ce soit. Il est en fauteuil roulant. Son pouvoir est purement honorifique. C'est Leo, son neveu, qui gère les affaires maintenant, mais Leo ne pratique pas ce type de vigilantisme. Alors Nero vous appelle. J'ai relevé trois coups de fil passés depuis la brasserie artisanale de la famille Staunch à votre domicile. D'un téléphone fixe à un autre, comme au bon vieux temps.

— Ça ne prouve rien du tout.

— C'est vrai, mais je n'ai pas besoin de preuves. Nous ne sommes pas au tribunal. C'est juste une conversation entre vous et moi. Et il me faut encore des réponses.

— Pourquoi ?

— Je vous l'ai dit.

— Ah oui, acquiesce-t-elle. La Cabane des horreurs. Votre oncle et votre cousine.

— Oui.

— Eh bien, je vous écoute. Qu'avez-vous trouvé d'autre ?

J'hésite – j'aurais aimé l'entendre de sa bouche –, puis je me jette à l'eau.

— J'ignore si c'est Nero Staunch qui vous a transmis l'info ou s'il vous a envoyé Randy. Mais peu importe. Vous avez fini par mettre la main sur le contenu du coffre de Ry Strauss. Vous avez ainsi découvert son identité, son adresse, peut-être même son numéro de téléphone. En apprenant le cambriolage, Ry s'est affolé, c'est normal. Vous l'avez appelé en vous faisant passer pour une employée de la banque. Que lui avez-vous dit exactement ?

Elle plisse les yeux, prend un air matois.

— Qu'est-ce qui vous fait croire que c'était moi ?

J'ouvre la chemise en carton que j'ai apportée et en sors la première capture d'écran de la caméra de surveillance au sous-sol.

— Nous pensions que l'assassin était un petit homme chauve. Mais quand j'ai compris que ça pouvait être une femme, et une femme qui aurait perdu ses cheveux à la suite d'une chimiothérapie… voyons, c'est bien vous, non ?

Elle ne dit rien.

Je lui tends une autre image. On y voit un homme à la chevelure aile de corbeau et une femme brune sortir par la porte principale.

— Ceci a été filmé par la caméra du hall du Beresford. Six heures séparent cette photo de celle que je viens de vous montrer. Cet homme…

Je pointe le doigt.

— … est un habitant de l'immeuble qui s'appelle Seymour Rappaport. Son appartement se trouve au quinzième étage. Mais la femme qui l'accompagne n'est pas son épouse. Personne ne sait qui elle est. Seymour non plus. Il dit qu'elle était dans l'ascenseur quand il y est entré ; elle descendait donc d'un étage supérieur. Nous avons tout vérifié. À aucun moment, on ne voit cette femme pénétrer dans l'immeuble. Vous êtes très maligne. À l'aller, vous portiez un pardessus que vous avez abandonné chez Ry. Personne n'allait le remarquer, à moins de le chercher spécialement. Quand vous avez enfilé la perruque, l'homme chauve a disparu définitivement. Vous avez ensuite pris l'ascenseur et vous êtes ressortie en même temps qu'un autre résident. Franchement, je ne peux que m'incliner.

Vanessa Hogan se contente de sourire.

— Sauf que vous avez commis une petite erreur.

Le sourire vacille.

— Quelle petite erreur ?

Je désigne la chaussure gauche sur chacune des photos.

— Regardez, c'est la même.

Vanessa scrute les deux images.

— Ça ressemble à une basket blanche. On en voit partout.

— C'est vrai. Ce serait irrecevable en l'état.

— Allons bon, monsieur Lockwood. Ne croyez-vous pas que je suis trop vieille pour manigancer tout ça ?

— C'est ce qu'on pourrait penser, mais non. Vous aviez une arme. Vous avez appuyé son canon contre son dos. Je peux toujours demander au FBI d'examiner le contenu de toutes les caméras des alentours datant de ce jour-là. Je suis sûr qu'on tomberait sur l'homme chauve tenant Ry Strauss en respect. On pourrait même avoir une vue plus nette de votre visage.

Vanessa semble boire du petit-lait.

— J'aurais pu me grimer, non ? Rien d'extraordinaire, juste un léger maquillage de scène.

— Je m'incline d'autant plus, dis-je.

— Je me demande tout de même…

— Quoi ?

— Je ne savais pas que le tableau au-dessus de son lit avait autant de valeur.

— Et si vous l'aviez su ?

Elle hausse les épaules.

— Je l'aurais peut-être emporté.

— Qu'en pensez-vous ?

— Je n'en ai pas la moindre idée.

Nous y voilà. Je connais maintenant le sort de chacun des 6 de Jane Street. Il me vient alors à l'esprit, pendant que je parle avec Vanessa Hogan, que je suis la seule personne au monde à le savoir.

Comme si elle lisait dans mes pensées, Vanessa déclare :

— À votre tour, monsieur Lockwood. Où est Arlo Sugarman ?

Je ne suis pas pressé de répondre. Il y a encore un point que je voudrais éclaircir.

— Vous avez interrogé Billy Rowan et Edie Parker.

— Nous en avons déjà parlé.

— Ils vous ont dit qu'ils n'avaient pas lancé les cocktails Molotov.

— Oui, et alors ?

— Quid d'Arlo Sugarman ?

— Comment ça ?

— N'ont-ils pas mentionné son rôle dans l'affaire ?

Elle retrouve le sourire.

— Vous m'impressionnez, monsieur Lockwood. D'après vous, il ne serait pas coupable ?

— Que vous ont dit Billy et Edie ?

— Vous me promettez de me révéler où se trouve Arlo Sugarman ?

— Je vous le promets.

Vanessa s'adosse à ses oreillers.

— Je crois que vous le savez déjà, mais je veux bien vous le confirmer. Arlo n'était pas là… néanmoins, c'est lui qui a tout orchestré. Qu'il se soit dégonflé à la dernière minute n'enlève rien à sa culpabilité.

— Ce n'est pas faux, dis-je. Une toute dernière question.

— Non, rétorque Vanessa Hogan, une note métallique dans la voix. Dites-moi d'abord où est Arlo Sugarman.

Le moment est venu. Je réponds donc simplement :

— Il est mort.

Son visage s'allonge.

Je sors la photo de la pierre tombale et lui répète ce que Calvin Sinclair m'a dit. Vanessa met du temps à digérer l'information. Je ne la brusque pas. Je lui explique tout ce que j'ai appris sur Arlo Sugarman : son séjour dans l'Oklahoma et à l'étranger, son existence vouée à aider les plus démunis pour essayer de réparer le mal qu'il aurait commis.

Au bout d'un moment, Vanessa Hogan lâche :

— Alors c'est fini. C'est vraiment fini.

Pour elle, oui. Pas pour moi.

— Une dernière chose, dis-je en me levant pour partir. Si Billy et Edie n'ont pas lancé les explosifs, ont-ils désigné ceux qui l'avaient fait ?

— Oui. Ry Strauss, pour commencer.

— Et à part lui ?

— Vous avez vu les photos, même si elles sont floues. Ils étaient toujours six. Ry Strauss avait trouvé quelqu'un pour remplacer Arlo Sugarman. C'est lui qui a lancé l'autre bouteille.

— Et son nom ?

— C'est la première fois que Billy et Edie le voyaient. Mais tout le monde l'appelait Rich.

Elle se redresse légèrement.

— Qui ça pourrait bien être, à votre avis ?

Rich, me dis-je.

Le diminutif d'Aldrich. Évidemment.

Mais tout haut, je réponds :

— Je n'en ai pas la moindre idée.

34

Quand je prends l'hélico pour retourner à la maison familiale, je n'ai pas pour habitude d'admirer la vue. C'est l'un des aspects de notre capacité d'adaptation : ce qui est familier ne nous impressionne plus. On considère notre quotidien comme acquis. Ce n'est pas une critique. On fait grand cas du « vivre pleinement chaque instant ». Pour moi, c'est un objectif irréaliste, qui engendre plus de stress que de satisfaction. Le secret de l'épanouissement ne réside pas dans les aventures palpitantes ni dans une vie à cent à l'heure – personne ne peut maintenir un tel rythme au-delà d'une certaine limite –, mais dans le fait d'accueillir et même de savourer le calme et l'ordinaire.

Mon père est sur le putting green. Je m'arrête à vingt mètres pour l'observer. Ses coups sont réglés comme un métronome. N'en déplaise à certains golfeurs, pour être bon à ce jeu, il faut être maniaque. Comment, sinon, passer des heures devant les mêmes trous à répéter les mêmes gestes ? Comment rester trois heures dans un bunker pour perfectionner le spin et la trajectoire ?

— Salut, Win.

— Salut, papa.

Il continue à jauger son putt du regard. Il fait ça chaque fois, quoi qu'il arrive, et peu importe le nombre de coups. Il part du principe, le même que j'applique aux arts martiaux, qu'on s'entraîne comme on joue.

— À quoi tu penses ? demande-t-il.

— Que pour être un bon golfeur, il faut être un peu maniaque.

— Ça m'a tout l'air d'une excuse pour ne pas s'entraîner.

— C'est bien possible.

— Tu es un très bon joueur, dit-il, mais ce qui te manque, c'est la motivation.

Pas faux.

— Prends Myron, poursuit papa. On lui donnerait le bon Dieu sans confession, mais sur un terrain de basket, c'est une machine de guerre. Tellement il a envie de gagner. L'esprit de compétition, ça ne s'apprend pas. D'ailleurs, ce n'est pas forcément une qualité.

Se redressant enfin, il se tourne vers moi.

— Alors, qu'est-ce qui t'arrive ?

— Oncle Aldrich.

Mon père pousse un soupir.

— Il est mort depuis plus de vingt ans.

— Tu étais au courant de ses problèmes ?

— Problèmes, répète-t-il en secouant la tête. Tes grands-parents préféraient dire « penchants ».

— Quand l'as-tu su ?

— Tout de suite, je crois. Les premiers incidents ont eu lieu alors qu'il était encore collégien.

— Tu as des exemples ?

— Qu'est-ce que ça change, Win ?

— S'il te plaît.

Il soupire à nouveau.

— Des histoires de voyeurisme, pour commencer. Et il avait tendance à agresser les filles.

— Donc tes parents l'ont envoyé dans un autre collège, dis-je. Ou ils ont payé les gens pour qu'ils lâchent l'affaire. Il a changé deux fois de lycée. Puis il est entré à Haverford avant qu'on ne l'expédie à New York.

— Si tu sais tout cela, pourquoi me le demander ?

— Qu'est-ce qu'il s'est passé à New York ?

— Je n'en sais rien. Tes grands-parents n'en ont jamais parlé. J'ai pensé à un énième incident avec une fille. Ils l'ont envoyé au Brésil.

Je secoue la tête.

— Ce n'était pas une fille.

— Ah bon ?

— Aldrich a fait partie des 6 de Jane Street.

Je voulais savoir s'il était au courant. À voir sa tête, la réponse est non.

— Oncle Aldrich était avec eux ce soir-là. Il a lancé un cocktail Molotov. Quelques jours après, tes parents l'ont expédié au Brésil. Juste au cas où les policiers remonteraient jusqu'à lui. Et ils ont créé cette société écran pour acheter le silence de Ry Strauss.

— Où veux-tu en venir, Win ?

— Ça ne l'a pas arrêté. Les hommes comme Aldrich ne s'arrangent pas avec le temps.

Mon père ferme les yeux, comme en proie à une douleur soudaine.

— C'est pour ça que j'ai rompu avec lui, répond-il. J'ai coupé les ponts et ne lui ai plus jamais adressé la parole.

Il y a de la colère dans sa voix… de la colère et une profonde tristesse.

— Il était mon petit frère. Je l'aimais. Mais, après cette histoire avec Ashley Wright, j'ai compris qu'il ne changerait jamais. Peut-être, je ne sais pas, si nos parents ne l'avaient pas autant ménagé, peut-être que s'ils l'avaient obligé à se soigner ou à assumer les conséquences de ses actes, on n'en serait pas arrivés là. Mais il était trop tard. Ton grand-père était mort, et c'était à moi de le gérer. J'ai essayé de faire au mieux.

— Tu as coupé tout contact avec lui.

Mon père acquiesce.

— Je ne savais pas quoi faire d'autre.

Je hoche la tête et me rapproche de lui. C'est un homme simple, mon père. Il a choisi de vivre à l'intérieur de cet enclos, bien à l'abri, en sécurité. Il a choisi la passivité. Est-ce que cela lui a réussi ? Je ne saurais le dire. Je suis le fils de mon père, mais je ne suis pas mon père. Il a fait de son mieux, et je l'aime pour ça.

— Quoi ? demande-t-il. Il y a autre chose ?

Je secoue la tête. Je n'ai pas le courage de parler.

— Qu'est-ce que c'est ?

— Rien, lui dis-je.

Il scrute mon visage. Je ne laisse rien paraître.

Je n'ai pas envie de le démolir.

Au bout de quelques instants, il désigne le présentoir sur sa gauche.

— Prends un club, lance-t-il en alignant les balles de notre jeu de plein air préféré.

J'aimerais rester avec lui et jouer jusqu'au coucher du soleil à qui se rapprochera le plus du trou, comme quand j'étais enfant.

— Je ne peux pas, dis-je.

— OK.

Il contemple une balle comme s'il essayait de décrypter le logo inscrit dessus.

— Plus tard peut-être ?

— Peut-être.

Je voudrais lui dire la vérité. Mais je ne le ferai pas. Ce serait trop cruel. Il n'y a aucun avantage à cela, aucun côté positif. J'attends en silence que son regard se porte sur la petite balle blanche à ses pieds. Sa concentration est totale, et je sais, pour l'avoir vécu des dizaines de fois, qu'il s'évade dans cette activité simple et familière. J'essaie parfois de suivre son exemple. Et j'y arrive même de temps à autre.

Mais je ne suis pas comme ça.

35

Je suis réveillé par un crissement de pneus sur le gravier.

Je m'étais endormi sur le canapé, ce qui m'étonne. L'épuisement l'a emporté sur l'excitation. Qui l'aurait cru. Je suis toujours allongé sur le canapé quand la porte s'ouvre, et ma cousine Patricia entre, portant un sac de courses.

La première chose qu'elle voit, c'est moi.

— Win ? Qu'est-ce que tu fiches là ?

Je m'étire et jette un œil à ma montre. Il est 19 h 15.

— Comment es-tu entré ? J'ai fermé la porte à clé et branché l'alarme.

— Mais oui, bien sûr, dis-je d'une voix lourde d'ironie. Une serrure Medeco et un système d'alarme ADT, deux obstacles infranchissables.

Le regard de Patricia se pose sur la table de la salle à manger et elle recule en titubant. J'attends. Elle ne dit rien. Elle ne cille pas. Je me lève lentement tout en m'étirant.

— Tu as perdu ta langue, cousine ?

— Tu as forcé ma porte.

— Jolie diversion, dis-je. Mais oui, c'est vrai.

Je désigne la table de la salle à manger et, imitant sa voix, déclare :

— Tu as volé mon Picasso.

Ce n'est pas *mon* Picasso, mais je n'ai pas pu résister.

— Je m'attendais à retourner toute la maison, lui dis-je. Je n'arrive pas à croire que tu l'aies tout simplement accroché dans ta chambre.

Patricia hausse légèrement les épaules.

— Personne n'a le droit d'entrer dans ma chambre.

— Et c'est là qu'il était depuis tout ce temps ?

— Pratiquement.

— Il faut un sacré culot.

— Pas vraiment. Si on m'avait demandé, j'aurais dit que c'était une copie.

Je hoche la tête.

— C'est tout à fait crédible.

Elle s'approche de la table.

— Pourquoi as-tu dévissé le dos ?

— Tu sais très bien pourquoi. Où sont passés les négatifs ?

— Comment tu l'as su ?

— Notre restauratrice d'art a découvert une enveloppe au dos du Vermeer. Les négatifs étaient carrés, ce qui est plutôt rare pour les normes actuelles. J'ai vite compris qu'ils provenaient d'un vieil appareil...

Je me tourne vers l'étagère.

— ... comme le Rolleiflex de ton père. Et je me suis dit que, s'il les avait cachés dans le Vermeer, il y avait des chances qu'il en ait planqué aussi dans l'autre tableau de valeur de la famille, le Picasso.

Patricia s'arrête devant la table.

— Du coup, tu as vérifié.

— Oui.

— Et tu n'as rien trouvé.

Je soupire.

— Tu tiens vraiment à jouer à ce jeu-là, chère cousine ? Non, les négatifs ne sont plus là. Tu les as récupérés. Toutefois, j'ai remarqué que le châssis collait par endroits… à cause du ruban adhésif, probablement. Dans le Vermeer, les négatifs étaient scotchés au châssis. On peut penser raisonnablement qu'il en irait de même pour le Picasso.

Elle ferme les yeux, renverse la tête en arrière. Je la vois déglutir et me demande si elle ne va pas fondre en larmes. C'est le moment de trouver des paroles de réconfort, sauf que, à mon avis, ça ne va pas le faire.

— Si on zappait les faux-fuyants, Patricia ?

Elle cille, rouvre les yeux.

— Qu'est-ce que tu veux, Win ?

— Raconte-moi ce qui s'est réellement passé.

— Tout ?

Elle secoue la tête.

— Je ne saurais pas par où commencer.

— Peut-être par la rencontre entre ton père et Ry Strauss à New York.

— Tu es au courant de ça aussi ?

— Oui. Tout comme je connais tout à propos des 6 de Jane Street.

— Alors là, répond-elle, tu m'épates.

Je ne réagis pas.

— C'était des années après l'attentat, reprend-elle. Ry venait nous voir. Papa me l'a présenté comme étant oncle Ryker, un agent de la CIA ; je ne devais en parler à personne. La première fois que je l'ai vu, je devais avoir 15 ans. Il s'intéressait à moi, oui… et il était très beau et d'un charisme quasi surhumain. Mais je n'avais que 15 ans. Il ne s'est rien passé. Il n'y a jamais rien eu entre nous. Plus tard, j'ai compris que Ry venait voir mon père pour lui demander de l'argent ou pour avoir un lieu où dormir…

Elle marque une pause.

— Je ne sais pas quoi te dire d'autre.

— Fais un saut dans le temps.

— Jusqu'à quand ?

— Jusqu'au moment où Ry Strauss et toi avez décidé de voler les tableaux.

Patricia ne peut s'empêcher de sourire.

— OK, pourquoi pas ? C'était après l'histoire avec Ashley Wright. Ton père avait déjà chassé le mien de la maison familiale, mais papa revenait voir grand-mère en cachette à Lockwood. C'était sa mère, après tout. Elle n'a jamais su lui dire non. Un jour, mon père est rentré furieux parce que la famille – ton père – avait accepté de prêter les deux tableaux à Haverford pour une exposition. Je ne comprenais pas pourquoi ça le mettait tant en colère. Quand je lui ai posé la question, il s'est mis à fulminer contre ton père qui l'aurait spolié et aurait pris ce qui lui revenait de droit. C'était faux, bien sûr, il devait penser aux négatifs. Moi, j'étais au lycée. Nous vivions dans cette petite maison tandis que vous autres habitiez au manoir. Mes camarades de classe me regardaient de haut, faisaient courir des rumeurs dans mon dos. Quelques jours plus tard, oncle Ryker est revenu nous voir. Je vais être honnête. J'étais folle de lui. Vraiment. On serait peut-être allés plus loin, mais, une fois qu'il m'a entendue parler des tableaux, il a échafaudé un plan.

Elle me regarde, interloquée.

— Comment as-tu découvert tout ça ?

— Ian Cornwell.

— Ah… le pauvre chéri.

— Tu l'as séduit, dis-je. Tu as couché avec lui pour gagner sa confiance.

— Ne sois pas sexiste, Win. À 18 ans, s'il t'avait fallu coucher avec une gardienne de musée pour dérober une œuvre d'art, tu n'aurais pas hésité une seconde.

— Je te l'accorde. Et j'imagine que l'homme cagoulé était Ry Strauss.

— Oui.

— Ian Cornwell t'a revue des années plus tard. Dans une émission où tu étais venue parler des foyers Abeona.

— J'avais les cheveux longs quand je suis sortie avec lui. Je m'étais teinte en blonde pendant ces trois mois. Après le cambriolage, je les ai coupés court et ne les ai jamais laissés repousser.

— Cornwell n'est pas certain que tu étais sa Belinda… mais, dans le cas contraire, que pourrait-il prouver ?

— Tout à fait.

— Et tu n'as pas parlé du cambriolage à Aldrich ?

— Non. À cette époque-là, je savais que Ryker était en réalité Ry Strauss. Il s'est confié à moi. Nous étions devenus très proches. On s'est même fait faire le même tatouage ensemble.

Elle se tourne de côté et tire sur son pull, révélant un tatouage : le même papillon Tisiphone abeona que sur la photo du cadavre de Ry Strauss.

— Quelle est la signification de ce papillon ?

— Aucune idée. C'était du Ry tout craché. Il dissertait sur la déesse Abeona, sur la nécessité de sauver la jeunesse. C'était un passionné, Ry. Quand on est jeune, on n'a pas conscience de la frontière entre le loufoque et le malsain. Mais l'organisation et l'exécution du cambriolage, c'était…

Son visage se fend d'un large sourire.

— … c'était le pied, Win. Imagine un peu. On a réussi à voler impunément deux chefs-d'œuvre. C'est ce qui m'est arrivé de mieux dans ma vie.

— Jusqu'au moment, dis-je en arquant un sourcil éloquent, où ça a tourné à la tragédie.

— Ce que tu peux être pompeux, Win.

— Tu n'as pas tort. Quand as-tu découvert les négatifs ?

— Six, sept mois plus tard. J'ai fait tomber le Picasso au sous-sol, figure-toi. Le cadre s'est cassé. J'ai essayé de le réparer et...

— Tu les as trouvés.

La réponse se lit sur le visage de Patricia. Elle hoche lentement la tête.

Lorsque je pose la question suivante, j'entends ma voix qui s'enroue :

— C'est toi qui as abattu Aldrich ou c'est Aline ?

— C'est moi, répond-elle. Ma mère n'était pas à la maison. Là-dessus, je n'ai pas menti. Je l'ai envoyée faire les courses. Je voulais l'affronter seule. J'espérais encore une explication. Mais il a pété un câble. Je ne l'avais jamais vu dans cet état. Comme si... J'avais une amie qui avait un très gros problème d'alcool. Il lui arrivait de piquer des crises, mais surtout de me regarder sans savoir qui j'étais.

— C'est ce qui s'est passé avec ton père ?

Elle acquiesce, mais sa voix est étrangement calme.

— Il m'a giflée. Il m'a donné des coups de poing sur le nez et dans les côtes. Il a pris les négatifs et les a jetés au feu.

— C'est donc ça, les vieilles fractures que la police a constatées chez toi.

— Je l'ai supplié d'arrêter. Mais c'était comme s'il ne me voyait pas. Il n'a pas nié. Il a reconnu être l'auteur de tout ce que ces clichés prouvaient et même pire. Je veux dire, ces négatifs, les images que j'ai vues...

— Tu savais donc de quoi il était capable.

— J'ai couru dans sa chambre.

Son regard se fait lointain.

— Il rangeait son arme dans le tiroir de sa table de nuit.

Elle s'interrompt. Ses yeux se posent sur moi. Je viens à sa rescousse :

— Tu as tiré sur lui.

— J'ai tiré sur lui, répète-t-elle. Je ne pouvais plus bouger. Je suis restée là, au-dessus de son corps. Je ne savais pas quoi faire. Je me sentais perdue. Désorientée. Pas question d'appeler la police. Ils auraient découvert que j'avais volé les tableaux. Et ils auraient su pour Ry… Il aurait fini ses jours en prison. Les négatifs étaient réduits en cendres ; je n'avais aucune preuve. J'ai aussi pensé – ça peut te paraître bizarre – à la famille. À la réputation des Lockwood, même s'ils nous avaient jetés à la rue. Ça doit être inscrit dans nos gènes, tu ne crois pas ?

— Sûrement, dis-je. Tu m'as raconté que mon père était venu voir le tien la veille du meurtre.

— J'ai essayé de t'entraîner sur une fausse piste, c'est tout. Je suis désolée.

— Et l'histoire de ton enlèvement par deux agresseurs ?

— Je l'ai inventée. Comme tout le reste. Les viols et la maltraitance, j'ai tiré ça des négatifs, mais moi, je n'ai rien vécu de tel.

— Tu voulais juste embrouiller les enquêteurs.

— Oui.

J'aimerais qu'elle reprenne le fil de son récit.

— Donc, tu as tiré sur ton père, tu étais désemparée. Et ensuite ?

— Je pense que j'étais en état de choc. Ma mère est rentrée. Quand elle a vu ce qui était arrivé, elle a disjoncté. Elle s'est mise à radoter en portugais. Elle a dit que la police m'enfermerait à vie. Que je devais m'enfuir et me cacher quelque part. De son côté, elle appellerait le 911 et leur dirait que mon père avait été assassiné. Elle accuserait des vagabonds. Je n'ai pas cherché à comprendre. J'ai attrapé ma valise – enfin, ta valise –, pris quelques affaires et filé.

— Je suppose que tu es allée chez Ry Strauss ?

— Je savais qu'il habitait au Beresford. J'étais la seule à être dans le secret, je pense. Mais, quand j'ai débarqué là-bas, Ry était en mauvais état. Mentalement. Il ne jetait rien. Il n'était pas rasé ni même douché. C'était une véritable porcherie. La seconde nuit, je me suis réveillée avec un couteau sous la gorge. Ry croyait que j'avais été envoyée par un type nommé Staunch.

— Et tu t'es sauvée.

— Sans demander mon reste. Je n'ai même pas pensé à la valise.

Je ne peux pas m'empêcher de noter que, dans les deux cas – le meurtre de mon oncle et le vol des tableaux –, l'instinct des enquêteurs ne les avait pas trompés. Pour ce qui est du cambriolage, leurs soupçons se sont portés sur Ian Cornwell. À juste titre. Dans l'affaire du meurtre d'oncle Aldrich, l'une des hypothèses initiales a été que ma cousine Patricia avait tué son propre père et pris la fuite en emportant une valise.

Là non plus, ils ne se sont pas trompés.

— Ça paraît dingue, souffle-t-elle, mais j'étais avec papa quand il a acheté cet abri de jardin dans un magasin de bricolage.

Elle me regarde et je sens la température de la pièce chuter d'une dizaine de degrés.

— J'étais dans la voiture, Win. Tu imagines ? Avec le recul, je me demande s'il n'y avait pas une fille ligotée dans le coffre. C'est fou, non ?

— En effet.

— J'ignore ce qu'il y avait sur tes négatifs, mais vu les photos prises à l'extérieur, j'avais une idée de l'endroit où cette cabane pouvait être. Quand j'avais 10 ou 11 ans, papa m'y emmenait camper.

— Il t'a fallu combien de temps pour retrouver cette cabane ?

— Presque un mois. Il l'avait très bien cachée. J'ai dû passer devant une bonne dizaine de fois.

— Et tu y as réellement dormi ?

— Une nuit seulement. Avant ma prétendue évasion.

— Je vois, dis-je.

En fait, non. Il y a quelque chose qui ne colle pas.

— C'est toi qui as eu cette idée ?

Patricia plisse les yeux.

— De quoi tu parles ?

— Tu as 18 ans. Tu viens de tuer ton propre père. C'est une expérience traumatique. Tellement traumatique que tu as gardé ses photos sur les murs.

Je pointe le doigt par-dessus son épaule.

— Ton père tient un rôle important dans ta narration. Tu clames partout qu'il t'a servi de modèle dans ton activité caritative.

— Ce n'est pas un mensonge, se défend-elle. Ce que j'ai fait... mon père... ça m'a hantée. Il était mon papa. Il m'aimait et je l'aimais. C'est la vérité.

Elle se rapproche de moi.

— Win, j'ai commis un parricide. C'est ce qui a déterminé tout le reste de ma vie.

— Ça nous ramène à notre point de départ.

— C'est-à-dire ?

— Toi, une jeune fille désemparée de 18 ans, tu as soudain l'idée de te faire passer pour une victime. Si c'est vrai, chapeau. Un véritable trait de génie. J'ai marché à fond. Sans douter une seconde. Tu as permis aux familles de ces filles de faire leur deuil. Tu as dénoncé la Cabane des horreurs, mais pas ton propre père. Tu as profité de ta notoriété pour fonder les foyers Abeona. Pour aider les autres. Essayer de réparer le mal commis par Aldrich. C'est incroyable que tu y aies pensé toute seule.

Nous nous dévisageons.

— Mais je suis à peu près certain que ce n'est pas le cas.

Patricia se tait.

— Tu étais en cavale. Ton unique allié, Ry Strauss, avait perdu la boule. Tu ne pouvais pas appeler ta mère. Tu ne t'attendais probablement pas à ce que la police la soupçonne elle aussi...

Je joins le bout de mes doigts.

— Je me mets à ta place : piégée, seule, jeune, déboussolée. À qui aurais-je demandé de l'aide ?

Elle se dandine d'un pied sur l'autre. Et c'est moi qui réponds :

— À grand-mère.

Cela me semble logique pour trois raisons. Primo, elle aimait ma cousine. Secundo, elle avait les moyens de la cacher. Tertio, grand-mère aurait fait n'importe quoi pour préserver la famille du scandale causé par une pareille révélation.

Patricia hoche la tête.

— À grand-mère.

Cela n'est pas propre aux Lockwood. Chaque famille protège les siens. Et pas seulement la famille. En un sens, nous faisons tous bloc pour défendre des intérêts communs. En utilisant comme excuse le « bien de tous ». Le clergé couvre les crimes de ses membres. Organisations caritatives et multinationales inhumaines sont également expertes en l'art de masquer les indiscrétions, de se protéger, de surfer diversement sur le principe « la fin justifie les moyens ».

Pourquoi une famille réagirait-elle différemment ?

Depuis sa prime jeunesse, mon oncle Aldrich a commis des méfaits qui sont toujours restés impunis. Il ne s'est jamais fait soigner, même si, pour être honnête, il est impossible de soigner quelqu'un comme lui.

On ne peut que le neutraliser.

— On fait quoi maintenant, Win ?

Comme je l'ai déjà dit, il n'y a pas de lien plus fort que ceux du sang, ni de composé aussi volatil. Je pense à ce sang commun qui coule dans nos veines. Y a-t-il un peu d'oncle Aldrich en moi ? Cela expliquerait-il mon goût pour la violence ? Et Patricia ? Est-ce génétique ? Oncle Aldrich avait-il un chromosome défaillant, souffrait-il d'un déséquilibre chimique… et existe-t-il seulement une thérapie pour ce genre de trouble ?

Je n'en sais rien et je m'en fiche.

J'ai enfin toutes mes réponses. Je me demande seulement ce que je dois en faire.

36

La vie se compose de tons gris.

Cela pose un problème à la plupart des gens. Il est tellement plus facile de voir le monde en noir et blanc. Une personne est bonne ou mauvaise. Il m'arrive de jeter un œil sur Twitter et autres réseaux sociaux… sur des scandales réels ou imaginaires. L'extrémisme et l'indignation sont binaires, implacables, avides d'attention. La raison et la prudence sont compliquées, épuisantes, triviales.

C'est le rasoir d'Ockham à l'envers : si la réponse est simple, c'est qu'elle est erronée.

Je vous préviens, vous ne serez pas d'accord avec certains de mes choix. Inutile de vous tracasser. Moi non plus, je ne suis pas convaincu d'avoir pris les bonnes décisions. Si je l'étais, au regard de ma philosophie personnelle, je serais sûr de me fourvoyer.

Quand je rentre au Dakota, PP est là qui m'attend. Je le fais monter chez moi. Je nous sers deux verres de cognac.

— Arlo Sugarman est mort, lui dis-je.

PP est mon ami. Je ne crois pas vraiment aux mentors, sans quoi PP en serait un. Il a été bon envers moi. Il a été juste.

— Tu en es sûr ? demande-t-il.

— Mes collaborateurs ont appelé le crématorium qui travaille avec St Timothy pour consulter leurs archives autour du 15 juin 2011. Ils ont aussi vérifié les certificats de décès dans le comté de Saint Louis à la même date.

PP s'enfonce dans le fauteuil à oreilles.

— Zut.

Il secoue la tête.

— Il me le fallait, Win. Je voulais le traîner en justice.

— Je sais.

PP lève son verre.

— À Patrick O'Malley.

— À Patrick, dis-je.

Nous trinquons. PP retombe dans le fauteuil.

— Je tenais vraiment à réparer cette faute.

Le verre contre mes lèvres, je rétorque :

— Si faute il y a eu.

PP esquisse une moue.

— Comment ça ?

— C'étaient vos débuts au FBI, dis-je.

— Et alors ?

— Alors, c'était lui le responsable, non ?

PP repose soigneusement son cognac sur le dessous-de-verre et me dévisage.

— Responsable de quoi ?

— De n'avoir pas attendu les renforts. D'avoir pénétré seul dans l'immeuble.

— Qu'essaies-tu de me dire, Win ?

— Vous vous en voulez. Depuis presque un demi-siècle.

— Tu n'aurais pas réagi de la même façon ?

Je hausse les épaules. Avant de demander :

— Qui vous a donné ce tuyau ?

— C'était anonyme.

— Qui vous a dit ça ? Mais peu importe. Vous vous êtes rendus tous les deux sur place, mais, une fois là-bas, l'agent spécial O'Malley a pris la décision de ne pas attendre les renforts.

PP reprend son verre, me contemple par-dessus le bord.

— Il a estimé que le plus urgent, c'était le facteur temps.

— N'empêche qu'il a enfreint le règlement.

— Strictement parlant, oui.

— Il a poussé la porte seul. Qui a tiré le premier, PP ?

— Qu'est-ce que ça change ?

— Vous avez omis de le préciser. Qui a tiré le premier ?

— On ne peut pas l'établir avec certitude.

— Mais l'agent spécial O'Malley a vidé son chargeur, n'est-ce pas ?

PP me regarde fixement pendant de longues secondes. Puis il renverse la tête sur le cuir et ferme les yeux. J'attends qu'il parle. Mais il se tait, la tête en arrière et les paupières closes. Il a l'air vieux et fatigué. Je me tais également. J'en ai assez dit. Peut-être que l'agent spécial Patrick O'Malley a péché par excès de zèle. Peut-être qu'il voulait attraper Arlo Sugarman et passer pour un héros, quitte à transgresser la procédure standard du FBI. Ou peut-être que, chargé d'une famille de six enfants, il a entendu parler de la juteuse récompense promise par Nero Staunch, et comme ces gens-là étaient des assassins de toute façon, quelle importance si l'un d'eux se faisait descendre en tentant de s'enfuir ?

Je ne connais pas la réponse.

Je n'ai pas envie de creuser plus loin.

La vie se compose de différents tons de gris.

— Win ?

— Oui ?

— Plus un mot, OK ?

Je suis là avec mon verre et mon ami, tandis que la nuit se referme sur nous.

Le lendemain matin, je me rends à Bernardsville, New Jersey, pour aller voir Mme Parker et M. Rowan.

C'est pour moi le plus gris de tous les gris.

Ils m'ont fait promettre de les tenir informés du sort de leurs enfants.

Que dois-je faire ? Annoncer à ces deux parents âgés que leurs enfants sont morts... ou leur laisser croire que Billy et Edie ont peut-être survécu et ont eu des enfants, voire des petits-enfants ? À quoi leur servirait de savoir la vérité à leur âge ? Ne vaudrait-il pas mieux les maintenir dans cette innocente illusion ? Mon annonce ne risque-t-elle pas de leur causer un trop grand stress ? Ai-je raison de leur rendre visite ?

Je vous ai prévenus que vous pourriez ne pas être d'accord avec certaines de mes décisions.

En voici une.

Mme Parker et M. Rowan ont attendu près de cinquante ans pour savoir la vérité. Cette vérité, je la connais. J'ai promis de la leur révéler.

Et c'est ce que je fais.

Je n'entre pas dans les détails et, Dieu merci, ils ne m'en demandent pas.

Mme Parker me prend la main.

— Je vous remercie.

Je hoche la tête. Ils versent quelques larmes. Finalement, je m'excuse et prends congé.

Ils voulaient savoir qui a tué leurs enfants.

Là encore, j'ai fait un choix qui pourrait vous déplaire.

Je leur ai dit que c'était Vanessa Hogan.

En quittant la maison de retraite, je sors mon téléphone et envoie un fichier audio à PP. Je me doutais, bien sûr, que Vanessa Hogan me confisquerait mon téléphone avant de se mettre à table… et, bien sûr, j'en avais emporté un autre.

J'ai coupé la première partie – là où j'évoque mes propres activités illicites –, de manière à transmettre au FBI l'enregistrement complet de ses aveux. À mes yeux, Vanessa Hogan a franchi la ligne rouge. Faux jeton, me direz-vous. Quid de mes « tournées nocturnes » et de Teddy « Big T » Lyons que j'ai massacré au début de ce récit ? Teddy ne m'avait rien fait. Alors que les victimes de Vanessa Hogan – Billy Rowan et Edie Parker – étaient responsables de la mort de son fils unique.

Je comprends cela. Aucune de ces décisions n'a été facile.

Nous vivons dans des tons de gris.

Sauf que Billy Rowan et Edie Parker étaient jeunes et sans aucun antécédent. Ils n'ont pas lancé d'explosifs. Ils étaient repentants et prêts à se rendre. Ils n'auraient jamais tué ni nui à autrui. Vanessa Hogan doit-elle payer pour ce qu'elle a fait ?

Ce sera aux juges de décider.

Suis-je à nouveau en train de marcher sur le fil du rasoir ?

Eh bien, ce n'est pas fini.

Mon jet privé m'attend. Nous retournons à Saint Louis. À l'aéroport, je loue une voiture sans chauffeur. L'adresse est déjà dans le GPS de mon téléphone. Arrivé à la ferme, je me gare à l'extérieur. Je me fraie un chemin dans les hautes herbes. Sans prêter attention aux panneaux « Propriété privée ». Cette ferme est dans la famille Sinclair depuis trois générations. Le révérend est né dans cette maison. Mais celui qui m'intéresse, c'est le gardien.

Les raisons invoquées par Calvin Sinclair pour ne pas dévoiler l'identité de « R. L. » à la mort de son compagnon m'ont laissé sceptique. Il pouvait toujours dire qu'il venait juste de l'apprendre. Il n'y avait plus aucun danger à révéler la vérité. Par ailleurs, ma visite à l'église n'a pas eu l'air de le surprendre. J'en ai déduit qu'il avait été prévenu. En effet, Beatrice Jenkins l'avait appelé quelques minutes après notre entrevue.

J'ai donc, comme je l'ai dit à PP, chargé mes collaborateurs de contacter non seulement le crématorium habituel de St Timothy, mais tous ceux des alentours. Je leur ai aussi demandé de compulser les fichiers des décès du comté. Dans les deux cas, aucune personne avec les initiales R. L. n'est morte le 15 juin 2011. Il n'y a même eu aucun défunt correspondant au signalement d'Arlo Sugarman – en taille et en âge, du moins – pendant toute cette période.

Je franchis le portail de la ferme et tourne à droite. Un homme sort à ma rencontre. Il fait bien son âge · 66 ans. Et il a le crâne rasé.

— Vous désirez ? me demande-t-il.

Il a gardé un très léger soupçon d'accent de Brooklyn.

Arlo Sugarman ne s'est pas manifesté le soir où ils ont essayé de faire sauter le Freedom Hall parce qu'il ne croyait pas à ce genre d'action destructrice. Pour finir, il a été pris dans un engrenage et a passé sa vie à se cacher. Si j'avais dit la vérité à PP, aurait-il traîné Arlo devant les tribunaux ? Aurait-il adopté mon point de vue ?

Je ne saurais le dire. De toute façon, ce n'est pas à PP de décider. La décision m'appartient.

Je réponds à l'homme :

— Ce n'est pas fini. Il va falloir disparaître à nouveau.

— Pardon ?

La porte arrière de la maison s'ouvre à la volée. Calvin Sinclair sort précipitamment et, me voyant, se rue vers nous, visiblement inquiet de me voir de retour chez lui. Mais l'homme à l'accent de Brooklyn lève la main pour l'arrêter.

— J'ai compris que vous étiez toujours en vie, dis-je. Du coup, d'autres pourraient s'en rendre compte.

L'homme semble vouloir protester, mais finalement il hoche la tête et répond :

— Merci.

Je les regarde à tour de rôle, Calvin Sinclair et Arlo Sugarman. Je suis à deux doigts de leur demander ce qu'ils comptent faire. Mais je me retiens. J'ai rempli mon rôle. Le reste, ça les concerne. Je pivote et rebrousse chemin.

J'ai encore une visite à faire.

En quittant Hickory Place pour m'engager dans la longue allée, j'aperçois à distance la vieille demeure seigneuriale. Je suis de retour dans le New Jersey. Ema vit ici avec sa star de mère, Angelica Wyatt. Bientôt, je les repère toutes les deux qui m'attendent devant la porte d'entrée.

Vous avez déjà deviné, je présume, que je n'ai parlé à personne de ma cousine Patricia. Elle a abattu un monstre… un monstre qui, selon mon propre raisonnement concernant Teddy « Big T » Lyons, aurait continué à mutiler et à tuer. Ma cousine, qui a aidé tant de gens depuis, n'a aucune raison de payer pour ça. J'admets cependant ne pas être totalement objectif à ce sujet, à la fois par intérêt et pour préserver ma légende personnelle.

Je ne veux pas d'un scandale qui éclabousserait mon père et le reste de la famille.

En tout état de cause, j'estime que cette décision est juste. Pas vous ? Eh bien, tant pis.

Quand je me gare et descends de voiture, Ema se précipite à ma rencontre. Elle se jette à mon cou et m'étreint avec force. Je sens comme une fêlure dans ma poitrine.

— Ça va ? souffle-t-elle.

— Au poil.

— Win ?

Elle enfouit son visage dans mon torse. Je la laisse faire.

— Quoi ?

— N'utilise plus jamais l'expression « au poil », OK ?

— OK.

Par-dessus son épaule, je vois sa mère qui nous observe. Ma présence l'indispose. Croisant son regard, j'essaie de la rassurer d'un sourire, mais ça ne suffit pas. Elle ne veut pas de moi ici. Je comprends.

Angelica fait volte-face et rentre dans la maison.

Ema s'écarte pour me regarder.

— Tu me raconteras tout ?

— Tout.

Ce qui n'est pas forcément vrai.

En contemplant le visage de ma fille, je repense à la nuit dernière.

Je suis au lit avec Nom d'utilisateur Helena. Mon téléphone sonne. C'est Kabir.

— On a un gros souci.

— Lequel ?

— Nous avons perdu Trey Lyons.

Je me redresse brusquement, faisant sursauter Helena.

— Précise, lui dis-je.

Mais vous n'avez pas besoin de précisions. Vous n'avez pas besoin de savoir comment mes hommes ont perdu le SUV de Trey Lyons sur Eisenhower Parkway. Vous n'avez pas besoin de savoir que Trey Lyons faisait surveiller le Dakota, que ses gars ont dû repérer Ema et la suivre jusque chez elle, et combien je m'en suis voulu de ne pas y avoir songé plus tôt. Vous n'avez pas besoin de savoir que j'ai appelé Angelica à 2 heures du matin pour lui dire de se cacher au sous-sol avec Ema. Vous n'avez pas besoin de savoir que j'ai foncé ici et que, après m'être garé dans Hickory Place, j'ai remonté l'allée en courant avec des lunettes à vision nocturne et un semi-automatique

Desert Eagle calibre 50 dans la main. Vous n'avez pas besoin de savoir que j'ai aperçu Trey Lyons se faufilant à l'intérieur par une fenêtre à l'arrière de la maison. Vous n'avez pas besoin de savoir que je ne lui ai pas adressé de sommation, ne lui ai pas laissé une chance de renoncer à son projet.

Encore une nuance de gris, me direz-vous. Eh bien, détrompez-vous.

Celle-là a été facile. Elle était en noir et blanc.

Il allait s'en prendre à ma fille. Ma… fille.

— Allez, viens, dit Ema. Rentrons dans la maison.

Je hoche la tête. C'est une belle journée ensoleillée. Le ciel est d'un bleu peint assurément par quelque divinité. Ema ouvre la marche. Elle porte un caraco, si bien que je vois le haut de son dos. En m'approchant de la porte, je distingue ce qui ressemble à un tatouage familier, pointant entre ses omoplates…

Un Tisiphone abeona, peut-être ?

Je suis à deux doigts de lui poser la question, mais, quand ma fille se retourne, tous ces gris s'évanouissent soudain dans l'éclat de son sourire. Pour la première fois de ma vie sans doute, je ne vois que du blanc.

Vous trouvez ça ridicule ? Soit.

Mais depuis quand est-ce que je me soucie de votre avis ?

Remerciements

Je suis expert en bien peu de choses, c'est pourquoi je dépends de la gentillesse de mes amis et parfois d'inconnus. Avec cela en tête, j'aimerais remercier, par ordre alphabétique, James Bradbeer, Fred Friedman, Larry Gagosian, Gurbir Grewal, Shan Kuang et Beowulf Sheehan. Ces personnes sont les meilleurs experts en quantité de sujets ; s'il y a des erreurs dans ce roman, je ne me gênerai pas pour leur faire porter le chapeau.

Ben Sevier est mon éditeur depuis une douzaine de livres maintenant. Je remercie aussi le reste de l'équipe, Michael Pietsch, Beth de Guzman (qui a retrouvé, après des années, l'éditeur qui s'était occupé de *Ne le dis à personne...*), Karen Kosztolnyik, Elizabeth Kulhanek, Rachael Kelly, Jonathan Valuckas, Matthew Ballast, Brian McLendon, Staci Burt, Andrew Duncan, Alexis Gilbert, Joe Benincase, Albert Tang, Liz Connor, Flamur Tonuzi, Kristen Lemire, Mari Okuda, Kamrun Nesa, Selina Walker (en charge de l'équipe anglaise), Charlotte Bush, Glenn O'Neill, Lisa Erbach Vance, Diane Discepolo, Charlotte Coben, Anne Armstrong Coben, et aussi, peut-être la plus importante de toutes, cette personne que j'oublie forcément et qui se montrera magnanime.

Je voudrais aussi faire honneur à Jill Garrity, Elena Randolph, Karen Young, Pierre-Emmanuel Claux, et Don Quest. Ces personnes ont fait des dons très généreux à des œuvres caritatives de mon choix en échange de leur nom dans le roman. Si vous voulez, vous aussi, participer, envoyez un e-mail à giving@harlancoben.com pour plus de détails.

Win me fait savoir que je suis beaucoup trop long, mais je sais qu'il me pardonnera de prendre encore un peu de temps pour vous remercier d'avoir acheté ce livre et fait un bout de chemin avec nous. Toi, cher lecteur, tu es incroyable.

Composition et mise en pages
Facompo à Rouen

MIXTE
Papier issu de sources responsables
FSC® C003309

L'éditeur de cet ouvrage s'engage dans une démarche de certification FSC® qui contribue à la préservation des forêts pour les générations futures.

Pour en savoir plus :
www.editis.com/engagement-rse/

CET OUVRAGE
A ÉTÉ ACHEVÉ D'IMPRIMER
SUR ROTO-PAGE
PAR L'IMPRIMERIE FLOCH
À MAYENNE EN DÉCEMBRE 2021

N° d'impression : 99580
Imprimé en France